以超生女高若男寻找姐姐大丫为主线，
连接三代人的故事，即《孽缘》《尘缘》《情缘》。

山女的忏悔

Shannvde Chanhui

长篇小说

▼▼▼
袁晓机◎著

文汇出版社

图书在版编目（CIP）数据

山女的忏悔 / 袁晓机著. —上海：文汇出版社，2018.8
ISBN 978-7-5496-2690-8

Ⅰ.①山… Ⅱ.①袁… Ⅲ.①长篇小说-中国-当代
Ⅳ.①I247.5

中国版本图书馆 CIP 数据核字(2018)第 170639 号

山女的忏悔

著　　者 / 袁晓机
责任编辑 / 熊　勇

出版发行 / 文匯出版社
　　　　　上海市威海路 755 号
　　　　　（邮政编码 200041）
印刷装订 / 保定市铭泰达印刷有限公司
版　　次 / 2018 年 8 月第 1 版
印　　次 / 2021 年 1 月第 2 次印刷
开　　本 / 880×1230　1/32
字　　数 / 280 千
印　　张 / 12

ISBN 978-7-5496-2690-8
定　　价 / 68.00 元

目　录
CONTENTS

内容简介

　　以超生女高若男寻找姐姐大丫为主线，连接三代人的故事，即《孽缘》、《尘缘》、《情缘》。其父高牯牛为了完成高老爹的遗愿，超生小女若男，误杀村长后逃跑。为了见到生母，外逃躲躲藏藏八年寻找，阴差阳错与刘春分生下儿子黑牛；与凤凰寨龙小凰生下双胞胎儿子。后在五雷山见到生母静真法师后坦然自首。

　　静真法师离山行医乞讨，昏倒在高老爹的竹林被救活，为高家生下高牯牛，不久悄然离去。走时在儿子的项下留下一块"争"字玉佩，后来牯牛生下长女大丫，将这块玉佩系在她的项下。这块玉佩原本一个"静"字，藏着一个传奇的爱情故事，另一半归她未婚夫郭营长珍藏，在常德大会战中，郭营长战死，勤务兵黄狗儿历尽千辛万苦将"青"字玉佩交给静真。大丫带上玉佩与奶奶相认，玉佩在大丫身上得以团圆，便是关于奶奶的故事。

　　若男在回家的火车上巧遇祝大黑，祝大黑是村长祝自红的儿子，因寻找为他捐献眼角膜的人，从国外留学回归故里。用义诊回报社会，治好了若男妈的眼疾。当他知道若男是杀父仇人之女，尽管心底爱上这美丽善良的才女，却被一道无形的障碍遮挡，不敢追爱。直到得知杀死他父亲的高牯牛就是捐献眼角膜为他带来光明的人，"如梦初醒，什么也不顾了，猛地冲了出去……"。

　　若男寻姐在外闯荡，用她的勤奋好学、正义善良、乐于助人闯出广阔美丽的天地，被华兴集团王董收为义女，不忘建设家乡，为家乡人民造福，用自己的实际行动为父亲犯下的罪过忏悔，用无私奉献社会、改变家乡面貌来为自己忏悔；用能力和才华来证明自己不是多余的人。塑造了高若男、高牯牛、崔秀秀、黄三喜、祝自红、崔小妹……一大批性格各异的人物。通篇充满生活气息，能嗅到湘西的山味、草味、人味。文笔朴实，故事生动，形象鲜明，可读性强。

山／女／的／忏／悔

第一部　孽　缘

第一章

姐姐大丫出走后，像鹰刁去了。山里人众说纷纭，有人说是被人贩子拐卖了；有人说在外打工相中对象嫁人了；也有人说大丫早不在人世了，不然怎么不回牸牛山看看她可怜的妈。若男舍不得姐姐。她没多的亲人了，爹死了，姐姐走了，家里就只剩她和妈了。她要把姐姐找回来。姐是十六岁走出大山的。她也是十六岁走出大山寻找姐姐的。一晃五年过去了，她跑遍了大江南北的大中城市，追赶着打工的浪潮，打听姐姐的消息，可一点儿信息都没有，姐好像在人间蒸发了。

她记得最清楚，姐项下有一块半圆玉佩，很漂亮。小时候，为争到那块玉佩与姐哭闹着，姐什么都让着她，就那块玉佩像姐的命似的，拼命地护着不给她。她哭着找妈要，妈摸摸她的头笑着说："你为啥不是姐呢，妈生下姐后，爹给姐系在项脖上，当然就是姐的了。"若男不依不饶拉着妈的衣襟："爹没给俺留下吗？是您给藏着了，妈，快给俺也系上呀！"妈的眼泪出来了，佯装着笑脸，说："听说是你奶奶留给你爹的，你奶奶生下你爹后不久走了，走的时候给你爹系在项脖上……"若男似信非信，不再纠缠姐了。姐姐大丫也变聪明了，把玉佩藏得不见影儿，直到长大了，又看见姐挂在脖上。若男不与姐计较了，只是心里有好多解不开的谜团，奶奶为什么要扔下爹？为什么给爹系上那块玉佩？那块玉佩另一半呢……

姐不知长啥样儿了，恐怕迎面相撞，也认不出姐。那就瞧她的脖子上，姐的脖上系着玉佩，半圆形的玉佩，那就是姐的标志呵！可到哪儿去寻姐呢？

溟濛大山千峰迭起，茫茫云雾迷恋山色，那一座座山峰如同一把把青锋利刃，刺向天穹而陷入云中，湘西的群山便显得朦胧而神秘。牯牛山下散落着人家。竹林深处藏着两间古老破落的小屋，小屋虽已显得苍老，周围的林木花草，却把小屋装点得青春而洒脱，断然没有死气沉沉的感觉。山女若男出生便是花的姐妹，竹的伙伴，出落得亭亭玉立，杏子脸，羊角辫，观音眼，翠竹腰，有花的容颜，有竹的魅力，有菩萨心肠，有大山的胸襟。她走出大山，虽未找到姐姐，却一夜之间变成了华兴集团白领高管。

"每逢佳节倍思亲"然而，若男却"每逢佳节倍思过"，因为，她背负着沉重的十字架，她是杀人犯的女儿。要是赶上阶级斗争的年代，那肯定受到株连，打入十八层地狱，踏上一只脚，永不翻身。现在好了，都改革开放了，一人犯法一人当，与子女是没半点儿瓜葛了。但若男却不能原谅杀人犯的父亲，尽管父亲是为了她而杀人。当然，她更不能原谅自己。每逢清明节，若男都会远归故里，祭魂扫墓，跪地忏悔。

山里春来早，树木、花草、虫鸟送来春天的信息，燕子檐前绕，枝头红绿催。眨眼河柳飞絮，茶园飘香，犁耙水响，清明将至。山里人是不忘记祖人的。祭祖的家训代代相传，阴阳相通，怀念先人，彰显子孙昌盛，烟火相传。山里人最怕的是后继无人，断了香火，大逆不道，愧对祖先。

若男登上火车，对号入座，看见她的座位旁早坐着一位很文雅的年轻人，五官端正，轮廓分明，皮肤微黑而英俊，一幅宽边的大眼镜传递着知识的信息。他手里拿着一本圣经，见到若男彬彬有礼，打了一下招呼，便翻阅起圣经来。若男的脸有点儿微红起来，小心翼翼地坐在他的身旁。可以肯定，若男的出现也让他眼前一亮。火车缓缓驶出车站，年轻人面带微笑很有礼貌地问："小姐，贵姓？"

若男有点儿羞涩地回答："我姓高，高矮的高。"

"你呢，贵姓？"若男鼓起勇气问。

年轻人很风趣地说："我一个男士，偏偏得了一个女人的姓，梁山伯与祝英台的祝。"说着又翻了翻圣经。

"你去长沙吧？"年轻人又问。

"去怀化。"若男说。

"我也去怀化。"年轻人说。停顿了一下，又问："你是湘西人？"

"沾点儿边吧。"

"我也是湘西邻居呢！"年轻人很骄傲地说。

亲不亲故乡人。若男一下子与面前的老乡亲近起来，很谦虚地说："看样子，你是一个有学问的人，我就叫你祝老师吧。"

"不敢，不敢，彼此，彼此，相互学习，相互学习。"年轻人谦恭地说。

若男指着他手里圣经说："祝老师，这一本厚厚的圣经都写些什么故事？"

年轻人虔诚的一笑："你想听吗？一时我也说不清楚，简单地说吧，上帝是虚无缥缈的，可诠释着宇宙间爱的智慧，爱的力量，爱的伟大，耶稣为证明他的爱心被钉在十字架上……"

若男就像小学生望着她面前的老师，似懂非懂，又好像聊起她沉重的心结，于是小心翼翼地问："一个杀人犯也有爱心吗？

他的灵魂还能得到原谅吗？还有人会爱他吗？"

　　一连串的问号把年轻人逗得笑起来，停了一会说："看来，你还真能思考问题。一个人在杀人的时候，丧失了爱心，不等于他就没有爱心；也不等于他得不到原谅或得不到人爱。如果世界充满了爱，也许他的邪念就会被爱所溶化而放下屠刀，这就是爱的智慧，爱的力量，爱的伟大……"一席话让若男陷入沉思，有点如释重负的感觉。

　　接着他又讲了自己亲身经历："我曾经也想杀人。当看到我爹被杀，倒在血泊中，杀人者逃之夭夭。我小小年纪复仇的怒火，就像要毁灭这个世界。红着要吃人的眼睛，拳头捏得咕咕响，抢一把菜刀冲进人家屋里，扬起刀就要杀人。刀举到空中，却放不下来，因为，当时我看到一个可怜的妈妈嚎啕着，怀里抱着哭声嘶哑的婴儿，还有一个二三岁小丫头抱着妈妈的头摇着哭着，我的手软下来，再没有勇气杀下去。从她们的哭声里，我好像听到了委屈，听到了哀求，听到了忏悔，本能地朦朦胧胧生出了怜悯和爱心……"

　　若男打量着面前老师，想不到这文质彬彬的模样也会杀人，是爱心让他放下屠刀。不由得肃然起敬，也不好意思再刨根问底，一转话题便问："祝老师，您这次回家是探亲祭祖吧？"

　　年轻人微笑着说："不完全是，还要了却一桩心愿。"若男不敢再问下去。这时，年轻人慢慢闭上眼睛，好像在思索着什么……

　　车窗外，金黄的油菜花漫山遍野，如同铺就金色的地毯迎接游子归来。若男知道火车已进入湖南的原野。她的心早已飞进湘西的大山，飞进牯牛山下那个竹林小屋，飞到惨遭父亲杀害的那个冤魂坟前。那些个传得沸沸扬扬的是是非非，还有那些个熟悉的面孔一幕幕在眼前挥之不去……

第二章

一

她回忆不起父亲的模样，依稀记得一个高高大大的黑影，嘴脸分不清。记得见到他好像是在四五岁的时候。过大年了，家家户户张灯结彩，打年粑，灶上头都吊着腊肉、香肠、干豆腐什么的，都穿上了新衣裳，有的人家还给孩子们买了鞭炮、花炮、冲天炮，惹得若男和姐姐大丫尽眼馋。"轰"地一声脆响，大丫牵着她寻到附近鞭响的祝家大院，跟着人家大黑转。若男哭着要鞭炮，招来了姐姐的呵斥！也招来大黑的白眼。他故意亮着彩色花炮，不放；又跑到家里拿出麻花，边嚼边戏耍她们，若男眼里盯着，嘴里直流口水。只听他唤着小花，一个绒球似的小狗摇着讨人喜欢的尾巴，围着他打转转，只见他将未吃完的半截麻花，扔给小狗，小狗受宠若惊地蹦跳了几下，在麻花上嗅了嗅，不满意地离开，跟在大黑的后面，随着一声口哨，小狗跟着大黑进屋去了。若男盯着那半截麻花，大丫也盯着那半截麻花，若男舔着嘴只盯而不敢拾，大丫朝屋子里瞄了瞄，偷偷地拾起那半截麻花，背着若男头也不回地跑回家。若男哭着要吃麻花，惊动了在厨房里做饭的妈妈。妈妈最漂亮的是眼睛，她的眼睛会说话，清亮的时候，一见透底，会告诉你坦诚；昏浊时，目光如刀，寒气逼人，活像一只吊睛白额大虫，非把你吃了不可。若男妈从厨房里出来，看见了大丫手里拿着半截麻花，眼睛布满凶光，严厉地追问："大丫，偷了谁家的麻花？"

大丫战战兢兢地说："没，没偷。"

"没偷，天上掉下麻花来了？"若男妈一边从竹扫帚上抽下竹枝，一边紧紧追问着。

若男吓得不敢吭声，也不敢哭着要吃那半截麻花了。她知道弄不好又要吃一顿竹笋炒肉，领受妈妈的家法了。妈妈最痛恨撒慌，更不能容忍做贼。即便是做了小小的错事不肯认账，她也会边施家法边说，"孩儿看少小，马儿看蹄早；树大从小育，长大腰不伸"之类的话训斥她们。也会针对某事狠狠地说，"做了错事不许赖，做人就要敢做敢说敢担当！"

大丫见妈妈又要施家法，吓得不敢做声了。若男妈竹笋炒肉的招式真的又来了，她用竹枝在大丫背上抽打着，大丫捧着头遮着脸，任凭妈妈操弄竹枝在背上跳舞，伴随着抽打声、哭声、吼声，就像演奏一首古老的交响曲。其实，冬天穿着棉衣，竹枝是抽打不痛的，只是抽走了衣上的灰尘。即便是炎夏薄裳，也不会放过的。竹枝抽过之后，背上开出了血红的竹枝花。若男妈扔下竹枝，到盐罐里抓出一把盐来，在背上一抹，立刻发出像杀猪一样的尖叫声。她心中最有数，不伤皮肉不伤骨，是长记性的传家宝。

"不作声了是不是？不敢承认是不是？看你偷！偷！偷！"妈妈嘴里吐出一个"偷"字，便扬手落下竹枝，仿佛打着节拍。

"捡的，是捡的。"大丫胆怯着说。

妈妈停了手说："在哪捡的？再捡些来看看！"

"是姐姐在祝家大院捡的。"若男说。

妈妈的刀子眼对若男翻着白眼，就像两把钢刀向她劈来。她不敢再声张。只见妈妈猛地从姐姐手中抢过那半截麻花，"啪"地一声，便在她脚下粉碎了。若男心里多可惜呀！她还从来没有尝过那金黄黄、扭扭圈的麻花呢！其实妈妈肯定相信了若男的话，因为谁都相信童言无假。妈妈突然对她翻白眼，很可能是提到了祝家大院。因为平时她经常提醒姐妹俩，不要去祝家大院玩耍。

妈妈声严厉色地问姐姐："谁要你带着妹妹去了祝家大院？是怎样捡到麻花的？"

大丫依旧胆怯地说："我和妹妹去看大黑放花炮……麻花是大黑喂给小花狗的，小花不爱吃，我看见妹妹馋得眼珠子掉出来了，半截麻花睡在地上，又没人看见，就偷偷地……"

听着听着，妈妈的脸色慢慢地苍白了，眼中的怒火被泪水浇灭了，手中的竹枝落在地上，刚才凶神恶煞的威风荡然无存，如同一堆软泥瘫在那儿。突然，她抱着姐妹俩大哭起来，良久，一跃而起，冲到鸡窝边一手抓住正在鸡窝里下蛋的老母鸡，提着就往外跑。若男和姐姐惊呆了。这是她们家的财神爷，天天盯着鸡屁眼，每天早晨妈妈都要摸摸鸡屁眼，探到有蛋，嘴边会挂上一丝微笑。有时候，听到老母鸡"咯哒—咯哒"地叫，姐姐跑到鸡窝边，捡起热鸡蛋，在鼻子下嗅嗅，在嘴边吻吻。妹妹哭着要吃鸡蛋，妈妈冲过来说："你不想穿花衣衣了？不想穿花袜袜了？也不想吃放盐菜了……"说着夺过姐姐手中的鸡蛋，放到抽屉上的瓦罐里。妈妈把老母鸡送到哪儿去？若男和姐姐盯着妈妈的背影。

不知什么时候，姐妹俩睡着了。若男梦见爹回来，堆满一屋子的笑声，妈妈一下子变得好漂亮。爹给他们买回一大包麻花，若男和姐姐争抢着，扭扭圈圈的模样，又香又甜又脆。一家人围着大方桌吃着团年饭。爹妈对坐着，若男和姐姐对坐着；若男的两旁是爹和妈，姐姐的两旁是妈和爹。他们吃得几多香呀……又不知什么时候，若男突然惊醒了，睁开眼，刚才的快乐飞走了，只剩下嘴里塞着一根麻花，只看见妈妈笑着站在面前，大声地说："吃呀，吃呀，让你们吃过够！"说着又给姐姐嘴里塞进一根麻花。桌上还放着一挂鞭炮，一截猪肉和一条小鱼。这是若男出

第一章 孽缘

9

生以来第一次吃到麻花，和刚才梦里一个样，真的吃到了，吃到嘴里"嘣咚，嘣咚"比蚕豆松软，味道好极了。他们家今年过年也和人家一样热闹了。妈妈今天格外舍得，可若男和姐姐还真舍不得——那只跟她们一块儿玩耍又喜欢生蛋的老母鸡。

　　腊月的日头会偷懒，打了个照面就不见了。天色渐渐黑下来，破落的小屋虽显得冷冷清清，孤儿寡母却已经很知足了。有肉、有鱼、有麻花，特别开心的是她们家也有了送旧迎新的鞭炮。妈妈早早关了"柴"（财）门，预示着明年财运兴旺。关了财门之后，就不准开门，直到送走旧年迎接新的一年重新开始。讨债的、会客的、借物的只要看见大门紧闭，便不敢惊动人家了。山里人辛辛苦苦忙了一年，关上财门便是一家人团团圆圆过年了。三十的火，十五的灯。除夕守岁，一家人都穿上新衣服，围着大火，大人们拉扯着家常，孩子们数着压岁钱，便有了浓浓的年味。若男和姐姐都换上新的花衣裳，是妈妈一针一线做出来的，她们也围着大火守岁，没有爹就好像没有了年味，口袋里装不着压岁钱，也看不到妈妈的欢笑。

　　火坑里的大树蔸燃得正旺，满屋散发着松木的香味。这是爹在家的时候挖的，偏屋里还堆满半边屋。山里人伐了树，有勤快人把蔸挖回来，备冬天取暖。在用石麻条砌成的土坑里，放上一个干树蔸，一天也不用管它，烘得最舒服，既暖身又养人，算是催眠的好地方。妈妈在火旁做着针线，两个孩子早进入了梦乡……远处响起鞭炮声，紧接着到处都是鞭炮响，一阵紧似一阵，祝家大院的闪光春雷最压阵，"嗖——嗖——嗖——"冲上天，在空中炸响，地动山摇。若男和大丫却听不见，一挂鞭炮还放在桌上，没凑上热闹。眨眼间，牯牛山下的人家又迎来新的一年……

　　天地间又恢复宁静，远处间或一二声狗吠。若男妈正要放孩

山／女／的／忏／悔

子床上睡觉，一个黑影从偏屋闪了进来，紧紧抱住她，若男妈正要呼喊，"是我，我是牯牛。"黑影低声说。若男妈由惊慌变惊喜，夫妻俩对视着，呆若木鸡，将信将疑，在梦中？在天上？也不知过了多久，才找到感觉，牛郎织女真的相会了。牯牛抹起妻子乌黑的头发，脸上还那么亮堂，颜色还那么红润，模样还那么抢眼，内心便暗暗生出一些苦涩来；妻子细细打量着丈夫，牯牛还是那个牯牛，只是掉了膘，缩了身，五长三粗的汉子只剩下骨架了，眼眶深陷放得下一个鸡蛋，不过鼓鼓的眼珠子凶光没有了，那强悍劲儿也没有了，温顺得好像一匹骟马，妻子一下抱着丈夫泪流不止，就像母亲抱着归来的游子。

在妻子的怀里，他嗅到了一个女人的气味，依旧是那样神秘，依旧是那样温暖，依旧是那样荡魂勾魄。早已压抑不住男人的本性，正欲发泄，他想到孩子。孩子就在他的身边，他从妻子的怀中挣脱出来，看了看大丫，长高了，好像越来越像自己了；又抱起若男亲了亲，说："你这个索命鬼长得还挺像她妈，牯牛山又要出凤凰了。值了！值了！"若男梦见爹用胡须扎她的脸蛋，她抓着爹的胡子不放，真逗乐……突然，几个背枪的人冲进屋里抓走了爹，若男猛扑过去"哇"地一声，大哭起来。睁开眼，没看见背枪的人，却看见一个胡子抱着她，心里很高兴，爹终于回来了。她不敢看爹，也看不清他的模样，只稀里糊涂地觉得，爹就像火坑里被火烧过的、黑不溜秋的一个树苑。出生后就没见过的爹，让她感到陌生、害怕。她假装闭上眼睛，她看见妈妈为爹做饭，屋子里飘散着肉香；看见爹狼吞虎咽地吃饭，妈妈在一旁帮他盛饭；看见爹解下缠在腰间的包袱，从中取出几张大票子，递给妈妈。妈妈说："哪来的钱？"迟疑着不敢接。

爹说："卖苦力挣的，钱不多，可干净呢！"

妈妈慢慢接过票子说："干的什么苦活，吃得消么？"

"在砖窑里当黑工。老板的心真黑，不提了……"停了会儿，爹叹了一口气接着说："我是活一天算一天的人了，说不定这回出去就回不来了，知道你不容易，你就找一个好心人帮你拉扯拉扯吧，人家只要对孩儿好，我就可闭眼了。等孩子们长大了，告诉她不忘了清明节给爹上坟烧炷香……"说完像哑巴一样，不说话了。妈妈已泣不成声……

二

大年初二，若男妈带着两个孩子去外婆家拜年，若男和大丫一路跳着蹦着，山深路远不知不觉就到了外婆家。外婆在门口接着她们，只当是盼到星星了。外婆家也藏在竹林里，二间土屋显得格外空旷清静。女儿嫁出之后，二老才突然感到孤独了，逢年过节便伸长脖子，盼着他们回家看看，只要是大丫若男来了，非要留下住上十天半月。吃过午饭之后，二老留不住女儿，只得由她回了婆家。因为山里人迷信，正月里家里是不断烟火的。

刚入竹林，若男妈碰上三喜从竹林深处走出来。他手里提着一块腊肉，还为孩子们买了一个大礼包，是给若男妈拜年的。见大门紧锁，正愁见不到人，一转身看见主人回来了，忙着迎上去打招呼："秀妹子，新年好，三喜哥给你拜年来了。"

若男妈不好意思地连忙开了大门，递上椅子，又递上一杯水说："三喜哥，请喝茶。"

三喜将肉和大礼包顺手放在桌上，接过茶杯说："孩子都被外公外婆留着了吧。看，俺给她们买了大礼包呢!"停了一会儿，三喜点燃一支烟，接着说："牯牛老弟这一出去有四年多了吧，看这孤儿寡母的多可怜，他也不想想你们在家的日子怎么过的。"说着一对睁不大的眼睛色迷迷地盯着若男妈。

若男妈是湘西大山里的美女，是牯牛山下出了名一块盖面肉，谁也比不上她的容貌。她是崔家峪美人窝的丫头，名叫崔秀秀，不单相貌出众，手面功夫也不错，茶饭不用说，还来得一手好针线。挑花绣朵，缝衣做鞋，无师自通。都说她是织女下凡，与牛有缘，嫁给了牤牛山下的一条野牤牛。牤牛婆到像仙女一样的媳妇，笑歪了嘴，"嘿，还真感谢不识字的老爹，生了儿子想不出名儿来，有幸住在牤牛山，给俺取了牤牛这个好名字"。自娶了秀秀，一物降一物，野牤牛如同骟马。秀秀自嫁到牤牛山，山里便落下一个凤凰，想坏几多年轻后生。有的后生说，想偏脑袋是胎生，便抛开那些非分之想。黄三喜却不信邪，事在人为，世界上没有攻不破的堡垒。他算是一个有心计的人，想要得到稀罕宝贝，也不在乎那一朝一夕，三年五载。机会终于来了。牤牛犯了命案，上头催得紧。自他跑出牤牛山，就没回来过，通缉令发出去了，没见到人毛。上面层层下了死命令，限期抓人，就是见不着人影。乡里要村里安排专人守候，通报消息。三喜身为村治安主任，责无旁贷。他满怀信心地给上面立了军令状。为了抓住牤牛，他想到一个绝好的办法：守候不如亲近，亲近不如上床，只要与秀秀上了床，还怕嗅不到牤牛的气味？这可是一箭双雕的大美事。

三喜的目光像老鹰见到小鸡，恨不能一口吞了它。秀秀有些不自在地红了脸，红到耳朵根，像涂了胭脂一样。三喜咽着口水，将椅子移动着向秀秀身边靠拢，秀秀坐的椅子便向墙边移。三喜说："快开学了，这回要送大丫读学前班，七岁了吧，若男也四岁多了，也要送她到幼儿院。"秀秀只叹息不作声。

"秀妹子，钱的问题俺来帮你解决，只管让孩子读书就是了。"说着说着一双色眼闪烁着欲火，秀秀依旧避开三喜逼人的眼光，用微弱的叹息声回应着对方。三喜抑住欲火，长长的马脸上如浸灌猪血一般。他是情场老手，未到火候，绝不敢造次。他曾对嫖客们传授机宜，占人先占心。要取得女人的信任，要从远处讲到近处来，从近处讲到床上来……一个汉子偷听到三喜的真传，喜之不胜。有一天在一条偏僻的山道上，碰上一美貌年轻女子，素不相识。一时性起，想起真传，于是嬉皮笑脸地走上前说，那妹子，俺从山外很远很远的地方，是汉口，不，比汉口还远的地方进山来……女子丈二和尚摸不着头脚，呆呆望着面前的汉子。那汉子喜在心头，毫不遮掩地说，千里姻缘一线牵，有缘纷呢，俺俩……"啪"地一声，一个巴掌重重地落到脸上，烙下鲜红的五指印……

三喜又点燃一支烟，不失时机地继续说："秀妹子，出了正月，等天暖和了，帮你捉一个猪崽来，猪栏有几年没喂猪了吧？看你血财好，以前喂牲畜不病不死，出栏尽是几百斤……"三喜的话讲到秀秀心坎上，是呀，山里人就靠喂养哑巴畜牲赚钱，可是本钱呢？三喜像知道了她的心事，接着说："秀妹子呀，你就是瞧不起三喜哥，有三喜哥帮你，还愁什么事儿办不成？你看，这两年田里的活儿为你干了多少？重活累活全包下来，季节上的事俺知道了都来帮你，可平时有事也不找三喜哥商量，俺可没当神仙啰。"

三喜抽了一口烟，停顿了一会儿说："秀妹子，你说三喜哥图个啥呀，背着一口黑锅，任凭人家指背骂，也难怪人家说三道四，孤男寡女的，黄泥巴粘在裤上，不是屎也是屎，秀妹子，只有你知道三喜哥的清白，俺冤那……"说着小眼珠子在秀秀身上贼溜。是呀，这几年欠三喜太多太多，虽乡邻乡亲的，可非亲非故，他图个啥呢？好人呀！秀秀眼圈儿红了，也不知怎么感谢人家。

三喜看在眼里，打铁趁热地说："秀妹子，今年的种谷给准备了，到时和俺家一起浸种，育苗的肥料也安排好，机耕师傅也打过招呼了……看，这拜年的东西是少了一点，俺知道不够，可俺还要顾顾脸面呀，总不能当着千百双眼睛把一座山搬到你家来……"三喜说得眉飞色舞，秀秀渐渐招架不住，像听着一首首情歌，感人肺腑，动人心弦；又像听着一首首催眠曲，恬静而轻松，美妙而动听，眨眼间痛苦、烦恼、伤心……不翼而飞。忽然，秀秀挪下椅子，双膝跪在三喜的面前，给三喜一连磕了三个响头。三喜看得最清楚，秀秀跪地磕头时那溜圆的大屁股，那细细的蚂蚁腰，那挺挺的隆胸，忙扶着秀秀起身，双手插在她的腋下，触着了她柔软的肌肤，触着了她皮球似的乳房。此时，三喜血管在澎涨，血液在沸腾，肌肉在抽紧，心跳在加速，整个身子不听使唤，如脱缰的烈马，如开闸的洪水，如捕食的猛虎……他像老鹰逮小鸡一样，猛地抱起秀秀，疯狂似的亲着吻着；秀秀的防线彻底崩溃了，闭上了美丽的大眼睛，温顺地躺在三喜的怀里，本能地双手吊着他坚硬的脖子，任凭他疯狂地发泄……

三

不知什么时候，三喜满足之后悄悄地溜走了，秀秀还在床上伤心地抽泣。女人呀，女人，生来就是苦命呀！世上哪真有活菩萨？他不就想得到女人的宝贝吗？不就想玩你个够吗？看到三喜刚才那丧魂亡命的模样，真让她胆战心惊。他得到了稀罕物之后还会对你真心吗？秀秀后悔了。想到对不起丈夫，想到他们海誓山盟，想到做女人的本份，想着想着，她的眼泪从滚烫的脸上刷刷地流下来……

最让她难忘的是与牯牛过喜会的日子，那是一九八六年十月十六，择定的吉日。天刚蒙蒙亮，崔家峪鞭炮抢先报喜，锣鼓唢喇凑热闹，大红花轿接新娘，场面好气派！刹时便围满看热闹的乡邻乡亲。新郎向人群抛撒着喜糖，孩子们在欢笑中翘着屁股地上抢，有个孩子抢掉了鞋袜还不肯罢休，好兆头，多子多福呢！新郎踏进门，遍撒雪花银。当新郎迈进新娘的大门，一时红包齐飞，内亲外戚齐出手，帮忙的跑堂的一齐上，争抢着喜钱，崔家笼罩在喜庆中。紧接着发亲了，秀秀在优雅的哭声中戴上红盖头，妈妈在暗地里流泪，因新娘无兄弟，是爹背地上花轿。在锣鼓、唢喇、鞭炮声中花轿缓缓地抬出崔家峪。新郎前面走，花轿后面跟，接着又是陪嫁的床被柜箱桌椅一长串，最后跟着送亲的队伍，如同山林间游弋着一条欢乐的彩龙。秀秀在花轿中忍受着轿夫们的戏虐，忽而左忽而右，忽而空中忽而深渊，全在于山古佬扛山的肩膀和爱逗的德性，让那轿杠儿奇妙地闪呼。然而，花轿中的秀秀沉浸在从未有过的幸福中，憧憬着未来，描绘着她美美的家园；隐隐心中又有离别的伤心，还有那临阵的恐惧……

那是一个花好月圆的夜晚。她顶着盖头，羞答答地坐在床沿上，心里怦怦地跳着，依稀看见红蜡烛快乐地举着灯火，依稀看见新郎摇摇晃晃走进洞房；酒后壮胆，他却呆呆站在新娘面前，迟迟揭不下她的盖头，伸伸缩缩好几回，仿佛盖头千斤重。不知什么时候，客亲们纷纷离去，几个在墙根下听壁脚的毛头小伙也没声响了，竹林深处的小屋又恢复了平静，月姑娘露着圆盘笑脸在天上为她们祝福。突然，"嗖——"地一声，盖头飞了，露出一个美丽的小天仙。新郎醉意朦胧地倒在床上。新娘怯生生地帮他脱下鞋袜，使出吃奶的力气把他扶到床上，盖上大红被，自己颤巍巍地钻到床里边，蜷缩着不敢出声。其实，血气方刚的野牯牛这回儿横劲儿没了，胆小如鼠。新娘睡在身旁，像隔着一条遥不可及的天河，像一堵跨不过的高墙。新郎刚才的醉意是傻装的，论酒力可胜过当年的武松，还没有过醉的耻辱，却在如花似玉的美女面前，在洞房花烛之夜败下阵来，畏缩不前。他不甘心，将一只手慢慢探过去，触到了新娘，她敏感地怯退，又将手伸过去，她又退，一直退到了墙边上。这时，他有些按捺不住了，猛地一巴掌伸过去，正好摸到新娘的肚皮上，光滑如水，柔软如绵，那感觉美不可言。突然，一个鹞子翻身抱住了新娘……

第三章

一

女人的第一次是刻骨铭心的。秀秀把它珍藏着，永远记住那个气壮如山，威猛如虎，性情如火的犟牯牛。秀秀爱牯牛也一个"巧"。牯牛的狮子灯玩到了崔家峪。山高出鹞子，崔家峪里出美人。牯牛也想碰碰运气，凭着他的狮子灯，玩来金玩来银，玩来一个媳妇爱死人。周围十里八村，数牯牛狮子灯玩得最绝，打起地场来，功夫了得。在崔老六的堂屋里，摆开阵势，主人将一个红包挂在屋梁上，要狮子玩上屋梁，摘下红包，这叫"登天取宝"。只见彩狮在锣鼓声中从第一条长凳玩起，套路新颖，蹦跳铿锵，卧立玄妙，狮子步步高升，迎来一阵一阵的喝彩。秀秀数着长凳，一条，二条，三条……如同天梯，快到屋顶，不多不少一十二条，只见狮子在半空摇头摆尾，突然，一个蛤蟆捕食的招式，摘下了那个红包。围观者大开眼界，伸出大拇指，呼着值钱！值钱！眨眼飞身立地。秀秀惊呆：玩狮头的是一个虎虎生威的彪小伙，长得头齐尾齐，五长三粗，脸方头圆，眉粗眼大，不自觉地脸儿发烧。观众们有的加点儿赏钱，有的扔几个硬币，有的给几个米粑。秀秀掏出一个硬币，对着小伙子弹去，不偏不歪击中他的额头。他瞬间眼角余光捕捉到秀秀，眼前一亮：疑是天仙下凡，两人目光相对，报之一笑。从此，两人便有了心中人。

养女望人做媒。来崔家峪提亲看人的络绎不绝，就没有秀秀中意的，手艺人看不上；吃公家饭的不上眼；当官儿的来了嘴儿翘，挂得上一把夜壶；大老板托人做媒，躲得不见影儿了。把崔老爹急坏了，指着秀秀说："冤孽，真是冤孽，你是仙女投人胎，看不起凡人的，牛郎配织女，到时候，就让你嫁一个穷牛郎！"几句话说到秀秀心坎上，她心里还真装着一个牛郎。自那回硬币敲中他的额头，心儿就随他去了，多了美梦，多了牵挂。有时候，对着镜儿嘲笑自己：人家姓什名谁？家住何方？可有妻儿？看，一个生面孔就把你搞得神魂颠倒。嘿，也不知怎么搞的，心儿就像射出的箭——不回头了。

养儿接人做媒。牯牛山的高家两条光棍，老光棍名叫高继祖，年纪大了都叫他高老爹，为小光棍犯了急。高老爹祖传的猎户，枪法百发百中，还没有从他枪口下逃生的猎物。山里人说，伤害生灵太多，才有高家单传的报应。爷生他，他生儿子，儿子都快而立了，还光棍一条。高老爹大字不识一个，一生不务正业，四十多岁才讨了个乞丐老婆。也不知她是来寻亲的还是讨饭的，被高老爹收留，人家问不出她的姓名，都呼她山外婶。后来山外婶生下儿子，不知什么时候，又走出大山销声匿迹了。高老爹祖辈生活在牯牛山，就给儿子取了牯牛这个响当当的名字。儿子胜过老子。除脾气基因外，不但枪法比老子更精准，而且人才出众，把狮子灯玩得锦上添花。高老爹一生不求人，这下四处求爹爹拜奶奶，为儿子接媒婆找媳妇。也怪，来看人家也不少，牯牛就没一个中意的。人家细妹子来了，心情好，他还陪陪笑；要是逼急了，就像犟牯牛一样鼻子一硬走了，拉也拉不回。媒人说，婚姻是讲缘分的，两人无缘，强扭不甜，男女有意，棒打不退。

牯牛的缘分真地来了。那日在崔老六的堂屋里玩狮子灯，还真玩出了缘分。不仅玩出意中人，还玩出牵线人。牵线人就是崔老六的女儿崔小妹。崔小妹也是崔家峪的一支花,身着一身红,最逗人可爱的是桃子脸上的两个酒窝。她爹说,小妹是皇帝女儿不愁嫁。小妹有两个哥哥,大哥叫崔大春,当兵出去好些年,后来转业到了公安局。二哥崔仲春读书飞出大山,从此告别了故土。崔老六特别疼爱女儿,含在嘴里把她养大,读书怕她飞了,小妹读中学时,在学校舞蹈演员中数佼佼者,某艺术学院来校招生,导演被她的两个酒窝迷住了,要破格录取她,结果是爹拉了后腿。后来,招工怕她跑了;嫁人也不让嫁出大山,精挑细选便选中了牯牛山祝家的么儿子。祝家是牯牛山大户人家。他爹祝福生逃荒来山里,一贫如洗,土改时便成了土改根子,分了大地主王金阶的住宅,后来就变成了祝家大院。从此人丁兴旺,生有三个儿子,老二是推荐的工农兵大学生,端上了铁饭碗;老大文化革命当了造反派,在一次武斗中丢了性命;老三便是么儿子,他娘难产去世后,他爹再没有娶女人,把他当做心肝宝贝,在他爹的眼皮下长大,高中毕业没考上大学,回村便接了他爹的村长位子。他就是被崔老六选中的乘龙快婿,名叫祝自红。他爹是一块金字招牌,红了几十年,红秃了顶,泛着红光,颇有些官样。红人在村长的宝座上也稳稳地坐了几十年。在这块小天地,说话算得上金口玉言,加上他说一不二、雷厉风行的性格,颇具威信。乡亲们心里有一杆秤,做了许多好事,比如带领山民兴修水利,筑起牯牛山大坝,牯牛水库惠及子孙……可也留下骂名,五风三害,独断专行瞎指挥。那一年春插,牛头生产队的队长张八斤,为赶季节胆大包天不执行命令,全队男女老少丢下了划行器,拉着绳子打垅插秧,既省事又省力。老村长知道了,火冒三丈,当即召开现场会,摸着光头指着八斤的鼻子:"你好大的狗胆,敢对抗老子,老子是毛主席派来的,执行八字方针的,坚决保证密植,非叫你用划行器不可……"说着命令当场拔掉秧苗,放水划行。

八斤根红苗正，是一个快言快语的人，当着大伙儿的面说："这队长当不好了，我不当这混账的队长，另请高明！"

老村长火上加油，又指着他的鼻子，摸着光头喉咙冒烟地说："老八，你给老子听着，这队长不是你想当就当，不想当就不当，老子要你当你就当，老子不要你当你就不当！"

结果误了季节，减了产，张八斤背了黑锅。直到张老八得了出血热，抛下妻儿撒手人寰，才摘下队长的乌纱帽。

儿子当上了村长，老子少不了调教。娶崔老六的女儿也是他拍板，理由是门当户对。崔小妹嫁到祝家大院，小两口日子过得甜蜜，第二年生下儿子大黑，也算是幸福美满了。可娇惯的小妹没有忘记一同长大的秀秀，在崔家峪只有秀秀能跟她比，有人评说，小妹是人间的美女，秀秀是天上的仙女，小妹听了嫉妒。在崔家峪，她就是天之骄女，她就是美女皇后，她就是掌上明珠。穷家小户的秀秀岂能跟她相比，吃的穿的住的都不如她，在家里她可发号施令，在崔家峪的姐妹中都敬她三分。虽然她嫁到牯牛山，当了村长太太，但她决不想秀秀胜过她。女儿菜籽命，撒到哪儿都生根开花结籽。凭着她的容貌，嫁一个官老爷或财神爷，只需她点头就是，到那时岂不是压住了自己？于是，她打起秀秀的主意来。她要把秀秀嫁到牯牛山，收在她的魔下，对象就是又犟又烈的野牯牛。要是秀秀嫁到牯牛山，那就永远在她和村长丈夫的管控之下；又为她添了一家亲，多了一个伴，还有了一个串门说笑的去处。于是小妹乐意当了红娘，忙着牵线搭桥。

二

小妹打扮回娘家，依旧一身红，红得耀眼，只是耳上多了金耳环，手上宝石戒指特别显眼，腕上套着金手镯，脖上还亮着金项链，珠光宝气。做女儿时，她穿红衣好看，崔家峪的姐妹们都跟她学，也穿上红衣，她干脆从上到下一身红，头上还系上一个大红结，别人再不敢跟她学了。她从此别具一格，身段如火，光彩夺目。第一次当红娘，想不到还真顺。做媒全凭一张嘴，小妹新姑娘上轿第一回。试着问秀秀，秀秀听了红着脸，低着头，抿着嘴，心里头就像灌了蜜一样，说话的声音甜甜的，一声一个小妹姐，又摆擂茶又做饭，还特地敬上几个荷包蛋。接着她又试探牯牛，牯牛大嘴憨笑如瓢，点头就像鸡啄米，双脚蹦起八丈高；高老光棍看在眼里喜在心里，脸上盛开一朵大菊花，仰天高呼，苍天有眼！苍天有眼！小妹心中有了底，暗自欢喜，看人家做媒，花言巧语，磨破嘴皮，跑穿鞋底，十有八九难成；自己一张嘴，谢媒的皮鞋就快上脚呢！于是定了一个看人的日子。牯牛备了些礼物，跟着媒人到了秀秀家，秀秀见了心上人，这下可放心了，只等爹的一句话。爹疼爱女儿，就要帮女儿找一个好女婿。崔老爹的标准也古怪，不攀官不爱财，只要女儿看得来；要德性，莫耍赖，只求两手有勤快。看来，女儿看上了，算是过了女儿关；要过父母关，就得崔老爹定夺。崔老爹看人也很独到，他半闭着眼，问起牯牛来，就像考官测试考生。

"你有什么本事娶秀秀？"崔老爹说。秀秀在一旁给牯牛使眼色，意思是要他讲出玩狮子灯绝活。可牯牛就是不明白她的指指划划。

"俺没有什么本事。"牯牛说。秀秀急得直跺脚，忙在爹的耳边咕着："看见他狮子灯玩得顶绝呢！"

崔老爹像没听见一样，继续问："没本事怎么养活妻儿？"

牯牛低着头说："我有力气。"

"光有力气可过不上好日子。"崔老爹有点儿不满意地说。

急坏一旁的小妹，脸上忽地笑出两个美丽的酒窝，流出满嘴的漂亮话："前辈呢，女儿放人家就好比鸡蛋，要放一个稳当的地方。他是我们牯牛山的能人，不光心儿好力气大，农事工夫一把抓，那狮子灯玩得顶呱呱呢！一个正月下来，粑粑用缸装，票子存银行，我都眼红呢！"

一番话好像并没打动崔老爹，仍半闭着眼不动声色。小妹又说："他本事大着呢！祖上是猎户，得了真传，枪法胜过他老子，要他打头决不打尾……"

崔老爹眼前一亮，慢吞吞地说："是好是歹自有分晓。这女儿婚事也不要过急，这样吧，你说枪法好，岳老子正有一事求你小子，屋前山坡上两块地，这两年没收成，就那该死的野兔毁了庄稼，什么时候兔子不害庄稼，地里有了收成，就把秀秀嫁过去……"

小妹急了，秀秀也急了，都不说话。还没让崔老爹说完，牯牛抢着说："爹，俺笨嘴不会说话，到时候，您就等着看吧！"

一句话聊起崔老爹嘴边的笑容。他相信自己的感觉，刚才给他一个小小考验，但愿老眼没有看错。这桩婚事就这样定下来。

牯牛是一个说话嚼铁吐钢的人，只要是答应的事，就是上天戳月摘星也会干的，何况是为了心上人，为了秀秀早些投到自己的怀抱。岳老子出难题，其实有何难，不就是要俺多跑几趟崔家峪，打几只野兔，庄稼自然就没事了。说心里话，俺正愁没多少机会见秀秀，说说悄悄话，这可是天赐良机。其实，这正是崔老爹的苦良用心，明里要他打野兔护庄稼；暗里可看看女婿真有功夫，还是空有其名，真是腿脚勤快，还是懒虫一条，干事真有耐心，还是半途而废。另外还可为两个相爱的心上人多多提供见面说话的机会，看他是真心爱秀秀还是花花肠子。

正值早春二月，草木复苏，燕花闪闪，飞在熟人家。崔老爹地里的麦苗儿滋润了春光，眨眼青油油的，老兔带着小兔又来到它们熟悉的乐园，这里为它们提供了可口的美餐。以前，牯牛提枪进山也进了乐园，想吃野味，扳机一扣，便美美一餐。后来听人说，背枪打鸟，一生孤佬。一条条鲜活的生命倒在他的枪口下，隐隐感到罪孽深重，仿佛老天爷惩罚过他的光棍老爹，又在惩罚自己。他不想再去伤害那些无辜的生命，放下屠刀立地成佛，把自己心爱的猎枪封藏起来；一条得力的猎狗老死后，把它安葬在门前竹园里，从此便与狗尽了缘分。现在，他答应了岳老子，无话可说，取出那支擦得铮亮的猎枪，又要重操旧业。近水知鱼性，近山知鸟音。凭牯牛的感觉，山中飞鸟、野兽只要弄出声响来，不仅能叫出它们的名字，还能分出它们的公母。他精通各种山鸟和野兽的习性。小时候一些大小孩子都喜欢跟他捉鸟。那是一个冬天的晚上，祝家大院的自红跟着他上山，在一棵矮子松树下停下来，将手电筒给了自红，要他照着。自红打开电光，看见独生的斜枝上歇着斑鸠，一只挨一只像排队一样，见到光亮便不动了；牯牛提着麻布口袋，伸手便捉，像施了魔法一样，那些斑鸠很驯服，捉一只就向他的手靠来一只，就这样排列着的斑鸠，一只接着一只装进他的口袋。后来自红问牯牛，诀窍在哪儿？牯牛傻笑着说，哪有什么诀窍，就是摸到它们的脾性了。这斑鸠晚上就怕光，跟青娃一样，见到强光照射就不动了；它们一只挨一只是借着体温取暖，站在树枝上就排成了队伍。你捉它它并不知道，捉了一只后，旁边的挨过来是因为手有温度，蠢家伙就落到手中……现在要打兔子，牯牛当然知道兔子的习性：兔子不吃窝边草，狡兔有三窟。这野兔吃草就像人吃饭一样，定了时的，大都在清晨或傍晚。晨曦升起的时候，雾气蒸腾之后的麦苗，湿润鲜嫩，野兔便不知贵贱地享受美餐；黄昏时又来慢悠悠地饱餐一顿，因为归窝之后便是漫长的黑夜。这些牯牛早已了如指掌。他拿定主意专打傍晚的兔子。

日头还有一树高，牯牛背枪动身，两脚生风，翻山越岭，到麦地时已近黄昏。晚霞从林隙中穿射过来，麦地上便涂上一层金黄，为野兔偷吃麦苗提供了最好地掩护。因为野兔毛色麻黄俱多，在霞光中是很难发现的。牯牛躲在西边的草丛中，顺着东向看过去，光线就不会刺眼，调整了角度之后，蹲下来隐蔽地注视着动静。一只土黄色的兔子跳进了麦地里，后面还跟着三只兔子，颜色差不多。它们是一家吧，牯牛想。只见那领头的兔子毫无警惕，在麦苗中欢蹦着，牯牛端枪瞄了瞄，又放下来，不知是距离太远还是心生慈悲。隔了会儿，麦地成了它们的舞台，一会儿交头接耳，一会儿蹦跳追逐，其乐融融。"轰"地一声，牯牛枪响，兔子丧魂落魄地逃命。这是他枪史上的耻辱，一个天大的笑话，野兔在神枪手的枪口下逃生了。秀秀和崔老爹听到枪响，知道是牯牛来了，在门口迎接着；秀秀妈忙着去做饭，犒劳神枪手的女婿。牯牛背着枪来了，还没进门就听见秀秀甜甜地问："牛哥，野兔呢？"

牯牛面带愧色地说："跑了。"

崔老爹安慰他说："古人说，三天不打鸟，大牯牛射不倒，好久没操练嘛，爹信你。"说着到厨房里帮忙去了。秀秀又递椅子又递茶，心里根本不在乎野兔不野兔，只要见到牛哥比什么都好。牯牛顺手把枪放在门角里，接过秀秀递来的椅和茶杯，屁股还没坐稳，秀秀问牯牛："牛哥，问你一句悄悄话，你来崔家峪，是想打野兔呢？还是想看你秀妹妹？不准撒谎哟。"

牯牛喝了一口茶，放下了茶杯，看了看秀秀通红的脸说："打野兔三二天一回就够，见你秀秀俺天天都想，天老爷给俺作证！"

秀秀接着说："俺也是呀，只要天天能看到你，打不着野兔也高兴！往后你天天来打野兔好吗？，俺俩就能天天见面……"

牯牛说:"俺可不能天天来。"

秀秀急了,问:"腿长在你身上,哪就不能天天来呢?"

牯牛笑笑说:"你真是一个猪脑壳,也不想想野兔在枪口下逃生,受了惊吓,也会长记性,肯定几天见不到它的影子,俺总不能天天为了见你,在麦地里放空枪,耍那个滑头,人家会笑掉牙呢!"

夕阳的血色刚刚褪去,明月又上树梢头。秀秀伴着牛哥好像千言万语要倾吐,牯牛守着秀秀但愿天长地久不分离,一对恋人沉浸在甜蜜中。突然,崔老爹呼着他们吃饭,餐桌上菜肴丰美,香辣可口,只少了一只证明他枪法的野兔。在崔老爹看来,听到枪响,牯牛提着一只野兔来孝敬他,他会要老伴好生烹调了,一家人坐在桌上,与佳婿对饮着自家酿的谷酒,他会当着女儿和老伴夸起佳婿的枪法来,也会醉意朦胧地夸耀自己择婿的眼力,那才是有滋有味。没有了酒兴,酒是不喝了。秀秀一口一个牛哥,一个劲地给牛哥夹菜,全然没有爹的感受,陪牛哥的滋味胜过野兔。秀秀妈也不停地给女婿夹菜,崔老爹只能笑陪着,牯牛当着两老的面也没言语,只顾吃饭。崔老爹看着牯牛,在他眼里的佳婿不会是锦皮盖鸡笼,面子好看肚里空吧,什么神枪手也不过是媒人的鬼话,最担心的是他的两块麦地,一个不中用的黄枪手是保护不了庄稼的。

麦黄的时候,崔老爹天天绕着麦地转几个圈儿。有时会呆呆地望着他的麦地,思索着什么;有时会蹲在地头,摘下一根麦穗在手心里搓揉着,吹了吹便现出硕大的肉红色的麦粒。这时,他脸上刀刻的皱沟里堆满了笑。他想不明白的是,牯牛隔三差五来麦地放枪,都说他是神枪手,可就没见他提着一只野兔来,也不是要他来孝敬俺这个老丈人,分明这小子空有其名,俺都被他要了呢!想到哪儿去了?人家又没说送你兔子,只答应帮你保护庄稼，看，今年的收成喜人呢！俺看这小子行，不许反悔哟，不过得了春收，嫁女还真早了点儿，总不能一个赤膊砣给人家吧，遮不住脸面，多少要给女儿陪置一点嫁奁。麦收之后赶种黄豆，这黄豆苗是最招野兔的，放空枪也罢，还要牯牛来保护苗稼，等秋收有了年成，手头宽松些了嫁女不迟。想着心里就只剩下对牯牛的感激了。

趁着端阳节小妹回娘家，崔老爹找她商量牯牛和秀秀的婚事。小妹脸上酒窝总盛着醉意，亮了一下手上的戒指，故意问："今年的春麦丰收了吧。"

崔老爹笑着说："这还真是得了牯牛帮忙。"

小妹讨好说："俺给你选的女婿不错吧，枪法也算百发百中吧，要不是把那些害庄稼的野兔都消灭了，哪有今年好春收？"

崔老爹连连点头说："不错。不错。"

小妹玩着手圈说："您说过的，等地里有了收成就嫁女，那你就把女儿早些嫁了吧。只要你松口，要男方看好日子来求喜就是了。"

崔老爹停了一会儿，有点儿为难地说："小妹，一家不说两家话。你是知道的，俺是手长衣袖短。你跟男方说说，他俩的婚事下半年吧。请你给牯牛说一声，麦子收了又种了黄豆，还要他打打照看……"

小妹做梦也没想到，崔老爹会找她谈女儿婚事，因为山里的习惯都是年头年尾办喜事，农忙时少有娶亲嫁女。心中一阵暗喜，看来崔老爹还蛮守信的，如果手头活泛，说话一定算数，眼下怕引起女婿误解来找媒人通融的。于是，小妹有点撒娇地站起来说："前辈呢，到您家去呀，趁牯牛给您拜节跟他说说就是了。今天俺有口福，陪您女婿吃中饭，让俺也尝尝野兔味。"

崔老爹嘴里应着，脸上泛起苦笑，老眼又半闭半睁。家里灶头还吊着腊菜，鸡鸭笼中也不缺，她小妹偏偏点中野兔野味，说心里话，俺只听枪响，连野兔的气味都没闻到。

小妹跟着崔老爹走进家门，看见牯牛和秀秀正说笑着，知道是女婿给老丈人拜节来了。秀秀笑着迎上给小妹沏茶，小妹见到秀秀那充满灵气清秀的容貌，心中的妒意便盛在脸上的酒窝里，与她不自在地说笑起来。崔老爹走进厨房，见老伴正忙着做饭，不声不响地从灶头上取下那只被烟火熏得干枯的兔子。山里人过了冬至，就开始杀猪宰羊，用烟火烘烤各种腊肉腊鱼，没钱的人家也会买些猪肉、牛肉、羊肉挂在灶头，准备过年。崔老爹只买了两块猪肉，几条便宜的碗子鱼，还狠心买了一只家养兔，吊挂在灶头，不来客人是舍不得吃的。刚才听小妹说要吃野兔便犯了难，想起自家灶头上的兔子，心里便有了一些酸楚。他提起干瘪的兔子对老伴说："老妈子，今天这腊兔待贵客，就看你的手艺。"

老伴不服气："天天做饭都这样，吃了几十年了，今天能做出一朵花来？要吃刁味，你来做呀！"崔老爹也不答理，将兔子丢在砧板上，忙着到菜园里寻菜去了。其实，秀秀妈是崔家峪的名厨。她叫王三姑，都叫她三婶，嫁到崔家峪，她的一手茶饭就香遍崔家峪。后来哪家有了红白喜事，都请她下厨掌勺；后来在崔家峪便有了流传：过了三婶的手，汤都好喝些。她的农家味名传到山外，便有了宾馆、酒楼的老板聘她当掌勺师傅，被她谢绝了。山外人未学到她的农家味，让秀秀得了真传。

果名不虚传，不大一会儿，一桌香喷喷热腾腾饭菜出来了，色香味俱全，特别馋人的是摆在桌中央土钵里的兔肉，土炉里火屎正红，土钵里翻滚，满屋里飘香。崔老爹一声呼唤，秀秀拉着小妹，叫着牛哥，走进厨房。小妹是贵客当然被请到上座，崔老爹坐了下座，牯牛秀秀坐对座，做完饭的三婶找个茬儿又忙活儿去了，因为山里的当家女人，来了客人是不上桌的。崔老爹为小妹酌酒，小妹漂亮的酒窝却不胜酒力，连忙推辞着，眼里却盯着那土钵里的兔肉，因为这是牯牛枪下货真价实的野兔，是早已难觅的野味。崔老爹又给牯牛酌酒，大酒杯满斟也不客气；接着就请吃菜，顺手给小妹送上一筷兔肉。小妹津津有味吃起来，还真是美味呢！原来这野味就是与家味不同。小妹边吃边说："野兔俺吃过几回，就没这儿的爽口，还是三婶手艺高。"

崔老爹有些内疚地说："味道将就将就吧。"

小妹的话题转到牯牛和秀秀身上："牛哥和秀妹也算是郎才女貌，天生一对，年纪也不小了，依俺看，女儿生来人家的人，留她一年半截也搬不来金山银山，老爹呢，今年下半年您就答应把他俩的婚事给办了吧。"

崔老爹看了看小妹，想不到这娇生惯养的丫头还蛮有心计的，她这一席话还真是一粒石子儿打两个麻雀。一来呢帮俺解了难，消除了女婿对俺的误会；二来讨好了牯牛和秀秀，还以为帮他们说话呢。想着就张开嘴："下半年就下半年吧。"秀秀脸上刷地一下红到耳根，心里头咯咯地笑；牯牛眼前一亮，端起酒杯一口吞了，不自在地憨笑着。

小妹接着说："牛哥，你爹麦子是收了，又种了黄豆，这苗稼又招惹兔子，你可要多打几只野兔，把它们都消灭了，你们结了婚也不用惦着你爹的庄稼了。不过，吃不完的野兔可不要忘了俺这个媒人啰。"牯牛只是笑着，没话说。

秀秀还红着脸，急着说："牛哥的枪出毛病了，打不到野兔了。小妹姐要吃野兔俺帮你买去就是了。"崔老爹心一怔，好像又要半闭上眼睛。小妹不信秀秀的话，牯牛是出了名的神枪手，即便是枪真出了毛病，修修不就得了，怎么就打不到野兔呢？还没过门就鬼精，刚才说说不过图嘴巴快活，谁稀罕你的野兔，哼，俺小妹要吃什么没有呢？于是亮了亮金黄的手镯说："秀妹呢，小妹姐跟你开个玩笑，还当真呢，看，俺今天不是吃过了吗？只要你家庄稼丰收就好，俺盼着你早些嫁过去，俺就有了一个知心朋友，有了一个掏心掏肺的人。"

　　崔老爹的老脸在发烧，以假乱真的兔肉封住了他的嘴，勉强随声附和："地里有收成就好，有收成就好。"秀秀望着小妹笑，心中充满说不出的感激；牯牛太高兴了，听不见那些零碎话，也不想插嘴，只顾快乐地喝酒……

　　五月的阳光滋补着庄稼，田里的秧苗看着就转青苗壮起来。崔老爹的黄豆地，一窝窝一团团的豆苗，都争着蓬勃青油地生长。崔老爹在垅边地头看看，喜滋滋地又担心起野兔来。

　　又是日头一树高的时候，牯牛背着枪去崔家峪，路过祝家大院，听见老村长家里传来呼天抢地的哭声……祝家大院被翠竹拥抱着，天然形成一个院落，便有了祝家大院的美称。其实，这儿家家都有竹林院落，构成了美丽的绿色屏障，便形成了牯牛山人居竹林的特色。他三二步迈入竹林，跨进大门，看见小妹发疯似的嚎啕着，丈夫不见人影，老村长扶着小妹，老泪纵横，嘴里伤心地吵骂着。于是，惊疑地问老村长："出什么大事了？"

　　老村长摸着光头，丧魂落魄地说："大黑不见了，刚才还在院子里玩，眨眼没人毛了，他爹去找了，还没消息，水塘里派人去捞了，周围人家派人去问了……"大黑是小妹的独生儿子，也是祝家的命根子，三岁多很顽皮，就喜欢在竹林里玩耍，人见人爱。牯牛为他们感到难过，也说不出几句安慰话，正欲退身出门，老村长拉着牯牛哀鸣着："天啦！祝家一根独苗呀，俺怎么老不死呀，俺愿拿这条老命换回孙子的命呀，天老爷睁睁眼啦，保佑俺孙子平安回来呀！……"老村长失掉了往日的威风，变成万般无奈的可怜虫，一声声哭泣撕裂着牯牛的心，他也无能为力啊！他向老村长和小妹点点头，不声不响离开了。

赶到崔家峪已过黄昏，夕阳的余晖还没有散尽，正是野兔出来觅鲜的时候。牯牛找了一个地方隐蔽着，眼睛注视着地边，等了一会儿，没一点儿动静；又换了一个地方，调换一个角度，目光仔细地搜索着。夜色渐渐降临，山风生起，牯牛感觉到缕缕凉意。眼前渐渐模糊起来，他又一次扑空了，野兔的影子都没见着。野兔绝食了？不对；讨厌鲜嫩的豆叶？不对；全都死光了？不对……到哪儿去了呢？牯牛思索着。他记得在这里打第一枪开始，就没想要它们的命，再狡猾的猎物能逃过猎人的眼睛？再快的猎物跑得过猎人的枪子？何况是几只温顺的野兔，简直是小儿科了，更不用说在得了真传的神枪手下逃生了。使他不解的是，这些野兔怎么就不来了呢？难道这是报答他的不杀之恩吗？这些野性的生灵也会知恩图报吗？总之，野兔是见不到了，两块地的庄稼再也不受伤害了，眼前的豆苗郁郁葱葱，长势喜人呢！牯牛见了崔老爹高兴地说："爹，告诉您一件大喜事，野兔与俺交朋友了，不再来伤害庄稼了，您就等着好收成！"崔老爹将信将疑，从没听说过野兔与人交朋友，不信吧，这麦子丰收比往年翻了几番，眼下豆苗来势也不错，就像有了毒似的，再也不招惹野兔了。他的眼睛半睁着，好像发现了一个秘密，牯牛放的是空枪，是故意放的空枪。说呢，神枪手打不着野兔，让老丈人闻不到野味事小，还以假乱真地骗了一回小妹。想想，这逃命的兔子还真被他的菩萨心肠感化了呢!，不再来馋他老丈人的庄稼了。

今晚月亮如盘，早挂在空中，给山林镀上一层银辉。秀秀送牛哥，踏着皎洁的月光，走出家门，缓缓地走在门前的小路上，走走停停，难分难舍。忽然，秀秀说："牛哥，世上男子千千万，秀妹爱你就一个，不知牛哥是不是只爱秀妹俺一个。"

牯牛急着说："就喜欢你一个，俺发誓!"

秀秀的手早蒙住牯牛的嘴："俺不准你瞎说。"

牯牛挣开秀秀的手发誓："月亮为俺作证，今生只娶秀秀一个，若有歪心，天打雷劈！"

秀秀又满足又后悔，满足的是牛哥心中只有她；后悔不该让憨牛发出毒誓来。秀秀也对着月亮起誓："月亮为俺作证，一生只爱牛哥哥，生是你家人，死是你家鬼！"

秀秀站在山边小路上，望着牯牛的背影，慢慢消失在月色中。

三

五月的夜晚，荒山野岭热闹起来，蛙声鼓噪，昆虫齐鸣，蛇鼠出洞，共争月色。远处传来猫头鹰凄泣的叫声，一只獾子从牯牛身边蹿过，猎人已失去了往日的警惕，肩上的猎枪早已成了吹火杖。他的心里满是甜言蜜语，嘴里还在信誓旦旦地重复着誓言。穿过山洼，又上山岗，牯牛疾步如飞。突然，耳边隐隐传来孩子的哭声，他站住了，停了一会，什么也没听见。刚迈步的时候，又发现了哭声，怪了，出鬼了，这荒山野岭哪来的孩子哭？又仔细听了一会，隐隐约约，断断续续地飘荡着哭声，他断定是孩子，绝不是鬼怪。猛想起祝家大院的大黑不见了，不会是他吧，世上哪有这么巧的事，他怎么会到这山上呢？越是这样想就越要弄清楚，即便不是大黑，人家的孩子迷路了或有什么难处了，也应该帮帮他。于是，牯牛顺着声音慢慢摸过去。山上没有路，荆棘丛生，古藤缠树，草木挡道。他拐过一个弯，便发现不远处有一丝光亮。他悄悄地移着脚步，就像发现了猎物一样，小心地瞄着前进。小孩的哭声时有时无，声音好像嘶哑了，且渐渐微弱了；灯光时明时灭，光亮忽闪忽闪，仿佛坟地磷火在夜空飘移。越来越近，一步、二步、三步……

牯牛的大眼圆睁，眼珠子吊出来了，隐蔽在一丛茅草蔸下看得清楚：前面是一个山洞，洞口被树枝遮挡着，要不是顺着哭声和光亮摸过来，神仙也不知道这儿有一个山洞。顺着灯光看过去，一个三十多岁的男子，在给一个小孩喂吃的，小孩哭闹着，那孩子正是大黑；男子的旁边还坐着一个年轻的丫头，二十出头的样子，好像在抽泣。

只听见那男子说："小弟弟，乖，吃饱肚子，伯伯给你玩大熊猫，还有小汽车、大飞机……"说着给他一个小汽车。大黑拿过小汽车看也不看扔到地上。男子撇下大黑，安慰那丫头："妹子，你今天算碰上好人了，天都快黑了，你在山里转，要不是碰上我，不丢性命，也会吓死的。"丫头埋着头，不作声。男子接着说："大哥帮人帮到底，今晚就在这山洞里陪你一宿，明天天不亮就动身，帮你找你的那个同学。"那丫头好像发现他不怀好意，又看见他与孩子陌生的样子，知道碰上了坏人，暗暗地哭泣……

牯牛看得明白，听得真切，好家伙，还真是一个人贩子。他一个箭步冲进去，举起猎枪对准那男子怒吼："举起手来！不许动！要动老子打死你！"

那男子正得意洋洋，打着如意算盘，做梦也没想到半路杀出一个程咬金。斜眼看见一黑汉端枪冲进来，知己无力反抗，只得乖乖举起手来，伺机逃命。大黑吓得哇哇大哭，那丫头双手捧着头，蜷缩成一团，浑身发抖。

牯牛又命令着："跪下！小心老子送你上西天！"

那男子跪在地下，牯牛眼光搜索洞内：一支插在洞壁的蜡烛，流着伤心的红泪，里面铺着一些树枝和茅草，地上有一个旅行袋和一个黄挎包，零乱地放着饼干、方便面和几瓶矿泉水。其实，牯牛在寻找绳索，本想将他捆了一齐送到村长家发落，可连一根布带也没见到，只能用枪押着他走。于是，呼着大黑出来，大黑好像认出了牯牛叔叔，连忙跑到他的身后；接着又吩咐那丫头，收拾东西跟着走。那丫头这才知道碰上救星了，赶快提起自己的黄挎包，也跟在他身后。牯牛又要她把旅行包也背上，然后命令那男子退出洞外。

月夜如同白昼。男子举着双手走在前面，一根冰冷的枪管抵在他背上，牯牛身后是大黑，使出吃奶的力气一步一步跟着，后面是背着包裹的丫头。走着走着，大黑呼着走不动啦，牯牛只好停下来，哄着他慢慢走，只等看到人家了，先把他寄放在那里，便轻便了。可这荒山野岭哪儿去找人家呢？男子回头望望，脚步加快了。牯牛马上喝住他，要他停下，等着大黑慢慢跟上来。忽然，"哇——"地一声，大黑跌到沟洼里，牯牛慌忙跳下去抱起大黑，丫头在上面呼喊着："跑啦！跑啦！"

牯牛一纵身登上来，放下大黑，抓起猎枪，见那男子已跑去好几丈远，放开喉咙，打雷一般吼着："站住！站住！老子开枪了！"

那男子脚步迟疑了一下，马上又疯狂地奔跑着，"轰——"地一声枪响，就像打兔子一样，放了空枪。那男子听见枪响，肢体好像还蛮听使唤，嘿，没伤着皮毛，原来是一个黄枪手！不但没停下，飞也似的淹没在山林中。他哪里知道，枪下留情的是弹无虚发的神枪手。不过，天网恢恢，二年后落入法网。他叫李松桥，贩卖妇女儿童、强奸、谋杀、团伙作案，罪恶累累，被判处死刑执行枪决。

山野又恢复了平静。牯牛背上大黑，又夺过丫头肩上的旅行袋，将它挽在猎枪上提在右手里；左手托着大黑的屁股，满载负荷，大步流星地穿行在山林间。丫头不好意思地紧跟在牯牛身后，虽不认识前面的汉子，但从他的举动可以断定是好人，是一个从未遇见过的好人。忽然心中就少了恐惧，多了安全。她小跑似的追着牦牛，刚才的旅行包被他夺去，让自己轻松了，而他却背着孩子挽着包提着枪，冲在前面默默地带路，这无声的关爱让她充满着感激。想起自己的身世和遭遇，眼泪止不住地往下流。

她名叫张春花，今年二十一岁，家住大山外的张家坪。父亲贪财，把她嫁给一个五十多岁的生意老板，收下人家十万元的彩礼。临近娶亲的日子，逼着女儿出嫁，女儿哭得死去活来，跪在爹面前哀求："爹呀，您就饶了女儿吧，俺做牛做马也会报答您的养育之恩……爹呀，女儿是您身上掉下的肉，您不能卖了女儿呀……爹呀，您就当女儿死了吧……"

狠心的父亲铁石心肠，不由分说将女儿锁在房内。娘躺在病床上看到女儿寻死觅活，只能以泪洗面，无能为力，哀声叹息地说："儿呀，你投错了胎，偏偏碰上娘这个病婆娘，又遇上你爹是个黑心肠……哎，儿呀，你错变了人，偏偏变一个女儿身……"

女儿扑到娘身上，娘儿俩抱头痛哭……停了一会儿，娘擦着女儿泪水说："娘是快要死的人了，不能看着你爹毁了你，你快逃吧，跑得越远越好，不要惦记你娘，只望你找一个如意郎君。"说着指了指床后墙上的破窗户，又塞给女儿一些钱，催她快跑。

女儿跪着给娘磕了头，收拾几件衣服，背上黄挎包，好不容易越窗逃出来。一路小跑，到了县城，她无意地在街道上走着，也不知该到哪儿去，抬头看见县一中的校门，一下子想起在这儿读书的同学们，印象最深的是崔小妹。她家住在崔家峪，家境很好，哥哥在县城公安局工作，经常到学校看她，还给钱。崔小妹读高一，她读初一，同被学校选进舞蹈队，经常参加演出比赛。在她的印象里，崔小妹很有主见，也很乐意帮助人，记得还送给她一双旧胶鞋呢。后来，她初中毕业考上高中，因没钱读书辍学了。崔小妹不知怎样了？肯定是比自己强多了，不如找她帮自己拿个主意，兴许有出路。想到这里，她轻松了一些，找一家便宜旅社睡了，准备明早进山去找崔小妹。

春花兴致勃勃，一路打听，找到崔家峪后一问，这才知道崔小妹早已嫁到牯牛山，马上又去牯牛山，哪知山径复杂，在山中迷了路。正着急，见一男子抱着小男孩哄着逗着过来了，便上前问路："大哥，牯牛山怎么走？"

那男子很和气地迎上说："我去牯牛山，你跟着我走吧。"春花说了一声谢谢，就跟着男子身后走，也不知走多久，在山中转了多远，日头落山了。春花问："牯牛山还有多远？"那男子笑答："不远了，前面就是。"又行走了一程，天色黑下来，见不到人烟，春花心中有了一种不祥的预感，正要问个明白，那男子转过身来，笑嘻嘻地说："牯牛山远着呢，今天是赶不到了，不如就在前面山洞里过一宿，明早再走。"春花吓了一跳，想跑，可跑到哪儿去呢？于是，只好暂且跟着那男子进了山洞……

远处传来几声狗吠，牯牛停下了，回过头来问："喂，你女孩子家，走不动了吧，歇歇再走吧。"春花又饥又渴，赶了一天路，腰酸腿累早瘫在地上。大黑在背上睡得正香，牯牛不敢惊醒他，背着他来到丫头跟前小心地问："你贵姓？家住哪里？"

丫头很疲倦地回答："我叫张春花，家住张家坪。"

牯牛接着问："你到哪里去？"

春花说："去牯牛山。"

牯牛一惊，急着问："找谁？"接着又补上一句："俺是牯牛山的人，可以帮你。"

春花眼前一亮，精神一下抖擞，高兴地说："俺找崔小妹。你知道她的家吗？"

牯牛迟疑了一会说："俺背的就是她的孩子大黑，今晚回牯牛山碰巧救下你们，这下好了，你马上就可见到她。"

春花忽地就哭起来，把牤牛吓慌了，心也搅乱了，怎的帮她找到了人又哭了呢？于是，牤牛鼓起勇气试探着问："你怎么落到人贩子手里呢？"

春花沉默了一会，明月照亮她美丽的眼睛，看得见脸上泪光闪烁，慢慢地打开了话匣，把黑心的父亲如何逼婚、病危的母亲如何帮她逃跑、举目无亲的她如何寻找崔小妹、又如何被狡猾的人贩子引入山洞的经历全都抖了出来，就像讲述一个悲惨的人生故事。牤牛听入了神，陷入了沉思，久久抬不起头来……突然，春花站起身来，兴奋而亲切地催着："大哥，快走呀！"牤牛猛地从她的故事中醒过来，提起枪，背着熟睡的大黑直奔牤牛山。

祝家大院在月色中显得空旷而宁静，隐隐看到竹林深处闪烁着光亮。他们径直走进竹林，屋内一点儿动静都没有，牤牛放下猎枪，接着敲门，无人应答。牤牛从门缝里看过去，灯光下没有人影，心想，丢了孩子怎能睡得着呢？亮着灯人到哪儿去了呢？于是，咚咚咚又是一阵紧促火急地敲门声。里面终于有人不耐烦地应声："谁呀！"

牤牛听出是老村长的声音，急着说："快开门！俺给您送孙子来啦！"

"嘎"地一声，大门打开，老村长摸着光秃的脑袋，睁大泪眼搜寻着孙子。牤牛从背上抱下大黑递给老村长。老村长见到孙子，如同见到星星，发疯似的扑过去，双手夺过还在睡梦中的孙子，一个劲地亲吻着。牤牛问："怎么没看见小妹？"接着又指着春花说："她的同学找她呢。"老村长亲着孙子，看也不看他们一眼说："孩子丢了，他娘急疯了，都昏死过去了，我儿子把她弄到县医院去了。"

春花听了凉了半截，刚找到家又见不到人，老天真会捉弄人

山／女／的／忏／悔

呵！隔一会儿，站在门口的牯牛说："你孙子，还有这个丫头都被人贩子弄到山洞里……"老村长好像有了孙子，再没有他关心的事儿了。他好像没听到牯牛说话，一点反应都没有，甚至对站在门外的救命恩人也不说个谢字，更不用说叫他们进屋坐坐。牯牛又说："这丫头在你家过夜吧，她叫张春花，很可怜，就在你家等小妹；还有人贩子丢下的旅行袋，可能破案有用处，放在村长家可靠，麻烦你交上去。"

老村长紧紧抱着孙子说："旅行袋就放在这儿，等破了案，会给你嘉奖；这丫头嘛，等明天小妹来了，接你到家里来……"

没等老村长说完，牯牛将旅行袋丢进屋内，拉着春花走了。

牯牛一口气跑到家门口，等爹开了门，自己先进屋放下了枪，又找来一把椅子，拍打一下灰尘，指着门外站着的春花说："张丫头，进屋呀，你坐呀"春花感到一阵温暖，慢腾腾地走进屋里。在微弱的灯光下，她看清了面前的汉子：长相不丑，黑而不俗，健壮如牛，蛮横中藏着善良，粗野中有着精细。像他这样的壮士都被女人的眼光遗漏了，真是有眼无珠。看他家中零乱狼籍，就知他是一条光棍汉，想着脸就灼热起来，心儿有点儿不听话地敲着鼓点儿。

高老爹见儿子带回来一个如花似玉的丫头，早笑得合不拢嘴，沏了一杯热茶送过来，接着又问："还没吃饭吧？俺去做饭。"说着就在瓦罐里掏出几个鸡蛋来。

春花一下子好像有了家的感觉，不客气地点点头说："不怕您笑话，肚子饿得咕咕叫呢！"一句话让高老爹心里乐开花，急急忙忙去做饭。他记得牯牛的娘弄到家里来的时候，饿得昏迷不醒，给她喂了几个荷包蛋，醒来后竟不肯离去了，后来不是为他生下了儿子牯牛吗？这女人嘛，就怕不进屋，来了只要真心款待，吃饱了肚子就不会走了。他笑成一条缝儿的眼睛又瞄了瞄春花，她也不会走了吧，说不定还会帮俺生下一个大胖孙子。牯牛起身到了厨房，对爹说："您就去歇吧，俺自己来。"

这时，春花也来到了厨房，面带羞涩地说："您都歇着，让俺来做饭。"说着就舀水洗锅忙活起来，笑问牯牛："大哥，米在哪儿？"牯牛不声不响地撮来一碗米，接着又到处寻菜，什么也没有，只在碗柜里找到一把干盐菜，很惭愧地放在灶上。米早煮在锅里，看着春花又是打扫又是洗刷，一会儿把厨房收拾亮堂了，就像开了光一样。牯牛不好意思地坐到灶前添柴烧火；高老爹在一旁看了一会儿，喜在心里，见他们两人都没说几句亲热话儿，马上想到，自己是多余的人了，悄悄溜到自己的房里睡觉去了。

香喷喷的饭菜端到了桌上，春花盛了饭抽了筷，亲热地叫着："大哥，来吃饭呀。"牯牛从灶前站起来，两步就到桌前，顺势坐在椅上，也不说话端碗就大口吃起来；春花也端起碗来，顺手夹起一块鸡蛋送进了牯牛的碗里，笑着说："吃菜呀！"牯牛也不说话，连饭带菜扒进嘴里。春花的筷子总是在盐菜碗里来回，吃得挺香挺有滋味，吃得笑眯眯的。牯牛大嘴三筷二口一碗饭精光，眨眼工夫放下碗筷，看了看桌上，碗里煎的鸡蛋金黄金黄，就像天上落下的圆月亮，只动了一个缺儿。牯牛起身的时候，猛地将一碗鸡蛋倒进了春花的碗里，头也不回地进房去了。春花刹时呆了，眼儿直了，泪花儿在眼里打圈圈，朦朦胧胧看见了一个高大的背影，看见了一个可以托付终身的人，看见了一个弱女子人生绝望中的亮点……

春花收拾了碗筷，又忙着从自己的黄挎包里掏出毛巾洗漱了，接着打了一盆热水，送进牯牛的房间里。牯牛正在铺床，那笨拙的样子让她好笑，换上的新床单老不听话，东拉西扯总不如意。她忙放下盆子，笑着说："大哥，您去洗吧，俺来。"说着拉开牦牛，三二下就把床铺得平平整整，漂漂亮亮。牦牛有点儿不好意思地说："你就在这儿睡吧"说着端起盆子出了房门。春花听了脸儿就红了，悄悄掩了房门，轻脚轻手地上床睡了。

月光从土窗里探进来，床前洒满银辉，春花睡在牦牛的床上，一颗芳心滚烫滚烫，想到自己的身世，想到今天的遭遇，想到自己的未来，想到门外令她倾心的郎君……心潮如洪，久久不能平静。她睁大眼睛，静静看着床前的月光悄悄地偏移，只有天上月亮知道她的芳心。忽然，脸热心跳，如幻如梦，仿佛心上人拥抱她，她依偎在宽阔的怀里，就像飘泊的小舟驶进避风的港湾，陶醉在温馨与甜蜜中。她害羞而又紧张，依稀闪电般地撕开她神圣的秘密，痴情的奉献与临阵的胆怯交织在一起，她沉浸在从未有过的幸福中。

月光躲进墙角，屋里静悄悄，一点儿动静都没有。春花一分一秒地盼着，心也在一分一秒地煎熬。突然，门吱呀一声，春花一阵惊喜，闭上眼睛，仿佛看见心中的白马王子一步一步向他走来，仿佛嗅到他身上黑汗的芳香，仿佛触摸到他坚硬的臂膀……"喵——"地一声，心中的美妙惊飞了。她睁开眼，什么都没有，一只花猫从门缝里窜进来，在叫春求偶。她一下子冰凉了。她好像看到了那个逼婚的老板对她的贪馋，看清了人贩子骗她到山洞里的歪心，却怎么也看不透门外憨呆的黑大哥。她悄悄地下了床，又悄悄地走出房门，看见黑大哥倒在墙角的竹床上，早已呼呼而睡。她在竹床前呆立良久，恨不得一下抱住他，永远永远地抱住他，不让别人抢去。夜风从缝隙中溜进来，她感到深深凉意，从床上取下被子轻轻盖在竹床上，牦牛猛地惊醒，一伸手正好抓住了春花的手，一声尖叫，牦牛一惊，忙松了手，不好意思地看着春花。两个人在黑暗中呆望着……

高老爹一夜没合眼，听到尖叫声，心里一怔，接着老脸笑开心里直乐。他记得牯牛他妈那天晚上，也这样尖叫过，后来不是温顺得像小绵羊一样吗？女人都有那点儿羞羞答答，心里喜欢着呢！说不定这时候，两个人干柴烈火，正疯狂着！只要生米煮成了熟饭，还怕不是俺高家的媳妇？只要进了高家门槛的女人，挺起了肚子还怕不是高家的子孙？这下好了，总算高家又来了女人，菩萨有眼，祖上有德，保佑高家添人增口，多生几个大胖孙子。那年牯牛他妈生下了牯牛，本想接二连三生下几个儿子，可他妈不知为啥就走出大山。张八斤的堂客挺争气，就像鸡母生蛋一样，一连生下四个儿女，都说她鸡母小蛋蛋多。八斤那年得了出血热，赤脚医生拿不准脉，等凑到些钱，送到县里没几天就伸了腿，去见阎王了。留下一群儿女和一个小鸡母女人，日子同样过。那时候生产队年终分配，按四分人口、六分劳力的方案分配，吃亏的还是单身汉，还不是俺这些光棍帮她养儿女。一根草儿一株露水，儿女们还是拉扯大了。穷单身，富寡妈，日子比俺好过呢！要是牯牛他妈不走，现在还不是儿孙满堂？高老爹有过懊悔，八斤死后，留下孤儿寡母，有人曾为他牵线搭桥，与他堂客合伙，为高家再添一男半女，可是为了儿子牯牛，他推辞了。现在高家的希望都落在牯牛身上，但愿他多子多福，高老爹盘算着。

突然，"扑通——"一声，春花跪在地上，哭着说："好心的大哥，您收留俺吧……"牯牛一跃而起，扶起春花，说："明天你见了小妹，她能帮你。"

春花说："救救俺这个可怜人吧，俺会记住您的恩德，就让俺一辈子做牛做马伺候您，帮您洗衣做饭，帮您生孩子……"

"傻丫头，别瞎说了。俺是粗人，丑人，黑老鸦配不得凤凰，听俺一句话，你心眼好手也巧，长得像花儿，世界这么大，一定能找到好人家的。"牯牛无可奈何地说。

山／女／的／忏／悔

40

春花彻底失望了，美好的愿望，就像飞在空中的五彩肥皂泡，眨眼破灭了。她飞一般地冲进房里，"啪—"地一声关上房门，扑倒在床上伤心地抽泣。牯牛听不得女人的哭声，忙去安慰她，房门关上了，敲也敲不开，便立在门前发呆。哭声像演唱着悲歌，一字一句催人泪下；像讲述一个悲苦的故事，句句震撼，声声抓心，不知不觉地，牯牛堂堂铁汉，声泪俱下……

雄鸡报晓，一阵黑暗之后，天刚蒙蒙亮，春花打开房门。牯牛还站立在门前，见春花出来，想安慰她几句，刚才心里还装着千言万语，一见面却被什么东西卡住喉咙，说不出话来，只呆呆地望着她。春花迟疑了一下，大步走出房门，走到了大门边，拉开门闩，开了大门，头也不回地去了。好大一会，牯牛好像想起了什么，跟着追了出来，看见春花匆匆而去，一边追一边喊："春花妹子——快回来——等着见小妹……"牯牛的叫喊声在晨空中炸响，响在牯牛山的村落原野，响在牯牛家的竹林，也响在春花的耳边。春花疾走如飞，走出这个令她充满希望的竹林，走过来寻求小妹帮助她的祝家大院，远远离去……

牯牛追到祝家大院，无奈地停下脚步，心里一阵酸楚，泪眼模糊地看着她的身影消失在山野中。高老爹听到牯牛的叫喊声，忙着从房里跑出来，看见如花的丫头去了，在自家的竹林前不停地顿足，刚才的欢喜不翼而飞，树壳般的皱纹里淌着泪水，嘴里自言自语：竹篮打水一场空……

第四章

一

三喜与秀秀有了第一次，心里就忘不了那滋味。都说家花儿没有野花儿香，况且三喜的老婆相貌平平，还是一个病婆娘，他早厌倦自己不幸的婚姻。三喜的婚姻是乡下人说的那种"扁担亲"。凑成这桩婚事还得从头说起，三喜有三兄妹，大姐叫黄一爱早嫁出去了；二姐叫黄二杏，父母给她取名二恨，意思是怨恨生不出男儿来，二姐读书的时候，老师给她改名二杏；后来终于得了一个长鸡鸡的，就像捧到星星了，这就是三喜。三喜的表哥叫朱得宝，是朱家的第一胎，父母中年得子，便取名得宝。后来又有了妹妹便叫朱么妹。朱得宝在外当兵当了官儿，回家探亲便看中了如花似玉的表妹二杏，父母劝他老表是不能结婚的，可他说婚姻自由，娶了二杏不久便转业回到地方，在粮食局当了副局长。三喜读书没有找到出路，在家务农到了男大当婚的时候，媒人的介绍都不中意，却偏偏想到了表妹。朱么妹娇小玲珑，有点像红楼梦里的林妹妹，焦大不爱林妹妹，俺偏要娶她；更重要的是她哥是粮食局的领导，娶了么妹亲上加亲，还怕捞不到油水？他向父母说出自己的心事，父母开始不同意，说老表开亲会影响后代的，他说表哥和姐不是很好吗？父母拗不过宝贝儿子，便结成了乡下已不多见的"扁担亲"。

"扁担亲"真的很好吗？表哥和姐虽然日子好过，感情也很好，但生的儿子还真有缺陷。大儿子出生后，胖墩墩的，取名墩子，两家人都喜得不亦乐乎，到七八岁时，个子长得比同龄的孩子高出一个头，就是有点儿痴痴呆呆，读书写字，有的认得写不得，有的写得认不得。这下可急坏了当局长的表哥，马上向"计生委"打了生二胎的报告，第二年就生了第二胎，又是男孩，不敢欢喜，只待观望。长到四五岁的时候，身体有点向前倾，后来越倾越厉害，渐渐就成了佝偻人。表哥自食苦果，哑巴吃黄莲作不得声。

三喜比表哥更糟糕。他娶了表妹之后，美景不长，第二年生下了大女儿，取名小凤，论长相眉清目秀，到了四五岁还不会说话，摸到什么只知道往嘴里送。有一次，三喜看见女儿蹲在地上拉屎，接着用手抓屎往嘴里送，心都碎了。知道了女儿是个废物，向乡计生办申请再生指标，指标是批下来了，他却不敢生，要老婆先去医院上环，等两年再生。么妹看表面贤惠，实则一个母老虎，指着三喜大骂："砍头的，茄子豆角跟种走，你的鸡巴虫蛀了，不敢生了就放安静些，莫要老娘去上环……"

三喜哭笑不得，求饶地说："么妹呢，不去上环又怕生下废物来，害了家庭又害国家，儿女作孽呵。"

"砍头的，避孕套留着吹泡泡，喊个劁猪佬把你那作怪的东西劁了，还上屌的环！"么妹一阵发泼，三喜不敢作声了，也只得任她性子，不上环就不上吧。一年后，么妹的肚子又大起来，不久生下一个大胖小子，取名大龙。尽管心有余悸，还是皆大欢喜，不过，不到二年，就发现大胖小子是一个没长骨的软宝。大女儿小凤疯癫越来越厉害，经常跑出去不归家。当爹娘的心如刀割，四处寻找，找回女儿就去问医，土方子洋针药，治不好她的癫病。有人告诉他，你女儿冒犯了哪方鬼神，不如信信迷信，神药两助，兴许奏效。于是，三喜带着女儿四处求神拜佛，请巫驱鬼。他请来了东山的江巫婆，人称活神仙，阴阳两通，知人生死，能捉鬼镇妖，画符驱邪，还能求来仙丹神水，保你百病皆除。江巫婆披头散发，看不清嘴脸，显眼的是鼻子向天翘，几颗门牙歪斜，活像天上掉下的怪物，把几个孩子吓得飞跑大遁。她悬剑布阵，将小凤捆绑在椅上，置于屋中，嘴里念念有词，烧香焚纸，手端一碗水，一忽儿挥剑向东，一忽儿挥剑向西，四面八方挥指完毕，转而仰头扙剑向天，念：太上老君——急急如律令——急急如律令——敕。口喷烈火，弹水飞珠，扙剑奔西，在墙角变戏法似的弄出一只癞蛤蟆，倒悬在手，大声喝斥：妖精伏法！斩！"嚓一"癞蛤蟆头颅飞地，旋即将手中癞蛤蟆空悬碗中，滴下几粒液汁，便是神水。又将神水灌入小凤口中，"咣啷一"一声，碗砸地粉碎，连声呼道：妖孽已诛，药到病除……三喜千恩万谢，款待法师。不料小凤灌了神水，受了惊吓，染上一场大病。后来更加癫狂，见了爹娘只会傻笑。三喜可谓道士遇上鬼，法都使尽了，只得作罢，撒手不管了。小凤便成了疯疯癫癫的流浪女。

听人说，小凤流落街头，一天到晚掏着垃圾箱，寻找吃的东西，什么烂水果、霉变的糖食糕点、臭腐的饭菜，津津有味地往肚里塞；找不到东西吃了，就站在饭馆酒店前傻望着，老板怕影响生意，就会拿着棍子扫帚把她赶跑。等到没人的时候，她冲到潲水缸里捞起什么东西边吃边跑。有时候，小凤发了癫，就会脱得精光满街跑，比精彩的魔术还吸引目光。这时就会有好心的大妈大婶送上衣服，在一个僻静的地方帮她穿上衣服，还送给她好吃的。癫子成群的时候，为争抢什么东西会打得头破血流；还有些不怀好意的流浪汉见她模样端正，就起了歪心睡她。有人看见一个拾垃圾的老头，把她弄在垃圾车上，拉到他的棚子里住了好几天。谁也懒得管，谁也管不着，他们好像生活在一个极其自由的世界里。有一年，创建文明卫生县城，上面派官员下来巡回检查验收。也不知谁出的点子，先把满县城的癫子、乞丐、流浪汉集中起来，天黑的时候，租来二辆货车，将他们全都赶上车，拉到一百多里外，离某城二十里地的荒郊野外，像泼垃圾一样泼得干干净净空车而返。不用说，这次本县获得了一块金灿灿的文明卫生城市招牌。

三喜开始娶了么妹，心中甚喜，不但得了一个便宜媳妇，且攀上一个亲上加亲的局长哥哥。自生了小凤，么妹像花儿一样凋谢了，面色如黄鼠狼吸了血似的腊黄，消瘦的脸上颧骨突起，活像一个倒立的干芦瓜。三喜慢慢地对老婆少了兴致，就像蜂儿采蜜一样，花儿谢了还要去寻找新的甜蜜。莫道三喜脸长难看，可还真逗女人喜欢，原因当然是他的心计弥补了长相，且有一张会说话的甜嘴，有女上钩便不足为奇了。他有了一个局长哥哥，当然要利用了。那时粮食都由粮管站收购，到了卖粮的时候，他到处吹牛，说经他的手卖谷，粮管站不但不验质扣秤，还能卖上好价钱。有人就相信了，找他卖谷时，他心里盘算着，小眼大睁，是男是女，有利无利，是男岂能白帮忙；是女便要瞧瞧乖丑，帮你把事儿办了少不了"打点炮"。王家弯的少妇春桃，一大早拉了一狗头拖拉机晚稻到了乡粮站，队是排到前面了，轮到她时，一个戴口罩的仓库保管员，灯盏大的脸遮得只剩两个闪亮的吊睛，手拿着一尺多长像钢钎的玩艺儿，刺进谷包里，抽出来时便带出谷粒，倒在手里捏了捏，便说："水份超标，不能入仓，谁的车快靠边。来，下一个"话没说完，一支香烟早递上来。那吊睛早瞥见它的贵贱，接着说"仓库重地，严禁烟火"将递烟拒之。当钢钎插入谷包，他口袋里分明塞进一包上好的香烟，同样的动作之后，嘴里嗑着谷粒说："过磅！"车便开到过磅处去了。"下一个……"春桃跟着验质的吊睛转了一会，知道没门了，只好要开车师傅卸下谷包先回去，自己留下来晒谷，免得多付车费。这时她怨起工厂里的丈夫来，钱没有几个，力气又帮不上，栽秧割谷无指望，受罪的还是在家里的堂客。看，今天晒谷也没个帮手，还是要请别人来帮忙。春桃转了几个圈未找到帮忙的人，正着急，看见三喜押着狗头拖拉机来卖谷，忙招手拦车。三喜见是春桃忙呼司机停车，未熄火的狗头车隆隆地响着，精明的三喜自己下了车，吩咐司机先去验质过磅，顿时两人的说话声清亮了……春桃说："三喜哥，你面子大、脚路宽，今天俺这忙你不帮都要帮呢！"

"哎呀，你这是给国家卖公粮，出了问题可大可小，小则不收，大则坐牢……"三喜吐着烟雾，故意吓唬她。

春桃知道三喜吓她，也故意哀求："俺春桃今天求求你三喜哥，把俺的事儿给摆平，在你眼里就芝麻大的事儿，都知你有本事，还知道你有一个当粮食局长的哥哥。"

三喜就像观赏一件陌生的宝贝，审视着春挑，发现春桃的模样儿越看越好看，就像书画珍藏者发现了王羲之的真迹，爱不释手。于是马脸上泛起贪欲的笑容，抽了一口烟说："要摆平你的事儿还真不容易，不过为你春挑办事，上刀山下火海万死不辞！"稍作停顿又说："事儿摆平了，你怎么谢俺呢？"

春桃豁然开朗，不假思索地笑着说："你说怎么谢就怎么谢，都依你！"

三喜的小眼又成了一条缝儿，嬉皮笑脸地说："一言为定！走呀，给你办事去。"他俩说笑着就到了粮站，那个戴口罩的吊睛马上迎上来，递上香烟，三喜笑着接过还没点燃，那人又神秘兮兮地在三喜耳边说："我的事你没忘吧，找你哥办得怎样了？"

三喜诡秘一笑："包在俺身上！"那人马上塞给三喜一包香烟。

三喜不好意思地说："俺今天求你办一件事。"

"你的谷没问题，刚才那个师傅叫出你黄三喜名字，叫他过了磅，正在三号仓库入库呢！"三喜指着春桃说："这是俺的表妹，你再帮帮忙吧。"正说着，帮三喜拉谷的司机将过磅入库单交给他，三喜要他回去了。

那戴口罩的吊睛拍胸说："只要是你黄三喜的事，捎个信来都成！嘿，俺的事……"

"你等着佳音吧！"三喜胸有成竹地说。不大一会儿，春桃的事儿办得喻任袁柳，两人在财务室领了钱，高高兴兴地准备回家。三喜说："肚子饿了，也到了吃中饭的时候，不如到天生垭集市上整了肚子再走。"春桃说："依你，俺正要谢你呢！"三喜只是笑，只有他自己知道笑什么，春桃赔着笑，两人笑着到了一家"阿情嫂"酒店。阿情嫂笑眯眯迎上来，又是茶又是烟的，又拿着菜谱指划着。三喜并不铺张，只点了两个小菜，要春桃点菜。春桃心里装着谢三喜，狠心点了一个鳖鱼炉子。阿情嫂心中叫喜。三喜马脸上的青筋颤跳了一下，春桃再要点菜时，三喜说："今天俺俩开了鳖荤，再要点菜就留给下次吧。"春桃点菜心里痛呢！听三喜一说，忙附和着："够了，够了，下次吧。"阿情嫂慧眼早有洞查，那时集镇上还少有包房，于是，轻轻拍拍三喜的肩膀，把他俩引到拐角处，一个僻静的角落里坐下，笑着一阵风似的溜进了厨房。男女到了背角处话就多，没扯上一会儿，菜就上桌。春桃要买好酒谢三喜，三喜只要了三两谷酒，说山里人喜欢谷酒，弄得春桃难为情。三喜喝酒，春桃相陪，有滋有味。春桃大开眼界，算是看到了三喜的本事，有一事她不明白，那戴口罩的吊睛，堂堂国家职工竟也求上三喜，真咯神通广大。见三喜正在酒兴上，想掏出他的酒话来，春桃问："三喜哥，那个戴口罩验质的人找你办什么大事？神秘分分的。"

"他呀，削尖脑袋想调进县城，才娶了老婆不久，晚上睡不着觉，找俺帮他。"三喜似醉非醉地说。

春桃问："你真能帮他调到县城去？"

三喜说："那是骗他的，俺一个姓许，他一个姓望，就让他多望几年吧。"

春桃有些疑惑地问："你不是有一个粮食局长的哥哥？调一个人上去不是舌头一弹的事儿？"

"话是这么讲，不然人家不会缠俺，说来你不信，俺那哥比旁人都假，就只一个副局长，是个老转，六亲不认。"三喜酒后吐真言，春桃吓一跳，原来他尽干些骗人的勾当，那个戴口罩的吊睛还不知被他骗到猴年马月。三喜酒足饭饱，春桃呼着结账，阿情嫂笑容满面闻风而至。先是加泡两杯香茶，接着问道："味道如何？还吃得舒服啵？"

三喜点燃嘴上的烟，伸出大拇指："好！好！当年的阿情嫂回来了。"这阿情嫂其实就是这附近乡野的一个村姑，只因当年唱过样板戏，最拿手的角儿就是阿庆嫂，后来都直呼阿情嫂，至于她姓甚名谁也无人过问。改革开放后，她发现自己名字的商机，在这集镇上便开了阿情嫂酒家，笑迎四面客，广纳八方财，把她的名字演绎得活灵活现。

阿情嫂笑指鳖鱼炉子："这稀罕菜您吃多了，行情市价人家一百五，俺收一百，不贵吧？两个小菜十块，酒三块，两人的饭钱二块，共计一百一十五元。"三喜的眼光落到鳖壳上，阿情嫂早注意到了，心想这个人太精，那值几文钱的鳖壳还计较，停了一会儿，接着说："就给一百一十块算了。说赚呢，针尖上削铁，图个人气。"

三喜眯着笑眼："你图人气，俺今天也图个和气，交个朋友，就一百算了"说着就要从口袋里掏钱。春桃看见了，连忙掏出二张五十元大钞，三喜一手抢过，自己付了饭钱。然后说："男女吃饭，女人付钱还没有先例，你把三喜哥当什么人了。"边说边将钱插进春桃的口袋里。

午饭一过，晚秋的日头没精打采地西斜在牯牛山的头顶上。三喜和春桃惬意地走在山道上，林隙送来阵阵香风，春桃顺手摘下路边雪白的野茶花。三喜问："桃妹，你说开在荒山的茶花是家花儿，还是野花儿？"

春桃闻了闻说："这应该是家花儿。因为这茶树都有主人，摘下茶籽后开了花，这花儿就该是家花儿。"

"俺说它是野花儿，你看这漫山遍野到处都是，路边野花招人爱……"三喜故意狡辩着。

春桃说："家花儿野花儿都是花儿，谁都喜欢。"

三喜说："你闻闻手中的花儿，香吗?"

"是清香，挺香的。"春桃又闻了闻花儿说。

三喜咯咯地笑："是嘛，家花儿没野花儿香!"

春桃好像明白了什么，满脸通红起来，补上一句："路边的野花你莫采，采了小心耳朵掉下来。"十几里青山不记深浅，不知不觉走到黑松林，穿过二里便是分岔路，一条通往王家弯，一条是去牯牛山。黑松林里松树林立，杂木丛生，藤蔓枝叶构筑成一团一团黑洞，深不可测。又到了天赐良机的时候，三喜问春桃："你说谢我还算数么?"

春桃说："还装在心里呢，也不知道怎么谢你。"

"谢俺也很容易，只要你闭上眼睛，俺告诉你。"三喜神秘地说。春桃想，闭上眼睛会告诉俺一个什么秘密? 就他鬼点子多。"嘿——"地一声笑，真闭上了眼睛；三喜也"嘿——"地一笑，早把春桃抱在怀里，抱进了黑松林深不可测的黑洞中……

二

三喜得到了秀秀，了却了多年来的单相思。在他眼里一切女人都不如秀秀，过去的风流韵事全都冷却了，结发妻子靠边站着，眼睁睁看着他和秀秀出双入对，这全在他帷幄运筹之中。

新年过后，孩子们准备上学了。开学那天，三喜就像父亲一样，背上若男牵着大丫上学去，为她们买了新书包、铅笔、文具盒之类的学习用品，把两个孩子逗得欢蹦乱跳，交学费时，老师们看到孩子有这样的爸爸而为她们感到高兴。没隔几天，三喜又到集市上买来两头猪崽，一黑一白，竖着耳朵张望着，秀秀走到猪栏边，脸上又浮现往日的微笑。三喜在履行着一个一个的承诺，一个冷清的家像变戏法似的热乎起来。

三喜的一些小动作，老婆早就看在眼里，心里在滴血。三喜的屋在牛头弯的角左，秀秀住在角右，相距约二里地，来回多了就显眼。他老婆是出了名的泼妇，岂能容忍三喜在眼皮底下与秀秀那狐狸精勾搭。先是哄着他："三喜，女人嘛，就那么个东西，你要的表妹俺有，人家又没长两个……"后来是吓唬他："砍头的，把俺弄成病婆娘，你又去找野婆娘，等着老娘哪天发狠，剪断你的打眼虫，变成老娘一个样，灭了你的色瘾！"

三喜当然软硬不吃，老婆这几招早在预料中，他已经计算得滴水不漏。老婆在火头上，他是不会跟她计较的，以柔克刚运用之妙，让老婆服服贴贴。他忧心忡忡地告诉老婆："么妹，俺是猪八戒照镜子——里外不是人。上面压得俺喘不过气来，要限期捉人结案。俺是立了军令状的，牯牛在哪里，只有他老婆知道，你不找他老婆哪里找牯牛去？还没有去他家几回，你母老虎就要吃人了。打退堂鼓吧，上面饶不了俺，欺骗了政府，会是什么结果？"

"会是什么结果？"老婆惊慌地插嘴。

三喜故作哀叹："哎，怕是瞎子丢了胡琴，还要挖眼睛。"

"什么意思？说明白。"老婆着急地说。

三喜反而慢吞吞说："俺这治安主任乌纱帽儿丢了不说，不杀头也免不了牢狱之苦呢！"老婆打了一个寒战之后说："怎样才能保住平安？保官帽？"

"这个嘛，说容易也容易，只要管住你的嘴，管住你的腿，不要乱说乱动就行了。上面说了，抓住牯牛立了功，村长位子就是俺的。"三喜瞎编着。慢慢抽上一支烟，继续说："上面还说了，这是办案非常时期，派俺当卧底，也有可能和她上床，陪她睡觉，知道吗？这是破案的需要，如果你敢胡闹，走了风声，破坏了办案，阎王的老子都要办他！"

老婆这下真知道事情的严重性，不敢作声了。心想，老公还真为了办案当了卧底，要真有那一天，捉住该死的杀人犯牯牛，说不定还真能当上村长呢。于是，话儿轻柔了许多，试探着说："捉到牯牛只恐到猴年马月，俺盼着那一天。俺在家带好大龙，他现在拄着丫拐学走路呢，等捉了牯牛，俺一家团圆……"

三喜在烟圈中微笑着，他的目的达到了。只要把母老虎套进笼子里，事儿便成功了一半。从此，他大摇大摆出入秀秀的家，就像在自己家里一样。秀秀想起丈夫的时候就流泪，"俺是快要死的人了……你找一个好心人……"丈夫的语重心长如尖刀剜心，字字句句分明就是遗嘱，大年三十晚上的相会将成永别……即使亡命天涯也在劫难逃，只等阎王勾薄，也许丈夫不在人世了。三喜进屋看见秀秀发呆，就知道她在想牯牛，于是故意提高嗓门："种谷浸泡了，这就去牵条牛来把秧田翻耕了，打垅平整了好撒种。"说着便出去了。秀秀被三喜的声音带回到眼前，看着三喜光着脚走出低矮的大门，走出幽深的竹林，不知不觉地长长一叹："哎——"。

早春二月，田头地边还那么一片青烟，杜鹃催着"布谷——"，田水刺骨，三喜驾犁翻耕着秀秀家的一块老秧田。那时山里虽有了小机耕，但未到犁耙水响，田野到处都是茂青的油菜，使不得机耕。这一来省了钱，二来帮了三喜。一个堂堂的治安主任，亲自帮助罪人家属耕种，誉满乡里，传为佳话；更重要的是他三喜的计划有了进展。秧田并不大，约五六分吧，就在秀秀家门口竹林外，以前是高老爹耕耘，后来是牯牛耕耘，现在轮到俺三喜，真是世事难料，物是人非！"叭——"一扬牛鞭，独角水牯鼻子一硬，拖着三喜到了尽头……

第 / 一 / 章 / 孽 / 缘

晚霞飞扬，西山血染，雀鸟归巢，竹林里叽叽喳喳吵闹起来。三喜卸下木犁，归还了人家的犁和耕牛，疲倦地走进竹林。秀秀看见三喜赤着脚，裤腿卷在膝盖上，身上粘满了点点的泥污，心里一热，忙从厨房里打来一盆热水，端到三喜面前，三喜不客气地接过。秀秀在三喜的背上拍打着泥污，"脱下洗吧"说着忙做晚饭去了。

大丫和若男做着作业，若男问姐姐："爸字怎么写?"因为今天放学了，老师问她，爸怎么还没来接你? 若男说："俺只有爹，没有爸。"老师笑笑说："傻孩子，爹就是爸。"若男跟着姐姐回家，心中有了爸，人家孩子都有爸，俺也有爸，心里想着爸，回家问姐姐。

大丫不耐烦地说："姐不会写。"

若男缠着姐姐："你会写，告诉俺，告诉俺……"

大丫翘着嘴像受了委屈似的起身走了，若男追着姐姐。三喜在一旁洗脚，听见了大丫和若男争吵，忙揩干了脚，穿上黑皮鞋，笑呼着："若男，伯会写爸字，来呀!"若男来到三喜身边，一个"爸"字早递到她手上。若男看了看说："这个爸字怎么不像呀?"

三喜逗乐："哪儿不像呀?"

若男翻开姐姐的课本比对着"爸"字，瞧了一会儿说："你的爸字拖着一条长尾巴，比老鼠尾巴长。"

三喜笑笑："伯帮你剁掉难看的老鼠尾巴"说着工工整整写出了一个"爸"字，递给了若男。这回若男找不到茬儿了，指着爸字说："爸爸不要俺，不要姐姐，不要妈妈了。"

三喜摸着若男的头说："爸爸不要你们，伯要，伯当你的爸爸好吗?"

"你当大龙的爸爸，不是俺的爸爸"真可谓童言无假，三喜自找没趣。大丫收拾桌上的课本和书包，妈妈端来了热腾腾的饭菜，今天还特地煎了草皮蛋。草皮蛋是用韭菜和鸡蛋调了，煎成一个圆饼，既好看又节约，这便是穷人家待客的面子菜。一家人围着桌子吃着晚饭，三喜好像真正享受到小家庭的美满滋味。他夹起一块草皮蛋，送到若男碗里，又夹一块送到大丫碗里。秀秀看在眼里，喜在心里，举筷夹起一块草皮蛋送给三喜。三喜激动得心都跳出来了，吃着它胜过天下美味。大丫看到就嫉妒了。在她的记忆里，每次桌上有了好吃的，总是爸爸送给妈妈，妈妈送给大丫，剩下吃不完的被牛肠马肚的爸爸收拾得干干净净。现在变了，妈给伯送，伯给俺送，心中就别扭，好像再也吃不出原来的滋味了。

三

秀秀得了病，乡下女人难以启齿的病，就是屁眼长疮的那种，医生称之为痔疮。秀秀不敢问医就药，只能忍其猖狂，这痔疮折腾起人来，坐不得，站不得，走不得，吃不得，睡不得，痛苦难当，生不如死。三喜要陪秀秀上县城大医院问诊，劝她动了刀可以根除。她说刀可以割颈，也不敢割掉长在下面的恶物。恶物得以生存，全仗于长在那个神秘的地方。秀秀宁肯躺在床上呼爹叫娘，也不愿亮相女人那个巴掌大的地方。没敢问医了，就用土法子，什么热水坐盆、草药煎敷、膏药粘贴都用过了，难收效果。有人说了，不动刀不用药，吃了刺猪儿病自脱。刺猪就是刺猬，大山里有的是，就是很难捉到它，据说还是国家保护动物。一些不法商贩从山里收购后，悄悄运到一些大中城市卖高价，宾馆酒楼餐桌上便有稀罕的野味山珍。有一天早上，三喜不知从哪儿弄来两只刺猪，用一只蛇皮袋装着，欢欢喜喜提到秀秀面前，说："吃了这东西，包你断了病根子，永不复发。"

秀秀说："人生病是天老爷的惩罚，头上三尺有神明，恶事做多了，给你记着的，说不定哪天灾祸就来了……"

"你是这样漂亮善良的女人，没做什么坏事，怎么这病痛偏落到你身上？分明就是迷信。"三喜理直气壮地说。

秀秀说："俺是前世的罪孽，把俺变了女人还不算，还落下病痛折磨……"大丫若男争相围上来，试探着两个遍身长刺的怪物，像一个圆球，一动也不动。若男还用竹棍戳它，越戳越圆，黑刺竖起，它好像在说，看你怎样奈何我？大丫夺走了若男手里的竹棍，拉着她上学去。若男边走边问："妈妈，这长刺的东西，你怎吃呀？"妈妈只是笑。

三喜笑着说："等你们放学回来，看伯来把它杀了，剥它的皮，做成美味，吃了能治好你妈的病，到时让你俩喝点儿汤吧。"大丫和若男听了毛骨悚然，伯真能杀死那两个遍身长刺的怪物？吃了它的肉真能治好妈的病？它的味道真的很美吗？她们带着一连串的问号上学去。三喜扎住蛇皮袋封口，将它挂在晾衣篙上，对秀秀说："看住它，等我开会回来执行它的死刑。"

秀秀说："你去吃饭吧，别讲死刑死刑的吓人，它也是一条命呵！"三喜走进厨房，从锅里端出直冒热气的饭菜，饭碗里盖一个金黄的煎鸡蛋，狼吞虎咽地吃了，嘴一抹开会去了。秀秀坐在屋檐下，看着篙上的蛇皮袋，那两个家伙没一点儿动静，像死了一样。它最大的本领就会装死。小时候上山砍柴经常见到它，看见它的时候是一个刺球，丝毫不动，像个死物，狗子跑来嗅嗅，用前爪挖起黄土飞溅，吼叫几声便放弃了。最精彩的是刺猪捕蛇，她亲眼目睹那一幕。她嫁到牯牛山第二年，怀上大丫，挺着大肚子也坐在屋檐下，经常听到竹林里群鸡飞叫，孵的一窝小鸡所剩无几。那天她的目光正投向竹林，一条酒杯粗细的黑蛇，如箭一般从一株大楠竹上飙出，直奔鸡群，鸡飞毛落，秀秀惊呆了。接着一幕更让她惊心动魄，正可谓螳螂捕蝉，黄雀在后，一只碗口大的刺猪正等着偷鸡贼。就在那条黑蛇回头转弯时，刺猪一下变成一个圆球，一个死物根本没有引起它的注意。这时，圆球快速准确地向蛇腰滚去，一场恶战开始了。黑蛇并不失弱，身穿锁子乌金甲，用它的老招式箍紧了圆球，刺猪自然动弹不得，这正落入它的陷井，求之不得。黑蛇用长长的身躯，团团捆住它，圆球越来越大，却奈何不了它；那刺猪一身带刺的甲胄，悠然自得，任它自取灭亡。忽然刺球变成蛇球，在地上翻滚着，时而向东，时而向西，时而向南，时而向北，只听见"咔嚓"一声，缠着刺猪的长蛇如断了拴的链条，从齿尖上垮了下来，一字儿摊在地上……

秀秀心里很感谢勇敢的刺猪，是它挽救了她的鸡群。自那以后，鸡崽可以快乐地在竹林里觅食，唱歌，戏耍，给僻静的人家带来了可喜的生气。眼前晾篙上挂着的刺猪，肯定变做一个圆球，这惯用的伎俩，恐怕没有好运气了。它们这时候只能等死，只怕没多长时间了。秀秀起身解下蛇皮袋，看见两个刺猪果然圈成两个圆球，很可怜的样子。三喜回来，不是刀杀，就是火烧，吃了它的肉就能治好自己这顽症。秀秀突然感觉到自己的痔疮好了。秀秀看着它们，看着看着不知怎么就看出怜悯来，拿它的命治自己的病，这合适吗？它与俺无冤无仇，为什么要伤害它们呢？它还是俺家的大功臣呢！更不能做出那混账糊涂的事儿来。俺今天要放了它们，也算是对刺猪的报答吧！她提着蛇皮袋来到竹林中，倒悬袋口，两个刺球立刻滚下来，落到地上仍像死的一样。秀秀说："你们快跑吧，回家团聚去吧！"那两个家伙还在装死，秀秀扭头往回走，没走几步回头去看，两个刺球不见踪影。

秀秀脸上露出得意的笑容，好像完成了一个伟大的壮举。一念之间救下两条无辜的生命，普救苍生是世上最幸福的事情，那两个死里逃生的家伙只恐惊魂未定，它肯定相信世上还是好人多呵！愿它们平安，为它们祝福……

秀秀依旧坐在屋檐下，几多遐想，几多轻松，几多美丽，活像一尊救苦救难的观音菩萨。三喜走进竹林，看见了秀秀还坐在屋檐下，却没看见那个挂在晾篙上的蛇皮袋。三二步跨到屋前，蛇皮袋掉在地上，袋内空空，忙问秀秀："帮你治病的家伙呢?"

秀秀轻松地说："把它们放了。"

"这是俺觅了好久，花大价钱买来为你治病的!"三喜跺着脚说。

秀秀笑着说："俺的病好了，不用治了。"说着站起身来摆弄着身子，在屋檐下来回走动，像没事一样。三喜抬头看见秀秀真的没事了，并且有一个特别发现，在他独到的色眼里，秀秀今天格外漂亮，脸儿就像熟透了的杏子，肉红而水汪，观音眼清澈透底，流露出美丽而善良的目光，嘴上添着微笑，仿佛南海观世音菩萨来到寻常百姓家。他不敢相信，秀秀的一次善举竟让她变得天仙一般，藏在屁眼上的恶疾也逃遁了。看来，这善举真是神丹妙药。三喜讨好说："放生能治病，俺再买几只来你喜欢吗?"

秀秀说："俺又不是观音菩萨，自己救不了自己，还能普救天下苍生?"说着去厨房做饭。说来奇怪，秀秀迈步忽地真的轻松了，屁眼上的怪物畏缩了，她自己也弄不清，这害得她寝食难安的恶魔怎一下子就降服了呢? 大概是邪不压正吧! 秀秀想。

大丫和若男没忘记蛇皮袋里的家伙，放学后匆匆回家，一路上若男问大丫："姐姐，那两个长刺的家伙真的要死了吗?"

大丫说："它们能逃出去吗? 俺猜，伯在磨刀呢。"

若男寒战一下说："人真可恶，为什么要杀死它们?"

大丫说："伯说给妈治病的，妈不得病多好呵! 俺不相信吃了它的肉能治好妈的病，俺不吃……"

"要是它们能飞上天，钻了地多好呵，逃到一个他们找不到的地方。"若男睁大眼睛说。她们走进竹林朝屋里望着，一点儿动静也没有，完了，完了，心里怦怦地跳，在屋门口看见那个空空的蛇皮袋，眼泪都出来了。三喜见到大丫若男逗着说："今天没让你们看到杀猪，也没让你们尝到美味，可不能怪你伯，要怪就怪你妈去。"

若男闪烁着泪眼抢着问："俺妈怎样了？"

"妈见它们可怜，把它们给放了，你们不怪妈吧。"妈从屋里走出来说。大丫若男脸上同时绽开笑容。大丫说："妈真好！俺和妹妹谢谢您。"

妈听了乐哈着说："傻丫头，吃饭去……"

大丫和若男晚餐没有尝到罕见的美味，却吃得特别香。晚上做着香甜的梦……

一晃又要过年了。今年收了好年成，猪栏又出栏了两头大肥猪。秀秀家宰了猪，打了米粑，灶头上挂满了各种各样的腊货，檐下吊上一对大红灯笼，大门两边贴上显眼的春联，年味十足，一派喜庆景象。特别开心的是，秀秀为孩子们买来各色各样的花炮，还有五彩缤纷的礼花弹，呼啸冲天的闪光春雷。她没有忘记为孩子挽回尊严，更没有忘记大丫在祝家大院捡回的半截麻花……

送旧迎新的时候到了，远近陆续响起鞭炮声。大丫和若男欢喜地将大卷鞭炮吃力地搬到门前，又将礼花弹、闪光春雷一个一个搬出来，都集中在竹林围着的院子里。大丫和若男争相燃放，妈妈为她们分工，等妈放完鞭炮，大丫燃放闪光春雷，礼花弹最后由若男点燃。妈手里拿着三炷香，点燃了第一柱，将另外两柱分发给大丫和若男，到时候香都由妈点燃。妈鼓起腮帮子一吹，香火一亮，找到鞭炮的引头，又分咐大丫若男后退，然后点燃鞭引，立刻响声大作，火光四射，映红了大丫若男欢笑的脸庞。她们蹦跳着，欢呼着，看着鞭炮在自家院子里跳舞，有的飞上了天，有的飞到竹林里，还有调皮的飞到她们的身上，若男的新衣上立刻烧出一个洞眼，用手不停地拍打着，妈笑着上前逗乐："若男走火啦!"若男看着新衣上的洞眼，不知道妈说什么，大丫问："什么是走火呀?"妈笑而不答。

鞭炮声如同一场激烈的枪战声，牯牛山下谁也没有秀秀家的火力猛烈，压住了远处近处的爆炸声，且时间最长。夜空中鞭炮声渐渐消失，秀秀点燃了大丫手中的香柱，大丫勇敢地走到一个闪光春雷跟前，点燃了引线，一个火球飞上了天，真如春雷在夜空中炸响，闪电齐鸣，一个、二个、三个……把牯牛山炸得地动山摇。紧接着该若男了，她早有点迫不及待，跃跃欲试。妈刚点燃她手里的香柱，举着香柱就冲到礼花弹前，点燃引线回头跑。抬头看，一朵朵礼花在竹林上空绽放，宛如天女散花，五颜六色，五彩缤纷……

送旧迎新，秀秀母女三炷香的传承，把新年的夜空装点得绚丽多彩。她们听见了，昔日威风的祝家大院，今天无声无息，冷冷清清。祝家父子相继死去，如今也只剩孤儿寡母了。秀秀望着夜空，脸上扬眉吐气，今年胜过了祝家大院，心中格外高兴。她们正要进屋去睡觉，若男拉着妈的手问："走火是什么?"

秀秀摸着若男的头说："走火呀就是走好运，就是有喜事要落到你的身上，这是好事呢!"山里人都相信，过大年无意被火烧着都是吉祥之兆，必有喜事降临。若男将信将疑地睡觉去了。夜深人静，秀秀在床上辗转反侧，牯牛还在人世吗?如果还活着，孤苦伶仃的在哪儿?如果不在人世，也该给俺报梦捎信，把他的骨架弄回来，让他长眠牯牛山……

大丫若男今晚格外兴奋，也睡不着，好像在暗暗庆幸着，再

山／女／的／忏／悔

58

不用跑到祝家大院，绕着大黑转，看他放花炮，再不会嘴馋小花狗不吃的麻花了。今天虽然赢了祝家大院，但心里总是遗憾，难以弥补的遗憾——爸爸没有回家过年，就好像过年又没滋味了。

若男听妈说，走火就是走运，有喜事落到身上。真的很灵吗？如果问俺要什么，俺最大的心愿就是等着爸爸回家，也许爸什么时候就来到眼前，她睁大眼睛望着盼着……

第五章

一

祝家大院和牯牛家同居牯牛山的犄角上，邻里乡亲。如今牯牛山还是那么威武苍劲，祝家大院却冷冷清清，人去宅空，牯牛也是泥牛入海无消息……

祝家大院原本王家大院，说大院其实就是竹林中立起的三间木架子屋。王家祖上请风水先生看中了这块宝地，宅基地正好在牯牛的右角尖上，是牯牛山最风光的地方，风水先生说，住在牯牛的头顶角尖上，定能出人头地。祖上建了这屋宇之后，财运果然不错，从五斗田开始，披星戴月地劳作，牙积口攒地节俭，到了王金阶手上，购置田地五十余亩，是牯牛山最殷实的土财主。土改时，他成了牯牛山最大的地主，自然逃脱不了暴风骤雨的洗礼。吊不怕，打不怕，跪不怕，什么裤裆里塞猫儿刺，冰天雪地冷水里摸泥鳅……都不怕，分他田地、财产也不心痛，唯有祖上传下的宅基屋宇是他的命根子。他哀求留下一间半间也罢，不要把他赶出去。这要问苦大仇深的土改根子祝福生，他答不答应。当年他逃荒到了牯牛山，当了王家的长工，后来还流传着他的故事：

那一年，山里遇到大旱，田里干裂了缝，禾苗枯萎像火烤过一样。王金阶心如汤煮，火燎火急请来三个车水的农友，加上祝福生刚好四人车一架水车。从山塘提水确也辛苦，早饭王家没作准备，只粗茶淡饭了事。饭后王金阶悄悄去看，只见四个大男人懒洋洋慢悠悠地车水，祝福生数槽：一沟喂也二十三……接着悠雅地唱起来：一天工来哟，三餐饭依哟，九袋烟依哟哟，一堆屎依哟，要屙到牯牛山……

车出的水就像懒婆娘屙尿，任屎流，车了好半天，一块干田还没浸湿。王金阶看了，不动声色跑到集镇上砍了肉，打了酒，中午便盛情款待，酒足饭饱之后，农友们抽了烟，灌了茶，哼着山歌就去车水。等了一会儿，王金阶又去看，惊呆了：四条汉子四条赤膊，屁股挂在坐板上，就像是在赛跑一样，腿脚随着车鼓子转，眼花缭乱，车槽里盘叶如飞，似蛟龙喷水，四条汉子嘴喊着：你那样待我，我那样待你；你这样待我，我这样待你！阿荷——

王金阶笑得合不拢嘴，听得最清楚的一句是：你这样待我，我这样待你。笑着回家准备晚饭去了。

祝福生在斗争会上控诉着王金阶的罪恶，受尽了压迫和剥削，过着牛马不如的生活；如何带领农友与地主作斗争，例举了车水的故事，绘声绘色地讲述反压迫反剥削斗争的胜利。分胜利果实的时候，当然首先由他挑选，当然他看中了王家大院，当然会毫不留情地把王金阶赶出王家大院。王金阶在山边撑起两间茅屋，虽比不上祖上屋宇气派，却也能遮风避雨。王家大院一夜之间变成祝家大院，祝福生一夜之间成了牯牛山赫赫有名的人物。他虽不识几个字，却练就了出口成章的好口才，这便顺理成章地当上农会干部。光明乡土改工作队推荐他当国家干部，他推说不识字干不得大事婉言拒绝了，其实，他实在是舍不得离开这块风水宝地。这祝家大院铸就了他的辉煌。

治理西湖彰显了湘西汉子的铮铮铁骨，高继祖、张八斤、王金阶当时都是精壮劳力，由祝福生带领组成尖刀班，冲锋陷阵，挑土扁担弯如弓，你追我赶燕子飞，人海如潮，红旗招展，气壮河山。在一处淤泥湖，白天挑成堤，晚上沉水底，有的民工看到此景，嚎啕大哭，不知何时能回家呵！方案出来，必须在湖水中打下松木桩。当时条件艰苦，设备简陋，只有热血沸腾的肉体，又是祝福生占尽风头。他脱光衣服，一口灌下一瓶烈性白酒，带头跳进冰冷的水里，鲜血从毛孔里渗出，从那以后酒量大增，酒气冲光了头顶，留下一副官相。最后尖刀班采取车轮战术，将一个一个木桩打进淤泥中……他们的事迹见诸报端，传遍三湘四水，传到光明乡，也传到牯牛山。凯旋的时候，耀眼的立功证，劳模的光环，英雄的传说，把祝福生撑得火红，牯牛大队队长的位子非他莫属。

大跃进的号角吹进牯牛山，在光明公社誓师大会上，王家弯大队队长发言说，田里绿肥培管放卫星，红花籽要长齐天高……大家听了一片哗然，台下响起掌声。祝队长走上台，高声大嗓：王队长的红花籽长齐天高，我们牯牛大队红花籽长齐天高，没处长了怎么办？回头拐它几个弯儿还要长，这可是比天还高……台下又是一片哗然，接着响起热烈的掌声。他创造的人间奇迹再没人胜过他；创造了夺高产的秘诀：人有多大胆，田有多大产，风靡一时；创造了粪湖尿海的积肥方法，将树叶、猪粪、牛粪和人粪置于水塘，清水变浊水，发出臭气。为了迎接上面召开现场会，他嫌塘水不黑，独出心裁地买来两瓶墨汁，泼入塘中，伟大的杰作成功了。只是那几年，天老爷发怒，三年自然灾害接踵而来，那些豪言壮语就像一个个眼花缭乱的五彩肥皂泡，在空中破灭了。牯牛山的公共食堂受到惩罚，开始还能维持，后来忙时吃干，闲时吃稀，高标准，瓜菜代，什么法儿都用上了，渐渐难以支撑，于是就吃野菜、树皮，最有滋味的是枇杷树皮做成的粑粑，颜色红红的，像糯米一样软软的，那时吃起来香香的。最后就创造了淀粉，将稻草粉碎后发酵做成的淀粉粑粑，老百姓称它稻草粑粑。这稻草粑吃进肚里还容易，要阿出来比害了恶病难受，肚里涨得咕咕叫，屁眼里就是拉不出，于是，老公用指头帮着妻子抠，妻子帮着老公抠，大人帮着孩子抠，痛苦难当。地主王金阶吃不进稻草，那天晚上搓了一根稻草索，上山吊死在一棵茶树上，留下他不满十岁儿子，撒手而去……

那一年开始在牯牛山修筑跃进水库，祝队长任总指挥。牯牛山男女老少一齐上，为抢速度，保质量，他手里拿着跃进棒，肩上挂着整风索，在工地上监工。男人挑土穿短裤，女人打硪赤膊身。张八斤的女人个头小，却带头打了赤膊，雪白的皮肤格外抢眼，特别是两个乳房就像两朵含苞待放的白荷花。四个姑娘抬着石硪，嘴里喊着硪调，只见石硪上下飞舞着，八个奶子八朵莲随着飞硪颤抖着，如同一块巨大的磁石，吸引着无数的眼光。挑土的汉子们你追我赶，吆喝声一浪高过一浪，这绝非女子赤膊效应，实在是害怕祝队长手里的跃进棒和整风索，跑得慢了不知何时挨上跃进棒。张八斤、高继祖都挨过，那可是执法如山，六亲不认。消极怠工者或偷工减料者，一经发现，五花大绑跪在工地上，这叫杀鸡给猴看。收工后，张八斤责怪光棍汉高继祖，说："你偷看俺女人的奶子。"

继祖说："没看。"

"你长着眼睛，不会看？"八斤说。

"看了跟没看一个样，等于没看。"继祖说。

八斤来了气，说："看了人家女人的奶子，不赔礼道歉，还说等于没看？"

"看了你家女人奶子能怎样？你看了人家女人奶子又能怎样？人的命都难活了，谁还想女人，你看谁家媳妇生儿了？你在哪儿能见到大肚婆？"继祖几句话让八斤哑口无言。山民们凭着肩挑手挖，一个冬下来，牯牛山跃进水库初具雏形，三年的水利工程已完成一大半。

燕子在檐前欢快地盘飞，春日的夕阳依恋着牯牛山。继祖从公共食堂里出来，勒紧了一下裤带，半饥半饱往家里跑，扛起猎枪就上了山，在山口的一片麦地响了枪，一只麻灰色的肥兔到了手中。他掂了掂笑着便自言自语："该死的家伙，等打夜工回来，再对付你"说着匆匆回家，准备上夜工。走到自家竹林前，看见一女子昏倒在路口，约三十左右年纪，身穿灰色长袍，头戴灰色圆帽，分明是一个化缘的尼姑。救人要紧，他放下猎枪和野兔，抱起尼姑就往家里跑，把她放在竹床上，一看就知道是当时的通病，饿昏了。忙着就去烧水打蛋，鸡蛋是治昏病的良方，从瓦罐掏出仅有的四个鸡蛋，放在灶上，水烧在锅里，又跑去拿回猎枪和野兔。几个鸡蛋果真救了她的命……

那天夜里，他冒天下之大不韪，竟擅自旷工。祝队长果然寻上门来，手拿跃进棒雨点般敲开了大门，只见继祖怒目而视，背后一女子目光呆滞，坐在堂屋中央，心想不是乞丐也是疯子，又闻到厨房里野兔香味，抬头看见挂在墙壁上乌黑发亮的猎枪，刚才气势汹汹的怒火熄灭了。不知是良心发现，网开一面，放过继祖，还是看到刚才继祖凶相毕露，惧怕墙壁上那杆带有杀气的鸟枪，转而说："好你个龟儿子，关着门吃兔肉，也不请请你祝大哥……"

继祖正等着鱼死网破的较量，见祝队长手下留情，话语中听，忙笑脸相迎："快进屋里，尝尝单身汉做的野兔味……"祝队长不客气地坐在桌上，将跃进棒、整风索顺手放在桌角上，等吃野兔肉。继祖从厨房里端出热气腾腾一钵兔肉,三付碗筷,继祖要女子上桌,女子不理,祝队长要女子上桌,女子也不理。祝队长早耐不住大口吃起来,赞不绝口:"美味!美味!"继祖抱歉地说:"缺酒呀!"

祝队长实话实说:"这东西肥口肥肚,眼下天王老子都吃不到,还讲什么酒,知足,知足!"不大一会,一大钵兔肉被二人吃了个精光。

远处传来打夜工的吆喝声。祝队长拿起执法的家伙,立起身来指着继祖说:"无故旷工,下不为例!"然后,轻蔑地扫视一眼痴呆女子,冷笑一声:歪锅套瘪灶!自开大门,大步流星地消失在夜色中。

继祖关了大门,忙走进厨房,在热锅里又端出一钵兔肉,放到桌上。满满盛了一碗送到女子跟前。这时,女子毫不客气地接过碗筷,狼吞虎咽地吃起来,吃完了碗里,又看着钵里,接着就坐到桌上吃起来。继祖看着她吃,心里想,听说尼姑不食荤腥,今天可坏了规矩;要么就是讨饭的,看她都快要饿死了,这年头到哪儿去讨吃的?就在这时,女子可能吃发了热,随手揭掉头上的帽子,散落一头乌黑的发丝。继祖瞬间亮了眼,仔细打量:眉毛弯弯,眼睛大大,嘴儿小小,鼻梁儿直直,哎呀呀,原来是一个大美人。继祖心里便有了一个大迷团。她姓甚名谁,家住哪里,身世如何,为什么流落到山里……

"大妹子,你叫什么名字?"继祖边收拾碗筷边问。女子没有回答。

"家住在哪儿?"女子看了继祖一眼,还是没有回答。

"你还有亲人么?"女子又看了继祖一眼,默默无声。

"你说话呀,老祖宗!你是尼姑?你是叫化?你是鬼还是人?"继祖心急连问直问,就像问着板壁了,没听到一点儿回声。

这下他明白了，原来是一个哑巴女人。偏偏这么乖致的女人怎么就落下一个残疾？这么一个年轻的姐儿怎么就没一条活路？怎么就讨不到一口吃的昏倒在路口？老天爷不公呀，俺可要救救她……继祖从厨房里打来一盆热水，送到女子面前，女子没有接。继祖放下水盆，去忙着洗刷。

吆喝声在夜空里此起彼伏，唯有继祖今晚清闲。他心里并不感谢祝福生开恩，那是因为他吃了自己的兔肉才口软的；而且他搞的就是瞎指挥，自古到今还没看见生火给秧苗取暖的，人家害怕他执法，只好轮流睡觉轮流吆喝，忽悠着他。

继祖收拾洗刷完毕，看见女子呆若木鸡，便笑着走上前去，拧干了盆里的毛巾，帮着女子洗脸洗手。当他粗造的手掌触摸到女子白嫩的脸，就像触电一样，周身麻木，仿佛失去了知觉。慢慢缓过神来，就好像抚模着一个光滑无比瓷花瓶，感觉不像，更像一个熟透了的大柿子，又软又滑；一双观音手十指尖尖，软绵绵的像没生骨头一样，柔滑如水。接下来帮女子洗脚，脱下一双布袜，便嗅到一股臭气，抓到她柔美的脚弯，臭气荡然无存，嗅到的是神秘的馨香，沁人肺腑，荡魂勾魄，神魂颠倒……继祖突然变作一个醉汉，热血直冲头顶，形色恰似红脸关公。洗脚人竟忘记揩脚，迫不及待地抱起女子，冲进房里，将女子放在他的硬板床上，不敢去看女子的脸面，任性霸蛮胡来，一阵一阵翻云覆雨，通宵达旦，除了几声尖叫，没有反抗，也没有欢笑。继祖一张长满胡茬的大嘴，在女子脸上狂吻，任意地发泄。忽然口中渗入咸味，分明是女子的泪水，继祖惊慌了，原来是一人快活一人哭。他感到懊悔了，对一个陌生弱女子，不应该这样放肆，禽畜不如！

天色大亮，继祖愧疚地起床了，不敢惊动女子。食堂响起锣声，他拿了碗跑到食堂里，领取了自己的一份饭菜，匆匆回家。

他不敢吃掉这份饭菜，把它热在锅里，走到床前："大妹子，早饭热在锅里"说了一句就空着肚子上工去了。

女子起床的时候太阳老高，铺床折被，收拾打扫之后，肚子有点儿饿了。她走进厨房，揭开锅盖，一下傻了眼，锅内还真是热气腾腾的饭菜，好人呀，好人！在这生死攸关的时刻，自己饿着去干活，把饭菜留给别人，天底下难寻的大好人呀，眼泪不知不觉刷刷地流……她再也吃不下这一碗直冒热气的饭菜。她打开大门，坐在檐下，脸上布满愁云，看朗朗晴空，看翠绿欲滴的竹林，看竹林中蹦跳快乐的鸟雀，忽然，看到竹林中冒尖的竹笋，一下就好像看到了救星。她找到铁锄，一连挖出好几个来，剥开叶子，露出雪白鲜嫩的笋子，如果加点儿肉，那可是山珍美味呵！她赶快到厨房里烹调起来，不一会儿，山珍鲜笋便成了美味可口的佳肴。她不敢独自享受，也将它热在锅里，盖上了锅盖，要给这个粗野的山里汉子一个惊喜。午饭的锣声敲响，不一会儿，继祖又匆匆端着一碗饭菜赶回家，走进竹林的时候，摇摇晃晃，脚好像找不着路了。此情此景正好让女子看到了。继祖将饭菜递给女子："快趁热吃了吧。"女子没有接，眼泪又刷刷地往下流。

继祖一下慌了神，打起精神说："老祖宗，求求你就莫吓俺好啵？见到女人泪水心就跳……"说着走进厨房，揭开锅盖，惊呆了：莫非遇上管螺仙了。肚里咕咕叫，忍不住地将饭菜全都摆弄到桌上，口里呼着大妹子，顺手从筷篓里抽出两双筷子。女子这下真的听话了，坐在继祖对面，一人一碗饭，吃着刚做好的鲜笋。她看着面前的黑汉大嘴几口，一碗饭便干净了，马上从自己碗中挑出一半给他。继祖放下不吃了，等着女子放下碗筷不吃之后，把残汤剩饭一扫而光。

二

牦牛山传开爆炸性的新闻，光棍高继祖便宜捡了一个像仙女一样的媳妇。有人说是尼姑，便有人争辩，没看见人家那一头乌黑头发；有人说是乞丐，又有人反驳，哪有这般漂亮干净的叫化子。还有人说分明就是一个哑巴，一问三不知，光棍捡回一个残疾，没什么稀罕。这回虽没人敢反对，但心里还是疑点重重，大家都议论着，这女子非凡，不是天仙就是鬼怪，弄不好是狐狸精转世还债的，甚至有人干脆说是美蒋特务……关于女子的身世来历，谁也说不清，谁也不服谁，传得沸沸扬扬，争得面红耳赤，这便成了一个解不开的谜，迷底藏在女子心中。

继祖去找祝队长让女子入户，为的是一餐几两米撑肚。祝队长摸着光头说："这可是大事，我负不起责任，要经过调查证明后才能入户。"

继祖一急就鼓眼直说："调查证明是猴年马月的事，再说调查到哪儿去调查，不知道她是哑巴？是好是歹全凭你一句话。你队长说她是阶级敌人，把她法办了或轰跑了，俺可怎么办？"

祝队长最怕继祖鼓眼睛，样子就像醉了酒的李逵，说不定他的枪口不认人了。于是，摸了摸光头，改了口气笑着说："继祖老弟，你我都是贫雇农阶级兄弟，我不帮你谁帮你，你看我也为难呀，牦牛山一千多口人要吃饭，收了你的女人，就要扣人家的粮，你忍心么？"

继祖听不得软话，是呀，不能只顾自己坑了人家，日子都不好过呵！还能说什么呢？继祖想到了猎枪，想到牦牛山的猎物，想到自家竹林破土而出的笋尖，这一方水土还容不下一个女人？

"砰—"的一声，一头猪獾倒下了。继祖把它扛回家的时候，天已麻麻黑。女子煮好竹笋，等着继祖吃晚饭。看见继祖弄回一个像小猪一样野物，心中暗喜。这几天都是他一人的饭两人吃，尽管竹笋充饥，长此下去，会把他拖垮的，正愁想不出法子……女子帮着接下那个她从来没见到过的野物。继祖告诉她："这家伙叫猪獾子，足有十几斤吧，很肥，味道挺好呢！"说着把它吊在晾衣篙上。一把匕首一样的尖刀，在獾子身上不停地刺划着，不一会儿，像脱衣服一样把它粗黑的毛皮扒下来，露出白里透红的肉体。继祖几刀下来，割断獾子的一条后腿，递给女子去烹弄；然后将它解体，用木盆装了，撒一把粗盐，以待后用。

晚餐格外丰盛，一钵獾子肉，一钵水煮笋，四两糙米饭。那个年代有这样的口福只能在梦中。继祖吃得格外爽口，今日的獾子肉胜过牛羊肉，越吃越想吃，想不到哑巴女人还有这么一双巧手。天不绝人之路。有了野味，有了竹笋，大自然的恩赐太多太多，让他们战胜了饥饿。牯牛山的人们虽吃不到野味，却跟着吃起竹笋来，树皮草根便无人问津了，家家户户把春笋挖出晒干，储备充饥，度过了那百年未有的饥荒。

牯牛山又传开爆炸性的新闻，牯牛山有两个女人挺起肚子，一个是队长祝福生的老婆；一个就是继祖的女人。那个年代牯牛山的女人怀孕真还是稀奇事，一下冒出两个大肚子，田头地边热闹起来，议论最多的还是那个神秘的哑巴女人。"……没看见那破屁股喂得白白胖胖，不养儿才怪"棉花地里有女人锄着草说。

旁边的女人搭腔："全仗继祖的一杆猎枪，今日的兔子，明日的獾子……"

八斤的女人不服气说："要不是继祖那杆威武的肉枪厉害，吃熊掌也吃不出儿来，看俺八斤像太监一样，没那事儿了，牯牛山的男人都变成太监了，有几个能生出儿来？"

有女人补充："牯牛山的女人也一样，谁还稀罕男人那玩艺儿"

......

十月小阳春，风和日暖。牯牛山的水库工地上，人声鼎沸，热火朝天，山民们又传开爆炸性新闻。同一日牯牛山产下两个男婴，一个是队长祝福生的老婆，在公社卫生院难产生下一个大胖小子，因失血过多抢救无效死亡；一个是猎户高继祖的女人，在家平安产子，也是一个大胖小子。那日继祖在工地上，就像一头狂喜的猛兽，翻着跟斗，呼叫着："俺有儿子了！俺有儿子了！"一下担土如飞，势不可挡，在人流中狂奔，那个天大的喜讯便传遍了牯牛山。两天后，祝队长安葬了老婆，从卫生院接回儿子。他看着嗷嗷待哺的儿子，束手无策。眼看着老婆撒手而去，留下三个儿子，大的才未满十岁，这小家伙怎么办？巴掌在头顶反复地摸着，曾有人说脑袋是他自己摸光了，变成智慧脑袋。他突然生发奇想，想到继祖的哑巴女人，她不是刚生下儿子，何不去给儿子认个奶娘。

继祖从工地上回到家天已黑定，高兴地忙着伺候月婆子，打了鸡蛋又做鱼汤。新鲜鲫鱼是昨天夜里摸到十几里外的南溪垱，重操旧业，划着腰盆撒下丝网，熬了一个通宵，打了几斤回来，养在了缸里，专为月婆发奶。牯牛山唯有他背枪狩猎，打鱼摸虾，干那些不务正业的勾当，这是多少年前的事了，幸亏学了这本事。他将自己的晚饭包回家，省给女人吃，等着吃月婆子的残汤剩饭。其实，月婆子优待月公子，总是互推互让。祝队长抱着儿子站在大门口，看见继祖端着一个土钵与月婆子推来推去，几多羡慕几多嫉妒，开口说："你们不吃我来吃！"

继祖一看祝队长来了，有点儿不好意思地大声说："这鲫鱼是发奶的好东西，她吃了一点偏就不吃了，不为自己也该为儿子，没奶吃了老子找你算账的！"说着将鱼钵放在桌上。"咕哇——咕哇——"儿子在祝队长的怀里大哭起来。他抱着儿子走进屋里站着对继祖说："帮儿子讨点儿奶吃，看他饿得哇哇直叫，救救这苦命的孩子。"

继祖忙说："儿子他娘没口粮的，饿肚子哪来的奶……"月婆子走过来，从祝福生怀里抱走哭喊的婴儿，走到里面喂奶，小家伙马上安静了。

祝队长的手早摸到头顶上，慢慢地说开了："恭喜你，继祖老弟，得了美人又得子；我呢，得子丧妻，老天不公平。好在呢，我们都是贫雇农阶级兄弟，一方有难，八方支援。这回，你可要帮帮我，收下这个干儿子。"

"没娘的孩子可怜，没奶的婴儿更可怜，俺女人要吃的没吃的，要营养没营养，总不能救了你的儿子，舍了俺的儿子吧。"继祖直言快语。

祝队长手不离头，很从容地说："后勤工作嘛，就不用你操心，什么吃的、营养保证供应，我总不会断我儿子的奶吧！"

"你儿子又不是赵氏孤儿，俺也不是程大义人，谁能舍下自己骨肉救下人家的儿子。俺就不信那些打书匠瞎编，打掉牙齿说屁话。"继祖干脆说出了心里话。祝队长的脸红一阵白一阵，牯牛山还没有第二个人敢对他不敬，独有他敢，真拿他没法。祝队长害怕他鼓眼吹胡，特别害怕他那杆百发百中的猎枪。正一筹莫展的时候，见月婆子抱着他儿子出来，祝队长摸摸脑袋说："不知如何称呼你，不知你名姓，家住何方，只知道你是山外来的，就叫你山外婶好吗？"月婆子亲着孩子没反应。

"山外婶，祝某这苦命的儿子从这儿出去，就只有死路一条，只能到阴间找他妈去喂奶，可怜天下父母心，祝某求你救他一命，认你做他的干娘吧……"

继祖忙站起身来去抱月婆子怀里的婴儿，"哇——"地一声，婴儿哭声揪心，仿佛是求生的呼救，月婆子仿佛惊醒，怀中的婴儿离不开她，她紧紧抱住婴儿……祝队长看见这精彩的一幕，真遇上活菩萨了，这山外婶大发慈悲呵！于是，摸着脑袋就走，边走边说："山外婶，拜托了。明天给你送来一百斤谷子，一百个鸡蛋，还有猪油和红糖……"说着脚步迈出大门，消失在夜色中……

山外婶突然消失，在牯牛山又是一个爆炸新闻。她只穿戴了来时那套浅灰色的和尚衣帽，悄悄地来到牯牛山，又悄悄离去，好像什么都没有发生过，不过留下血脉，留下牵挂，留下永远斩不断的情思。继祖抱着儿子寻遍牯牛山，千呼万唤，哭天抢地，只有大山的回声和荒野的悲悯，再也找不回儿子慈爱的娘亲，再也见不到令他魂牵梦绕的神秘女人。山外婶的消失无人察觉，无人知晓，成了牯牛山解不开的谜。她怎么就丢下亲生骨肉狠心地走了呢？一个母亲弃儿而去，撕心裂肺的痛，生离死别的苦，苍天作证。山外婶出走的原因，谁也弄不清，牯牛山唯有一人心里明白。

那是深秋的一个艳阳天，大白天男女劳力都去田野里翻耕秋播。祝队长在田埂上转了一个圈儿后，去继祖的家里看看儿子。他悄悄躲进竹林里，试探山外婶对他儿子是真爱还是假意。透过大门，看见山外婶怀里抱着他的儿子逗着亲着；她自己的儿子却放在摇窝里，脚尖轻轻地踩动着，嘴里哼唱："小乖乖，快快长；壮宝宝，没了娘……"曲儿优雅，声调清晰。祝队长大惊：天啦！哪里是哑巴，分明是口齿伶俐的文化人，狗日的继祖真有福份，他们两人合伙骗老子！转而一想，嘿，她为什么装哑，为什么一身尼姑装扮，为什么来到牯牛山……这许多疑点足以证明她有问题。忽然，看见儿子的头在山外婶胸上触着，她搂起胸前的衣襟，露出又大又白鼓鼓圆圆的大奶包，就像胸前挂上两个大皮球。她将一个奶头塞进儿子嘴里，儿子不停地吸吮着。眼睛就像看到天底下最美的稀罕物，睁大，睁大，还要睁大，看清，看清，总觉看不清，恨眼睛睁不大，看不清，看不够。心潮忽地汹涌澎湃起来，美丽的浪花在胸中翻滚跳跃，脚步不听使唤地移出竹林，眼睛由大变小，距离越来越近，眼睛愈来愈小，小成一条缝儿了，色迷迷地迎上去，用嘴去亲儿子，正好吻在鼓圆的奶上，山外婶傻了眼，不知所措，连忙放下衣襟。祝队长抱起儿子，摸了摸秃顶说："山外婶，你的奶子看也看了，吻也吻了，再陪上我……"说着抓住她的手往房里拉。山外婶也不答理，挣脱了魔掌，从摇窝里抱起儿子，走到了门外。这下祝队长恼羞成怒："敬酒不吃吃罚酒，看着办吧，你骗得过牯牛山所有人的眼睛，逃不过我的火眼金睛。你不是尼姑，也不是哑巴，不是特务也是暗藏的反革命分子。明天就把你绑了，送公安局审问……"

山外婶镇静地望着竹林，像没事一样。祝队长哼了一声，将儿子放在摇窝里，自讨没去地走了。

山外婶是何时走的，谁也没看见。继祖寻了几天，哭成一个泪人儿回来了。他在家清点东西，什么也没带走，什么也没留下，只在儿子的胸前吊上一块洁白无瑕的白玉佩，像一个字，继祖不认识，却把它当宝贝护着，这个秘密谁也不让知道。这块带字的玉佩寄托着无限的思念，也演绎着一个悲欢离奇的人间故事……

第六章

一

牯牛娶了秀秀之后，高老爹了却了一个父亲最大的心愿，他告慰祖人，特别要告慰儿子的生母——一个令他永远斩不断思念

山／女／的／忏／悔

72

的神秘女人。咱们的儿子娶上媳妇啦！娶上了一个像你一样好看的女人，让俺俩为他们烧高香，求神拜佛，早早生下一个长鸡鸡的大胖小子。自那以后，他金盆洗手，不再猎杀生灵，积德行善，感动上苍，惠顾子孙，天天盼着儿媳妇的肚子大起来。一天晚上，秀秀做了一个梦，梦见一条大蟒蛇追赶她，她吓得腿脚不听使唤，跑不动了，紧紧抱住一棵大树，闭上了眼睛，感觉到大蟒缠住了自己，大声呼叫，叫出声音，叫声惊醒了丈夫，也惊动了公公高老爹。她告诉牯牛做了这怪梦，牯牛说不出什么，只劝秀秀别想它。第二天，高老爹问起昨晚的事，牯牛告诉他秀秀做了那个噩梦。高老爹不放心，去请人测梦。测梦先生是一个算命的瞎子，听高老爹报梦之后说："你家要添人进口了，恭喜，恭喜！"

高老爹说："你怎么知道俺媳妇会生孩子？"

算命先生把握十足地说："梦蛇添贵子。鬼谷子算命，周公解梦，都是根据五行八字、太极八卦而出，绝非戏言。"

高老爹一下激动了，急着问："俺媳妇生的是男还是女？"

算命瞎子故意停了一会儿说："梦里是黑蟒必是儿子；梦里是花蛇自然是千斤，看来，你媳妇一定生下大胖小子。"高老爹早已笑掉下嘴巴，露出几个缺牙来，好像碰上天大的喜事。回到家里，天天瞄着秀秀的肚子，等着好消息。秀秀突然间就馋起酸溜来，还夹着呕吐。小妹告诉她，你怀上毛毛了。秀秀羞涩中藏不住喜悦，悄悄告诉了丈夫。牯牛高兴得蹦跳起来，跨步纵身一跃，抓住竹林中一杆溜光高挑的楠竹，踮足而起，飞入空中，仰天大笑，仿佛在宣告，在这美丽的家园即将诞生一个新的生命，后继有人！乐得就像他爹有了他一样，狂奔着，呼喊着，俺有儿子啦！俺有儿子啦！声音响彻云霄，传遍了牯牛山。

看见牯牛乐成傻乎乎的样子，秀秀说："别疯疯癫癫的，时候还长着呢！你就慢慢等着儿子吧。"

牯牛摸摸秀秀的肚子说："儿子，爹不急，不急，你好好睡在妈妈的肚子里，快快地长吧，长成一个大胖小子。"

高老爹早笑得合不拢嘴，走到秀秀面前叮嘱："从今日起，你就在家里闲着，好好陪着肚子里的孙子，想吃什么跟爹说一声……"

高老爹真操起心来。其实，这些年来，把儿子拉扯长大，生活的重担把高大的山里汉子累弯了腰，弯得像一把弓一样。眼下，田里的活儿忙不过来，又撑起一把老骨头熬着，家里的事儿什么砍柴、打米、挑水全包揽下来。看见秀秀弯腰扫地，他皱眉头；看见她背锄下地，他鼓眼睛；看见她打赤脚下田，他发怒了。弓着身子不留情面地吼着："秀秀，你这是折磨俺的孙子，要有个三长两短，俺找你拼命！"

秀秀退缩了。高老爹高兴了。他隔三差五地不顾山高路远，也不论价钱贵贱，到天生垭集市上买回几多稀罕水果、菜蔬荤腥回来。秀秀推让不吃，他霸蛮劲儿上来："俺是买给孙子吃的，不是买给你吃的，你不吃进肚里，他就吃不到。为了不让俺孙子饿着，你不想吃也要吃！"有时候，真逼得秀秀哭笑不得，只得暗地里求牯牛帮忙。

秀秀的肚子微微挺起。那时乡下怀孕的女人都兴到县城医院B超，查看胎位、胎儿是否正常，兴许还能查出男女来。牯牛和秀秀商量，也要去县城B超。

正值插秧上岸，人畜歇口气的时候，他俩赶上一个大晴天，日头还没露脸，竹林里的鸟儿雀儿快活起来，蹦跳着，吵闹着，抖落竹叶上一粒粒晶莹的露珠，两只喜鹊在竹梢上喳喳地叫着。秀秀说："喜鹊叫，亲人到。"

牯牛说："俺没有亲人来的，去县城也没亲人可投，不过，喜鹊叫,叫出俺的好心情。"两个人踏着朝露,迎着晨风,说着笑着就到了天生垭,赶上去县城的第一班车。他们到了县城,顾不上吃早餐,径直到了县人民医院,牯牛忙着挂了号,带着秀秀找到一个戴眼镜的老医生,听他说明来意之后,老医生笑着说:"你还是去找妇科医生看看吧。"牯牛好容易找到妇科医生,是一个穿白大褂的老大姐,很和气,满脸带笑地让牯牛留在门外,要秀秀进到内室,经她检查之后,秀秀随她出来,她给秀秀开了B超交费单说:"其它方面检查正常,腹内胎儿要看B超,先去交费。"牯牛又忙着去交费,接着好容易寻到B超室,等了好一会,秀秀拿着报告单出来,两个人都不认识,只好又去问妇科医生,老大姐医生看了说:"放心好了,一切都很正常。"

牯牛问:"没看清是儿子是女儿?"

老大姐看了看牯牛,笑着说:"是儿子吧。"顿时,牯牛和秀秀一下子像灌了蜜似的,甜到心里头。

在医院折腾下来,早已满头是汗,真比干农活还累人。时间已近中午,肚子在叫,牯牛高兴了,就问秀秀:"想吃什么?把你想吃的古怪稀奇的东西全都说出来,俺要让你吃个够。"

秀秀高兴了,有点儿撒娇地说:"俺想吃的都吃过了,就田螺肉没吃到。"

"你尽想些绝种的东西,俺小时候看到过,田里化肥农药把它们灭了,泥鳅黄鳝也少见了,哪还有田螺?乡下没有的东西,街上馆子里到哪儿弄去?"牯牛有点儿力不从心地说。

话是这么说,牯牛和秀秀问了几家餐馆,都说没那希奇物。最后泥腿子大胆地上了一家"山珍海味酒楼",两个着装整齐的服务小姐热情接待他们,把他们安排在一个挨窗临街的桌面坐下。还没等送上茶水,牯牛起身寻上服务台,看见一个年轻的女子正低头查看一些单子,直截了当地问:"有田螺肉没有?"

那女子抬头，一眼便认出牪牛，忙从柜台上跑出来迎上：
"牛哥，不认识我了？我是春花呀！那天晚上多亏你救了我……"

牪牛想起来了，打量着女子，穿戴洋气，不像那个可怜的丫
头，那天晚上没看清，也没敢看她。连忙笑着说："春花妹子，
俺的她有喜了，想吃田螺，就寻到这儿来了，说呢，来的时候喜
鹊叫，这不碰上春花妹子了。"春花的眼光立刻落到窗边秀秀身
上，说："田螺缸里养着，山珍海味有的是，我作陪，我做东
……"

春花转身进了厨房，指手划脚地交待一番之后，亲自泡沏了
两杯贵宾龙井，亲自送到牪牛和秀秀手上，秀秀正诧异着，牪牛
指着春花说："她是那夜俺从崔家峪回来，给救下的丫头，叫张
春花……"秀秀的大眼睛眨了几下，看清了春花的好模样，个儿
不高不矮，身材不胖不瘦，脸蛋儿不宽不窄不长不短，眉毛眼睛
鼻子嘴儿，在秀秀眼中竟挑不出一点儿毛病来，加上她时髦的发
型，时髦的打扮，你说男人见了谁不动心眼儿？哪有不馋腥臭的
猫。她本能的生出几分嫉妒，春花早看出来，笑着一口气说出了
那一夜的爱与恨，连连说："好人那！好人！"她看了秀秀一眼又
说："你们才是天生一对。秀嫂，牛哥是亲口说认了我这个妹妹
的，你可别把我当外哟。"

春花的坦诚拂去了秀秀脸上的阴霾，高兴地说："今天好兆
头呢，早晨喜鹊喳喳叫，老大姐医生给俺报喜，说俺怀的是儿
子；又遇上亲人春花妹子……"

牪牛抢着秀秀的话说："还有一喜。"

"喜在哪儿？"春花抢着问。

牪牛接着说："喜在你嫂秀秀怀上儿子，想吃那稀罕的田螺，
在春花妹子这儿想着了，帮俺解了她的馋！"

正聊得热闹，服务小姐在桌上摆上了燃料炉子，接着端上一

个沉沉的土钵，小心翼翼地放在炉子上，生了火。牯牛看见钵里黑不溜秋的东西，怎不像田螺肉？好奇地指着土钵问："这是……"

春花笑了笑："这是给胎儿补营养的，专挑公乌龟烹饪的，现在这东西真稀罕呢！"土钵里散发着稀奇古怪的香味。又有小姐托着一个漂亮的大瓷盘，盘里盛着几只比拳头还要大的螃蟹，金黄金黄，秀秀傻了眼，长这么大还没见过这螃蟹王。

春花指着螃蟹说："这是海鲜，让你们吃个新鲜，是下酒的好东西。"小姐在桌上放上碗筷、酒杯，盘子里叠放着毛巾，碗是比酒杯大的金花碗，筷是雪白的牛骨筷，酒杯是晶莹剔透的高脚杯，牯牛和秀秀看得眼花缭乱，就是没看见田螺肉。正疑惑着，一个小姐端着一盘金黄色的珍珠，摆在了秀秀面前。

春花笑着说："这是给秀嫂做的田螺肉，洞庭湖的特产佳肴。"说着起身去拿酒。秀秀忍不住地夹起一颗珍珠尝了尝，还真是田螺肉呢！牯牛问站在旁边的服务小姐："这乌龟肉多少钱？"

小姐很礼貌地回答："先生，菜谱标价一仟元。"牯牛惊得牛眼都直了，俺一年能挣多少，这可是一头肥猪的价钱呵！这不该是俺吃的东西，这叫猪八戒吃人参果，不知贵贱。春花不是不知俺的家底，不该开这玩笑呀！秀秀听了就像天顶子压下来，完了，完了，吃什么田螺肉，吃出了包天大祸，把俺那间破屋变卖也还不起呀！两个人对视着，说不出话来。

春花将两瓶酒放在桌上，一瓶是五粮液，一瓶是上等的干红葡萄酒。随手将五粮液放在牯牛面前说："牛哥，这白酒你包干；这红酒是我和秀嫂的，适着量，陪你喝。"然后吩咐小姐开瓶斟酒。

正值中午，酒楼客厅来了不少客人，你喊他叫呼着张老板，春花对正在斟酒的小姐交待着："今天生意上的事，你替我打点，坐到吧台上去，这儿不需要人了……"说着调换了位置，背朝大厅面朝街，意思是天王老子也不见，尽心陪哥嫂。心里面责怪着小姐怎不把他们安排到包房里，真有点儿愧疚了。她举起酒杯："牛哥，秀嫂，干杯！"牯牛和秀秀木呆着，听到干杯声，不自然的微笑着。秀秀说："春花妹子，俺是来吃田螺的，可吃不起乌龟王八那些稀罕珍贵……"

春花拿勺舀了满满一勺龟肉放入牯牛碗中，接着给秀秀一勺，爽朗一笑："我今天就是请牛哥秀嫂吃稀罕珍贵，你们不吃就嫌这东西不稀罕不珍贵，先尝尝，不爱吃，就再点几个就是。太看不起你的春花妹妹，这酒楼是我开的，我的就是你们的，自己的东西有什么吃不起的，就怕你们不吃！"一席话把牯牛秀秀说得哑口无言，心里还是有疙瘩未能解开，怪了，一个走投无路的弱女子，眨眼怎就变成老板呢？

一杯酒下肚，牯牛管不住嘴了，从来没吃过的美味，从来没喝过的美酒，世上还真有这神仙吃喝的东西。牯牛狼吞虎咽，秀秀挑精拣瘦，春花斟酒送菜，三人边吃边聊，席间他们敞开心扉，谈农家的小日子，农耕的苦乐，命运的戏谑，幸福的企盼，人情冷暖尽在话中。春花悄悄讲述了关于自己难已启齿的秘密。

那是从绝望中走出牯牛山的时候，不知道要上哪儿去。她想到死，糊里糊涂走到天生垭，痴呆地望着集市上来往的行人。忽然，开往县城里的早班车驶过来，一群人都争着挤上车，找一个好座位，唯春花呆若木鸡，车子马上要开动了，卖票的妹子下车，连催带拉把她弄上车。她糊里糊涂到了县城，也不知要到哪儿去。决不能回家，她想一死了之。到哪儿去死呢，刚才在牯牛山青松翠柏中怎没死掉，偏鬼使神差到了县城，她想到了护城河，糊里糊涂又来到河边。河面不宽，水很清澈，河岸柳絮如丝，宛如美女的秀发。她坐在河边的岩石上，看见河心一对水鸟，快乐地追逐嬉戏着，像捉迷藏似的，一会儿，又在一团水草旁依偎着，用尖尖的小嘴相互梳理着羽毛，多么羡慕它们呵！她用手梳理着头发，看到自己水中的倒影，竟像仙女一样的美丽，看见这姑娘满脸的忧伤，看见这姑娘即将离别人世的无奈……她抬头看天，高不可测，蔚蓝无边，几朵白云在蓝天下悠闲，偌大的天地，竟容不下一个可怜的女儿身！她闭上眼睛……

牯牛又一杯酒下肚，欲言又止，心中塞满了自责；秀秀惊愕地睁大眼睛，连连追问着："后来呢……"春花诡异一笑："命不该绝呀……"

朝霞映在明镜似的河面上，闪烁着柔和的金辉，河岸的花木散放着醉人的清香，晨练的人们早在河岸上活跃起来，有的悠然自得地打着太极拳，有的专心致志练着晨操，有的快步如飞地劲走，还有的汗流浃背地奔跑着……谁也没有注意一个命悬一线的河边姑娘。

一个四十来岁的男子跑过来，上身穿着紫红的背心，被汗水粘贴在健美的肌肤上，一条雪白的运动短裤，早已裹在粗壮的大腿间。晨跑是他坚持了多少年的习惯，沿着河堤来回跑完三公里，是每天必做的功课。他选择河堤，不单是因为空气清新，而更喜欢的是这一路绿水如带，岸柳生烟，风景宜人。他远远看见一个年轻女子，坐在河沿上，呆呆地望着河心，好一个水边伊人的浪漫，多少有些浮想联翩的感觉。他眼中的伊人，由模糊而清晰……突然，女子纵身跳入河中。他猛地加快脚步，拼命地冲刺，到达终点收不住脚步，如鸭子扑水飞入河中，一个水筋斗，用头将姑娘顶出水面，猛力向岸边推进，接着姑娘便落入他的怀里，双手托着她登上河岸。见姑娘昏迷，迅速将她平摊在草地上，紧急进行人工呼吸，用他的大嘴咬着她的小嘴，一只手在她柔软的胸脯上有节奏地按压着，几个回合，姑娘的嘴里涌出了几口清水，慢慢睁开眼睛，看见一个中年男子对她施救，眼泪刷刷直流。在草地上休息了一会儿，男子将她扶起，坐在草上，她只顾流泪不说话。男子这才看清，面前的姑娘刚才苍白的脸上恢复了红润，面目清秀逗人，美丽中藏着忧伤。这么一个美人儿怎会寻死呢？肯定有过不去的坎。他试探着问："你叫什么名字？家住哪儿？"

姑娘没回答。

"年纪轻轻的，为什么要寻死？"男子问。

姑娘目光呆滞，没有反应。

男子充满着父兄般慈爱，微笑着说："妹子，你想死有你死的理由，我不想知道。不过，我今天救了你，就不会再让你闯鬼门关！"

姑娘眼里好像有了一点光亮。男子继续说："妹子，如果你再去寻死，不说你对不起父母，对不起亲友，也对不起今天救你的长辈呵！年轻人，要珍惜生命！"

姑娘脸上有点活泛了，显然男子的话有了效应。打铁趁热地说："妹子，当我们今天就是缘分，收下你这个干女儿或干妹子，随你怎么叫我都行。天塌下有为父的帮你撑着，是男朋友甩了你，我帮你找一个更好的；是没有出路，工作问题我帮你解决；是逼债还钱，我替你想办法……"

姑娘一下子苏醒，看着眼前的救命恩人，其实他并不显得苍老，不配当她的父辈，高高的鼻子有几分男子的英俊，厚厚的嘴唇让人感觉到他的厚道，粗眉大眼写着他的善良与真诚，总的给人一种稳重、安全的感觉。世上还是好人多呵！鼻子一酸，她扑到男子的怀里……

春花给牯牛斟酒，牯牛似醉非醉张嘴："活着就好，只要有人疼你，大哥放心了。"说着端起酒杯，仰头皱眉一口而净。

秀秀说："鸡蛋要放一个稳处，这样子躲着藏着也不是长远之计，可要赶紧想法子呀！"

春花笑着说："俺也不愿当第三者，俺要报答他，也可怜他。一个粮食局副局长，偏神差鬼使与亲表妹结婚，这是不合法的婚姻。生下两个孩子都是废物，他真的很苦恼，说离婚吧，于心不忍；不离吧，俺不愿永远当那不光彩的角色。"

牸牛酒后狂言："俺不怕他什么局长，这就去会会他，讨个说法，说得好就饶了他，存心欺服你，俺那猎枪不认人！"

"牛哥，你喝多了，尽说胡话，他也是像你一样的大好人。他妻子答应与他协议离婚，心想给妻儿好好安置一下，可他白当了这些年局长，竟两手空空。好在他为我做了好事，先是为我招了工，当了招待所的服务员，后来招待所改了宾馆酒楼，我就承包了这酒楼……"

秀秀插话说："看你这样子，一年下来赚几万块吧。"

春花又给牸牛斟酒，又给秀秀送菜，停了一会儿，一手遮着嘴悄悄说："一年下来这么多吧……"她伸出大指和小指。

"六仟？"秀秀问。

春花摇摇头。

"六万？"牸牛睁大牛眼问。

春花诡秘一笑，又摇了摇头。牸牛和秀秀不敢问了。春花放低声音说："一年赚个五六十万差不多吧。"牸牛和秀秀一下目瞪口呆，都说不出话儿来了。

春花笑着说："我对他说了，两个孩子我们负责，他妻子给她一二十万，钱由我出，就等着他下决心了……"

秀秀惊魂未定，还想着春花脱口而出的天文数字；牸牛看了看桌上酒菜，举筷大打歼灭战，接着又是仰头皱眉，一杯一口而净……

二

秀秀的肚子一天天大起来。高老爹看在眼里，喜在心里。近日来，他弯弓的身子更佝偻了，步履蹒跚，就好像一盏即将熄灭的残灯。双枪又开始了，抢收抢插是最需人手的时候，秀秀决不能让她下田了。上阵父子兵，高老爹跟跟跄跄，趔趄着脚步，挥动着月牙般的割谷刀，嚓嚓嚓，艰难地放倒一蔸一蔸沉甸甸的禾谷；牯牛赤膊上阵，横冲直闯，将打稻机踩得乌乌直叫，响彻云霄，谷粒飞舞，又将湿漉漉的谷子挑到晒场，扁担如弓，行走如飞。上有烈日曝晒，下有水田蒸煮，泥水汗水浸裹着疲惫的骨架，争分抢秒与时间赛跑，拼着性命不误农时，种田人真不容易呵！

十几个日日夜夜，父子俩抛洒着黑汗，却也充满着丰收的喜悦和希望。一个即将诞生的新生命，支撑着高老爹摇摇欲坠的骨架。昏厥之时，仿佛一个白白胖胖的孙孙就在眼前，仿佛听见孙孙哇哇的哭声，唤起了他的精神，唤起了他的力量。金灿灿的稻田，眨眼间又换上绿装。

血红的夕阳疲倦地滚下牯牛山，月亮又悄悄爬上树梢，田野里蛙声一片，牯牛不要命地扯秧挑秧，干着重活；高老爹在自家责任田里，又艰难地一蔸一蔸地插着秧苗。他们争抢着夏夜时光。

突然，高老爹手脚不听使唤，弯弓的身子伸不起来，眼前发黑，头重脚轻摇晃着，嘴里不停地呼唤着："孙子——孙子——"尽管神奇的小生命为他使劲，添力，也难支撑他早已枯朽的骨架。他倒下了，倒在了自家的责任田里。

一个秋高气爽的黎明，牯牛山的人们还沉睡在静谧中，竹林

山／女／的／忏／悔

深处的小屋，"哇——"的一声，一个婴儿出生了，惊破了黎明的寂静，也惊醒了病榻上的高老爹。自那夜昏厥倒下之后，久病不起，命悬一线，他不想死，要等着看看高家的孙子。他忽的精神抖擞，挪动着僵尸一样的身子，一步一步移动着，欣喜万分来到秀秀的房边。房内又传出婴儿的哭声，看见接生婆拉开房门呼着："生出来了，她爹快端盆热水来！"

牯牛高兴地端着一盆热水往房里跑，在房门口看见爹在傻笑，热水还没送进房，接生婆报喜："恭喜，恭喜，恭喜你生下一个千斤！"

如晴天霹雳，牯牛大惊失色，手中的水盆差点掉下来，儿子从肚子里生出来怎就变成女儿了？一下子木讷呆立，宛如一棵没有枝丫的秃顶树桩，挡在房门前。接生婆有点不耐烦，夺过牯牛手中的水盆，给婴儿洗抹打包去了。高老爹眼前一片漆黑，久久盼来的竟是一场空欢喜！天啦，解梦瞎子瞎胡说，医院医生瞎胡骗，天老爷也瞎了眼呀！他身子一晃，仰天倒地，又昏厥过去了。

牯牛猛地醒过来，连忙将爹抱起送到床上，已是淹淹一息。接生婆干完事儿，把婴儿放在秀秀的怀里，看见她暗暗地流眼泪。心想，真倒眉，碰上几个重男轻女的祖宗了，人家得了丫头，不过翘翘嘴就没事儿，看这屋里呆的呆，倒的倒，哭的哭，生了个千金像招了灾似的。看来，香茶、喜蛋、红包全没戏了，瞎忙乎一阵子，真没趣！她不声不响从秀秀房里退了出来，看见桌上好大一卷报喜的鞭炮，冷笑一声，便匆匆离去……

高老爹微微睁开眼，用吃力颤抖的手点着枕下。牯牛费力地找出一块洁白的玉佩。依稀记得小时候，项上曾吊着它，又不知什么时候丢了，哭着找爹要，爹笑着说："那是宝贝，买不到的东西，你给弄丢了，爹还没找你算账呢！"说着扬起巴掌，小牯牛吓得不敢作声，不过爹的巴掌没落下，自那以后，他不再要玉佩了。玉佩的重新出现，牯牛更知道它的珍贵，却不知道它的来历。他望着病危的爹，只见爹上气不接下气地说："这是——你娘走的——时候——留下的。你——把它——戴在——丫头——身上吧……"牯牛连连点头。

高老爹又昏厥过去了，牯牛大声呼叫着："爹——爹——"

好大一会，高老爹嚅动着嘴唇，仿佛还有话要说，牯牛已感到爹快要断气了，哭着说："爹，你说呀，儿听着呢！"

高老爹努力地睁开眼皮，用尽最后的气力张开嘴："你——要——要——给——给——高家——生——生——下一个——儿——子……"

牯牛探了探爹的鼻下，已没气了，眼睛却鼓鼓的。牯牛似乎明白了爹死不瞑目的原因，双膝跪在地上，大声哭着说："爹，儿记住了，给高家生下一个儿子。您放心地走吧！"

牯牛抹着爹的眼皮，高老爹仿佛听见了儿子的承诺，乐意地闭上了眼睛。

三

祝自红当上村长，胜过父辈。一副文雅书生相，一张娃娃脸上，戴着透明的近视眼镜，看得见眼珠子在闪烁，颇有一点学者风度。他和牯牛同庚同龄，同吃牯牛妈妈的奶水，同在牯牛山长大，就像亲兄弟。小时候，自红样子文弱，孩子们欺服他，虎虎生威的牯牛赶来，一群孩子吓得像鸭子飞。读书牯牛远不及自红，初中混不到二年，便辍学跟他爹打猎玩枪，后来玩起狮子灯，无师自通，把狮子灯玩得出神入化。自红则一心攀登"唯有读书高"，高考时仅三分之差落马。他羡慕他的哥哥，顶着爹的光环迈入高等学府，恨自己生不逢时。现在，他戴着眼镜回到乡

山/女/的/忏/悔

里，满肚子委屈。牯牛山的人说他，文不像相公，武不像兵。好在他爹给他想好一条后路，自己位子给他留着。跟着爹实习了二年，得到了一些真传，他爹便到乡政府疏通，一帆风顺地让他当上牯牛山的村官。

其实，自红的确比他爹强，文化、能力、作风诸方面，在他爹看来，自己不如儿子，也该让贤了。新官上任三把火，把牯牛山烧得火红。那时，村里最棘手的工作，一是催收提留；二是计划生育。这些"老大难"在他手里，游刃有余。办法也颇新颖：一是动之以情，晓之以理，凭嘴上夫功让你俯首帖耳；二是霸王硬上弓，逼你就范。在光明乡的排队榜上，牯牛山总名列前茅。

在牯牛山，村民们对自红敬而远之，唯有牯牛敢与他抬杠，他也拿牯牛没多少办法，因为他最清楚牯牛的丑脾气，特别是不敢看他发怒时，那脸红眼鼓的凶相，小时候不敢看，现在也不敢看，心里总有几分惧怕他。只有牯牛的提留敢拖到老后，自红找上门来做他的工作，有时可怜他嘴里讲出白泡来，牯牛手一挥："算了，懒得听你的蓑衣文章，等卖了谷子给你送去！"这时，自红娃娃脸上阳光灿烂，挂着得意的微笑，迈着胜利的步伐，向乡领导报功去了。

有一回，牯牛听得厌烦了就说："今天，你肉嘴巴讲出血来也没用，要钱没有，要命有一条！"

这时，自红挥手擦汗，接着随手提了提鼻梁上的镜架，说："牛哥，我俩是兄弟，你不支持我的工作，谁支持我呢？"

牯牛说："俺支持你收提留，谁支持俺过日子！"

"这都是上面规定的，你过日子，干部们也要过日子呀，这就看你有没有国家和集体观念，要正确处理国家、集体、个人三者的关系……"自红滔滔不绝地说。

牯牛红了脸打断他的话："管它规定不规定，皇粮国税俺认了，其它的没门！"

自红听牯牛口气硬了，软中带硬地说："国有国法，乡有乡规，牛哥你可不要乱了规矩，千万不要当那个出头鸟，到时候，我可帮不了你……"

"谁乱了规矩？泥腿子一年忙上头，落下一场空欢喜，几个子儿被你们收提留收去了，这就是你们的规矩，俺不相信上头有这个规矩！"牯牛板着脸吼着。

自红看见牯牛那红得发紫的脸上，迸出两粒屎子大的眼珠子，心中发怵，低下了头，不声不响溜走了。

牯牛得了女儿，自红亲自上门恭贺；高老爹死了，老村长来磕了头。这儿的老人满了六十岁花甲去世，按乡俗都算喜事。两场喜事一起办，办得挺热闹。牯牛请来王家弯的打书匠，绰号醒闷虫，因最能解闷驱乏才有此浑号，是方圆十里八村有名的艺人。点的本头，就是爹在生最喜欢听的《赵氏孤儿》，以此来慰籍亡灵；自红以村里的名义请来县放映队，在竹林院子里放映电影，主要是宣传计划生育。这一家二台戏，擂台见高低。醒闷虫自不服输，开场便胡编了一段奇闻趣事唱起来：

丧鼓架在孝堂上，手举鼓棒高高扬。

电影就在俺身旁，感谢乡亲来捧场。

赵氏孤儿有精彩，先唱奇闻笑断肠。

不讲甘罗为丞相，单表小事有一桩。

皇帝老儿出难题，牯牛生儿觅稀奇。

甘老丞相岂可推，郁郁寡欢回府里。

甘罗年方十二岁，少小谁知大智慧。

见爷愁容早生疑，三声爷爷问原委。

爷爷长叹不理会，甘罗纠缠岂肯依。

老臣无奈道君令，甘罗大笑忙安慰。

君命来时您装病，孙儿替爷去面君。

宫里太监来催人，甘罗大胆面君圣。

圣上龙椅发雷霆，双膝跪在地埃尘。

老臣抗旨罪欺君，下面跪地是何人？

低头三声呼万岁，禀呈皇上老臣孙。

你爷为何不面君？正在生儿难复命。

龙颜大怒金口问，男人岂能有儿生？

口呼万岁斗胆问，牯牛岂能把娩分？

不信你问俺牯牛，秀秀给他生千金。

……

　　屋子里响起一阵掌声，笑声不断，喝彩不歇。不一会儿，院子里看电影的人越来越少，都涌进屋里听书去了。这时，醒闷虫更来了精神，鼓棒儿扬得高高，声调儿唱得宛转悠扬，手舞足蹈，间或插些诙谐幽默的狗屁词儿，把听书的人逗得一会儿哭，一会儿笑，一会儿骂，一会儿叹，全凭鼓棒儿敲鼓嘴一张。

　　自红不甘冷落，在女放映员耳边悄声几句，年轻漂亮的姑娘马上会意，熟练地转换影片，一个女英雄战斗故事片《赵一曼》在银幕上映，这才稳住阵脚，当然是小孩年轻人俱多。总算给自红挽回一些面子。电影结束已是午夜时分。孝堂里醒闷虫正得意唱得起劲，唱到程婴换子的高潮，声调凄婉而富有穿透力，透过听书人，透过竹林，透过夜空，透过牯牛山寂静的村落，催人泪下，草木皆悲。

　　小妹在厨房帮忙，早为两个放映员打了荷包蛋。男的收拾了发电机、放映机和影片之后，进厨房吃夜宵去了。听到婴儿哭声，女放映员随小妹进了秀秀的房里，秀秀坐在床沿上喂奶，小妹说："秀妹，你比俺会生，一生就是千金，女孩就比男孩好，俺那大黑真淘气！"说得秀秀泪水暗流。

女放映员说："好乖宝宝，给我抱抱看。"秀秀将吃过奶的孩子递上，女放映员双手小心地接过孩子，抱在怀里，看着，逗着，亲着，喜爱的样子就像发疯似的。亲着亲着，不知不觉呜咽起来。秀秀忙接过孩子，不知所措。

小妹说："大妹子，刚才亲着孩子好可爱，怎么就哭了，你有什么伤心的事？"

"亲着孩子，想到你们都有孩子，多羡慕你们呵！我也不知道怎么就哭起来了。"女放映员说着冲去大门。

秀秀听不懂她的话，云里雾里，年纪轻轻的，想孩子自己生呀，哭什么呢？这个疑问后来明白了，是自红说给牯牛听的，当然，还有其他人的传说。

原来，那个女放映员名叫徐鹬鹬，是张家界那边的人，听她的名字就是鹤立鸡群，"山高出鹬子"，指的是女子中的佼佼者。高考落榜后，不甘务农，经人介绍，嫁给比她大二十余岁的于乡长，一心想飞出大山的鹬子，欣然同意了。于乡长其实是光明乡管计划生育的副乡长，死了老婆不久，便遇上这好姻缘。先是帮她解决统销户口，接着又帮她招工到了电影院，当上放映员。"俞任袁柳"之后，徐鹬鹬做梦都想生一个宝宝，于乡长心知杜明，生是不能生了，尽管老婆是女儿身。因为他已有两个孩子，按照他当时执行的政策规定，是一条不可逾越的红线。身为分管计生工作的乡领导，要以身作则。他曾想自己悄悄结扎，鹬鹬生不出儿来便没事儿了，后来想明白，鹬鹬生不出儿来，还能借种生儿。结扎男子有屁用，不可能把世上男子都骗了！最后便使出绝招，结扎他的妻子。那天晚上，年轻的娇妻躺在丈夫宽阔的怀里，像小船驶进避风的港湾，沉浸在安详而温馨的幸福中，充满着美好的憧憬。她娇滴滴地抚摸着丈夫的大肚皮，甜甜地说："我的肚子哪天像你一样大起来多好呵！"

于乡长镇静地问："鹚鹚，你真想肚子大起来吗？"

"是呀！"鹚鹚天真地说。

于乡长摸着她的头，说："我的心肝宝贝，要你选择的话，你是要丈夫呢，还是要孩子？"

鹚鹚不假思索地说："丈夫和孩子我都要。"

"你知道都要的结果吗？"

鹚鹚摇摇头："结果怎样呢？"

"我是管计划生育的人，知法犯法罪加一等，乌纱帽丢了，你我的工作都没了，这就是结果。"于乡长叹了口气说。

停了一会儿，鹚鹚说："乌纱帽丢了就丢了呗，工作没了也不怕，只要有你有孩子就够了。"说完紧紧抱住丈夫的大肚腰。

"你呀，太天真了，没了工作喝西北风去！"于副乡长带点责备的口气说。

鹚鹚笑着说："我们都有一双手，还怕挣不到吃的？世界这么大，哪儿都是我们的家。我会种田，种出的稻米特别香；会种菜，种出的南瓜箩筐大；我会喂鸡，生出蛋蛋拳头大……我还要学会带孩子，我们一家好幸福……"

鹚鹚津津有味地描绘着他们未来的生活，突然发现丈夫竟闭上眼睛，鼻孔里发出有节奏的鼾声，鼾声慢慢地越来越大，仿佛打雷一般。鹚鹚翘着嘴像鸡屁眼似的，自言自语：咱家的一个美梦让雷声给惊飞了……

大清早起床，于乡长独自在外转了几个圈儿回来，给鹚鹚买来牛奶和早点，鹚鹚还在床上睡得香。他端着一杯加热的牛奶，一手将鹚鹚拉起来："该起床吃早餐了，想睡吃了东西再睡，今天星期日好好休息吧。"说着递上牛奶。

"还没洗刷呢"鹚鹚撒娇地说。于乡长顺手将牛奶放在桌上，忙着去打水，鹚鹚刚洗漱完毕，他催着："快趁热吃了吧"又将牛奶送到她面前。

鹬鹬无比感动，无比幸福地喝下牛奶，又吃下两个茶卤蛋，再伸手拿包子的时候，眼皮耷拉下来，就像有一万个瞌睡虫儿叮着她，顺势倒在床上呼呼睡着了，像死去一样。于乡长诡秘地笑着，背着鹬鹬就往乡卫生院跑，刚到大门边，吴院长忙迎上来："于乡长，爱人得了什么病，快，快送急救室！"说着马上招呼来几个医生护士帮忙。

于乡长气喘吁吁地说："没事，没事。不过交给你们一个特殊任务，给我爱人做绝育手术！"

几个医生看见病床上昏迷的年轻女子，面面相觑，吴院长惋惜地说："还没生孩子就绝育，你和你爱人商量好，考虑考虑吧。你看她都昏迷……"

于乡长一板正经地说："商量个屁，我用安眠药让她睡着了，先结扎再说！"

院长和医生们迟疑着，于乡长严肃地说："这是一项政治任务，坚决完成，出了问题我负责！老吴，赶快安排手术。"

几个妇科医生和护士，一窝蜂地将鹬鹬转进手术室，留下专做结扎手术的妇科医生，为鹬鹬做手术，其他的人随着关门声出来了。于乡长等在门外，拼命地吸烟。吴院长陪着他，给他沏上热茶，递上一包香烟，嘴里连连说："佩服，佩服！领导带头做绝育。"

不一会儿，手术医生从手术室出来，鹬鹬还熟睡在手术床上，像没事一样。吴院长马上安排担架人手，将鹤鹬抬回乡政府于乡长的卧室。于乡长的表率风一样地传遍全县，当年他被评为计生工作的模范。从此，鹬鹬永远失去了一个当母亲的资格……

醒闷虫还真能醒闷，午夜过后，听众不减，看来他们要陪度通宵了。自红追到鹬鹬，安慰了一番，吃了夜宵之后，牯牛送他们到了竹林路口，自红对牯牛说："牛哥，你孩子也生了，喜事也办了，计划生育都宣传了，一个孩子是个宝，男孩女孩都一样。你看赵一曼，多了不起！千万不要跨越计划生育的红线……"牯牛懒得听他念经，一转身走了。

四

一转眼又是春天来了，燕子衔泥欢快地垒着爱巢，准备生儿育女；一只花猫在叫春求偶，叫声凄凉而热烈，惊醒了摇窝里酣睡的大丫，哇哇大哭。秀秀抱起大丫，一边喂奶一边指着惨叫的花猫唱着："馋猫馋猫不要叫，大丫宝宝要睡觉……"忽然，想到了春花，一个多漂亮的妹子，多么想找到意中人呀，就像眼前的花猫一样，幸亏遇上一个老哥哥，也不知道她现在怎样了。

屋前的竹梢上几只喜鹊热闹着，好像在嘲笑花猫的孤恋。花猫从屋前叫到屋后，又叫到门前屋檐下，声声刺耳，秀秀揪心地痛，同情的目光投向那不知羞丑的花猫，但愿它的呼唤能觅来知音。看着它慢慢地叫进竹林，忽然，看见一个人影从路口走进竹林。抬头看了看喜鹊，把谁叫来了？正诧异着，一个熟悉的声音传来："秀嫂——"

秀秀忙站起来。"不认识俺了？俺是春花。"春花摘下雪白的口罩，揭下头上深绿的头巾，笑着说。

秀秀忙迎上说："春花妹子，越长越漂亮呢。刚才遮着脸蒙着头，想考考你秀嫂的眼睛是吗？看喜鹊叫呢，把贵人叫来了"说着把春花接进屋里。春花放下旅行包，脱下身上浅灰色的大风衣，立刻露出挺挺的大肚子。秀秀见了又惊又喜，急着问："你们结婚了？"春花慢慢坐在椅上，正要回话，看见牯牛从外头回来，连忙呼着："牛哥——"

牯牛从田里干活回家吃午饭，还没进屋，听到有人叫，一眼便认出春花。急着奔进屋里，问长问短，胜过亲兄妹。接着拿着木瓢撮了谷子去喂鸡，眨眼提着一只黑鸡婆，磨刀霍霍；秀秀给春花打了招呼，就起身忙着去做午饭。春花逗着摇窝里的大丫，惹出一串串笑。

得了真传的秀秀，今天要让春花尝尝农家味。她亲自配菜掌勺，牯牛烧火打杂，荤蔬菜肴全是自家种养，虽花不上几个钱，山里人待客，心意还是要尽到的。不一会儿功夫，几个农家菜上桌；牯牛一边盛饭，一边呼春花上桌。春花刚从椅上站起来，牯牛看得清清楚楚，春花怀孕了，肚子比秀秀落月前还大，连忙扶她上桌吃饭。秀秀到摇窝边瞧瞧，大丫睡着了，一溜腿到了桌上。拿起筷子就给春花夹菜。春花也不客气，因为这菜道道清香可口，虽在城里当酒楼老板，享尽人间山珍海味，却赶不上这一餐农家土味。春花说："今天大开眼界了，秀嫂的手艺一鸣惊人，我出月薪三千聘你！"

秀秀笑笑说："俺一个土厨嫂，做不来洋酒席，见不得大场的。"

春花却来了兴趣，不依不饶地说："你就把土厨子的绝招教教，让妹子也学学。"

秀秀毫不保留地说："俺娘跟俺说，炒菜不巧，柴草火好；蔬菜好吃，新鲜赶急；荤腥味好，盐不放早。"

春花摇摇头说："城里做不来你的土味，也卖不出你家的新鲜……"

牯牛一连舀了几勺土鸡送进春花碗里，说："多吃点鸡，肚子里的毛毛不能亏了他。春花妹子，你们结婚了……"牯牛一下子把话引到正题上。

春花边吃边说："秀嫂先问过，我还没回她呢，牛哥又问起，你们看，我们不结婚，肚子敢挺起来？我正要跟你们说，结了婚，却不准生育，理由是他与前妻有两个孩子。他劝我不生算了，我偏不信邪，要为他生一个健康宝宝。"

"这么说，他前妻生的孩子不健康，才找你结婚的？"秀秀插嘴问。

春花说："她黄二杏和朱得宝亲老表开亲生的孩子，一个半傻，一个残疾，可怜呢！老朱不想离婚，是我逼他离；他老婆知道了，也要跟他离婚，不是因为她丈夫出轨，而是自责对不起丈夫。不过，我对他们都妥善安置了。"

牯牛放心了，接着说："你那朱局长丈夫没陪你来，这挺着肚子的，他也太过分了！"

春花忙赔笑："不怪他。我躲到哪儿没告诉他。组织上要他交待我的去向，他不知道，于是组织了三批人马，到深圳、上海、重庆等地去调查他的战友、同事、朋友。我悄悄溜到这儿来，没能认出我，天知地知你知我知。"

秀秀说："就在俺家住下，他们找不到这儿的。我去给你铺床。"说着放下碗筷要去铺床。

牯牛忙说："不行不行，小妹来串门看见了，就算你们是同学放过你，她男人自红不会放过你，她公公也不会……"春花听了大惊，碗筷儿刹时不动了。秀秀望着春花，束手无策。停了好大一会，春花眼泪出来了，提着旅行袋就要出去，被牯牛拦下。记得那一次也是流着眼泪跑出去，后悔没有追上她……忽然，牯牛好像想到了什么，春花和秀秀望着牯牛。牯牛眼睛大了，像电灯泡闪着光亮，神秘地说："春花妹子，还记得人贩子藏过的山洞？那可是神仙找不着的地方。"

春花刹时眼睛也亮堂了，说："只是……"

"俺知道你害怕，秀嫂给你做伴；俺知道你要吃饭，秀嫂给你做饭；你还要睡觉，秀嫂替你铺床……总之，秀嫂陪你在山洞里住下，直到等你生下娃来。"牰牛为春花想周全了说。

秀秀虽没见那山洞，嘴上连连说："好，好，俺陪你。"

春花忽的感觉特别温暖，特别安全，她的心一下子飞到那熟悉而陌生的神秘山洞……牰牛和秀秀很快收拾完毕，一切准备妥当，立刻动身。秀秀抱起大丫，春花恢复来时打扮，一同走出大门；牰牛拉开门下一块土砖，留下一个洞眼，鸡能进屋上笼，猫可自由出入，然后立起身来，将一把古老的牛尾锁，锁住了大门。

正值晌午，初春的太阳暖融融的。三人走出竹林，走过竹家大院，走上通往崔家峪的山道。那天晚上春花记忆犹新……眼前的牛哥依旧走在前面，依旧带着他的猎枪；不同的是猎枪当了扁担，挑了沉沉一担，春花跟在牛哥后面，而今挺着大肚子，步履艰难。秀秀抱着大丫断后，一前一后护着春花，慢慢行走在山林中。歇歇走走，走走停停，牰牛在岳丈的麦地旁歇下。看着眼前粗长的麦穗，一片丰收在望的景象；想起打野兔的情景，虽放了几回空枪，没伤害一个生灵，却想不到会收到一劳永逸的效果，它们的子子孙孙，也在报答不杀先祖之恩。此时，牰牛的心里特别舒服，岳丈的地里永远可以丰收了。一高兴，把藏在心里的陈谷子烂芝麻抖出来了……牰牛的秘密让秀秀和春花全明白了：牛哥因为喜欢枪才带枪的，他的枪不喜欢杀生了。

秀秀把睡着的大丫交给爸妈说："送回来隔奶的，都一岁多了，我这就赶回去，免得大丫醒来……"崔老爹接过大丫，正想说什么，秀秀脚步就迈出大门。二老看着女儿匆匆离去的背影，心里有说不出的滋味，崔老爹叹着，怎么就留不住一宿呢！

秀秀回到麦地旁，牰牛催着赶路，三个人向山洞走去。秀秀接过春花的旅行袋，跟在后面，越走越糊涂，越走越难走。一个丛林里长大的山妹子，竟找不到东南西北，抬头瞧见偏西的太阳，才知道他们向着东南方走去。春花早不记得那个山洞，糊里糊涂跟着牯牛走。忽然，牯牛停下说："到了。"

秀秀和春花四处张望，没发现山洞。只见牯牛放下担子，用枪管拨开藤蔓，便现出一个洞口。牯牛把担来的东西搬进洞里，秀秀春花跟着进了山洞。洞内左侧有一个隘口，容一人能过，也不知里面有多大多深。牯牛拿着手电筒，也不知走了多远，发现了地下阴河，有鱼儿在水里游着，洞壁光滑剔透，洞内龙床、龙椅、石桌、器皿不胜枚举，无不奇特叫绝；石柱如玉，石笋林立，洞顶奇形怪状，简直就是龙宫。牯牛不敢前探，急着转身，在离洞口不远处的左侧，寻到一块硕大的石板，让春花秀秀看了，都说是天然的石床。于是以石床为中心安排生活起居，牯牛搭起小灶，用小桶接着洞壁滴下的水珠；秀秀去石板上铺床；春花将旅行袋和外衣挂在天然的衣架上，看了看，好一个仙人洞，我也要当一回神仙了。回想起那个恐怖的夜晚，该死的人贩子，还不知洞内有这龙宫殿，兴许是不敢跨越这隘口，洞内深不可测，凶险难料。倘若把我们关进这龙宫，神仙也救不了呵！她像发现了新大陆，设想着，憧憬着……二十多年后，此山洞真己开发成为湘西乃至全国最亮眼的景点！

一切安排就绪，牯牛到洞外寻柴，只走一个小圈儿，回来便是一大捆干柴。秀秀生火煮腊肉，准备晚饭。牯牛交待几句，就要回牯牛山。春花从旅行包拿出一扎票子，说："牛哥，这一万块钱你先拿着，我只能要你出力，不能让你出钱！"

牯牛立刻变了脸色，眼珠子挤出来："你有钱去雇人，秀秀，俺走！"

春花不敢看牯牛的脸，特别害怕那不认人眼睛，也不知道错在哪儿了，世上哪有不爱钱的人，他却见钱发火，想不通呵！只好低头不语。

秀秀马上劝春花："春花妹子，你牛哥就这牛脾气，他为人不参假的，重情义，轻钱财，往后千万莫提钱的事儿了。"说着帮她把钱装进旅行袋。

牯牛继续吼着："你还认俺这哥嫂，你给俺听着，不管在哪儿，也不管什么时候，别再跟老子提'钱'字，否则，兄妹的情义就是门槛上剁狗屎一刀两断！"牯牛说完提着枪匆匆回去了。

最难熬的是晚上。荒野的山洞里，寂静而阴森，远处传来狼嗥声，春花有点儿心慌了，问："秀嫂，这通直的哀嗥声是什么野兽？不会进洞来伤人吧？我好害怕呢。"

山里长大的秀秀听惯了狼叫，凭感觉是善者不来，提高警惕说："这是狼在叫，并且是头狼发现了目标在叫。"

春花惊奇地插问："发现了什么目标，头狼它为什么要叫？"

秀秀说："狼鼻子比狗鼻子还灵，肯定发现了我们，领头的狼在呼叫它的同伴，准备向我们攻击呢！"

春花毛骨悚然，悄声问："那我们怎么办？"

秀秀表现镇定，很有经验地说："不用怕。在洞口生起火来，它们就不敢进洞来了。幸亏你牛哥拾了一捆干柴，快，我们把火生起来！"

一会儿，狼的叫声此起彼伏，渐渐地合流成群，大概有十几只吧，气势汹汹，向山洞这边扑来。山洞里生起熊熊大火，洞内还点燃蜡烛，灯火辉煌。春花拿着手电筒，观察着动静，只见远处麻麻点点一片莹火，在黑夜的山林中飘忽。秀秀告诉她，那是狼的眼睛，她打了一个寒战。秀秀精神抖擞，不停地加柴，火势当旺。春花看见狼群离山洞很近了，绕着山洞打转，就是不敢越雷池一步。她敬佩起秀嫂来，倘若秀嫂像她一样束手无策，此时她们早已葬身狼腹了。有了秀嫂壮胆，恐惧慢慢消失了。她们与狼群对峙，也不知多久，直到头狼一声嗥号，狼群淹没在荒野中。

第二天晌午过后，牯牛提着鸡蛋和蔬菜，步入山洞，没有动静，跨过隘口，只见姑嫂睡在石板床上，像死去一样，心里早猜出八九分。于是忙着去拾柴，又忙着做饭。秀秀醒来，肚子饿瘪了，见牯牛饭已做好，忙叫醒了春花，二人脸也顾不上洗，端碗便吃起来。春花塞不住嘴，把昨晚的惊吓告诉牛哥。牯牛说："没事就好。今晚好好睡一觉，俺来保护！"秀秀放了碗，春花跟着放了碗。其实，牯牛也空着肚子，见她俩放了碗，这才不客气地吃起来，将残汤剩饭收拾得干干净净。

夜幕拉下来，鸟雀归巢，春虫儿胡闹。牯牛要秀秀和春花放心去睡觉，刚睡了大白天，却怎么也睡不着。她俩在石板床上，笑谈着猎枪和狼……

牯牛一个人守在洞口，也燃起一堆火。狼群像昨晚一样，更加疯狂地扑来。它们仿佛嗅到猎物，仿佛还馋涎着昨晚没吃到的美餐。狼群看见一堆熟悉的火，越来越近，却看见的不是熟悉的人。敏感的头狼，嗅出站在洞口的是一个猎人，并且是一个非常强悍的猎人，他手中的猎枪，更是弹无虚发的神枪。狼群不敢上前，围而不攻，几只狼崽跃跃欲试，窜了上来。"轰——"的一声枪响，响彻夜空，狼群四散逃命……

听到枪响，春花拿着手电筒跑出来，看见牯牛在擦枪，急着问："牛哥，打着狼了？"

没等牯牛回答，秀秀出来说："春花妹子，你牛哥又朝天放了空枪，没伤着狼的皮毛，不信，你再问问你牛哥。"

牛哥笑而不语，春花似乎相信了秀嫂的话。问题是，牛哥为什么要放空枪，那回放空枪让可恶的人贩子跑掉了，这回又让狼群毫发未损，太不可思议了。正百思不得其解，牯牛说："春花妹子，哥跟你打赌，狼再不来了。"

春花将信将疑地说:"听牛哥说,兔子知恩图报;狼不可轻信,等到晚上验证再说吧!"

牤牛安排妥当之后,竟背着枪回去了。夜里,狼真的没有来。接连两天狼也没有来,狼永远不会再来了。

牤牛来到山洞,告诉她说:"计生委来人查过了,到过三喜家,到过自红家,到过俺的家,还到过崔家峪,就是找不到这山洞……"就在这天夜里,春花生下一个大胖小子。婴儿"洗三"之后,牤牛和秀秀商量,把春花接回牤牛山。原因很简单:婴儿出生已成事实,再不会伤及婴儿;月婆子更需要精心护理,加强营养,家里总比山洞强。

在牤牛山一个多月,春花坐月子,就像住进高级疗养院。哪怕是竹林深处的破落小屋,却感受到无比的舒适,母子俩喂养得白白胖胖。让春花体会更深的是,在这古朴的农家小院,有着金钱买不到的人间真爱。

满月那天,自红送来惊天的消息:张春花的老公朱得宝,因违反计划生育强行超生,受到党内留党察看一年的处分;行政上撤销副局长职务的处分;经济上处以罚款一万元的处罚。他好像看到处分文件似的,说得头头是道。春花像没听到一样,正逗着儿子乐呢!

第七章

一

自红当村长比他爹出色,在任几年,牤牛山的变化有目共睹,新建了一所小学和幼儿园,解决了山民们子女读书难的问题;修筑了一条通往山外的水泥路,实现了山民们祖祖辈辈的梦想。在旁人看来，这简直就是人间奇迹！没有资金怎么办？他比他爹聪明，凭着一双勤腿跑遍东西南北；凭着一张巧嘴感动各路财神，想方设法，挖空心思，树巅上的钱也要摘到手。谁也不知道他收了多少捐款，谁也不清楚建校修路花去多少，只他自己心里有一本良心账。

为了找钱，无孔不入。他发现春花在牯牛家超生，事隔一年多，带上妻子在酒楼找到春花。春花热情招待了他们。酒足饭饱之后，他心中有数，又逮住了一个财神爷。习惯地提了提鼻梁上的镜架："哎呀，财神爷还没忘老同学崔小妹，今天我可是傍神享福呀。"

"来了都是客，小妹也曾帮助过我，是不是？"春花说着又亲自上茶。

"别提了，不敢启齿的那点小事。"小妹红着酒窝脸说。

"你知道吗，那一双旧鞋我缝缝补补穿了三年，还舍不得丢呢！"

自红扭转话题："都发大财了，别提那些酸甜苦辣。喂，听说你家朱局长又官复原职了。恭喜，恭喜！"

"宝贝儿子长得好呀，能说能走了吧，将来准胜过当局长的爹。"小妹巴结着说。

春花对他们的话全不在意，心里惦记着牛哥和秀嫂："你们村的牯牛和秀秀还好吧，他们是好人，我欠他们的人情债呢！"

自红又提了提镜架，眼睛忽地一亮，话便到了嘴边："就因为他们是好人，帮了你的大忙，他可倒了霉……"

"他们怎么了？"春花抢着问。

"上面追查下来，说他窝藏孕妇，帮助他人超生，要罚款呢。现在是我给挡着的。"自红瞎编着。

"天大的责任我担着，本来就不关他的事。你说罚多少，我替他出了，千万莫惊动他们了。"春花有些愧疚说。

"怎么能惊动局长夫人，不敢，不敢。处罚牯牛的事，您放心吧，不看僧面看佛面，村里出面替他摆平就是。"自红讨好说。

"我感谢村长和老同学，给我这么大面子。今后有什么需要我帮忙的，尽管说。"春花慷慨以对。

正中下怀，自红暗自高兴，顺理成章："我呢私事不敢启齿帮忙，眼下呢牯牛山想建一所小学，配套幼儿园，资金至少三、五十万吧。巧妇难为无米之炊呀。我对不起牯牛，对不起牯牛山的乡亲们，无力为他们造福，为他们的子孙后代造福……"

一番话把春花说得心潮起伏，凭三寸不烂之舌竟感动了财神，慷慨捐资二十万元。事后春花说了真话，她的钱也不是浪打来的，也绝非行善积德，或想出风头留名乡里。捐款的真实想法是，一心想报答牛哥和秀嫂四路无门，那就为他们家乡谋求福祉，尽一点微薄之力吧。

清明节到了。祭扫按当地乡俗："前三后四"即节前三天，节后四天为挂山扫墓的日子，清明节是不上山的。祭扫日才过去一天，牯牛就急着给爹祭扫。爹的坟葬在牯牛山一个僻静山坡上，山下便是秀丽的水库，绿翠环抱，碧水相映，是阴阳先生指点的风水冥穴。钟灵毓秀，人杰地灵，便是对先人和晚生最好的慰藉。路过山下的垭口，看见路旁的一座孤坟，芳草凄凄，荆棘蓬生，牯牛生出一些怜悯来，这孤魂野鬼可怜呵！多是香火无续，无人祭扫才落下如此荒凉。他随手撒下一叠纸钱，又在坟上挂上几朵白花，带着不可名状的遗憾，向爹的坟地走去。

一夜之间牯牛山银花朵朵，白纸片片，把山色装点得神秘而肃穆。牯牛跪在爹的坟前，点燃二枝红烛，三柱高香，烧了纸钱，磕了三个响头，嘴里默念着，大概是向爹再次承诺，为高家增添男丁，请求先人保佑之类的话语。立起身来，在坟头挂了白纸白花，然后燃放鞭炮，祭扫完毕。

牯牛匆匆返回，眼前的一幕惊呆了：路旁的那个孤坟，忽然间，白花如雪，烟火冲天，纸钱顷刻间化作冥蝶纷飞；一群磕头者如倒蒜一般，虔诚有加，一下子孤坟怎冒出如此多孝子贤孙了？牯牛想。接着，看见他们有的燃放长龙般的鞭炮，有的点着闪光春雷，还请来九眼铳凑热闹。一时间，鞭炮在地上欢乐地跳舞，春雷在空中叱咤风云，铳声大闹天宫搅得地动山摇，那张法，那气势，那派头，牯牛山绝无仅有。牯牛羞涩了，刚才在爹坟前屁时的鞭响，只怕还没惊醒祖人呢！看人家那不起眼的祖坟多光彩，人家的子孙多荣耀，不由得内疚自责起来。他立在山坡看热闹。炮火声依旧不断，看热闹的越来越多，一个戴眼镜的来了，牯牛一眼便认出自红，因为那时他是牯牛山唯一的眼镜。只见他打躬作揖，到坟前磕了三个响头，他也是孝子贤孙？牯牛疑惑着。接着自红与一个戴礼帽的人攀谈起来……

不几天，一个特大传奇新闻在牯牛山爆响，一个鲜为人知的故事在牯牛山传送着……

原来那路边的孤坟，葬的是地主王金阶。他吊死在茶树上，几个社员就在树旁低洼处刨了坑把他埋了，后来年复一年被人们遗忘了。那个土堆也越来越小，只有野草荒荆为伴，每逢清明节，冷清依旧，无人问津。今年清明节祭扫轰动乡里，人们终于想起王金阶死后，还留下一个不满十岁的儿子。

"看样子，憨头憨脑的，不像有钱人。"

"你知道吗？替他帮忙的人说，买鞭炮就花了三万多块。"

"听说，凡给他爹上坟的人，每人二百块。"

"据说，他有资产十几个亿，还当的什么长。"

"是董事长。"

"村长自红也去了。"

第
一
章
孽
缘

101

"不想猪油渣吃，不到锅边站。就别提他了。"

………

牯牛山的人你一言他一语议论着。

"人不可貌相。"人们谈起王老板，现身牯牛山时，看他长相平平，一双三角眼陷得很深，活脱的眼珠子，在饱经风霜的三角窗里窥探着，厚厚的嘴唇凸显了他的笨拙和憨愚，尽管西装革履，加冕一顶礼帽，谁会相信他是亿万富翁。山里人不轻易信人的，直到村长自红找到他，狮子大开口，为铺修牯牛山的水泥路，一次喊款三百万元；后来整修牯牛山水库，又捐资一百万元，简直成了自红的摇钱树，这才相信牯牛山出了财神爷。此后，便有了他美好神奇的传说。

山里人说，王老板的发财，全在于他爹王金阶葬到了风水宝地。你看看，他爹两腿一伸万事休，没人给他装殓，也没人让他归祖，草草刨个坑儿给埋了。你知道吗？这个低洼地正是牯牛山的聚宝盆，歪打正着让他给葬着了，真是福人睡福地。前些日子，阴阳先生来看过，此坟的后人必是日进斗金的财神爷，不发财还真不行，说得神乎其神呢！

有人提出不同看法，王老板发财在情理之中。俗话说，"聪明有种，富贵有根。"正因为有了他爹这个根，才有了发财的生机。你看看，这考上好大学的，干大事的，谁没一点儿良种基因；这发财的，家底殷实的，也都有那么点儿根盘。就说王家弯王大海的孙子考了状元，读了清华，还搞科研呢。王大海都说他聪明，有过目不忘的本事，校长当得好好的，可就是管不住嘴，大鸣大放成了右派分子，加上读书时扯不清的政治问题，判了他八年刑期。后来给平了反。尽管他本人吃了亏倒了霉，失掉了青春年华，没什么指望了，可他的后人都很出色，也没什么遗憾了。王金阶几代人的积累，也就那么几十亩田地，可到了他儿子手里，白手起家，挣回几座金山。有乡亲跟衣锦还乡的王老板打趣："你爹为牯牛山均了田地；你也要为牯牛山均贫富。"王老板三角眼一亮，爽朗地笑笑："生不带来，死不带去，钱有何用，回归社会好哇！"

老村长祝福生说："辛辛苦苦三十年，一夜退到解放前。地富反坏翻案，牛鬼蛇神出笼。如今找不到方向了。"

他儿子自红反驳："我们的方向是特色社会主义，说明你老了，思想僵化，才找不到方向。你知道特色是什么？"

"特色就是白猫黑猫，抓着老鼠是好猫。"老村长摸着头说。

"我们的特色是改革开放，发展就是硬道理。你说的是邓小平的猫论，很有哲理。强调要用能人……"自红把培训班学习的知识，给他爹洗脑。

"俺就想不通，你看那些地富子孙，考学的考学，当官的当官，发财的发财，贫下中农就只会栽田。你说王金阶的儿子，在家就是一条虫，一条可怜虫，摇身一变，一下成了翻江倒海的金龙……"

"爹，你也真该歇下了。让一小部分人先富起来，你有什么眼红的。你有本事你富呀，又没人挡着你。你看人家王老板，富了就不忘家乡，这就是达到共同富裕……"

父子俩争得面红耳赤，谁也不服谁。老村长叹着："儿大爹难做呀！"老村长父子的争吵，真正揭开了王老板发财秘笈。

都称他王老板，呼他财神爷，却把他的名字给忘了。准确地讲，名字依稀记得，只是不敢叫。他爹给他取名王守业，没人知道。他爹死后，同龄孩子欺负他，骂他妈的疤子，后来疤子的名字叫开了，只知道他叫王疤子。好在还有一个响亮的姓，叫他王老板也蛮时髦，名字也无人关注了。

爹死后的日子就别提了。八九岁的孩子，只身住在爹搭起的茅棚里，一住就是二十多年。在这里，无娘的伢儿天照应。没少受冻，没少挨饿，偏偏就没打过喷嚏，长得结实。最让他痛心的是，没读多少书。读小学交不起一元伍毛钱，是一个姓文的女老师，替他交了学费，因为不忍看一个有天分的孤儿失学。点着油角亮夜读，穿着草鞋上学，插班调级，六年小学只用了四年，名列前茅的成绩，却未读上初中……这成了他的终身遗憾。后来，自红找他出力办学，他慷慨捐资一百万元，说是为家乡儿童读书创造有利条件，来弥补他心中的遗憾。

他是牯牛山第一个挣脱土地束缚的人。与他爹相反，买田置地成瘾的爹，恨不能买下天下田地；而他分责任田时逃之夭夭，成了一个与土地无缘的农民无产者。开始，卖苦力，为供销社农资仓库扛包卸车，不过是糊口度日，自古"命大养千口，力大养一人"这苦力不能干了。他的一双三角眼忽然盯上了生意买卖。没有本钱怎么办？"提篮子"勤跑腿，当起小商贩。开始担着瓜果沿街叫卖，追赶着季节，卖了春桃卖夏枣，卖了秋橘卖冬柑，一张嘴脸特别招揽生意，惹得同行多嫉妒；敢为天下先，他是县城第一家租赁门面经商的人。当时的竞争对手是供销社和商业局的公司，大锅饭铁饭碗无奈地骂他"眼障铺"。后来正是这些"眼障铺"打败了大公司，显示了个体经济强大的生命力。

敏锐的三角眼洞察着市场，厚厚的嘴唇写满诚信，没两年建立起烟酒副食经营网络。大胆雇了员工，购置车辆，生意越做越大；生意越做越精，精就精在：人无我有，人有我廉，人廉我新，人新我变。后来他真的摇身一变，成了深圳一家房地产开发商，凭着他的经营理念、左右逢源的熊样，生意一发而不可收。开发、转产、投资得心应手，游刃有余，几年下来，他成了颇具实力的老总，华兴集团令世人刮目相看。他曾谈自己成功之诀窍，"千言万语一句话，没有诀窍。真正的诀窍，是一位老人，在中国的南海边画了一个圈……"其实，洞察世事，抢占先机，把握机遇也成全了他的成功。

事业上成功了，爱情上却失败了。他现在五十多了，还是老光棍。成功的男人，谁不是妻妾成群，而他却独善其身。并不是挑瘦拣肥，而是让他对女人失去了信心。男大当婚时无人问津，有钱时却挤破了门，过了不惑之年成家，当然不敢草草了事。他把心愿放到故乡，早有人替他牵线搭桥，为了表示诚意，忙里偷闲，驱车千里来相亲，对象就是张家坪的张春花。王老板尽管衣冠楚楚，给人的感觉却是未老先衰，活像一个阔老头子。春花爹当然喜得合不拢嘴，女儿攀上财神爷；王老板见了春花七魂飞了三魄，连连说，还是家乡的妹子清淳呵！春花却有眼无珠，看不透智慧的三角眼，看不清他逢源的憨态……

从此，王老板不谈婚事。人上了年纪眷顾家乡，心里又萌生了一个致富家乡的计划，说不定哪天，他告老还乡，把华兴集团的大本营扎在牯牛山……

二

一封告状信寄到县纪委，反映的是牯牛山村长祝自红的经济问题。信中提到他三大问题：一是截留村民上交提留；二是贪污计划生育超生罚款；三是以农村基本建设为晃子，广募社会资金，达到自己贪占的目的。提供的证据是：村里一本糊涂账，白纸条子"亡人榜"，全凭他一手捏造，从没给村民公布过。特别不能容忍的是，为给儿子治眼睛，一年几次外出就医，北京上海哪儿没去过，都是公款买单。听说他儿子换眼角膜，有人看见他取走公款二十万元……信访室老李看过信件，马上作了登记之后，从抽屉里拿出一个县纪委空白信封，将信访原件装入其中，发回光明乡纪委核实处理。

告状的是张滚滚，张八斤的么儿子。山里人说，"么儿么女命肝心"，父亲死后就没那么娇贵了，放任自流，书读不进了，却混出几分野气。照他自己的话说，"天一天一不怕，地一地一不怕，只怕一师一师傅——一句一话。"跟他爹撒娇时留下的口吃，已改不掉了。

　　问他师傅是谁？他猴脸上闪着神奇："是——是——玩灯——的——的——牯牛。"显出十足的得意。张滚滚在牯牛山最不起眼，学艺难成，务农无用。学了三年木匠，师傅给他开了三年毛荒，只会打眼，做不来东西。有亲戚请他做谷柜，他回家拆开自家谷柜，比比划划，照葫芦画瓢，忙了几天成了，谷柜不像，却像一个鸡笼，气坏了主人，他猴子脸栽进裤裆里，一闪身溜了。回家种田耐不住寂寞，三天打鱼二天晒网，不务正业。二十大几光棍一条。那年冬天，牯牛收他为徒，买来一张狮皮，在竹林院内练起狮子灯。说也怪，张滚滚服服帖帖，苦练内功，藏在狮皮内把狮尾玩到极致，与狮头配合得天衣无缝。过年了，外出玩灯，出风头总是玩狮头的牯牛；躲在狮皮内听到喝彩，他终于听见有人称赞他，即使不见面，听得舒服，就像喝了一碗心肺汤，新鲜得让他太陌生，太快感了。也许从娘肚里一跟头栽出来，还没人说过他一个好，有点受宠若惊吧。

　　他喜欢告状也是近几年的事，并不是因为他的觉悟高了，而是村长自红刁难了他。村里搞了那么多建设，都是有油水的工程，且工资不打白条。村长说过，"肥水不落他人田"。雇请劳力偏不要他张滚滚，却在外村招募人马，这出尔反尔激怒了他。以后，用一双火眼金睛盯着村长，成了牯牛山第一个敢告状的人。先是到乡里口头告，不认识人找错门，加上口吃毛病，总是无功而返。不知哪些人接待他，最好听的话是，欢迎你来举报，三个月内调查处理回复……周而复始，不了了之。小菩萨不管找大菩萨，他肚里没几滴墨水，请代写文书的先生写了告状信，天天在家等着消息。

光明乡收到县纪委发回的告状信，纪委刘书记看了信件，内容都是老调重谈，心中不解，一个村民怎么老喜欢告状呢，还越级上访到县纪委。

党委扩大会上，纪委刘书记就告状上访的问题作了全面汇报。这是讨论最后一个问题。时间已到晚上十一点，小会议室里灯光通明，烟雾缭绕，妇女主任小吴拉开一扇窗，吸了几口新鲜空气，顺手提起热水壶上茶。乡长周高潮喝了一口热茶，说："牯牛山这几年发展日新月异，我乡第一条水泥路在牯牛山；第一所自建小学幼儿园在牯牛山；第一座靠自身力量兴建和整修的水库又是牯牛山，不但为我们乡争了光，而且为我们县也争了光。如此庞大的工程，国家没投入一分钱，全靠村长东奔西跑，"又喝了一口茶，"竟把事办成了，办得如此漂亮！生产、治安、上交提留、计划生育，哪一项工作不在前面，这样的村长打灯笼火把难寻。对信访告状的问题，我们要谨慎对待……"他说话高声大嗓，滔滔不绝像作报告一般。周乡长是光明乡的元老，老村长让位给儿子，是他一手安排，因而得到一名虎将。党委一直要给他们村任命村支书，乡长总是说，就让他一人兼着干吧，理由是他父亲村长书记一身兼，一干几十年不是很好吗？都知道老乡长火爆脾气，并有一个"高潮"的雅号，不愿泼他的冷水，牯牛山的班子问题，也就一直搁置下来。

党委书记老曹说："刚才周乡长的意见，我表示赞同。对牯牛山的问题，我是这样看：第一，成绩不能掩盖问题，功是功，过是过，功过分明；第二，群众反映的问题要调查核实，给群众一个交待，给当事人一个解脱；第三，要加强领导，建设好村级班子，支书村长不要一身兼……"曹书记曾在县党校教过理论课，说起话来总喜欢条条款款。表面上支持了乡长的意见，其实，两人观点截然不同。出现两种意见，会议室又沉默了。

老曹看了看表，说："时间不早了，请大家发表意见。"

"牯牛山的计生工作抓得出色，"不用看就知道是管计生的于副乡长发言，只有他三句不离本行。"几年没有超生。祝自红有几把刷子，肯定得罪人了，想着法儿要把他拉下马，罗列一些莫须有的罪名……"

纪委刘书记补充说："张滚滚反映的几个问题，也都是老问题。这些问题调查过，就是证据不足，也不能否定，原因是账目混乱，白纸条充账，但也不能证明白条是假。不过，带儿子外出诊眼病是实事，动用公款是借而不是拿……"

又是沉默。

………

曹书记宣布："散会。"

不久，自红在路上碰到张滚滚，又提了提鼻梁上的眼镜，这回提眼镜的意思是看清你了。有点皮笑肉不笑地说："你去告呀，让你学一个乖，不管你告到哪里，你那一纸狗屁信也要转回原处，老子早看过了！"

张滚滚猴脸气得通红，眨巴着眼皮："就——就——不信——扳——扳——不倒——你！"

"你扳呀，老子树大根深，不怕妖风起；行得稳，坐得正，不怕你刨祖坟，还真不信阴沟里会翻船！"自红轻蔑地说。

"老——老子——要——看到——你——遇——遇上——狠人！"张滚滚气愤地说，无可奈何地冲走了。

漫无目的地走着，走着，看见王金阶的坟墓改头换面，变高大了，用水泥粉刷溜光，周围圈成陵园，耸立着威风的墓碑，很气派。难怪王老板发了大财，是沾了他爹的脉气；自红一家这些年红得都发了紫，没人动得了他，是不是也与他娘的坟有关？忽地想起自红刚刚说的话，记得好像有一句"不怕你刨祖坟"，哼，老子偏要刨你的祖坟！

说干就干，他回家背了一把二叶锄，径直上山。自红家没有祖坟，只有他的娘葬在牯牛山，坟的位置正好与牯牛家的祖坟相望，中间只隔着水库尾巴上一条沟壑。张滚滚洋洋得意去挖坟，心里装着：你贪了污不认账，俺挖断你家阴脉也不认账，有谁知是俺干的？老子要看着你家败！败！败！他好生欢喜来到了自红妈的坟前。坟培得高高，坟头修理得光光，残留着几朵退了色的白纸花，还有清明扫墓留下的烟火痕迹。张滚滚跪在坟前磕了头，哭丧着猴脸说："莫——莫怪——怪俺，俺——俺告——不倒——倒他，是——是他——逼出——出来——的……"

他环顾四周，生怕让人看到。见没人来，举起二叶锄就挖。那天是古历七月初七，乡俗是鬼门关放开，新老亡魂陆续回家。山里人每年都要培修墓穴的。人家祖坟早修理过了，这不起眼的小事牯牛搁下了，再不修理对不住祖人了，只怕鬼魂回家问责来了。牯牛心中猛生愧疚，匆匆带上刀、锄赶紧上山。修理完祖坟，已快到中午，口渴了便去水库喝水。还没到水边，看见对面有人挖坟，知道那是自红他娘的坟，于是悄悄摸过去，偷偷看，是张滚滚。猛地一声大吼："狗日的，找死！"

张滚滚吓得哑了口，战战兢兢回头看，原来是师傅牯牛。只见他眉毛和头发气得竖起来，两粒眼珠迸出来，满脸血注一般，像要吃人似的。张滚滚双膝"扑通"一声跪在牯牛面前……

不久，这件事不知怎么让自红知道了，扬言要派出所来抓人。张滚滚听到风声，忙找到牯牛救他。牯牛二话没说，拉着张滚滚到了祝家大院。自红和他爹都在家。两人迈进他的家门，牯牛将张滚滚按下双膝跪地，大声说："张滚滚给你家赔罪来了！"

第
一
章
孽
缘

109

自红和他爹怒气冲冲指着张滚滚，骂他狗血淋头。老村长不解恨，扬手狠狠扇了一巴掌，差点儿把他打倒，是牮牛眼快，把他提住了。这时，牮牛开了腔："跪也跪了，骂也骂了，打也打了，这事就算了吧。"说着把张滚滚提起来。

自红说："要问问他，今后还与我作不作对，告不告我！"

老村长摸了溜光的头，说："还没看见胳膊扭得过大腿！"

"自红，今天当着老村长把话挑明，冤家宜解不宜结，你当村长的要关心村民，偏偏有点油水怕他沾了，逼着他与你作对，乡邻乡亲的，多不值！"牮牛直话直说。

自红提了提眼镜架："做事容易，先下保证。"

牮牛说："他有口吃毛病，就饶了他吧！"

"不行！牮牛疼爱徒弟替他保证或担保也行。"老村长补充。

牮牛说："男儿说话三十六牙，要做事找村长，要告状问牛哥，滚滚你听到没有？"

"听——听牛——牛哥——的。"张滚滚小声说。

"成交！"自红诡秘一笑，声音格外洪亮。

告状风波，曾让光明乡党委头疼的事，经自红略施小计，便风平浪静。可谓一石三鸟：一是震慑了张滚滚；二是讨好了牮牛；三是为光明乡党委解了围。

三

秀秀在院子里洗衣服。大丫守着圆木脚盆，用稻草杆吸吹着肥皂泡。一个一个五彩的泡泡，在她的头顶上飘荡着。她追赶着，双手捧着，又一个一个的破碎了。两只小猫戏耍着花猫妈妈，看见肥皂泡一个一个飘落下来，又追逐捕捉着。一黄一黑，毛茸茸的，活泼可爱。大丫忽然推着妈妈："妈妈生一个弟弟。"

秀秀一脸的红晕，想起公爹死不瞑目，牮牛信誓旦旦地承诺，心中便有了说不出的内疚，仿佛公爹在耳边叮咛：秀秀，你要争气呀，千万不要断了高家香火……

"妈妈说哇。"大丫催着妈妈。

"大丫，妈妈答应给你生下一个小弟弟，好吗?"秀季睁亮大眼，抱起大丫认真地说。

大丫拍着巴掌："小猫有弟弟，大丫也有小弟弟!"说着从妈的怀里挣脱，找小猫玩去了。

大丫最喜欢爹玩狮子灯。正月里，爹和滚叔顶着狮子皮出去了，结伴还有锣鼓家什，回来扛着米粑，还有红包呢!大丫总要到竹林路口迎接着爹，等着爹回到院子里给她翻上几个跟头，才过瘾呢!那天，爹翻了几个跟头，抱着大丫钻进狮皮里，玩起狮子灯，张牙舞爪，前仰后立，大丫吓得哇哇大哭。牯牛揭开狮皮哈哈大笑："大丫，喜欢吗?"

大丫摇摇头："爹，生下小狮子，好喜欢。还喜欢小猫猫。"

一句童言像蜂针一样，刺痛了牯牛的心。老狮生不下小狮，后继无人，爹生不下儿子来，高家无后呵!你是堂堂男子汉，说话算数，爹在阴曹地府看着你，看着高家子孙昌盛……

爹对大丫说："爹替你生下一头小狮子，当你的小弟弟，好吗?"

"好哇，有小狮子弟弟了!"大丫蹦着跳着给妈报喜去了。

秀秀的肚子慢慢隆起，牯牛从惊喜中也慢慢感觉到担心。也不知秀秀肚中怀的是儿还是女，神仙也看不透呵!B超是不能去了。怀大丫的时候就没看准，落下一个空欢喜;要不医院就不讲实话，是呵，讲了实话多了光棍。只能赌命闯彩，求观音菩萨送高家一个男丁。更担心的是，自红不会饶了他，管计划生育的于副乡长也不会饶了他。

就是鬼门关也要闯呵!牯牛跟秀秀商量着。"惹不起就躲着吧，只要把儿子生下来，高家就有希望了。"牯牛说。

秀秀摸摸肚子："离孩子出生也不是一天二天，日子久了总会露馅，发现了就只有死路一条。"

牯牛说："躲一天算一天吧。"

"躲到哪儿去呀？远亲没有，娘家又躲不住。"秀秀无奈地说。

牯牛双手捧着头，停了一会："没办法，那就把肚子捆捆吧。"秀秀不说话了，摸着肚子发呆。

牯牛到集市上买来一段蚊帐布，秀秀剪下一条，"宝宝，妈委屈你了，"说着将隆起的肚子捆绑了几个圈儿。牯牛看了看，肚子平直了许多，"还真看不出来呢！"说着蹲下身子，耳朵贴在秀秀的肚皮上，仿佛听见胎儿发牢骚，脚在踢肚皮呢！又说："儿子，捆住你的手脚也是没法儿的事，憋着点儿吧。"接着，又听了听，"还真安静了，懂事的儿子！"

秀秀摸着牯牛的头："想儿子想出病来了吧，疯疯癫癫的。"说着扒在牯牛身上，透亮的眼窝里流淌着浑浊的泪水。

山里人又盼来沉甸甸的金秋，责任田里丰收在望，山坡上果园飘香，柑橘红脸，栗球张嘴，馋了鸟儿，醉了农家。秀秀喂过猪食，看了看猪圈里的肥猪，心里盘算着，脸上现出阳光般的笑容；牯牛牵过水牯，放它到山坡边吃草，看着快到手的收成，也有美好的打算——请来了木匠打了小木仓，留足了自家口粮，全都卖了存进银行里，积攒着让孩子们读书。

小妹隔三差五地到秀秀家串门，秀秀陪着，生怕出了破绽。秀秀心里生疑，她是来刺探的？因为女人对怀孕是最敏感的，况且她是村长的老婆，说不准就是自红派来的。听说自红快要当上国家干部了。前些天，县里乡里还来了人，说他工作出色，特别是计划生育抓得不错，于乡长说过，今年保住了先进，就录用他当计生专干。

"秀妹子，大丫快三岁了吧，肚子没挺起来，我代表自红感谢你！"小妹脸上酒窝里盛满猜疑，眼珠子在秀秀身上贼溜。

秀秀"哎——"地叹了一声："小妹姐，都是命呀，看你就生了大黑，俺……"

"男孩女孩都是独生子女，心肝宝贝。看俺的大黑先天性眼病，只差没出国外了，而今还没等到眼角膜，弄不好就落下残疾。当妈的心急呀……"

牯牛擦着猎枪从屋里走出来，打断了小妹的话："你急什么，他有一个当官的老子，再说大黑这孩子机灵，吉人自有天相。"显然，牯牛插话把小妹的注意力引到自己身上。

"牛哥，你可要支持村长的工作啰，村长说过，牯牛山只要你不与他作对，谁还敢呢？特别不要带头超生，再保住今年不出事，自红就……"小妹没有把话说完，把神秘藏在脸上酒窝里，露出得意的笑。

牯牛接过小妹的话说："自红就要当计生专干了。堂堂国家干部。"说得小妹心里真舒服。嘿，牯牛都知道了，不会坏自红的事了；且况秀秀还是瘪肚肚，等她肚子大起来，自红早飞出牯牛山。想着，从坐椅上站起来："拜托了！"说着匆匆走出竹林。

"好险呢！"秀秀冒出一身冷汗，说着将怀里熟睡的大丫放到摇窝里。要不是大丫伏在怀里作了掩护，兴许闻出点儿气味。秀秀拍拍心跳的胸脯，到房内又给肚皮紧箍。牯牛的猎枪擦得锃亮，进房挂枪，看见秀秀扎肚皮："把俺的儿子整坏了，会找你拼命的！"说得秀秀脸上笑盈盈，心里热乎乎，还担心什么呢？保护神就在你身旁！

"自红，你就等着当上国家干部吧。"小妹有点儿撒娇地说。

"牯牛家真没事儿了？他可不好惹的。"

"什么不好惹，不惹他就是。我呢火眼金睛看过了，他秀秀还是没充气的肚皮，瘪瘪的。牯牛也识时务，知道你要发达了，不敢与你作对。你就放心好了。"

自红抱起小妹转了一个圈，"你的情报很重要，知己知彼，我可高枕无忧了！"说着高兴得又抱起小妹转了一圈。

牯牛家的小木仓装满谷子，剩下的卖到粮站，被乡里截取作了上交提留款，存银行的事儿落空。秋收过后，天气渐渐凉了，秀秀的肚子便可用宽厚的衣服遮掩得更隐蔽。乡村成立计划生育检查组，是一个联合组织。只要村民举报，或村长反映，立马下来乡领导、医生，村里有村长、妇女主任、民兵配合，月份小的当即刮胎，月份高的带到乡卫生院留产。

为了把工作作得滴水不漏，自红出了新招：请乡卫生院派员下村普查妇科疾病，关心妇女健康。醉翁之意不在酒。对育龄妇女的检查，可以掌握怀孕信息，杜绝超生。

弯月如刀，斩不断情义。张滚滚踏着蒙蒙月色，悄悄遁入竹林，敲开了牯牛的大门，慌慌张张地对牯牛说："明——明天——医——医生——来——来你——你家——检——检查……"说完溜进竹林跑了。张滚滚不告状后，自红把他抽到身边使唤。明天的行动早已得知，且从牯牛老婆开始。他其实不知秀秀有孕，只因师徒情深，事先偷偷来报信，表表对师傅孝敬；万一有凶险，也好有个准备。

秀秀算算日子，孩子出生到了月份上，也就这几天。幸亏张滚滚来报信，牯牛感激地说："狗日的张滚滚这小子有种，算你还有一点良心！"心里却想象着恐惧，那将是怎样的结果，儿子没了，秀秀没了，你还想活吗？不觉打了一个冷颤。

真想儿子此刻出生呵！牯牛摸摸秀秀肚子，束手无策；秀秀望着无奈的牯牛，泪水止不住的流淌。夫妻对望着，良久，牯牛

山／女／的／忏／悔

说："哭有什么用，哭得俺心都碎了，骨也软了；哭得俺心乱如麻，六神无主……"

不知到了什么时候，牯牛突然说："到山洞里去吧。"显然他考虑很久了。秀秀没说话，还能说什么呢？

鸡叫了。秀秀看了看窗外，天漆黑，瑟缩了一下身子，仿佛屋外张开天罗地网。牯牛给牛栏丢了一梱稻草，放了一盆水，又在猪圈里喂饱猪食，草草收拾了，催着秀秀动身。牯牛背着熟睡的大丫，依旧走在前面开路，一杆猎枪驱邪。因为山里的大肚女人是不走夜路的，免遭产难的鬼魂缠身。刚才秀秀还不肯出门，就是走夜路怕遇上鬼。

等他们在崔家峪安顿大丫，来到山洞，已是天地大白。天上见不着太阳，可从树隙中窥探到明媚的蓝天。他们走进山洞，有故地重游的感觉，那样的熟悉，那样的亲切，一幕幕在眼前飞过，完全忘记自身的恐惧。牯牛重温着旧事：在石床上铺上发了黑的棉絮，是上一次春花垫过的，在旧絮上铺上一床崭新花垫单，用它迎接即将出生的儿子。

"倘若俺肚子里生下的不是儿子呢？"秀秀忽然对牯牛说。

突如其来的一问让牯牛直了眼睛。好一会清醒了："不会，不会，准是儿子。人家春花妹子在这儿生下的是大胖小子。"

"万一是女儿呢？"

"万一生下女儿，也要给她取一个男儿名！俺心中不服呀……"

"取什么名儿好，你想想，不要大丫小丫了。"秀秀说。

不知过了多久，牯牛说："生儿子叫他洞生，是女儿就叫若男吧。"显然他的声音越说越微弱了。

安排好秀秀，牯牛要赶回家，哑巴畜牲等着要吃。走出山洞，看到几只狼在洞周围转悠，他大声吼着："好兄弟，拜托了!"扛着他的猎枪一阵风跑了。

一队人马匆匆过来了,牯牛躲在低洼处瞄着,就像盯上猎物一样紧张而激动,绝然没有喜悦。看清了,前面是自红,一马当先,跟着的是穿白大褂的两名医生,一男一女,背着药箱全副武装,接着是扛担架的,最后是张滚滚。他们以自红为中心,时儿分散,时儿列队,像在寻找什么。他们的目标很明确,是在寻找山洞,看来他们搜索很久了,现在向山洞方向扑来。他们怎会知道山洞?牯牛想。知道此山洞就只有春花、秀秀和自己,莫非春花……不可能,她不是那号人。那是谁呢?一队人马成扇形寻过来,牯牛很快调换了位置,隐蔽起来。隐蔽处让他如曾相识,他有一双猎人的眼睛,那天虽是月夜,只要他经过的地方,终身不忘。要不是大黑掉进低洼里,人贩子绝跑不掉的……还有谁,是大黑的爷爷,自红他爹——老村长祝福生道出了这个秘密。完了,完了。秀秀完了,俺的儿子完了。身逢绝境,不等于绝望,在没有发现山洞之前,千万不要轻举妄动,他很清醒。机敏和稳重是猎人的特质,他看见人群拉网式地过来,一下子绕到了他们的身后,观察动静……

有几个队员累了,步子明显放慢,两个医生更是筋疲力尽,瘫在地上不想动了。唯有自红信心十足,精神饱满,他不相信山洞会消失,只要找到山洞,便大功告成!应该就在前面不远处,"天生一个仙人洞,无限风光在险峰。"偏在这节骨眼上,败下阵来。这时,一向办事缜密的他,才想起自己犯了一个大错。古人云:兵马未动,粮草先行。可今天求胜心切,急功近利作怪,犯了兵家之大忌。看看他们又渴又饿,疲惫不堪的样子,只得招呼大家休息。

"这样无目的寻找,自找苦吃"

"是呀,前不着村,后不着店的。"

"嘴里生烟，肚子不干呢！"

"找着了又能怎样？月份大了不敢动手的"

"出了问题我负责！只要找到人好办"自红说。

张滚滚慌了："干——干脆——向向——后——后转！"

几个人随声附和，"向后转！"自红急了，一手提起张滚滚："你给老子打先锋"，又说，"各位辛苦了，我不会亏待大家的，村里招待……"

队伍缓缓集合起来，继续搜索着前进。"你们看！"有人发现远处隐约有个黑洞洞，大家兴奋的目光投向所指的方向，一下子来了精神，仔细看真好像有人活动的痕迹，黑洞周围的草木枝蔓被弄过，不然是很难发现山洞的。"找到啦！找到啦！"自红猛地高呼着，他冲到前头，"同志们，坚持最后五分钟！"

美好的愿望，胜利的喜悦，一齐向他袭来；医生的心情沉重起来，这对他们又是一次严峻的考验；几个等着喝酒的洋洋得意，舐嘴卷舌，仿佛酒香飘到嘴边，只有张滚滚焦急起来，慢慢地退到老后。牯牛随其后看得真切，只要他们进入山洞，他会像疯子一样，冲进去用生命保护母子平安，哪怕是鱼死网破。

他们渐渐靠近山洞，危险也在急剧增加，约四五十步之遥，近在咫尺，突然，窜出两只恶狼，一只向自红扑来，一只在嗥叫，它在呼唤它们的同伴。大事不好，自红撒腿就跑，张滚滚大呼，"狼——狼来——来了！""狼来了！"有人跟着呼叫。一时乱作一团，各自逃命，扛担架的早扔了担架，背药箱的跑掉药箱，恨爹娘生短了两条腿。自红知道，叫来了狼群，肯是会向他们攻击，毫无疑问他们成了狼的猎物，至少有人葬身狼腹。于是呼叫着："快跑！狼群来了！"谁也不敢回头望，"扑通——"一声，自红被藤蔓绊倒在地，更糟糕的是眼镜飞了，伏在地上摸了一会，摸不着，眼前一片模糊，向前爬了几步，求生欲告诉他，必须有人施救。其他人不可能回头，他呼着："张滚滚一救我！"还真灵，听见救声，张滚滚回头张望着，看见自红倒地，飞快地跑过来，扶起后拉着他就往前跑，就像受惊的驴子拖着大车狂奔着，仿佛凶狠的狼群向他们扑来。

牯牛从绝望中苏醒，眼前的一切，命悬一线，惊心动魄，不敢相信竟是狼救了母子，狼也能知恩图报呵！当初他的猎枪凭他的枪法，射向密集的狼群，少则也要倒下几只吧，想不到那朝天一空枪，竟救下母子俩。尽胡思乱想，不过是巧合吧。

"哇——"地一声，一个新的生命又在山洞降生了。牯牛抱起婴儿傻了眼，像软泥瘫在地上，半晌说不出话。秀秀问不出牯牛的话，心中早知道了，放声大哭起来，像唱着一首古老的悲歌，歌词都是自责伴着怨恨，像钝刀割肉，如尖刀剜心，铁石心肠皆声泪俱下。"别哭了，认命吧！"牯牛吼着。

四

牯牛的头低下了，有时埋进裤裆里。对爹的承诺只当打了响屁，可山里人有一句刨祖坟的咒语"绝九代的"让他如泰山压顶，伸不直腰杆。若男在摇窝里哭喊着，秀秀抱起喂奶，看见牯牛痴头木哑，活像一尊朽木菩萨，心疼不已："牯牛，儿女命里有，俺就认命吧！"牯牛目光呆滞，没有言语。

自红如作了一场噩梦，想不到真还在阴沟里翻了船，心里咬牙切齿：哼，坏了我的好事！好一个刁民，牯牛，你就是一只老虎，也要扳你一只角！

自红抓孕妇流产遇狼的故事，又在牯牛山传开了，传得神乎其神。传到王家弯醒闷虫耳里，经他添盐加醋再创造一番，便有了"仙人洞里歇凤凰，狼女降生吓村长……"的一段唱词，唱得家喻户晓。

自红到乡里汇报计生工作，于副乡长抽着烟，闭着眼睛听汇报，这是于副乡长的习惯。他把汇报工作当作一种享受，讲到精彩处，他突然睁开眼，盯着你，而他脸上就会堆起笑来，慢慢张开大嘴，仿佛要把精彩全吞进肚里去，生怕漏了似的。如果汇报空洞无物，懒婆娘裹脚又臭又长，他当面剥皮："耳朵听起茧子，不讲了！"人家说他官不大，板眼足。自红当然作了准备，把如何组织，如何进山，如何克服困难，如何与狼搏斗……把此次流产行动说得天花乱坠，像描述一个精彩的故事，像演讲一个工作报告，又像总结一个经验材料，倒是把于副乡长给迷住了，特别是自红与狼搏斗的经历："……正当我们准备进洞，蹿出几条恶狼，灰黑的毛色，眼光如电，张牙舞爪向我扑来，我毫不畏惧，顺手拾起一根柴棍，上打雪花盖顶，下打老柳盘根，使出吃奶的力气，瞄准那家伙的脑袋，'呼'地一声，没有干着它，棍成了两截……看见一条红毛狼，眼没看花，是红毛嗥叫，在招集狼群……又一条狼扑来，狡猾的家伙前爪抓向我的眼睛，幸亏戴着近视眼镜……"他指着新配眼镜："刚配的，三百块。那当儿，我成瞎子，千钧一发，面临生死存亡。这时，勇敢的队员张滚滚奋不顾身冲进狼群……"

显然，于副乡长闭着眼，抽着烟，听得津津有味……突然，于副乡长收敛笑容，严肃起来："你们这次山洞孕妇流产行动，不是孕妇流产，是你们的行动流产，导致了你们牯牛山超生一个指标！"

"我的乡长，没有功劳有苦劳，我可是死里逃生呵！"

"半途而废，徒劳无功，只看结果，不问过程。"于副乡长又点燃一支香烟，继续说："今天不摆庆功宴，主要是查找问题，分析原因，总结经验，吸取教训……"

"要讲经验，还是不足；要讲教训，就是心不狠罚不力，起不到震慑作用。"自红说。于副乡长抽了一口烟："知道吗，评先提干一票否决。不过，还是相信你有这个能力，记住，要做到防微杜渐，把问题消灭在萌芽状态……"

"我的理解，就是要杀鸡给猴看，也就是您经常讲的抓典型，牯牛山出了这么大的问题，也该抓个典型整治整治。"

"还是那句话，只看结果，不问过程……"

那天，就在那天，牯牛山下响起了枪声……

山
/
女
/
的
/
忏
/
悔

第二部 尘 缘

第八章

一

火车追赶着夕阳，碾碎美丽的余辉。祝老师凝望着窗外，不像欣赏一路盎然的田园春色，好像沉思在虚无飘渺的世界里。

"祝老师，我请您餐厅用餐，可以吗?"若男很尊敬地说。

祝老师猛地从沉思中回到现实："好哇，应该是我请你，小同乡，走呀。"说着又从舌板上拿起圣经，跟着若男来到火车餐厅。虽是晚餐时候，餐厅里空荡荡的，也许乘车人舍不得火车上昂贵的消费，或是嫌其口味不合，用餐人寥寥无几。若男挑了一处坐下，服务员跟着过来了，祝老师将《圣经》放在桌上："女士先点菜，点自己喜欢吃的……"

若男接过菜谱看了看："祝老师，当是学生一番心意，还是请老师先点吧!"说着递过菜谱。服务小姐奉陪在身边，心里很急，好在生意清淡，不必顾及其它。

祝老师好像看到服务小姐的窘态，接过菜谱在眼前一晃，笑笑说："来一个笋尖炒肉片，这可是家乡菜。"

若男也不看菜谱，脱口而出："甲鱼下麻花，美味!"

服务小姐满脸微笑："菜谱上没有，不过甲鱼是有的，我给厨师通融一下，满足您的稀奇吧！"说着去了厨箱，"喂，另加两瓶青岛啤酒！"祝老师补充说。

若男早发现老师手中的圣经，好像视同珍宝，时刻握在手中，好奇地问："祝老师，您吃饭也要带着《圣经》？"

"我也是最近才读《圣经》，并不感到陌生，字里行间心灵相通，隐隐觉它亲切，不知不觉喜欢拿在手中……"

"笋尖炒肉片是家乡菜吗？"若男又问。

"是家乡一个极普通的菜。这个菜还有一个鲜为人知的故事，是我爷爷告诉我的。"

"快说呀！"若男睁大眼睛催着。

"就在我爷爷那个山村，那一年来了一位化缘的尼姑，饿昏厥过去了，倒在人家竹林旁，被一单身老猎户救起，那时饥荒难度，好心的老猎户将自己一份饭菜让给尼姑吃，尼姑被感动而留下来。一天尼姑发现春笋，用它度过了饥荒，全村人跟着度过饥荒。"祝老师停顿一下，"后来，尼姑还为老猎户生下一个儿子。那一年，我奶奶难产生下我爹后死去，我爹还吃过她的奶……"

若男好像在听着讲述自家的故事，心想，不会的，也许就是巧合吧。于是半开玩笑地说："所以，你点了笋尖炒肉，是吗？"

"有那么点儿意思吧。"祝老师说着，一盘笋尖炒肉片上桌了，热气飘香。若男呆呆看着笋尖炒肉，想得出神。接着，甲鱼煮麻花也送到桌上，两瓶青岛啤酒盖子拔开了，酒杯早放在胸前，两人成对饮姿势。祝老师放下手中的《圣经》，立起身来，很有礼貌地给若男满满斟上一杯，然后自己也满斟一杯，一脸书生气地笑着说："共饮同心酒，各品爱心菜"。若男一下子明白了，原来祝老师点酒点菜是在诠释着爱心，是入魔了《圣经》吧。

接着，他夹一筷笋尖炒肉片，递在若男的碗里，说："先尝尝这爱心菜，你看，就是这不起眼的笋尖，拯救了多少生命，也赢得爱情，它是爱的化身……"

若男的观音眼亮堂起来，人世间一草一木皆奉献呵！她细细品味，聆听着祝老师侃侃而谈。"干杯！"祝老师来了兴致，"砰——"的一声，祝老师仰头而尽，若男也杯底朝天。若男舀了一勺甲鱼给祝老师，说："这曾是我梦想中的美味，其实，不是甲鱼而是麻花。"接着又舀一勺麻花递过去，祝老师谦恭地接在碗里，看着金黄的麻花串，忽的聊起他愧疚的回忆，又干了一杯之后，他说："吃着这麻花，让我想起一件揪心的事，那是孩童时代……"再一次端起酒杯："干杯！"自饮了一杯说："酒逢知己千杯少！"

若男又给祝老师斟上一杯："话不投机半句多，您说到孩童时代了……"

"其实，我也喜欢吃麻花。快过年了，妈给我买了好多的麻花，还有鞭炮、花炮、冲天炮，我故意将鞭炮抛向空中炸响，一个女孩牵着她的妹妹来看热闹，我炫耀地点燃花炮，像花蝴蝶在空中起舞，还有冲天炮满天飞，这可是当时孩子们拥有的快乐和荣耀……"祝老师住口停下来，吃着甲鱼和麻花，喝着啤酒，"还是别去揭那些伤疤，讲讲爱心吧。"

若男刚听到一点儿端倪，差点儿引起共鸣了，又说讲爱心了，讲就讲吧，今天就老老实实听老师讲课。说："您就随意好了，好像都讲到我心坎上了……"

"你看我这一双黑白分明的眼睛，"说着摘下宽边大眼镜，露出眉目更显清秀。

若男好奇地望着，问："您的睛睛也有神秘的故事？"

"我自己也不知道是哪个上帝拯救了我，是他让我消除了仇恨，滋生爱心，是他让我改变生活的方向，是他让我迷上《圣经》。简单地说，我的眼睛多年医治无效，快要失明时，是他为我捐出眼角膜，让我重新见到光明，我却一直找不到是谁拯救了我。从此，我立志当一名白衣天使，救死扶伤回报社会，回报那个好心人……"

"原来您是一位医生，我敢大胆地推测，您是一位眼科医生。您身上的故事还真多，我还等着听您讲完麻花故事，如何让您揪心……"说着给老师又斟酒又夹菜。

"好吧，那个女孩叫大丫，是她爹杀死我爹，当时，我真不懂事，只知恃强欺弱……"

若男如晴天霹雳，天啦，眼前这位衣冠楚楚的君子，竟是祝家大院的大黑……一时天旋地转。这几年的闯荡，她学会应对，表现得冷静沉着，继续认真地听着。

"我唤来小花，手里炫耀着麻花，故意扔出半截落到地上，小花追过去，嗅了几下又跑回我身边；看着她们渴求、贪欲、胆怯的目光，我满意了，高兴了，一声口哨，唤着小花进了屋里，回头看见大丫拾起那半截麻花……回想起来，仿佛又见到她们的目光，至今让我心灵颤抖……"

………

最终祝老师付了二百元餐费。若男镇静自如的表现，祝老师没发现破绽，只觉得她杏子脸红如胭脂，显得更加美丽动人，似醉非醉，言语不多而已。若男此时有了打算，不愿与他为友，也不愿与他回乡，因为仇人相逢，格外眼红。小时候，妈经常叮嘱她们，不要到祝家大院去玩……

两人回到座位上。火车在黑夜里穿行。若男在寻找脱身之计。

不知疲倦的列车冲过了黑暗，又迎来光明。山里的清晨，雾气磅飞，景色润重而清爽，一片树林中，白鹤盘飞，银光点点，给寂静山野带来生机和活力。车已进入慈利境内，下一站是苗市，就在苗市下吧。此去不远有五雷山，是闻名中外的道教圣地……

"祝老师，很遗憾，我马上要下车了。"若男说。

祝老师右手撑着头，正在睡梦中。若男又叫了两声，没有反应。列车缓缓地停下来，若男再没敢惊动他，真正离别时，心情还真有点儿依依不舍，她自己也不知道为何匆匆离开他，为何选择在这个小站下车。人下到了站台上，眼睛还留在祝老师沉睡的那个窗口。其实，她真想这时候祝老师醒来，哪怕是一个招呼，一脸微笑，一声拜拜，她都会铭记在心，珍藏在心底……就这样神差鬼使地下了车，看着列车缓缓而去，眼光盯着那个窗口，盯着疾驰而去的列车，载着她的留念和美好的愿望消失在视线里。

二

若男漫无目的地走着。本想乘下一列火车去怀化，或乘汽车直达县城，主要是避开祝大黑。尽管他变成白衣天使，还有他手中的《圣经》，奉献和传播着人间善爱，但他们之间仿佛已隔着一条难以逾越的鸿沟，上一代人的恩怨挥之不去。路上朝山的人，络绎不绝，人流如潮。若男一打听，才知道今天是庙会。每年农历"三月三"、"八月十五"举行祭祀、祈福活动。说是"三月三"实则有三天，即从初一至初三；"八月十五"从初一至十五。今天才三月初一，朝山就热闹起来，若男混在朝山的人流中。

朝山有两条路可达山顶，一条是新开发的盘山公路，多便于旅游观光者，朝山少有人坐车，因为心诚则灵；另一条是顺着陡峭弯拐的石级而上，这是古老传统的朝山之路。庙会期间，来自鄂西南、湘西北的香客自发组织，一队一队，人头攒动，黄旗招展。他们都有各自的朝山心愿，有的祈福，有的消灾，有的求子……凡朝山者，必沐浴干净，驱除邪念，心诚而至。

"传说当年有一鄂西朝山旗手，年轻当盛，虎背熊腰，手腕碗口粗细，挥舞着巨大黄旗，迎风而上，引领一队人马直冲山顶，来到慈济塆，七姑坪上有三位道姑相迎，年轻旗手见道姑眉目清秀，便偷生邪念，轻狂之举戏擦其身，尚未达金殿，突然一阵狂飙，将人旗卷入悬崖，化为乌有。"一位鬓发如霜的老者，掷地有声地说。

几个同路人向他靠拢，"祖师爷显灵，朝山人心明如水，虔诚有加，再不敢亵渎神灵。后有朝山香客，半路经血来潮，或偶思不端乃不祥之兆，自觉半途而返……"看上去，老者童颜鹤发，满脸严肃，一身正气。周围同行人不由得肃然起敬。随即便有女子知迷而返，大概是经期而至，对神灵不敬。若男想。

五雷山已开发成旅游圣地，少了昔日的古朴与神秘。今日山下人山人海，车水马龙。若男购了门票，莫名其妙地上了一辆中巴，车在摇旗呐喊中缓缓而动，一会儿便满坐到位。车盘山而行，一路风光无限，若男无暇顾及，眼前还飘浮着"白衣天使"的影子。过了顾公寨，车子在慈济塆停下。慈济塆一马平台，传说有七仙姑在此练功，又名七姑坪。偌大一个平台，若男信步远眺，满目碧绕，山风送爽，忽地想起刚才老者口叙的传说，难以置信。用祝老师《圣经》来解释，那叫做缺乏爱心。既然神明小肚鸡肠，不肯饶絮小民，那么，朝山的香客顶礼膜拜也就没有意义了，因为神明心中根本就没有仁爱。

跟着朝山人闲逛，看到香客们每到一处殿堂，或是经过的路旁，焚纸烧香，磕头作揖，诚心可表，若男便心中一笑。她是唯一不烧香亮蜡的人，也不点头弯腰、祈福消灾，纯粹是借旅游观光、消除烦恼、驱散仇恨。一路游过二天门，龙头胜境，舍身岩，百子堂，梳妆台……奇险多怪，玄妙超然，危崖幽壑，无不让人赏心悦目，流连忘返。

抬头看见"药王殿"，若男踏着石级而上，迈进殿门，殿内立着药王神像，几个人上香磕拜，两个年轻的道姑招呼着，接着他们向功德箱内投币，若男在一旁看着，既不磕头也不烧香，更不会投币，一个道姑走过来，说："有请施主为药王磕拜，保你健康快乐……"若男忽觉声音好熟，目光投向道姑，一下惊呆了，这不是大丫吗？是梦是幻？是人是鬼？是真是假？大丫穿戴道士的衣帽，还那样胖墩墩，只是皮肤白净了，胸前挂着一块"静"字玉佩，若男记得清楚，姐姐的玉佩上是一个"争"字。莫非她不是大丫？天下哪有这样像相的人？就是姐呵，烧成火屎化成灰也认得的。她一下心潮澎湃，热血沸腾，寻找姐姐好苦呀，几年来如一日，时刻不敢懈怠，现在姐姐就在眼前，真可谓走遍天下无觅处，得来全不费功夫！她又看了姐姐一眼，姐好像没发现她。就像一百个香客认识一个和尚，一个和尚不认识一百个香客一样，想是每天接待数不清的香客，她的眼光不可能落到每一个人身上。看见许多求药之人，拜过药王，便一字儿站着，姐姐从木桶里舀出一杯神水，倒进他们瓶罐壶碗。听说这神水是药王孙思邈亲自配方，流传至今，不论大病小恙，诚心求得一剂，药到病除。每日煎煮一桶，施完为止。

若男忽然捧腹弯腰，低头呻吟不止，双膝跪在药王面前，大声呼救。惊动了旁边的大丫，慌忙将她扶起，趔趄着慢慢搀扶到了内室榻上，马上端着杯子去取神水。待大丫给若男喂神水时，尽管若男闭眼锁眉，形态有变，但见到此人，大丫好像看到妹妹的影子。不觉搅动了亲情，一别多少年了，多是梦中相见，此情此景，潸然泪下。泪水滴在若男的脸上，激起她几多心酸的回忆……

爹不在，大丫就是妹妹的保护神，遇到乡亲们冷眼冷面，姐会牵着她躲开；孩子们欺负妹妹，姐会理直气壮与他们理论。不过若男并不像姐姐那样软弱，就像她的名字一样，还真有股男儿的犟劲。最听不得孩子们叫她杀人犯，同班有个"小恶霸"偏不信邪。有一回刚放学，孩子们像一群野鸭飞出教室，"小恶霸"在孩子中寻到若男，故意挑逗："你爹是大杀人犯，你就是小杀人犯……"

若男狠狠瞪他一眼，冲上去抱住他："滚水去！"两人扭成一团，滚进校前一个池塘里，若男拼命将他往中间拉，"小恶霸"吓坏了，紧紧抱住池塘边的一个老柳根。姐姐放学后寻妹妹，看见若男落水，在水中挣扎，小脑袋在水里像浮标沉浮，十分危险，姐奋不顾身跳下水，幸好在边上，拉着若男的头发弄上岸。再去救男孩时，只听见男孩哭喊着："水鬼抓我啦！救命啦！"同学们围着看，谁也不敢下水。有老师听到呼救跑来，见此状大惊，跳入水中救男孩。只见水中突然冒出一团殷红鲜血，男孩痛得呼爹叫娘，老师把他抱上岸，屁股上早撕掉一块肉。后来便有了荒唐的传说，谁要欺侮若男，特别是提到"枪毙"二字，必然会有一场鱼死网破的搏斗，已变成死鬼的爹，会暗暗帮女儿惩罚恶人。从此，便没人敢欺侮她们，顶多避而远之地投出鄙视的目光。其实，那日男孩屁股是被鱼钩挂住了。碰巧的是偷鱼者所放的鱼钩，早有一条大鱼上钩而挣断鱼线，拖着一条满是鱼钩的断线，在池塘里乱窜……

……

突然，若男一跃而起，抱住大丫，弄得大丫无所适从，正要挣脱，"姐姐，不认识我了?"大丫目光端详着："你是?"

"我是妹妹若男呀！"

大丫悲喜交加："你还是这样鬼精，装着病把俺骗到这榻上，与姐相认……"笑着已泪流满面。

"姐姐，让我找得好苦呀！"

姐妹对视着，想问，想说，想吵，想闹，纵有千言万语却哽在喉咙，默默无声，两人紧紧拥抱着大哭起来……

三

若男指着大丫的玉佩："姐，祖传的玉佩分明一个'争'字，怎就变成'静'字了呢？是不是……"

没等若男说完，姐像爹一样的大嘴笑开了："嘿，这块'静'字玉佩有故事呢！"大丫缓了一口气，"不错，奶奶走的时候，给爹的一块玉佩是'争'字。你知道？那只是玉佩的一半，剩下的一半是一个'青'字，两块玉合拢天衣无缝，就是我项上挂着的'静'字。关于这块玉佩的故事，也是关于奶奶的秘密，我也是后来才知道……"

五雷山的春夜挺美，山脉、金殿、庙堂、景物皆笼罩在月色里，影影绰绰，显得朦胧而神秘，这美妙的景色全都藏在一个'静'字中，就像奶奶的玉佩一样，不知藏有多少鲜为人知的故事。

若男和大丫彻夜难眠，揭开了关于奶奶的秘密。

其实，奶奶并非哑巴，不但口齿伶俐，而且能传经授道。她在牿牛山的日子里，没人听见她说话，就连高老爹也不例外，天天和她睡在一张床上，还为高家生下宝贝儿子，可就是牙缝里没漏出半点儿声来。为什么要封嘴装哑，恐怕只有她自己知道。不过从当时的情势来看，没嘴比有嘴好。"病从口入，祸从口出。"不在山中看老虎，近看猫儿就是样。那些右派不就是管不住自己的嘴，一时热血沸腾，大鸣大放，吃了嘴吧的亏吗？也许是落难人有难言之隐，也许是女儿身躲避麻烦的招式，也许是道家智者冷眼旁观……也许这都不是她真正哑口的原因。只有一种解释，她的哑缘于她的静。这个"静"是道家之根本，清静无为，此地无声胜有声，一切尽在不言中……

奶奶像天仙一样漂亮，说她是观音菩萨转世，不信，她眉心一颗美人痣就是见证。这样的绝色女子，怎会与牯牛山的老光棍一起过日子？天下人不信，牯牛山的人信了，实实在在为高老光棍生下一个大胖小子。应该说，这就是天意，是上天安排了这段奇缘。

过苦日子的年代，天下苍生饥饿难耐，五雷山变得冷冷清清，朝山的香客廖廖无几，路断人稀，灰飞烟灭，仿佛一夜之间，人神形同陌路，人们把五雷山忘到九霄云外。开始，五雷山的道长们凭借着香客的功德捐纳，在这世外桃源悠然自得，修身养性，好景难长，香火无续如同婴儿断奶，坐吃山空，偌大的五雷山难以为继。一时法师真人，女冠道姑，大神小鬼各自为计，有的俗归故里，有的行走江湖，有的游乡化缘，有的行医问诊……

药王殿掌门女法师玄惠出道数十年，收奶奶为徒，尊号静冠。玄惠法师早年是白莲教一个分支的信徒，行走江湖，去无影来无踪，因一双出奇的大脚，与三寸金莲形成极大反差，便有了绰号大脚花。大脚花大闹当阳县后遭到追杀。江湖传闻李自成败走九宫山，归隐甲山，后出家五雷山，便有了出家的打算。于是寻着李闯王的足迹，到了甲山寺，见到了奉天玉和尚之墓，本想甲山削发，总觉山小池浅，难藏大脚花。后寻上五雷山，方知此仙境之地乃道教圣地，于是入道修身，并一度将五雷山金殿真武神像，改供为闯王金身。

大脚花站稳五雷山，不闻世事，探问百姓病恙，收集民间药方，潜心研究逊思邈医术，创配"神仙水"专解民众之疾，其秘方传徒而不传世，规避求利贪财。玄惠法师八十有三，身轻如燕，捷敏如猴，特别是一双法眼，目光如炯。来入道拜师者，她一双慧眼如同一架显微镜，能把你的瑕疵全都显露出来；又如同一把筛子，筛过多少年华，没留下一个得意门生。直到奶奶的出现，她一眼看出："你凡心深重，红尘未了。"目光落到半边玉佩上，沉思了一会，说："这玉佩珠联合璧便为'静'，这'静'乃道家之本，看来你与道有缘，就留下等着那一半吧。"奶奶就这样入道，当了玄惠的门生，道名静冠。

有一天，玄惠法师亲口对奶奶说："静冠，你要活下来，要活命就下山吧。不要忘了五雷山，为师仙逝之后，支撑药王殿门户，以继香火。"

静冠拜过法师，泣不成声，依依不舍，知自己身负重任，说："静冠已铭记在心，任重而道远，只要能活下，定返五雷山，续继香火……"

山上难以度日，奶奶临危受命，下山化缘求生去了。那时候的静冠下山，就像观音降临人间，为求平安，不张扬其美貌，一身僧人打扮。哪知那年月人们仿佛只关心肚子，而不关心美丑，即便天仙到你面前，也懒得看一眼，这便是饥饿使然。与其说化缘，不如说乞讨。在山里转来转去，蹿门入户，世上还是好人多，讨水借宿，几多热情，就是找不到吃的，拿钱也买不到呵！可想而知一个乞丐的境遇了。幸亏她会行医看病，退烧止咳，痛痒小恙，药到病除，才有了些许活路。

那日，她走过一山又一弯，沿路人家关门闭户，虽已春意盎然，却少了些生气。她一天水米未沾，渴了，悄悄啃几个野萝卜；饿了，偷偷嚼一把蚕豆角。傍晚来到一个村落，人家都淹没在苍松翠柏中。太阳落山后便显得阴森冷清。她隐隐听到阴森窟窿里传来凄惨的哭声，顺着哭声走过去，一棵硕大的桂花树，像一把美丽的常青伞遮掩着人家，树下用长凳摊着一块门板，门板上直挺挺的仰面摊着一个男孩，几个人放声悲鸣，一个白发如霜的老婆子呛天呼地："天啦，白发人送黑发人，孙子呀，你不该走呀，怎不让奶奶替你去呀，刘家不能断子绝孙……"

那声音催人泪下，让人撕心裂肺。她走过去，连忙伸手为男孩把脉，随即呼道："快，快救孩子！"

大人们立即停了哭声，孩子的父亲刘大宝如同倒墙一般，双膝"卟通"下跪，高大的身体顿时伏地，磕头作揖如倒蒜似的："活菩萨救救孩子吧！"

她说："先喂糖水，后喂稀粥。"

大人们傻了眼，哪儿去觅糖呵，哪儿去弄米呵！只能去公共食堂交涉，一番折腾下来，孩子早没救了。奶奶迈着粽子小脚，像划船一样飘进屋里，一会儿像变戏法似的变出一个小玻璃瓶，瓶里还剩着两汤羹蜂蜜，这还是两年前养蜂人送她的，舍不得吃就留下了；又变出一个土瓦罐，罐里装着半罐子糯米，是去年满七十大寿时，女儿孝敬老母亲的。她缺了两颗当面牙，经常漏着口风唠叨着："吃一个虱婆也要留一条大腿……"这才有了今天的奇迹出现。

她用竹片撬开孩子的嘴，用汤羹灌下蜂糖水；孩子妈秋婶顶着鸡窝似的乱发，忙着去煮粥，脸上愁苦尚未消散，一个劲的往灶眼塞柴，屋顶上又飘散着炊烟，带给人们的是亲切和渴望。一会儿，糯米粥飘香，诱发着周围人的口水。

孩子威威睁开眼睛，刘家人破涕为笑，呼着"威儿"的名字，起死回生的神话传开了。那一天，她享受到人世间最美味的糯米粥；享受到最高规格的礼遇接待，年迈古稀的奶奶，脸上笑开如同一朵大菊花，高兴地移动着尖尖脚，为她打来洗脸水，孩子他妈专门腾出客房，毫不吝啬地为她铺上舍不得用的新被新床单。

被刘家留住两天，也算弄清了小威威的病因。原来是孩子们为了按时到校，提前到公共食堂领了饭菜，包到学校去吃，半路上被年长的孩子抢了，扬言少了朝供不准过路，几天下来，威威便昏厥路旁……她走的时候叮嘱："孩子不能饿呵，是长身体的时候，哪怕野菜充饥……"

两脚忙忙走，不知路在何方？也不知流浪了多少天，一个风和日暖的日子，她神差鬼使来到牯牛山，再美的竹林春色也难填饥饿，同样是关门闭户，难见炊烟；同样是路断人稀，萧条冷落。她已两天空腹而行，又神差鬼使地昏倒在高家竹林旁，才有了爷爷和奶奶的奇缘，才有了高家的子孙，也才有了关于玉佩的秘密传说。

有人说，一朵鲜花插在牛屎堆。奶奶曾说，牛屎好嘛，很有营养，鲜花找到了好地方。其实，奶奶不爱爷爷，不是真心相爱的那种。没有爱情不等于不喜欢爷爷，奶奶在牯牛山生下爹，足以证明奶奶心中还是在乎爷爷。奶奶说过，她喜欢黑大汉爷爷的一张钝嘴，一根直肠子；一脸憨厚，一个猪脑子；一身正气，一付压不垮的骨架子……她同情他，她要帮他，就像织女帮牛郎。她要为他实现传宗接代的梦想，生下了儿子，却又不愿相夫教子，因为她有使命在身，瞬间消失在牯牛山。奶奶说过，并不是祝村长心术不正，打她的歪主意而让她抛夫弃子。在她心目中，光头村长就是一个小人。给他儿子自红喂奶，完全出于一个母亲的天性。对于这种小人她可不屑一顾，也可当面发难，决不会逃之夭夭。

还有一个解不开的谜，奶奶到了牯牛山，为何装哑。这个问题耐人寻味，奶奶也说过，那天被爷爷几个鸡蛋救醒后，她本想马上离开这是非之地，凭着一双慧眼观察，眼前黑汉野性中透着善良，侠骨里藏着正气。眼光一闪，从这竹林中走出去，必死无疑；最大的遗憾，在五雷山对玄惠法师的承诺，将付之东流，权衡之下忍辱负重，寄人篱下，苟且偷生为上策。顿时一个圆满的偷生计划暗藏于心。她突然之间哑了口，哑得那么自然，哑得那么神秘，哑得让人捉摸不定。奶奶后来告诉大丫，哑就哑了呗，女人哑了好哇，断了好多口舌，免了好多祸殃，少了好多麻烦，得了好多糊涂……其实，奶奶没有说真话，她最害怕的是跌进情缘陷井。想想，女人的话儿，是花蜜，是甘露，是和风，是细语，哪一个汉子不倾听，不心爽，不陶醉，不得意？到了那时候，小日子过得难分难舍，师傅的教诲早忘得干干净净……奶奶确实有过亲身感受，也是她自己说的，爷爷用宽阔的心怀拥抱她，用坚实的臂膀呵护她，用慈爱之心善待她，多少次感激的话儿到了嘴边，也没让说出口呵！最难忘的是，他拖着饥饿的身体，从食堂里领回一钵活命饭，毫不犹豫地端到奶奶面前，那情义是金钱能买到的么？那是生与死的考验呵！生下了爹，爷爷在大跃进喘气的夜晚，一个通宵几十里山路，跟跄地捞回几斤发奶的鲜鱼，这怎不让奶奶揪心？然而，她嘴皮紧闭，没吐出一个谢字，这是她终身遗憾的地方。总之，奶奶为了信守，为了药王殿的传承，为了济天下苍生之恙，而装哑，而舍夫弃子。

四

　　奶奶的秘密远没有完，而且故事更精彩，都是大丫从奶奶嘴里听到的。

　　其实，奶奶早有未婚夫，是她心目中的白马王子，是她心目中驰骋疆场的英雄，也是她天作之合的恋人。没有花好月圆的浪漫，也没有英雄救美的巧合，他们相遇在南京一家小吃店。一个是穿着背带式学生装的漂亮姑娘，一个是身着军人制服的年轻军官，不约而同坐在一张桌上，同样吃着酱汁牛肉面。本是萍水相逢一对陌生人，突然，一双好奇的目光落到玉佩上，精美奇特的玉佩在隆胸上晃动，进而目光探视了她的全貌：天仙不及，人世间的美都集中在她身上了，就像人们膜拜的观世音菩萨，那一颗圆红的眉心痣把她点活了，仿佛观音就坐在面前。嘴里差点儿叫出来，美的化身，东方女神！其实，奶奶年轻时并没那样美，这大概就是情人眼里出西施吧。奶奶说，他们的情缘并不是迷恋于外表，而是结缘于玉佩……

年轻军官盯着玉佩："姑娘，您这块玉佩学问可大呢！"

姑娘连看也不看他一眼，当是没听见，只顾吃面。

"孙青姑娘，"年轻军官直呼其名。

姑娘大惊，抬头看着他：威严整洁的军服包装，更显一身正气，大义凛然，剑眉刺天，冷目傲慢，红脸如醉，倘若是栽上美须，活像庙堂里供奉瞻仰的关公。不解的是，他怎知道自己的名字，且直呼姓名，顿时引起她极大的疑惑。问："您认识我吗？"

"不认识"年轻军官摇摇头说。

姑娘说："不认识怎呼我的名字？"

"是你自己告诉我了。"年轻军官笑着说。

"我没说呀！"

"是你胸前玉佩告诉我的。"

姑娘看了看玉佩上的"青"字，顿时脸上露出藏不住的羞涩："你对这块玉佩很有研究吗？"

"研究可谈不上，它的来历略知一些。"

"那你就把它的来历说说看，让我开开眼界。"

年轻军官微笑着，带着几分神秘地说："这是一块'静'字玉佩，它由'青'和'争'合成，你胸前的'青'只是一半……"年轻军官停顿一下，看了姑娘一眼，仿佛感觉那颗美人痣更鲜亮，忽听她催着："快说呀！"

"这块玉佩真有一段奇缘，是我爹告诉我的。我爷爷原在华阳洞炼丹修道，法号华阳真人，喜结天下名士，传经论道。有一日，来自金陵的名医孙亦仁慕名拜访，这位名医自言是孙思邈三十八代传人。两人一见如故，志同道合，相聚数日，一同云游仙山道阁，一同采撷神药奇草，一同研究丹仙秘方，一同探讨道家之精髓……后成挚交。数年后，我爷爷病倒，请孙神医治病，病愈之后，我爷爷当着孙神医拿出这块'静'字玉佩说，这是道之根本，策之源泉，我把它一分为二，'青'赠予孙兄，'争'吾自留，此谓珠联璧合。吾修老子之道；汝扬神医之术，道医两家联姻，合二为一，发扬光大……"年轻军官说着解开衣扣，从项上取出一块"争"字玉佩："这就是我爷爷留下的那一半……"说着递给姑娘。

姑娘红着脸接过那一半，与自己的一半相合，天衣无缝，一个"静"字便神秘地呈现在他们面前，两人惊呆了，天合之作！这不是一个鲜活的传奇姻缘吗？

沉默良久，姑娘问："大哥贵姓，何处高就？"

年轻军官爽朗地说："本人常州人氏，姓郭，名一夫，二十五岁，黄浦八期毕业，现国军某部供职。家父郭守道茅山修道，家母早亡，晚生投笔从戎，立志报国。"

姑娘心中忽地抽紧，他自报家门偏不谈妻室儿女，莫非他……羞涩着试探："郭大哥，嫂子和孩子也随军住在南京吧，改日去拜访。"

"哈哈，哪有的事。我追寻着祖辈们的美梦，但完美理想主义是难以实现的，只当是一个美好的传说藏于心底，说不定哪天驰骋疆场，为国捐……"姑娘猛地伸手捂住郭大哥的嘴，把后面的话挡回去了。玉指掩嘴，他那坚如钢针的胡须，仿佛扎进柔软如绵的肉掌中，那份感觉、刺激、享受，无处可寻；此情此景，姑娘何不是感同身受呵！

姑娘心中的疑云一下荡然无存，留下一片明媚灿烂的天空。顿时，少女之心沉浸在幸福的爱河中，仿佛看见溅起美丽的浪花，让人眼花缭乱，遐想无限。于是，指着玉佩神秘地说："的确，孙思邈是我们家的祖先。的确，我的名字叫孙青，的确缘于玉佩的'青'字。小时候听爷爷说，他第一次去茅山拜访华阳真人，刚到茅山，迎面来了一条大黄狗，爷爷双膝跪下便拜。我想不通，爷爷笑笑说，'茅山有个毛老奤，肉眼不识活菩萨。'茅山乃仙山，一草一木，一虫一鸟，皆有灵气，也许大黄狗就是神的化身……可见爷爷心诚有加。所以，才有了玉佩的故事。其实，祖辈们绝非简单地成全两家儿女婚姻，'醉翁之意不在酒，在于山水之间也'一家是老庄哲理，治国之道；一家是孙氏医术，救死扶伤，两家合一其意深远，这些都是爷爷生前说过的……"

郭大哥打断姑娘的话："青姑娘，这或许就是天赐良缘，天作之合，不知你双亲大人意下如何？"

姑娘羞红着脸说："到我爹当家之后，再没有去过茅山，好像把玉佩给淡忘了，把儿女联姻之事遗忘了，潜心研究医学，在南京开有'孙思邈传人药号'颇有名望。不过，爹妈就我一个女儿，视我如掌上明珠，他们会尊重女儿的选择……"

"下一次见面，到哪儿能找到你？"

"金陵教会女子文理学院问孙青就是。"姑娘说着把"静"字玉佩分开，将"争"字还给郭大哥。

郭大哥灵机一动，幽默地说："今天，我们以心换心，如何？"

姑娘天真地拍着巴掌："好哇，以心换心！"

姑娘正愁着没法儿两心相换，郭大哥逗着说："把眼睛闭上，我帮你。"姑娘真的闭上眼睛，等着与心上人换心。郭大哥呆呆看着姑娘，就像欣赏着一尊举世无双的女神雕塑，看不够，永远看不够呵！

姑娘真不敢睁眼，催着："换了没有呀！"

"嘿，快了，快了，"随着"嘿——"地一声笑，姑娘项上的"青"字玉佩早飞了。

姑娘睁开眼，看见自己的玉佩挂在郭大哥的项上，而他的"争"字玉佩却挂在自己的脖子上。这就是以心换心吗？心想，还真有点儿意思，一对心上人互换信物，而这信物原本就是爱情的象征，同心归于这"静"字中，几多神奇，几多浪漫，几多美妙……

郭大哥双手捧心，调皮地说："以心换心，我们可以合而为一，等着那一天吧！'青'字贴在心上，就像你在我心中；'争'字守着你的心，仿佛我在你心里……"

一对情人处在热恋中，在南京的那一段日子，是她一生最幸福最难忘的日子。有一天，孙青姑娘把自己恋爱的故事告诉爹妈，把爹妈乐得连连点头，嘴上呼着，苍天有眼，天作之合！于是，爹妈选了一个好日子，请邻里街坊、同仁朋友、绅士名流到场，为女儿举行订婚典礼，可不巧的是，女婿所在部队突然撤去了，竟来不及向心上人告别。

姑娘追寻着心上人，却怎么也见不到他的影子。后来打听到他在西南某地驻扎，一阵风把她吹到云贵川，不久便听到震惊世界的南京大屠杀的消息，天啦！三十万人被杀，血洗南京城，勿容置疑，爹妈早成了日本鬼子刀下鬼。悲伤、仇恨、懊悔交织在一起，欲哭无泪。爹的话在耳边萦绕："我行医为民，光明正大，还怕小日本把我吃了不成？女儿长大了，想飞就飞吧，飞到他的身边去，爹妈可不能陪你去，我们要守家园，医民疾……"多么慈爱善良的爹妈呵，竟惨遭屠杀，一时腥风血雨，天地作证！现在，她只有一个信念：心上人儿呀，英勇杀敌，把小日本赶出中国，让我们的玉佩早日团圆……

她梦幻般地归宿五雷山，等着那一天吧。晨钟催着懒睡的日头缓缓爬起；暮鼓送走美丽的夕阳悠悠归山，日复一日，年复一年，送去多少年华，缠绵着多少思念……一日，一个魁梧的军官疾速地登上五雷山，身后跟着两个勤务兵，一高一矮，高的高得像晾衣篙，精瘦似猴；矮的矮得如青石滚，健壮如牛，两人累得满头大汗，却追不上他们的长官。这个长官正是孙青姑娘的梦中人。部队驻扎在五雷山下，他对"北武当，南五雷"早有耳闻，凭着郭家与道教的渊源，特别是悬于胸系于心的"静"字玉佩，他决然会上山光顾香炉。他们一行三人拜过金殿真武大帝，又走马观花似的来到药王殿，猛的想到孙思邈，想到药王传人，想到孙青姑娘……

照样是跪拜药王，照样是捐功德钱，照样是赐喝神水。一个高个子精瘦的勤务兵向功德箱扔进一块银元。他们长官的目光落到药王身上，不知看得入神，还是想得入神，呆若木鸡。一个年轻貌美的道姑笑迎他们光顾，两个勤务兵看傻了眼，天底下真有仙女藏仙山，可算是大饱眼福了！其实她早就注意他们了，但凡军人上山，她总会留意，因为心里时刻牵挂着玉佩的另一半——那位英武神奇的军人未婚夫。她发现了他，不敢确认。因为他变黑了，变老了，胡荏像野草蔓延脸庞，与理想中的关公神武判若两人。而他却没有留意道姑的美貌。突然，一块玉佩在他眼前晃现，这显然是道姑故意将信物摆弄，试探眼前的军官。刹那间，一道特别美丽的亮光，一块格外熟悉的玉佩，一个日夜思念的女人就在眼前。目光呆滞了，嘴吧堵塞了，身体僵硬了，半晌才缓过神来，接下来是情不自禁地拥抱，心潮滚滚地涌动，悲喜交加地感触……两个勤务兵又看傻眼了，眼前的仙女竟是俺长官的未婚太太，看见他们重逢的那般惊喜，那般投缘，那般恩爱，既羡慕，又嫉妒；既替他们高兴，又替他们惋惜，是呵，军令在身。"都是狗日的日本鬼子害的！"一个猴精高个子勤务兵骂道。

山下的军号声直冲云霄，震荡着五雷山。军人对军号是极其敏感的，尽管军号声被峰谷遮挡，但还是穿透到各个角落，两个勤务兵早听见了，这是部队开拔的集合声，看见他们的长官与未婚太太拥抱在一起，不忍惊动他们，哪怕让他们多待一秒钟……

突然，长官从女人的温情中挣脱出来，看见他硕大的手掌从眼睛上抹下来，一直抹过嘴边的胡茬，矮墩子勤务兵看见长官的胡茬中滴落几点水珠，高个子猴精却没看见，背着长官悄声说："胡茬里滴不出水珠的，长官一巴掌抹下来，眼泪都在他的掌心里，还从来没看见长官流过泪呢！"只见他们的长官笑着说："孙青，别哭了，若是两情长久时，又岂在朝朝暮暮……"说着整理了一下军帽，跑步奔下山去，孙青姑娘泪眼目送他们，眨眼飞奔的身影淹没在云雾中。她不敢去想，她的郭郎这一去生死攸关……她多么想随他而去，哪怕是马革裹尸，能与心上人在一起，便是人生最大快乐。将军百战死，壮士十年归。古有花木兰替父从军，今却不能随夫征战……现在她最渴求的是，赶走小日本，心上人早日归来，带着青字玉佩与她团圆，留居仙山，云游名川，传道行医，实现前辈所愿。

五

郭长官匆匆而去，岂知一去不复返，留下了孙青姑娘终生的遗憾。

国军五十七师奉命进驻常德整训，修筑工事，镇守川贵之门户，确保重庆大后方的物资补给线。五月的常德还徜徉在春意里，山花烂漫，洁白的栀子花透香沁肺，沅江两岸农家正忙着插秧，到处飘散着泥水的芳香。江上清波点点，渔舟悠悠，水鸟翩翩；货船往返，扬帆竞舟，船工号子声在江面上飘荡，飘得很远很远，让人陶醉在古老的船调里；石板路的街道上，店铺林立，招牌醒目，生意兴隆，热闹非凡。爽耳的叫卖如同唱歌儿一样，此起彼伏，有卖米糕的敲着梆，"顶顶糕，顶顶糕，娃儿吃了不发烧……"；有卖糖人的摇着拨浪鼓，"来来来，买个甜唐生，吃了不老春……"；还有玩西洋镜的，锵锵锵，"嗨，好地方，好风光，看看世界好景象……"美丽的古城，笼罩在祥和、繁荣、欢乐的气氛中。

一下子碉堡密布，据点如网，战事风声越来越紧，城中的老百姓早疏散了，剩下一座空城等着埋葬日本鬼子。1943年11月1日，日军五个师团兵分三路，集结十万余众会战常德。116师团主攻常德城，师团长山本三男是一个极其凶狠的家伙；守城的是骁勇善战、防卫能手、国军57师少将师长余程万。一座孤城，八千余人，对付日军精锐之师三万余众，演绎了流传千古的悲壮。

深秋的夜晚，见不到昔日的热闹与欢乐，常德城内静悄悄，远处飘来低沉忧伤的箫声，勾起郭一夫的情怀，抬头望天，挂着半边月，正如挂在胸前的半边玉佩，自然想到五雷山心上人儿的那一半，月儿也有团圆时，我们相会不知哪一天，等着吧……探照弹不时地划过天空，远处偶尔传来稀疏的枪声，正酝酿着大战的临近。

11月22日天刚蒙蒙亮，炮声大作，浓烟滚滚，数不清的炮弹在城内开花，数不清的房屋顷刻间倒塌，一时抬头不见天，低头不识路，烟火呛得人吐不过气来。守城将士们知道鬼子发起总攻，同仇敌忾，怒目而视，伺机消灭敌人。借着烟雾的掩护，鬼子四面八方冲上来，169团守城北，一营营长郭一夫守着护城河一线，凭借着坚固的碉堡射出愤怒的子弹，冲上来的鬼子全部见了阎王。敌人首战吃了亏，师团作战参谋樱井，眯着三角眼，一声冷笑：投石探路大大地好！第一次冲锋虽然死了不少鬼子，但是也暴露了守军的火力点。接下来是对守城的碉堡据点进行疯狂地摧毁，密集炮火定点清除，然后是地毯式地炮击，国军官兵血肉横飞，树枝上、房顶上、电线上，到处挂着残肢碎片。目睹惨状，守军将士牙齿咬得咕咕响，默默燃烧着杀敌的怒火。火力点基本上被拔掉，守军退到城内，利用残垣断壁作掩体，阻击敌人。樱井冷笑之后，自以为瘫痪了守军阵地，指挥敢死队冲锋，遭到守军顽强抵抗，郭一夫看见一股鬼子攻入城内，马上带领战士冲杀，嘴里唱着："大刀向鬼子们的头上砍去……冲呀！杀呀！"国军战士们挥舞着大刀，冲入敌群，如砍瓜切菜一般，一阵肉搏，鬼子退回去。小野队长如同一头发疯的野兽，手举着指挥刀，带头冲过来，郭一夫一声令下："狠狠地打！"前面的鬼子倒在国军的枪林弹雨中，看见小野的指挥刀慢慢往下垂，刀尖落地，顺势成了拐杖，双手拄着指挥刀，有些弯弓的身子，摇晃几下扑地不起。战士们举枪高呼，收拾了一个当官的！

　　樱井脸上横肉突起，吊睛迸出，背着公文包，急得团团转，忽地拿起望远镜，什么也看不见，只有烟火在寒风中颤抖，旋即抽出指挥刀，叽哩呱啦叫嚷着，日军敢死队又像潮水一样涌来，在强大火力的掩护下，鬼子敢死队冲进城内，如同溃堤的洪水，肆意横流。国军官兵全然不惧，水来土掩，与鬼子展开巷战、肉搏，只杀得鬼子丢盔弃甲，鬼哭狼嚎，督阵的樱井观察阵势，不住地摇头："劲敌，大大的劲敌！"于是挥刀组织更大的进攻。郭营长也在观察战况，看见一日本军官指手划脚，马上命令狙击手干掉他，只听一声枪响，樱井呜呼哀哉！战士们扑过去，鬼子死伤枕籍，再度仓惶溃退。从樱井随身携带的公文包里，搜出了此次进攻的重要命令，以及该师团战后，将调往马里亚纳群岛的相关资料。郭营长的胡须在微微翘动，不用说嘴在笑，他笑鬼子马上就要完蛋了，太平洋战场失利，兵力已严重不足，拖住他们消耗他们的有生力量，加速小日本彻底完蛋！蓦地眼前一亮，仿佛孙青姑娘微笑着向他走来，"静"字玉佩如同中秋圆月，光彩夺目……郭营长揉揉眼，眼前硝烟弥漫，废墟一片，美好的幻觉倾刻化作乌有。

日军攻城失利，使出了绝招：几架飞机如同讨厌的黑老鸦在城空穿行，肚子里屙出一个一个的火球，东西南北中，烈火熊熊，房屋溶化了，土地烧焦了，守军掩体荡然无存。山本三男从望远镜里看到一片火海，诡谲一笑，做出一个双手合围的姿势，用中国话说，叫着瓮中捉鳖。哈！哈！哈！

鬼子全线出击，守军严阵以待，一场恶仗开始。鬼子兵铺天盖地卷来，将守军分割开来，国军以连排各自为战，一条街道，一个巷子，一处断壁，反复争夺，展开了拉锯战，冲锋、肉搏，尸体堆山，血流成河，惨不忍睹。贾家巷守着一个排，日军一个大队连续冲锋竟不能攻克，一怒之下集中炮火零距离推毁，一下子悄无声息，鬼子一窝蜂地涌进巷子，殷排长左手炸断，头部负伤，腹部中弹，身边的战友全倒在血泊中，老王死后还睁着怒眼，他伸手抹闭了他的眼睛，此时，心里很清楚，全排战士仅剩他一人，早已弹尽粮绝。他摸出身上仅有的一颗手榴弹，等着同归于尽，看见鬼子扑来，心里燃烧着怒火，眼睛在滴血，"轰—"地一声，手榴弹在鬼子群中炸开……

郭营长的一营所剩不足百人，与169团残兵游勇合流，迅速向师部靠拢。师部设在笔架城下的文庙，背靠沅江，退守自如，已被日军四面包围。郭营长守着文庙旁的老鸦巷，血战七昼夜，用尸体当掩体、设障碍，与鬼子捉迷藏、耍大刀。郭营长耍起大刀来，真如红脸关公在世，虽不用青龙月偃刀，一把红缨刀在他手中出神入化，那模样，那刀法，那威风，炯目圆瞪，正气凛然，鬼子见了不战而栗，闻风丧胆！

嚓！嚓！嚓！一连七个鬼子成了刀下鬼，杀红了眼的郭营长，追着一个鬼子到了一堵断墙下，鬼子站着不动了，浑身发抖，大刀正要劈下去，猛地发现一张娃娃脸闭着眼等死，刀在空中犹豫了一下，刀锋从他耳边飞过，娃娃兵幸免一死。然而，就在此时，一把刺刀猛地扎进郭营长的背心里，他侧眼瞥见一个大胡子鬼子，正端着刺刀凶狠刺进他的体内，看见刀尖从胸膛冒出，鲜血飞到墙壁上，也飞到娃娃兵的脸上、身上。郭营长咬紧牙关，面不改色，飞起一刀，大胡子的头不见了。郭营长倒在血泊中。两个勤务兵在断墙下寻到他，已奄奄一息。看见一个鬼子呆立在那儿，正要动手杀了他，只见郭长官吃力地摇摇手，然后艰难地指着项上的玉佩，慢吞吞地说："交…交给…孙青……"说着说着没声音了。两个勤务兵大哭起来，高个子猴精勤务兵摘下长官的玉佩，跪着说："长官，您安心走吧，勤务兵黄狗儿向您保证，一定完成任务！"说完两个勤务兵给长官磕了三个响头，起身走了；呆立着的鬼子，也跪下报答不杀之恩，给长官磕了三个响头，猴精勤务兵突然回过头去，问："喂，你叫什么名字？"鬼子兵还是一个学生，来到中国前学了些中文，知道问他名字，马上回答："川岛一雄"。

两个勤务兵刚拐过断墙，看见一队鬼子端着刺刀寻过来，好像发现他们。来不及思考，矮个子石滚勤务兵说："我掩护，你躲藏！"说着迎面向鬼子冲去，来一个最擅长的功夫"黑狗钻裆"，一眨眼钻进一个鬼子裤裆，拉响手榴弹，几个鬼子跟着他飞上天！高个子猴精勤务兵趁机钻进死人堆，正好被那个娃娃鬼子看见了。一队鬼子寻过来，有鬼子问："有情况没有？"娃娃兵一边回答一边做着手势，表示没有情况，鬼子兵马上转身，到别处去了。

勤务兵黄狗儿在死人堆里埋了四个昼夜，舔着死人的血活过来。待战斗结束，打扫战场，从断垣残壁或死人堆里，奇迹般地救出57师三百余名幸存官兵。黄狗儿挥泪告别郭长官："您交待的事，黄狗儿记下了……"

第九章

一

奶奶的坟葬在药王殿之南的山坡上，相距玄惠法师坟墓仅一步之遥，师徒两人魂归五雷，是缘分，是夙愿，也是信义，为后人传为佳话。

奶奶的墓用石头垒成，石头的缝隙中早长出藤蔓花草，把坟墓包装得馨香碧透、生机盎然、青春别致。奶奶爱竹，与竹有着割不断的情缘，大丫在墓的周围栽上楠竹，形成一道椭圆形屏障，活像一间漂亮的卧室。山坡上青松翠柏怀抱，遮天蔽日，又如同一座绿色的宫殿，宫殿的一角是卧室，奶奶的墓穴就像一张床摆设其中，那些藤蔓花草笼罩着便是蚊帐，奶奶在这绿色的世界里长眠，伴着她的故事永远鲜活在人间。

三炷香慢悠悠地飘起青烟，纸钱在火光中化作飞蝶，随风起舞，大丫和若男为奶奶摆上供果，焚香烧纸，又为奶奶磕头作揖。大丫大嘴厚唇微微启动，吐出几句只有她自己能听见的话："奶奶，若男妹妹看您来了，您好好保佑她吧……"

若男只看见姐姐对着奶奶的坟墓说话，却听不到一点儿声音，心里好笑，倘若奶奶还活着，即便是顺风耳，也听不清呵！

其实，若男并不关心姐姐说些什么，也不相信阴阳相通，生者那些意念或祈祷不过是自欺欺人而已。几声爽朗的笑，更增添了墓地的生机。若男对着坟墓大声说："奶奶，若男没有见过您，却深知您的善良、宽厚、和仁爱，更喜欢您的故事！您没有死，您永远活在若男的心中……"

绿窿中鸟儿赛歌，春虫儿凑着热闹，竹枝上两只山雀相互梳理着羽毛，异彩的蝴蝶绕着坟头起舞，一只灰色的野兔蹦跳着过来，立在楠竹下的草丛里，两只鲜红的眼睛望着若男，几只猴子窥视着，它们都无惧色，仿佛相约而来聆听若兰精彩的演讲。一切显得那样和谐，那样友善，那样合情合理，若男仿佛置身在神奇的童话里，两只会说话的眼睛，闪烁着欢乐的光芒，好像告诉这小天地里的朋友，大自然就是一个美满的大家庭！

大丫在幽径处等着若男，若男还陶醉在世外桃源的感觉里，看着奶奶的坟墓，心想，若真的人死有灵，奶奶归宿在这美丽和谐的天地里，将永远幸福快乐！一串笑声过来，若男飞到大丫身旁，忽地目光又落到她胸前的一块"静"字玉佩上，好奇地问："姐，这玉佩怎么在你身上团圆了？肯定还有着关于奶奶精彩的故事……"

回到药王殿，大丫拿出一张珍藏的照片，递给若男。若男看了看，这是一张彩色合影，六个人合成半圆型，就像大丫项上分开的半边玉佩，其乐融融。若男翻着大白眼，就像碰到一道难解的谜，满脸的疑云，太陌生了！这照片上日本人是谁？它怎么会被大丫珍藏？它与我们家又有什么关系呢？憨大丫看见若男发呆，比若男还急，没等妹妹开口问她，自己先揭开谜底。

话得从黄狗儿说起。常德会战死人堆里幸存下来，一块心病缠着他，时刻也不能忘记郭长官临终的重托。倘若黄狗儿是一个小人，奶奶的玉佩永远就不会团圆了，偏偏黄狗儿是一个忠义之士，才有了奶奶后来的故事。

黄狗儿手里紧紧捏着半边玉佩，就像捏着自己的生命，不，它比自己的生命更珍贵。军衣血染，满脸污垢，眼珠子活脱有光，证明了他是活物，拖着疲惫的身子，在满是尸体的街道上蹒跚着。此时，他猴精的身子迟疑了一下，心想脱下血衣，化装成老百姓，从此告别枪林弹雨，这样就可以马上去五雷山，完成长官的嘱托。接着，两只眼睛射出怒火，牙缝里吐出："狗日的小日本！"他的长官死了，他的矮子兄弟石滚死了，他的57师八千官兵死了，就这样走了，对不住他们呵！一定要为他们报仇！把小日本赶出中国！即使郭长官的嘱托落空，也会原谅黄狗儿的。一番权衡，脚步不听使唤地归队，报告登记去了。

师长余程万最后撤离，后被蒋介石问罪。57师幸存三百余名官兵重新安置，黄狗儿不知怎么就到了张灵甫的74师当了兵。跟着张师长打日本鬼子，每打了胜仗，他会悄悄拿出玉佩，告慰郭长官，黄狗儿学您的样杀鬼子，相信我会完成您交给的任务。

到了小日本投降的时候，黄狗儿准备解甲归田，先到五雷山还了郭长官心愿，再回山东老家，娶上媳妇，侍俸老母亲过日子。不料，这猴精心里的如意算盘又拨错子儿了，内战爆发，黄狗儿去五雷山又"泼汤"了。

孟良崮战斗打响了。黄狗儿所在的那个排，当然还有其他部队，都守在一个山头上。山势险要，满山的青石岩，挖不了战壕，只能用麻袋、石头当掩体。不知怎的，打日本鬼子那会儿，黄狗儿底气足，能量大，吹伙筒当作大炮使；今天总是心里慌乱，眼睛模糊，手脚不听使唤。共军真不怕死，黑压压的漫山遍野，发起一次又一次的冲锋，守在山头的重机枪、机枪、步枪、冲锋枪一起开火，加上炮火的支援，共军一排排倒下，后面又跟上往前冲，前赴后继，让人胆战心惊。黄狗儿看见山下尸体遍野，身子骨忽的软下去，虽然手上胡乱开枪，心里却害怕起来……这是兄弟相残呀！眼下又不知有多少妻子失去丈夫，父母失去儿子，儿女失去父亲，罪孽呀罪孽！这仗不能打了。偷看身边的机枪手，绰号叫抢菜佬，也许与自己想到一块儿去了，干脆闭着眼开黄（腔）枪。突然，他倒下去了，黄狗儿哭喊着抢菜佬，他再也不能抢菜了。想起平日里与他一起吃饭喝酒，人家装斯文，他却不客气，一口酒杯干，几筷子菜碗干净，加上饭吃几大碗，从不管人家的感受。有一次和班长老李一起吃饭，有人还没端碗，菜碗就只剩下残汤了，老李看见了，说："娘的，今天抢菜佬看见抢菜佬不喜欢，就让你吃个够！"说着老李猛地抄起菜碗，一起倒进他碗里。

他厚着脸皮，筷子敲着碗沿："嘿，栽秧靠拐，吃饭抢菜，天生的！不会是吧？跟我学学，不收师傅钱……"弄得人家哭笑不得，从此便有了抢菜佬的绰号。班长老李过来，清理他的遗物，身上只有二块银元，和一封未寄出的家信。抢菜佬名叫洪小满，湖南岳阳人，与老李是同乡，同时抓壮丁当了国军，同时参加常德大会战，同时到了 74 师，两人都喜欢抢菜较劲。老李读起他的家信。

亲爱的双亲大人：

儿与您一别八年，不知双亲可好，实为挂念。弟妹们都娶嫁了吧？眼下又快到了小满季节，双亲大人又在想念满儿吧。不知家里农活干完了没有？不能为家出力孝顺二老甚为愧疚，万望双亲原谅满儿。

打败了日本强盗，本想国泰民安，回家种田，孝敬父母，以乐天伦。恨天悖人愿，国共内战爆发，回家身不由己。每每想到枪口下的亡灵，手足相残，便心如刀剃，夜不能寐，儿真想一死了之，不忍杀人。有日满儿命丧黄泉，千万莫悲恸伤身，让儿阴曹难安。儿虽尸抛荒野，骨葬他乡，生不能孝顺父母，死后可得自由，魂归故里，伴双亲百年，佑贵体无恙。

祝双亲安康

满儿叩首

一九四七年四月二十八日

老李读过两年私塾，读得懂字里行间的意思，一粒泪珠滴在信纸上。含泪骂道："娘的，屎包粘灰就一起玩耍，一个睁眼瞎还耍起文来，请人代笔写了这狗屁家信，分明就是绝命书！这是折杀你爹娘！你抢菜佬就这样走了，大家吃饭还有啥滋味……"

几个兵流下泪水，算是为抢菜佬送行。黄狗儿听过抢菜佬的家信，平时惹人讨厌的枪菜佬，一下子在他心里可爱可敬起来，是呵，没了抢菜佬，往后吃饭还真不香呵！山下又响起枪声，子弹嗖嗖从头上飞过，黄狗儿猴精得很，忙缩了缩晾衣篙般的身子，心想，枪子儿没长眼，抢菜佬说死就死了，你可不能死，你答应郭长官的事还没办好，你死了谁来替你完成任务，到了阴曹地府无颜去见郭长官……怎么办呢？现在只有一个办法，逃。猴精盘算着，当逃兵被抓到了是要枪毙的，即便真被枪毙了，为郭长官办事丢了性命也值了；在这孟良崮当炮灰死了，还不如一条狗。

夜幕拉下来，山风吹过，渗透着呛人的血腥味，给人增添了死亡的恐惧。天上没有月亮，几个星星眨巴着眼睛，好像窥探着孟良崮的动静。趁着天黑，黄狗儿将玉佩系在自己的项上，这是万万不能丢的。他走到李班长面前报告拉屎，李班长正打盹，有点儿不耐烦地应声："都老兵了，拉屎拉尿还让操心……"说着又闭上眼睛。黄狗儿向山下走去，走到一堆岩石下，脱下黄皮，躲躲藏藏到了山洼。一个时辰过去，李班长朦胧中叫着黄狗儿，没人应声，一骨碌起来清查，没见了人影，心里慌了，马上向排

第／二／章／尘／缘

149

长报告："黄狗儿跑了！"

排长姓文，平时斯斯文文，此时却凶神恶煞，声音压低地命令："你马上亲自把他追回，拒不服从，就地处决！"接着又在他耳边悄声说："此事不要声张，不要上报，否则，你我脱不了干系！"李班长心领神会，马上带上心腹"猫眼"执行任务。"猫眼"的特异功能，让官兵们早忘了他的姓名，都叫他猫眼。他们迅速跑下山，"猫眼"侦察，如同猫捕老鼠，警惕地扫视着黑洞。在一沟坎下，发现了一个人影，两人悄悄摸过去，黄狗儿正在察看动静，枪口已抵在他的脑门上。黄狗儿傻眼了，完了，完了，黄狗儿就要见阎王了，心不干呀！试着慢慢用手推开枪口，"不许动！"黄狗儿听出是李班长的声音，知道李班长奉命抓人，也知道惩罚逃兵的规矩，回去是死，不回去也是死……突然，黄狗儿猴精的眼珠子一转，从李班长的声音里好像找到生路。别看李班长说话比枪子儿硬，心就像一个软柿子，一捅就穿，不妨试试看，兴许黄狗儿命不该绝。想到这儿恐惧便消除一大半，猴精转着眼珠子："李班长，黄狗儿知道今天死定了，都快要死的人了，能不能说话客气点儿，与黄狗儿说几句心里话……"话音低沉，可怜巴巴。

"娘的，你黄狗儿不认症候，找死活该！"李班长话音出口依然像枪子儿，"我就不明白，你一个老兵会临阵脱逃，怕死？抓到你能活命吗？"他语气生硬接着说。

黄狗儿依然可怜巴巴地说："李班长，你我都是阎王殿里打转身的人，常德大会战怕过死吗？阎王老儿开恩多活了几天，够了。李班长，就在这儿送我上路吧，动作麻利点儿，来个痛快！"

李班长真动起手来还真下不了手，看来这黄狗儿还真不怕死，一条硬汉，心里生出一团疑云："娘的，你不怕死当逃兵干吗？"

"常德大会战为国捐躯的郭一夫营长，你认识他吗？"黄狗儿故意提起郭长官。

"岂止认识，他是57师的楷模，士兵们谁不认识他？可惜天不长眼。娘的，你提他干吗？"李班长说。

"我也听人说过他杀鬼子的故事……还听说蛮有仁爱之心。"猫眼插嘴说。

"就因为郭长官我才当逃兵的。"黄狗儿接着说。

"娘的，你当逃兵与他有什么关系？"李班长追问。

黄狗儿把项上的半边玉佩亮出来，讲起郭长官和孙青姑娘的爱情故事，感人肺腑；讲起郭长官血战常德，临死前的嘱托，感动天地。黄狗儿接着说："我一个勤务兵，答应过他的，一定要让玉佩团圆，只要完成郭长官的心愿，死也值了，可惜……"

李班长和猫眼听得眼都直了，就好像留在故事里，猫眼泪水模糊了眼睛，看不透黑暗了；李班长的枪口慢慢下垂，变得有气无力，嘴里不时地发出叹息声。黄狗子眼珠子一转，猴精的身子一纵身溜跑，飞也似的消失在黑夜里……李班长猛地清醒过来："娘的，猫眼，黄狗儿跑到哪儿去了？"

猫眼说："眼睛看不清了。"李班长举起枪朝黑夜里放了两枪，说："娘的，记住，黄狗儿被处决了！"黄狗儿听到枪响，暗自好笑："嘿，黄狗儿谢了，谢李班长的枪声为我送行"说着，猴精的身子风一般地飘过岗哨、封所线。

二

大丫笨嘴笨舌像背书似的，照葫芦画瓢讲述着奶奶的故事。若男越听越遥远，一下子扯到孟良崮去了，就好像朗读着一部精彩的小说。若男打断了大丫的话，俏皮地说："姐，你真会编故事，把奶奶的故事编得如此生动离奇，我们家要出作家啦！"

第／二／章／尘／缘

大丫像受了委屈似的，翘起大嘴厚唇争辩着："俺编不好，也不敢编奶奶的故事，奶奶生前是这样说的，也是这样写着的……"

若男只是嘿嘿地笑，停了一会儿，故意挑逗着说："奶奶死啦，不管后人怎样评说她，也不会赖账的，是吗？"

大丫急了，慌忙从木箱里拿出一个日记本，包皮脱落，封面变黄，就像传家宝一样，被大丫珍藏着。大丫双手捧着日记本，生怕失去它似的，小心翼翼地呈现若男面前："这是奶奶生前写的，俺读它就感到亲切，就像见到奶奶一样，每每想起奶奶，就拿出奶奶留下的珍贵日记，如饥似渴地读起来，也不知读了多少遍，差不多能背下来了。不知怎的读到它，俺的灵魂升华了，心地善美了，力量一下子就好像无穷无尽……"

若男很惊讶地接过日记本，听到大丫读过奶奶日记的感受，心中更好奇了，马上打开日记本，眼前一亮，这哪是日记呀，分明就是一部小说，题目《尘缘》，一手小楷字体工而不呆，活而不俗，相信奶奶像她的字体一样清秀。《尘缘》是奶奶一生的故事，难怪大丫口若悬河，滔滔不绝，俺正怀疑大丫的才华呢，原来得了奶奶真传，烂熟于心，背出来的。大丫呆呆望着那本发黄的日记本，若男就像发现"新大陆"，痴迷其中，爱不释手地读起来：

四月的晨风透着凉意，晨月如刀，晨星隐约，黄狗儿满是汗水的身子感到一阵爽快，一阵得意，诡秘一笑，嘿，你李班长玩不过我黄狗儿呢。此时，他已逃出孟良崮，摆在他面前二条路：一是向北走，回谷阳老家看看，探望久别的父母兄嫂；二是往南行，重上五雷山，完成郭长官的重托。往北行战事紧张，家中只恐布下天罗地网，捉拿我黄狗儿这个漏网逃兵；南去湘西五雷山可有千里之遥，身无盘缠，且一路兵祸匪盗难以预料……最终决

山／女／的／忏／悔

定往南去，因为受人之托大于天呵！

常德解放前夕，青石板路的街道上，又多了一个卖河水的身影，无人认识他黄狗儿，还是那根晾衣篙的身子，微驼而显得矮小许多，手脚还是那样骨瘦有力，举止还是那样猴精一样活泛，戴着一顶破草帽，遮去了他一张皮包骨的猴脸，两只深陷的眼睛闪烁警惕的光芒，从破帽的缝隙中窥探着世界，两只硕大的水桶不协调地压在肩上，步履蹒跚，嘴里艰难地叫卖着："河——水——"，中间拖得很长，声音凄宛而沉重，最能激起人的恻隐之心，说不定有人马上回应："河水！"会递给他一文钱。这个形象在老街坊们的脑子里最深刻，一直到文化革命中期才消失。

后来，奶奶见到黄狗儿，问："几十年你到哪儿去？太没德性了……"黄狗儿猴精的眼睛一转，转出几粒晶透的泪珠，很自责地吐着委屈。

……黄狗儿回到常德，本想马上去五雷山，可是一打听，湘西土匪猖獗，解放军正进山剿匪，黄狗儿何等精细的人，不愿急着上山，弄不好事没办好，搭上了性命。他最担心的是玉佩落入他人之手，时刻提防着，将玉佩一直拴在脖子上。一次卖了河水，坐在竹扁担上歇气，突然，一个戴礼帽、西装革履、墨镜遮去半截脸的家伙，拍拍黄狗儿的肩，待黄狗儿抬头，那家伙猛地伸手夺那块玉佩，黄狗儿早有防范，一把捏在手中，只听见一声口哨，又跑来几个壮汉，黄狗儿急中生智，一口吞下玉佩，痛得在地上打滚，几个人上来拳打脚踢，这时，一队解放军巡逻过来，混混们飞跑大遁。黄狗儿吞玉发作，昏死过去。解放军将他送进医院，立即动了手术，取出玉佩，救了黄狗儿一命。后来，猴精就有了绝招，将玉佩拴在裤带上，藏在裤裆里，从此再没有露馅。每到洗澡的时候，他必先将玉佩洗了又洗，眼睛笑成缝儿，心中在说："狗日的，看你去抢！"接着又说："黄狗儿脏了玉佩，罪该万死！嘿，黄狗儿裤裆是干净！"这个秘密他很得意，不再为玉佩安全犯愁了。

解放后，黄狗儿又没能上五雷山，那是因为开始了镇匪反霸、三反五反等一系列的运动。开始清理登记，他坦白交待自己的历史，参加过孟良崮战役，有人问："你杀死过多少解放军?"黄狗儿说："在战场上乱放枪，也不知中不中，后来都放空枪，没死人的，再后来就逃跑了……"

"孟良崮的敌人没死的都成了俘虏，你逃跑了分明就是逃避罪责，想卷土重来……"又一个人指他鼻子说。

"一个暗藏的反革命分子！"有人补充说。

黄狗儿百口难辩，不过始终没说出关于玉佩的秘密。调查人员查阅资料，走访调查也没查出个结果来。接下来依旧挑他的河水营生，不过头上戴了一顶"反革命"帽子，只能在居委会的监督下活动，去五雷山的事又搁下了。一拖就拖到文化大革命，"我的第一张大字报"张贴街头后，学校停课了，满是红卫兵串连的队伍，戴着红袖章，背着红宝书，嘴里喊着革命口号川流不息；工人停工闹革命，到处都是造反派的五花八门的番号，数不清的大小司令站着各自的地盘；党政机关瘫痪了。接下来是大批斗。对象是走资派、反动权威、老师，陪斗的少不了地、富、反、坏、右，黄狗儿当然要作陪。戴高帽子游行他走在后面，前面的大小当权派低着头，他却硬着脖子，露出猴精的脸若无其事地看热闹，有个戴军帽的红卫兵，冲过来将他的头按下，他就势将高帽子前倾抖落到地上，显得很为难地说："娘生我一个尖脑壳，低头帽子掉，不知要我低头还是要我戴帽?"

"戴上高帽子！妈的，人坏脑袋尖！"戴军帽的小伙子耀武扬威地吼着。黄狗儿又戴上高帽子，这回他好像有点儿名正言顺地昂首挺胸了，队伍里唯有他的高帽子，如宝塔一样笔挺，刺向天

山／女／的／忏／悔

空。上台批斗的时候陪站在旁边，一块牌子可没饶他，与当权派的一样大小，只牌子上字不相同。一站几个钟头，有时日夜连台，人家项上勒出沟槽，血肉模糊，而他却皮骨未损。原来他昂着头，吊牌的铁丝重量不全在脖子上，两肩和前胸都帮他撑着，才减轻挂牌之苦。这个秘密他笑在心里，黄狗儿猴精还真精！陪着当权派游斗管饭，黄狗儿挺感激，卖河水生意清淡了，大都在用自来水，一天挣不了几个子儿。工厂学校的食堂都吃过，远比自己做的强多了。平时他只要把一个月配给的粮食买回就不急了，吃菜不用花钱，每天早上菜市场一转，捡回许多别人丢弃的老残虫叶，撒上一把盐，吃得挺知足。有时碰上别人问他："你拾那些垃圾干吗？打扫卫生吧？"

黄狗儿猴精眼睛一转："喂了一个大肚坐栏猪，不能亏它！嘿嘿……"那人跟着一声"嘿"，递给他几把菜叶子。其实，时间一久谁都明白了。张屠夫卖肉故意扔去两根骨头，黄狗儿择个时候把它藏在菜叶里，张屠夫扭过头自个儿好笑，逗得大伙跟着笑，黄狗儿也望着大家笑，智者千虑，必有一失，这回的秘密被大伙儿都知道了。黄狗儿蒙在鼓里，高高兴兴回家打了一个牙祭。

这批斗的日子，开始还真难受，不是别的就心里憋屈，我卖我的河水招惹谁了？偏要我戴高帽、陪批斗。后来想明白了：一个卖河水的小老百姓还讲什么面子，怕什么丑，本来就没做贼做匪的，同那些大官儿站在一起，算给足了黄狗儿面子，批斗就批斗吧，只要能管饭就行。后来黄狗儿挨批斗还真来了瘾。一天，一个穿工作服戴红袖章的小白脸对他说："你可以回去了，记住，放老实点！"说着把他交给居委会派来的人。

黄狗儿急了，猴精的眼睛一转，说："长官，不，同志，把我留下来批斗吧！"

"谁是你的同志，小心你的狗头！快走！"小白脸怒吼着，从会议室里把他搡出来。

武斗开始了。工联和红联都提出"文攻武卫"，尽管支左的部队掌控着局势的发展，地方上还是枪声不断，武斗频频，时有死人，加剧着矛盾和仇恨。父子反目成仇，夫妻各睡一头，亲朋不相往来，全凭观点派别不同。这时候，只有黄狗儿最轻松。都去闹革命了，无暇顾及他。河水卖不到钱了。他白天找到河码头背包卖苦力，晚上，花上五分钱坐到茶馆里，能喝上一杯上好的清茶，能听到几多稀奇古怪的新闻。张屠夫是茶馆的常客，肥头大脸，胡子盘缠，真如张飞在世，唯他敢传播消息，发表评说，有时发几句牢骚话。谁也奈何不了他，只因他根红苗正，祖上传下一把杀猪刀，响当当的无产阶级。

"快活岭又出怪事了，"张屠夫故意停下喝了一口茶，几个喝茶的催着，"快说呀，"在烟雾缭绕中等着他的下文。"嘿嘿，今古奇观没见着，你说下流不下流……"小茶馆一下子没声音了，眼睛都静静地望着张屠夫，只见他又喝一口茶，愤恨地咬着牙吐出说不出口的下流话："竟有单身汉搞母牛！"茶馆里一片哗然，热闹起来。

"喂，听说吗？大西门有个老师游行喊错了口号，当场被抓了起来……"

"工联在文化广场召开誓师大会……"

"听说红联要农村包围城市……"

……

黄狗儿拖着疲惫的身子回到家，在低矮的屋子洗着热水澡，同样先洗净那块玉佩，看着"青"字发呆，好大一会猛醒，洗澡水凉了，起身穿了衣服，依然小心地将玉佩系在裤带上，晚饭吃不下，登上老堤来到笔架城。笔架依旧立在城堤上，它是常德会战的见证，历史的铁笔，记录着中华儿女浴血奋战的悲壮……把黄狗儿带入那终生难忘的一幕，就在这笔架城下不远的老鸦巷，他的郭长官流尽最后一滴血……为了纪念他，在老堤下搭起这低矮的小屋，永远守着郭长官的灵魂。他相信郭长官就在身边陪伴着他，保佑他去五雷山。

河风送来阵阵清凉，沅江在夜幕下渐渐模糊起来，停在岸边的帆船升起炊烟，远处渔火隐约闪烁。黄狗儿头脑里还是那块放心不下的玉佩，脚步不知不觉地向小茶馆走去。张屠夫早坐在茶馆里。他周围坐满了人，黄狗儿挑了一个离他近点儿的位置坐下来，等着听他的新闻。人渐渐坐满，茶老板提着一把铜壶在茶桌间穿行，笑容可鞠。那天，张屠夫讲了一个爆炸性大新闻："知道吗？昨天晚上，沅水战团三辆大卡车，装着一百多名全副武装的造反派，不知到什么地方去支援，路过白虎山时，与保守派接上火，死伤三十多人……"又是一片哗然，热闹起来。有人替造反派说话："造反派是造走资派的反，保卫毛主席革命路线……"；有人替保守派说话："造反派的目的就是抢班夺权，打砸抢……"你一言，他一语，争个不停。

张屠夫说："就一个权字作怪，祖上传给我一把刀，谁也不抢我这把杀猪刀……你看，工厂停了产，农民懒栽田，老师围着学生转……唉，这样子打来打去，不知打到什么时候……"黄狗儿听了张屠夫的新闻，又听了他的评说，心中豁然开朗，猴精的眼珠子一转，便有了盘算，看来，他们正打得火热，也忘记了黄狗儿，去个十天半月，没人问你的死活。嘿，此时不上五雷山，更待何时！那一夜，他睁着眼睡不着，兴奋得辗转反侧，压得拼搭的硬板床嘎啦嘎啦地响，等着天明。

三

透过车窗，蓝天下田野一片金黄，却看不见收割的影子；远处的村落，在秋色里影影绰绰，屋顶上的炊烟有气无力，偶尔看见老牧童牵着水牯在阡陌间悠闲，黄狗儿感到新鲜、亲切，就像笼中的鸟儿回归大自然。不过，眼前萧瑟秋风、荒漠冷落的景象让他联想到武斗，仿佛又听到那索命的枪声。

未到中午，汽车到了慈利车站。黄狗儿一下车便打听五雷山，顾不上肚子饿得慌，不敢进馆子吃一碗手拉面，喝上几口热汤，赶路要紧。迎面一个老汉挑着红薯过来，黄狗儿问："老伯，红薯卖吗？"

老汉放下担子，打量着黄狗儿，满脸的皱纹沟里堆着笑，说："看样子，你不是本地人吧，想吃红薯拿几个就是，反正卖到猪场作饲料，值不了几个钱。"

"我急着赶路，想带着它当饭吃，方便。"

"看你急急忙忙的，到哪儿去？"老汉和善地说。

黄狗儿正要问路，忙回答："去五雷山，也不知道怎么走，正要问您呢。"

"你去五雷山是朝山，还是找人？"老汉问。

"我去找人，到药王庙……"

"不管你找谁，劝你还是请回吧。"老汉说。

黄狗儿百思不得其解，望着老汉，差点儿要哭起来，没等他开口，老汉叹了一口气，接着说："这年月，人走背时运，菩萨跟着倒霉了，五雷山的大神小鬼遭劫了，就连金殿真武神象也断了头，毁了身，朝供的人早不上山了，断了香火，山上的和尚道士也就断了烟火，全被赶下了山……"

一番话说得黄狗儿如泰山压顶，喘不过气来，自言自语："真是天不睁眼呵！"身子一软，倒在路旁，目光呆滞，面如土色。急坏了老汉，看看眼前这晾衣篙一样的汉子，精瘦如柴，想他一定有重大事情，或寻找亲友上五雷山的，只恐是肚中饥饿，加上寻亲无望才突然发病，先洗几个红薯让他充饥再说，老汉想着拿了几个到路边池塘洗了，送到他嘴边。隔了一大会，黄狗儿猛地抢过老汉手中的红薯，狼吞虎咽地吃起来，吃得好香好甜，像吃大肉大鱼一样有滋味。老汉慈祥地望着黄狗儿，皱纹沟里堆起笑容，藏着得意的喜悦，就像一个郎中把准了病人脉象、药到病除一样。啃了两个生红薯，黄狗儿坐起来，蛮有感慨地说："天下还是好人多呵！感谢您老人家救了我一条贱命……我一天多没吃过东西了，心一急就……"

老汉说："吃得生当得兵，看来你是当过兵的人，生红薯能救你的命，你也是一个苦命人！"看着黄狗儿大口吃着红薯，又说："不急，慢慢吃。"

几个红薯下肚，人也慢慢硬朗起来，立起身来，黄狗儿怀着感激的心情说："多谢您的救命之恩，我还是要上五雷山，老伯，有近路没有？"

老汉摇摇头，说："唉，不到黄河心不死。上五雷山可没近路走，看着的那座高山，走这条大路，弯着绕着把你送到山下，有二三十里吧。"

"谢谢您的指点，告辞！"黄狗儿说着就迈开步子，忽然，他想起来了，忙问："恩人尊姓大名？我黄狗儿记在心里……"

老汉微微一笑："黄老弟，几个红薯谈不上恩不恩的，俺叫刘大宝，就叫俺刘大哥吧！"接着一把拉住他："带上几斤红薯吧，"说着扯下他肩上缝了补丁的紧包袋，这是黄狗儿秤不离砣的伴儿，用它装装干粮，买买物品什么的，这下让老汉装了半袋子红薯，足有十几斤吧。黄狗儿忙从口袋里掏钱。老汉说："兄弟，要钱就献丑了，看你也是为了难的人，就算我积点儿德吧……"说着挑着他的红薯担，略显弯弓的身子，有姿势地闪呼着扁担，迈着坚实的脚步，消失在黄狗儿模糊的泪眼中。

三十里路，当年行军的速度，一阵风似的把黄狗儿吹到了五雷山脚下，当年他陪郭长官也是从这里上山的，他和石滚累得满头大汗追不上长官，好像历历在目。今天重登五雷山，真有点儿故地重游之感，不过，已是物是人非，没那份好心情了。

　　枫林血染，野花烂漫，五雷山秋色依旧迷人，山鸟秋虫依旧欢乐的鸣唱，伴着你在山石上攀登，只是空山无人。黄狗儿每走一步，就更相信老汉的话是真实的。他瞭望几处云雾中的庙堂，仿佛消声匿迹。黄狗儿凉了半截，他最关心的是药王殿，恐怕也难逃此劫了。急行了好一会，抬头看见药王殿几个大字已褪色剥落了，走到近前，台阶上藓苔吞石，杂草抢道，已是今非昔比。黄狗儿三脚二步冲进药王殿，脸上沾满蜘蛛网，药王菩萨虽未断头残肢，却灰尘遮体，看上去显得腐朽苍老，苦不堪言。一块白布像是遮挡神像灰尘的，上面好像写过字，已被撕扯残缺，染成灰黑散落在神像身下，他一阵心酸，世事难料呵！他为菩萨鸣冤，世人敬仰的菩萨，眨眼间落得如此下场！他更为孙青姑娘叫屈，偌大的五雷山，竟容不下你一个女流之辈，你在哪儿？他寻遍了五雷山大小庙堂。登上主峰，昔日金碧辉煌的殿堂，如今已是残垣断壁；当日万人叩拜的真武神像，不，又像是李闯王，早已倒卧地上，支离破碎；香火当旺的金殿，也冷冷清清，浮尘满地了。

　　眼前一切完全证实了老汉的话，不过，他并不懊悔空跑一趟五雷山，对自己做过的事从没后悔过，人做事只要诚心了就不会怨悔的。心想，天下这么大，也不知她人在何方，找是找不到的。找不着她，等等她是可以的，就等她三天再说吧！黄狗儿在药王殿歇下来。

　　五雷山夜色是迷人的。一轮圆月格外皎洁，山崖、庙堂、树木……披上朦胧的银纱，更显得虚幻而神秘，给人无限地遐想，美妙月下人。黄狗儿不爱月色，却喜欢月圆，这与他的心愿相关，头顶上圆圆的月亮，不正像圆圆的"静"字玉佩吗？不知孙青姑娘的玉佩何年何月能团圆呵！跟天上圆圆的月亮一样。他看着天上的月亮，心想着玉佩的坎坷……

在五雷山度过三天，如同度过三年一样漫长。他不是怕野兽啃他的骨架子；不是怕鬼神要了他的贱命；也不怕饥饿折磨他。一个从死人堆里爬出来的人，什么事儿没经历过，连死神都害怕的人还在乎什么呢？可偏偏拴在裤带上的玉佩让他不得安宁，精神上的折磨让他痛不欲生。在药王殿里，只要闭上眼睛，郭长官就会来到面前，笑容可掬，让他无地自容，恨地上没缝儿让他钻进去；睁开眼，郭长官不见了，只听见孤雁传来一二声哀鸣，感觉到自己身子在颤抖，就像做了亏心事一样难受。

孙青姑娘不会来了，半袋红薯也啃完了，五雷山不能久留。其实，他也知道呆在药王殿，等不来孙青姑娘，不过是自欺欺人罢了。他心甘情愿地欺骗了自己。他要下山了，临走时向药王菩萨磕了头，默默祷告："保佑孙青姑娘平安回来吧……"忽然，眼珠子一轮，站起身来，对着药王菩萨三鞠躬："只要不死，我黄狗儿一定会三上五雷山，再给您烧高香，磕响头！"说着风也似的飘去。

四

自郭一夫上山，意外地与孙青姑娘重逢，一声军号把他吹走的那一刻起，孙青就预见了他们的结局。不久，常德大会战的消息传到五雷山，八千将士为国捐躯，深信她的心上人已不在人世了。从此，便不思尘缘，身居五雷山，一心学医修道，施恩于百姓，献爱于万物。玉佩团圆渐渐淡忘了，相信玉佩的另一半被心上人带去，一去不复返了，留下的只是深深的遗憾和美好的记忆。

红卫兵像洪水一样涌来，红旗招展，歌声嘹亮，口号声响彻云霄："打倒封资修！""誓死捍卫毛主席革命路线！"……金殿庙堂在口号声中颤抖，神像菩萨在棍棒下狼籍，和尚道士在恐惧中逃散，眨眼间，偌大的道家圣地，变成千疮百孔、断垣残壁、无声无息的荒山野岭。那日，太阳火红，光天化日，一队一队的人马冲上金殿，接着便看见几个红卫兵，押着道士和尚成队列下山，其他人马开始了大扫荡，誓言荡尽这个封建迷信的老巢！

孙青姑娘已是彻头彻尾的药王殿的继承人，按玄惠法师的遗嘱，法号由静冠更名为静真法师。她窥探红卫兵的声势，善目慈祥的观音脸气得通红，一颗眉心痣突显得更耀眼。看来，来者不善！只见她皱着眉，眉心痣好像在跳动，主意早已拿定：当务之急，保全药王殿和祖上神像！一个弱女子难挡万众，好在祖上孙思邈是古代药王圣贤，与封建迷信有所区别，她迅速扯下自己床上的被单，在白色家织布上泼墨四个大字：医传千古，将它遮盖药王神像。于是急忙收拾打点，孑身一人，无牵无挂，悄悄溜下山去。事后得知，她的应急之策是高明的。据说，一群红卫兵也闯进了药王殿，拿起棍棒就要打砸起来，"医传千古"几个端庄清秀的大字，便成了药王神像的护身符。此时，有一个"老三届"的高个儿男同学，指着神像说："知道他是谁吗？"在场的红卫兵摇摇头，相互对望着，高个儿带着几分得意接着说："不知道是吗？他就是我国唐代大名鼎鼎的药王孙思邈，对我国古代医学发展作出了卓越贡献！他不属于封资修，不能乱来……"一群红卫兵停了手脚，撤出药王殿，几个毛头小伙不服气，扒下神像上的护身符，有一个喜欢出风头的小子，掏出一把军用小刀，将"医传千古"割裂成条块残缺，嘴里骂道："山上供着的神像没一个好东西！"然后，扬长而去。据说，对五雷山的和尚道士都进行登记审查，他们有的潜返原籍，有的强迫劳动，有的游街批斗，唯有静真法师漏网，安然无恙。

静真法师一路匆匆，不知路在何方，更不知何处是她容身之地。她想起儿子，一别快十年了，世上哪有母亲不疼爱自己的孩子，你是妈的心肝肉肉呀！你别怪妈吧，那不是妈待的地方，原谅你妈的狠心吧！此时，她多想去牯牛山看看儿子，可是，她真不能去呵……想象中儿子肯定黑黑壮壮，像他爹一样结实。儿子在梦中一定呼喊过妈妈，问过他爹："人家都有妈妈，我也要妈妈呀！"她仿佛听到儿子叫妈的声音，那声音那样悦耳中听，那样撕心裂肺……她成了一个泪人儿。

若男眼睛湿润了，不知什么时候，杏子脸上挂上几颗晶莹的泪珠。大丫一直盯着若男痴迷地读着奶奶的故事，看到若男的表情，问："读到哪儿了？"若男好像没听见，没有丝毫反应。又过了一会儿，若男脸上豁然开朗，大丫又问："读到哪儿了？"

若男闪动着美丽的大眼睛，欣慰地说："读到峰回路转……"接着又补上一句："姐你就别打岔儿，我正看得入神……"

……正当静真法师走投无路，忽然想起一个人来，当年下山化缘，在一户姓刘的人家救活了一个孩子，孩子名叫威威，现在都成大人了吧，威威他爹刘大宝，他妈秋婵，都是厚道本分的庄稼人。不如去投奔他们看看，唉，只能这样了。

记忆中，最让她难忘的是屋前一棵美丽的桂花树，如同撑起一把常青伞，为刘家遮风挡雨。正值秋八月，桂花树上银花点点，青白相间，清香醉人，随风飘散很远很远。她像蜜蜂一样追寻着芳香，一直追到桂花树下，立在那儿不动了，过去的一切仿佛就在眼前，是那样的熟悉，那样的亲切，那样的不堪回首。

忽然，屋里走出一个老汉，看见一女子立在桂花树下发呆，微笑着上前问道："您这是找人吧？俺能帮忙吗？"

静真法师扭过头，一眼认出了刘大宝，忙说："您是……"

刘大宝也认出女子，却叫不出名字，连忙应着："俺是刘大宝，您就是救俺威儿的大恩人，俺早认出，没忘记您呢！"

静真法师像找到亲人一样，心中一阵暖和，正迟疑着，刘大宝忙招呼着她进了屋里，一切都不陌生，摆设还是那个摆设，装饰谈不上装饰，还是那个老样子；不同的是，堂屋中间墙壁上挂上一张崭新的毛主席像，主席像下面摆放着宝书台，样子就像老百姓家中供着的神龛。神龛已被宝书台取而代之，宝书台独具匠心，制作得精巧美观，上面正中放着金色的主席塑像，像前整齐地摆放着几本"毛选"，用红布包裹着，比供神虔诚。静真法师打量了一下屋子，在刘大宝的热情招呼下坐下来，抬头看看刘大宝，惊讶地发现，面前的汉子，当年那个高大虎气的壮汉，竟变成一个腰弓背驼的瘦老汉，脸上皱纹堆起的肉棱就像菊花瓣，就十年光景吧！时光催人老呵！心中正感叹着，秋婶沏了热茶双手敬上："您救了俺威儿，俺全家都记住了您大恩人活神仙……"

静真法师双手接过古老的蓝花瓷杯，瞥见她的双手如树壳一样粗糙，记得那时候她头上顶着鸡窝似的，现梳理得光滑整齐，不过头发花白了，看上去像个老太婆子。秋婶递过茶，也说不出多的话，忙着做饭去了。静真法师被二老的热情所感动，不好意思地说："刘大哥，我一个弱女子，走投无路了，来投奔您的，能收留我吗？"

刘大宝好奇地笑着说："您落难了，没地方去，刘家就是您的家，有俺一口吃的就有您一口，住上十年八年不嫌长，养老送终理应当呀。"

字字句句说得静真法师心里热乎乎的，压在心上的石头落下了，轻松地说："遇上刘大哥这样的好人，我就无忧愁了，"她好像发现了什么，接着问："怎没看见小脚奶奶？"

刘大宝停了一会儿，皱纹里盛着忧伤，有些自责地说："她死了多年，是活活饿死的。"

静真法师脸色跟着阴沉起来，伤心地说："一个几多节俭和善的老人，怎就饿死了？"

重揭伤疤，刘大宝痛在心里，声音低沉地说："您救了威儿走的时候说，'孩子不能饿，正是长身体的时候……'被奶奶记在心里，自那以后每餐到公共食堂吃饭，都会举着颤抖的筷子，将自己钵里少得可怜的米饭，掀出一半给威儿；又看看我这个饿成骨架的儿子，微微笑着，顺手将剩下的一半倒进我的钵里，说：'人老了，吃不下饭……'回到家里，扯一把野菜充饥，日子一久得了水肿病，都知道是饿出来的病，可她就是宁死不吃饭……唉，我对不住老娘呀！"说着说着，老泪纵横，在皱纹沟里流趟。

静真法师抹了一把泪水，后悔不该提起小脚奶奶，应该讲讲聊以快乐的事情，话锋一转，接着又问："威儿长老高了吧，怎不见他人呢？"

刘大宝眉头紧锁，并不开心地说："威儿个子有爹高了，也是当年饿了饭，只长高，不壮实，高高瘦瘦，文不像相公，武不像个兵。如今县城里读高中，不好好读书，说当了红卫兵，搞串连，搞批斗，六亲不认，连我这个当爹说他几句，也要与俺划清界线，读书读到牛屁眼里去了！唉，多少天没见他的人了……"

一提到红卫兵，静真法师眼前就浮现五雷山的那一幕，威儿也在其中？她陷入沉思……忽然，一个高个儿学生戴着红卫兵袖章，背着黄挎包，风风火火奔进屋里，响亮地叫着："爹，我回来了！"静真法师一眼扫过，这个曾被她救活的威儿，已经长大成人了，虽身材高挑修长，却风度翩翩，一脸清秀端庄女儿相，眉宇间张扬着正气。看到他就想起自己的儿子，也不知他现在怎样了……正想着，刘大宝说："威儿，你看谁来了？"

威儿的目光投向静真法师，笑着摇摇头，他爹嘴里骂道："忘恩负义的东西！"接着说，"她就是跟你常说的救你命的大恩人，还不快叫阿姨。"

威儿腼腆地叫了一声："阿姨——"静真法师微笑着点头，算是对威儿的回应。接着，威儿绘声绘色讲述着他们摧毁五雷山神殿的经过……他爹耷拉着头，突然猛地起身，一手扯下儿子袖腕上闪亮的红卫兵袖章，怒吼着："山上的菩萨招惹你们了？庙堂的和尚道士招惹你们了？罪孽呀，罪孽！你的阿姨——救命恩人——再生父母，被你们赶下了山，逼得走投无路来投靠我们家，还不快向阿姨谢罪！"

秋婶从厨房里出来，护着儿子说："威儿刚回来，吵吵闹闹，就不能亲近点儿，我担保儿子不会干坏事……"说着又忙着做饭去了。

威儿有点不情愿地向陌生女人鞠躬："请阿姨饶恕我们吧！"

静真法师观音脸上洋溢着喜悦，善目中闪烁着希望，微笑着说："威儿，你们无知，阿姨不怪你们。"

威儿听得顺耳，抬头看他的阿姨，还真像庙堂里被他们毁掉的观音菩萨，世上还真有活观音，他被活观音的和颜悦色感动了。威儿敞开心扉："摧毁庙堂和菩萨，我可没动手，嘴还是动了的。那是他们要砸药王菩萨，我看见菩萨'护身符'上写着'医传千古'四个大字，忽然就想到救命恩人，想到孙思邈，想到白衣天使，我马上站出来说了几句合情合理的话……孙思邈不属于封资修，不能乱来。想不到几句话还真起点儿作用，药王殿和神像躲过一场惨不忍睹的浩劫。我一直暗自庆幸呢！天机不可泄露，今天坦白了，爹还当威儿是罪孽吗？"

一番话把爹说得笑起来，笑得好舒坦，笑得好得意，连连说:"爹不怪你!爹不怪你!"静真法师更是感动不已,连连说:"阿姨谢你呀!阿姨谢你呀!"

威儿说:"应该谢阿姨的救命之恩,是您的点化,是爹的教化,让我悟出一点儿人味来……"

到了鸡上笼的时候,做好了饭菜,秋婶早瞟到堂屋里的动静。她高兴地从厨房走出来,招呼着恩人和威儿吃饭。菜是农家菜,特地杀了一只老母鸡,当时算是上好的款待。晚饭吃得特别香,每个人心里都亮堂了,坦荡了,高兴了,吃着秋婶亲手做的饭菜真的香呵!

五

凭着刘大宝祖上三代贫雇农的金字招牌,还有他的特殊关系,为静真法师入了户。户口落在磨山公社磨脚大队磨脚生产队,依旧是孙青的名字,并推荐她当了队里赤脚医生,特地把威儿交给她跟着学医,再不许他外去跟着胡闹了。

有一天,刘大宝卖了红薯回来,看见孙青和威儿在收拾晒干的药材,走上前去向他们说了一个怪人,"一个晾衣篙尖耳猴腮的汉子,五十上下年纪,急匆匆要上五雷山,去药王殿找人,俺跟他讲了菩萨没有了,和尚道士赶下山了,劝他不要去了,他偏要去……"

孙青想不出这个人是谁,问:"是朝山的还是问药的?"

"早问过了,是到药王殿找人的,不过,看他风风火火、神神秘秘的,没问他找谁,看样子好像有重要的事情……"刘大宝说。

威儿接着说:"我猜,肯定找活神仙去救命的。"

孙青一边打理着药材,一边想着刘大宝说的怪人,还真是一个怪人,看来,这个怪人是冲着我来的,他是谁呢?

大山沟里来了一个女郎中，传说是当年救活威儿的活神仙，乡亲们奔走相告，老幼皆知。在这山旮旯里，谁要有了病恙，是信神不信医的，比如有人鱼刺卡着喉咙，就会请人画符念咒地画出一碗"九龙水"一口而尽；有人感冒发烧，信是鬼神缠身，等到夜深人静，在十字路口烧了纸钱，泼了水饭，送走鬼神了事；谁的眼睛上了火，硬说是屋前屋后某个石头或什么东西障占了眼睛，请来巫师作法，清理障眼物。

听说来了活神仙，一时看病求神的挤破了门。山里人进门便跪拜活神仙，活神仙忙扶起病人，微笑着说："这儿没有活神仙，只有孙郎中……"说着就替病人拿脉，望问闻切之后，开出药方，吩咐交待之后，又看下一个。下一个是跛脚老汉背着小孙子看病。孙郎中帮他接下孙子，小孙子哭喊声就像杀猪的叫声，跛脚老汉抱过孙子哀求着："今天就冲着活神仙来的，俺从牛背上摔下来没治成了跛脚，俺的孙子骑牛摔下来伤着腿脚，不想他跟俺一样，落下残疾，为了求神仙，俺一个跛脚背着他走了十几里山路寻来的……"

孙郎中轻轻摸摸孩子的腿脚，摸得孩子凉嗖嗖的，摸着摸着双手一捏，只听见"嘎嘣——"一声，伴着一声尖叫，骨头到位了。她微微一笑："没事儿了。"接着又捣烂草药替孩子敷上包扎。跛脚老汉眼中孙郎中那微微一笑，心想，看这模样儿，分明就是观世音菩萨转世救苦救难的，俺小孙子得救了。

威儿跟着师傅上山采药，师傅指着路边野株杂叶说："它名叫小救驾，别看它不起眼，是治跌打损伤的良药呢！"威儿被山色和神秘迷住了，总喜欢问这问那，师傅总微笑着告诉他："这山上百草都是药，只是我们还不认识它，不能利用它，有些花草我还叫不出名字来呢！"在一个偏僻的沟坎上，师傅高兴地指着一株奇特的花草说："威儿，认识它吗？"

威儿好奇地摇摇头，师傅告诉他："它就叫七叶一枝花。是治毒蛇咬伤的特效草药……"说着用铁铲挖了放进背篓里。跟着师傅到山里采药，开始腰酸腿累，慢慢地练出腿劲，登山越岭如腾云驾雾一般。他终于明白师傅居守五雷山药王殿的秘密，人伴山居真为仙呵，更准确地说，她肩负着一种责任！从此，威儿蒙生了一个大胆的梦想，凭着自己的努力，争当一名真正的医生。

天上蒙蒙月，田里响着板禾声。大队书记刘大根从公社开会回来，为"双抢"进度着急，到田埂上走走看看，突然感觉到脚背上像蚊虫叮咬一口，根本就没在意。他生来就喜欢打赤脚，都叫他赤脚书记，蚊虫叮咬用不着大惊小怪，懒得理它。他卷了一根烟卷儿抽着，走了几步，伤口发热，腿脚肿大，不能行走了，正好碰上挑谷的刘大宝。两人是同族同辈的本家兄弟，大宝年长两岁为兄。他一看就知道，被毒蛇咬了，并且是土聋子咬的。这土聋子只有尺把来长，土一样的颜色，只要你碰到它，它猛一口咬了你，就会送你见阎王。刘大宝的爹就是被土聋子咬死的。他背起赤脚书记就往家里跑，他知道家里有个活神仙。

孙青和威儿对赤脚书记进行紧急抢救。孙青还真有绝招：威儿在伤者的膝弯处扎紧；"啪—"的一声，一个金色小瓷碗摔碎了，她拿起一块瓷片在伤处划起来，污血直流。刘大宝提来几桶清水，威儿帮着清洗；孙青捣药之后，看了看伤口，蹲下身子用嘴吸吮着伤口，不多不少三口，口口血浆从她口中吐出，然后将草药贴上包扎。刘大宝在一旁看呆了，笑着老脸说："赤脚书记的命抢回来了？"

威儿扶起赤脚书记，调皮地说："爹，你问问书记叔叔呀。"

赤脚书记像说着梦话似的："我怎么好像还糊里糊涂地活着？不是在阴间吧？"

孙青收拾着室内碎瓷片，威儿跑来帮忙；刘大宝疑惑地望着赤脚书记。赤脚书记心中充满着感激，望着救命恩人说不出话来。孙青为救活一条生命而高兴，微笑着对赤脚书记说："您从鬼门关回来了！您啦，真要感谢刘大哥，迟来一会儿天上神仙救不了您呀！"

赤脚书记卷着烟卷儿，随着火柴一道亮光，喇叭筒在嘴上烧去一截，在弥漫的烟雾中，记住了活神仙，也记住了刘大宝。刘大宝亲眼看见刚才惊险的一幕，又是活神仙救了一条命，要是活神仙早些年来就好了，土聋子再毒也要不了俺爹的命呵！

赤脚书记经历了大难不死，对农村医疗来了兴趣，咱有了中草药的神郎中，却还没有西药针剂的洋医生，先是送刘威到公社卫生院培训，又在大队部新修了诊所，再是大队出资进药和添置医疗器械，把小小诊所撑得火红。那一年，正碰上推荐上大学，赤脚书记争到一个上北京医学院的名额，并把刘威的名字报到学校。那时候读大学凭的是三级证明。赤脚书记在大队诊所找到刘威，很神秘地说："威儿，俺山沟里要出大学生了。"

威儿一下丈二和尚摸不着头脚，好奇地问："谁是大学生？"师傅孙青心里一阵惊喜，莫非威儿他？

赤脚书记卷着烟卷儿，看着赤脚背上毒蛇咬过的伤疤，随意划了一根火柴，在吞云吐雾中得意地说："你说这山沟里还有谁？就是你威儿刘威！准备上北京医学院吧。"

威儿简直不敢相信自己的耳朵，这不是在做梦吧？孙青抑不住喜悦，问："推荐威儿上大学是真的吗？你们开会定下来了？"

"这个名额是我争来的，有什么定不定的，俺要谁去谁就去，山沟里翻不了船……"赤脚书记本想说说报答救命之恩，非刘威莫属之类的话，话到了嘴边咽回去了。

"感谢书记叔叔，感谢书记叔叔！"威儿高兴得跳起来，拍着巴掌连连说。

赤脚书记最后叮嘱："这推荐证明嘛，本来由组织来写，可俺山沟里没人能写，你就自己好好写吧……"。几天后，威儿拿着盖好生产队公章的推荐证明交给赤脚书记，他翻着白眼读不过，熟悉地从衣柜里拿出大队党支部公章，狠狠地用章压盖了一下显得干枯的印泥，在嘴上深深哈了一口热气，准确地盖在大队党支部位置上。

秋老虎的热浪猖狂，磨脚的双抢刚过，野风从禾田拂来，裹着泥水的芳香。赤脚书记带着威儿去公社盖章，赤脚踏在青青的草路上，眨巴着眼睛扫视着田里的禾苗；威儿却想着遥远的北京天安门。

顺着山沟绕了一个大弯儿，前面上个坡儿就是磨山人民公社。磨山真如石磨一样溜圆，也有磨柄伸出，公社就座落在磨柄上。几栋砖瓦平房是开会办公的地方，没有围墙，也没有头门，显得空旷而简陋。几个干部在房前的大樟树下议论着，组织委员老许老远就知道是他来了，最明显最熟悉的特征：一双赤脚在乱石山道上行走如飞，两条裤腿卷在膝盖上，在发光的黑腿间晃荡，一付匆忙的样子。他来准没好事情，老许忙遁入办公室。老许刚走，赤脚书记就到了房前大樟树下，几个干部讪笑着，没功夫搭理他们，直奔组织委员老许办公室。因为他知道老许是管党委会公章的。

走进办公室，老许起身热情地招呼："什么风又把你刮来了?"说着倒了二杯白开水递上。赤脚书记吩咐威儿坐下，笑着从裤袋里掏出一包沅水牌香烟，抽出一支递给老许，老许不客气地接过抽起来。他自己却卷起喇叭筒，边卷边说："今天来找你帮忙盖章的，"说着把推荐证明递给老许。老许一下看了三遍，连连称赞："好笔墨！好笔墨！"

赤脚书记抽着喇叭筒，眨巴着眼睛望着老许："俺火眼金睛验过了，一块好材料，快给盖章吧！"说得威儿在一边脸红。

老许起身："你等着，我出去一会儿就来，"说着直奔党委办公室。他很快挂通了在县里开会的徐书记，请示盖章的事……回答很明确：参加造反派有打砸抢行为的，不能盖章。最后他说："这个刘威，参加过我的批斗会，原是县一中某战团的幕后军师，你看着办吧……"老许是一个原则性极强的人，最会领会领导的意图，徐书记一番话早已心领神会。他回到自己的办公室，脸上浮现出不自然的笑容，赤脚书记也陪笑着递上一支烟，老许来者不拒地刁在嘴上。赤脚书记卷着喇叭筒，等着盖上那一枚关键的官印。他突然发现老许笑脸好像藏着不可告人的秘密，有一种高深莫测的感觉，瞟见他笑意不减，烟雾遮面，眼睛老盯着那张推荐证明。他有些急燥地催着："许委员，请您……"

老许还一张笑脸，难于启齿地说："这公章就在我这办公桌里，可用章要经请示批准，刚才请示了徐书记，他说……"

"他说什么了？"赤脚书记追问着。

老许停了一会，说："他说参加造反派有打砸抢行为的，不能盖章。"

"刘威虽参加了造反派，可没干坏事！"赤脚书记急着说。

老许笑着说："你问问刘威吧。"

刘威猛觉当头一棒，他斗过徐书记，真是冤家路窄，完了，读大学的梦想破灭了，忽地眼前一片漆黑，天旋地转，找不着东南西北了。他揉了揉眼睛，强忍住泪水，心中塞满了委屈，低着头走出办公室。

赤脚书记追到门口，威儿早已没有了踪影。唉！他叹了一声，转身回到老许办公室，老许的笑脸依旧迎着他。从老许的笑容里，早已隐隐有点儿"笑官打死人"的感觉了，他今天要当一回打不死的程咬金，与老许耗下去，不盖上那枚官印，决不回

山 ／ 女 ／ 的 ／ 忏 ／ 悔

家。他依然赔笑着递给老许一支香烟，老许依然毫不客气接着刁在嘴上，很在理地笑着说："我的赤脚书记，党的纪律，你也是知道的，该原则的决不能乱来，一个在造反派中出谋划策的人，决不能让他上大学，我们要擦亮眼睛呵！"

"人民的眼睛是雪亮的，他没有干过坏事，我们推荐他上大学，说明他表现不错，为国家挑选人材，也是我们基层党组织的责任，你为什么要卡住他?"赤脚书记与老许论起道理来，带着质问的口气说。

老许为难地笑着："我确实不能做主盖这个章，刚才徐书记已经作了指示，谁还敢违反？要不，你亲自请示徐书记……"

赤脚书记不停地递烟，自己不停地卷着喇叭筒，一包烟让老许抽得剩不了几支，也没能感动"上帝"，两个烟鬼把整个屋子搞得乌烟瘴气，两张笑脸唇枪舌剑。赤脚书记沉不住气："今天盖了这个章，天塌下来我顶着，该杀该剐与你许某无关！"

老许指着办公桌中间的抽屉说："章就在这抽屉里，只要盖了这个章，你我都脱不了干系！"

赤脚书记胡搅蛮缠，软硬兼施都未能见效，眨巴着眼睛望着放着公章的抽屉，要是像变戏法似的把它变出来多好呵！这时，老许打了声招呼，起身小便，机会来了。他知道厕所离这儿足有半里远，待老许刚出门，迅速地从旁边未锁的抽屉伸手进去，掏出公章，"啪"的一声盖在推荐证明上。

老许小便回来，看见他卷着喇叭筒，瞥见桌上的证明飞了，得意地笑着说："老兄，你就死了这份心，饶了我吧。"

赤脚书记给老许递上最后一支烟，也得意地笑着说："今天算你狠，你的原则性让俺佩服，俺受到了教育……"边说脚步边向后退，退到门口，一转身跨出老许办公室，一双赤脚飞也似的奔回去。

六

威儿躺在床上伤心地哭泣，到了吃午饭的时候也不起来吃饭，秋婶心疼地为儿子打了三个荷包蛋，端到床前轻声叫着："威儿，娘给你打了喜欢吃的荷包蛋。"威儿不理会。秋婶端着热气腾腾的荷包蛋，立在威儿的床前再不敢惊动儿子，刘大宝急了，冲进房里吼着："没志气的东西，七十二行，行行出状元，你孙阿姨就没上大学，不也成了'活神仙'，偏要与饭赌气，"见儿子没有动静，接着说："儿子，认命吧，当初你们打菩萨、毁庙宇、赶和尚，不听老人言，吃亏在眼前吧，报应啦，报应！"

孙青处理完诊所的事情，赶来为威儿贺喜，还未进门就听见刘大宝训儿子，知道上大学的事泼汤，连忙走进威儿房里，见状心痛极了，上前摸着威儿的头，安慰他："男儿有泪不轻弹，人到伤心处，哪有不流泪，威儿，你想哭就哭吧，哭出来好受一些，免得憋出病来……"。威儿像找到知音，猛的扑到孙青的怀里，呜呜大哭起来："我好冤啦，心里苦呀……"

孙青抱着威儿就像抱着自己的儿子，泪水刷刷地流，伤心地说："阿姨也冤啦，心里比黄莲苦呀，看到你就想到自己的儿子，只知道他叫高牯牛，当妈的想儿子，却不能见他，襁褓里一别十多年呀……"

刘大宝、秋婶也跟着流泪，他们怎么也想不到专做好事、善事的活神仙，也有说不完的伤心事，真是人生十有八九不如意呵！威儿抬起头："阿姨，是威儿惹您伤心了，您别哭了，我会像您一样对待人生……"说着两人抱头痛哭。

赤脚书记从公社回来，直奔刘大宝的家，在桂花树下叫了大宝又叫威儿，没人答应，径直闯进屋里，寻到威儿房里，看见四个泪人儿，恍然大悟，一串响亮喜悦的笑声，打破了屋子悲哀的

山／女／的／忏／悔

气氛，几个人目光一齐投向赤脚书记，正感惊异，又是几声哈哈大笑，只见他从卷腿裤的口袋里，亮出那份推荐证明："你们看，这是什么东西?"当几个人的眼光落到那证明上，"威儿准备去上大学吧!"说着将那来之不易的证明交给威儿。

屋子里气氛一下转悲为喜。最激动的是刘大宝，父望子成龙，威儿又有了希望，一下子破涕为笑，脸上绽出一朵皱纹花，口里不住称谢："搭帮老弟，仰仗老弟!"。

"老兄，你捡回俺一条老命，叫俺怎么说呢?"赤脚书记马上回应道。

最高兴的是秋婶，她为儿子高兴，刚才儿子不吃不喝，她又急又忙又累，头上又顶上一个乱鸡窝，她用手梳理一下头发，双手端着威儿没吃的荷包蛋，敬给赤脚书记。他不客气地狼吞虎咽，三二下消灭掉，连汤水一扫而光，渗出一头热汗，见他搂起身上变黄的汗衫，低头一擦，汗水浸湿了汗衫下半截。

最平静的是威儿，如果孙阿姨没来之前，得到这个消息，他会欣喜若狂，想入非非，知道了孙阿姨的经历，一下子对人生有了新的感悟，看着纸上那鲜红的党委会印章，"不以物喜"而心情平平。孙青的面色由阴变晴，观音脸上亮堂起来，微笑着说："威儿，阿姨为你高兴，向你祝贺，也送你一句话：人活着是折磨，是奉献，也是一种责任呵!"

威儿连连点头，说："威儿记住了。"

一年后，学校放了暑假，刘威从北京回到磨山，那天正好碰上公社徐书记，徐书记认出了刘威，后一打听，这小子还真上了北京医学院，心想，这漏洞出在哪儿？他找来老许，老许死活不承认，并信誓旦旦地说："我以党性担保，绝不会干那些违反原则的事情，请组织明察。"

徐书记露顶老袋上泛着亮光，天生的官像，哼着鼻音："老许呀，你的认识成问题。一个老同志嘛，我也相信你没有违反原则，事实摆着的，公章已盖了，人家入校一年了。不管公章是被偷被抢被逼，你是管公章的人，你没有责任？"

老许今天没有了笑脸，低着头，承认错误："徐书记，我的人生观和世界观没有改造好，工作马虎，我检讨，我有责任，请求组织处分我吧……"

徐书记打着官腔："处分只是手段，而不是目的，目的是教育人。少讲客观，多从主观上检讨自己，你想呀，由于你的工作失误，为党的革命事业带来多么严重的损失，革命队伍里混进异己分子，将是什么样的后果……"

徐书记滔滔不绝地与老许谈话，老许边听边想，问题出在哪儿，忽然想起赤脚书记，肯定是他搞鬼，脸上露出一丝笑容，小心地插了一句："徐书记，想起一个人来。"

"他是谁？"

"磨脚大队的赤脚书记，刘威是他刘家堂侄，很有可能……"

"有证据没有？"

"还没有。能不能通知他马上到公社来一趟？"老许说。

徐书记考虑一下说："好吧，你通知他，这件事要一个水落石出！"话虽这样说，他还真担心赤脚书记干出那样的蠢事。因为，赤脚书记是他一手提拔的。那年统购统销，他到磨脚驻村蹲点，发现了这个赤脚汉子，最大的优点是说话算数、办事认真，交办的事情不挪子午。动员他带头，他真把自己的口粮谷全卖给国家，接下来的日子咬紧牙关渡过难关，没向国家张口返销一粒粮。后来培养他入了党，要提拔他当国家干部，他一个睁眼瞎不肯出门，落在村里当了村支书。如果真是他干的，他这个党委书记脸上无光呵！

赤脚书记走进了老许办公室，老许依然笑迎他："徐书记找你有事"，说着去请徐书记。徐书记进门，看见这个可爱的赤脚汉子，卷着喇叭筒，从口袋里摸出香烟，递给他一支，说："老刘，抽这个。"赤脚书记接过香烟夹在耳朵上，点燃喇叭筒有滋有味吸着。"你知道为什么找你吗?"徐书记接着问。

赤脚书记摇摇头，说："不知道。"

"刘威上大学谁盖的章?"徐书记抽了一口烟，严肃地说。

"扑通"一声，赤脚书记双膝跪在徐书记面前："这事与老许无关，是我背着他偷盖的，要杀要剐、坐牢顶枷，俺认了，千万不要责怪老许……"说得老许心里舒服，暗暗称赞赤脚书记，好汉做事好汉当，算一条汉子!

"你，你真糊涂呀，偏偏推荐一个打砸抢抄的家伙……"徐书记恼火地说。

"徐书记，这刘威是个人才呀，俺也是爱才才这样做的，就像您当年提拔俺一样，俺这样一个粗人被您看中了，这小子比俺强百倍，总不能埋没他呵!"

徐书记看着跪在地上的赤脚书记，心乱如麻，打着转，阴着一张判官脸，大声喝斥："乱套了，全乱套了，成何体统!"吼着冲了出去了。

后来，组织委员老许来到磨脚大队，召开支委会，宣布公社党委的决定：撤销刘大根同志支部书记的职务。

第十章

一

静真法师重返五雷山，已到了二十世纪八十年代初。虽过了十几年平静的日子，心中却时刻想着五雷山，惦着药王殿，记着玄惠法师的嘱托，也包括自己的承诺。也是命运使然，天意吧！风水轮流转，石头也有翻身日。一夜间，祠堂庙宇又火起来，菩萨金身又神起来，和尚道士又忙碌起来。

　　一个春光明媚的日子，磨脚村刘大宝和无官一身轻的赤脚书记，苦苦留不住静真法师，二人只好送她回归五雷山。刘大宝身子累成一把弯弓，却硬朗得像一把铁弓，扛着她的铺盖，如同骆驼挂着稻草一样轻松；赤脚书记还是一双赤脚，虽早不在位，却抹不掉书记头衔，背着她采撷的药材步履娇健，一路春风拂面，笑谈徐行，不记山道深浅，五雷山已在脚下。山还是那么苍劲，路还是那么陡峭，花草还是那么迷人，太熟悉了，太亲切了，一切仿佛就在昨天。静真法师亲吻了一片绿叶，又采摘一朵杜鹃花，在手中挥舞，红艳如火，就像回到青春燃烧的年代；她聆听着鸟语，如同重温着知音，原来这里才是她真正的归宿，有了回家的感觉。

　　五雷山又恢复了往日活力，庙宇殿堂金光闪烁，香烟袅袅。静真法师远远看见药王殿，焕然一新，几个大字鲜艳夺目。他们走进殿内，看到墙壁全都粉刷过了，神像重塑，地面和室内清扫得干干净净。想到宗教部门请她回山，一切准备工作竟做得如此完美，心中油燃而生感激之情，终于盼到了这一天呵！

　　几个人马上忙碌起来，刘大宝劈柴，赤脚书记挑水，静真法师收拾整理之后，亲手生火做起饭菜。米是赤脚书记送来的米，菜是秋姝种的菜，烹调是救命恩人的厨艺，晌午过后，三个人围着小方桌，吃得特别的香，别有风味。刘大宝怀中藏着一瓶德山大曲，突然在桌上亮出，更增加了一番情趣。静真法师拿来三个茶杯当酒杯，刘大宝斟酒，三人举杯同庆，为救命恩人重返五雷山干杯！其实三人都不会喝酒，静真法师尤不胜酒力，几口酒下喉，如火烧一般，烧起一脸的红晕，燃起一脸的微笑，一颗观音痣如同红宝石闪着慈光；赤脚书记酒后两眼通红，看着眼前的静真法师，疑是仙女下凡尘；刘大宝醉眼朦胧，眼中分明是大慈大悲、救苦救难的观音菩萨，揉揉眼，看看眉心上的红宝石，没错，她是儿子的救命恩人。趁着酒兴，刘大宝说："俺想与您结兄妹，行啵？"

赤脚书记看看刘大宝，又看看静真法师，激动地说："俺也想与您结兄妹，好啵？"

静真法师高兴地说："我们三人同结兄妹，怎样？"

他俩不约而同地说："好！"

三人再次举杯，为结成兄妹干杯！他们心里都很清楚，这些年来，相互提携相互帮助，不是兄妹胜似兄妹呵。太阳快要落山的时候，两位兄长才依依不舍而去。临走的时候，赤脚书记难于启齿地说："家有小女年方十六，名叫小寒，想随姑姑学医习药，学成之后回乡像您一样积德行善，不知青妹肯不肯？"

刘大宝接着帮腔："青妹，您走之后，乡亲们看病行医，后继无人，您收下小侄女吧，这一来呢，帮俺磨脚村做了一件善事，二来呢，有小女作伴使唤，俺就放心了。"

静真法师微微一笑："这些年来，多是孤身单影，也习惯了。既然大宝哥和赤脚哥都有如此悯乡之情，青妹也就无话可说了，那就让小寒上山吧！"

五雷山的春夜，虫儿欢叫，鸟儿寻乐，庙宇殿堂烛火通明。静真法师兴奋难眠，五雷山鲜活起来，她跟着鲜活起来，一个个喜事接踵而来，才归五雷又结兄妹……忽然，想到小寒上山，情不自禁地想到自己的儿子，算起来也是二十出头的人了，也不知他现在怎么样？娘亏欠你太多太多，你不恨娘吧？也不知想娘没有，娘可想你呀，看到人家的孩子，娘就想到你，做梦都想见见你呵！

几天后，小寒上山了，是他爹送来的。小寒姊妹三人，两个姐姐早出嫁了。妈生下她，又是一个丫头，叹了一口气，再不敢生下去了，狠心到公社卫生院结扎了。俗话说，么儿么女命肝心。虽是女儿身，她却是爹妈的掌上明珠。

赤脚书记把女儿带进药王殿，静真法师老眼昏花：简直就是从画儿里走出来的美人儿，地上没有，天上没有，就眼前药王殿里有。模样儿就像电影里的刘三姐，比她更亮眼。女人看女人不会错的，竟让她这美观音折服了。只听见赤脚哥说，"小寒，快叫姑妈！"

"姑妈——"小寒红着脸，吹了一下额前的刘海说。

那声音比阳雀清脆，穿心透肺，静真法师忙应声："喂——"，那声音亲和温暖，富有感染力。看她俩亲热的样子，赤脚书记放心了，高兴地说："青妹，您俩姑侄还真有缘纷，看，小寒好喜欢您呢，看样子，您也喜欢这个小丫头是不是？"

静真法师摸着小寒的头说："就当青妹多生一个女儿，赤脚哥，您说母亲喜欢女儿吗？"说得赤脚书记心里乐滋滋。接着静真法师又问小寒："你读过几年书？"

小寒说："小学五年，初中二年，没学到什么东西。"

静真法师从卧室里拿来一本书，微笑着说："这是祖传的一本药书，你好好学学吧，它会拴住你一辈子，只要你感兴趣的话。先记住药方，姑妈再教你采药，到时候你就可回乡替乡亲们看病了。"

赤脚书记连忙拉着小寒说："快来拜拜药王，保佑你日后神药灵验……"，接着，小寒和他爹跪在药王神像跟前。

静真法师笑着走过来："小寒，祖师爷也拜了，快起来吧，只要心中有药王，好好学方习药，施医百姓，广积德厚，就是对药王最好回报……"

赤脚书记又磕了三个响头，才立起身来，小寒跟着爹站起来，拿着宝贝似的药书审视着：纸是毛边纸，线是古装线，字迹是功力深厚的小楷，颜色已变老黄，封面上写着《千金要方》，这是姑妈的传家宝呵，竟毫不保留地给了侄女，心中充满感激，顿时感觉到姑妈不是一个平凡的女人，在她的身边受益匪浅呵！

　　见到姑侄俩很合得来，赤脚书记眨巴着眼睛笑着，笑人世间变化无常，笑人的缘分前世修定。他向青妹告辞，向小寒挥手，迈开赤脚，一路笑着，像小孩子捡到野鸡蛋一样高兴，蹦着跳着回家去了。

二

　　黄狗儿上五雷山扑了空，像泄了气的皮球滚回常德。依旧是将玉佩拴在裤裆里，去码头上扛包，晾衣篙的身子前倾着，压成弯弓；依旧晚上去坐那家偏僻的小茶馆，听张屠夫的新闻，日子过得平静。到了二十世纪八十年代，黄狗儿扛不动包了，摆起了地摊，多是些鞋袜小百货之类，虽收入寒酸，倒也能像八哥啄米汤，糊上一张嘴。晚上还是窝居在那个与外界极不协调的贫民窟里，老鼠相伴，惊飞他几多好梦。他做梦最多的是见到孙青姑娘，了却亡灵郭长官的心愿。

　　那天晚上，他在茶馆里听张屠夫讲了一个爆炸新闻，说中日友好协会组织旅游观光活动，有侵华日军常德大会战的幸存者，来常德观光谢罪。茶客们听了又是一片哗然，愤怒地声讨他们的罪行，黄狗儿更是咬牙切齿，亲眼目睹日本鬼子血洗常德城的惨状，亲眼目睹郭长官倒在血泊中……他气愤地回到他的窝棚里，想不通呵，还没找日本强盗算总账呢，他们又来干什么？

　　突然，一阵急骤敲门声，黄狗儿惊慌起来，心想着为人不做亏心事，不怕半夜鬼敲门，壮着胆儿扯亮微弱的电灯，惶恐地拉开房门，一行进来三个人，前面是新上任居委会戴主任，虽已徐娘半老，电烫卷发配上鲜艳的浅红花衫，显得几分洋气。她进门就问："你就是黄狗儿吧？"

"是。"黄狗儿笑着回答，接着不好意思地说："您坐吧！"其实，屋子里没有一把像样的椅子，只有一把守地摊的小木凳，坐床上呢，脏兮兮的，体面人哪能坐呀。他正打量着来人，戴主任指着戴眼镜的中年人介绍说："这位是市宣传部的邱秘书，"又指着提着塑料袋的年轻人，"这位是市民政局的章干事，两位领导找你有点事情，请你好好配合一下。"

邱秘书仪表堂堂，西装革履，很有风度地站立着，手指夹着香烟，说："老黄，把我们找得好苦，这次是'三顾茅庐'了，总算找到你。"

黄狗儿有点儿害怕地说："晚上喝茶去了。找我干什么？"

邱秘书抽了一口烟，烟雾立刻弥漫着低矮的屋子，眼光直盯着坐在床沿上干瘦的黄狗儿，接着说："是这样的，日本民间有一个访华代表团来我国访问，增进中日友谊。其中有一行人来我市访问，他们都是常德大会战的幸存者，来常德的目的：一是谢罪；二是寻友；三是观光。这三个仪程，我们进行了一个，昨天，市领导陪同他们到公墓，举行了隆重的谢罪仪式，日本老兵幸存者及其亲属，虔诚地跪拜常德会战我军阵亡将士的亡灵，捶胸顿足，嚎啕忏悔……"吸了一口烟，接着说，"接下来，是寻友。一位日本友人说，他要寻找一位名叫黄狗儿的人，并讲了关于你们的故事……"黄狗儿莫名其妙地望着邱秘书，他只记得郭长官，一生最恨日本鬼子，是他们杀死郭长官，与他们有不共戴天之仇，哪有什么日本朋友。邱秘书好像看穿了他的心事，说："记住，见了日本友人，一定要讲礼貌，千万不要损害中国人的形象，要加强交流，增添友好，促进中日和平，世世代代友好下去，决不能让战争重演……"

戴主任抹了一下波浪式的头发，在一旁提醒他："这可是关系到中日友好的大事，关系到我们中国人，特别是我们常德人的形象问题，一定要记住邱秘书的话，不要乱来……"经他们说来说去，他好像明白了一些利害祸福，等着看吧，一个什么样的日本朋友会他。邱秘书讲完了站在一旁抽烟。章干事站立着总喜欢摇晃身子，好像稚气未脱，指着塑料袋说："这是给你买的一套西装和一双皮鞋，好质量的，明天穿着它去见日本朋友，别丢了咱中国人的脸！记住，明天上午八点，到城西居委会找戴主任……"

戴主任补充说："一定要准时，我在居委会等你！"说完几个人先后走出小屋。这一夜黄狗儿又失眠了。他怎么也想不明白，忽然冒出一个日本朋友，在他心目中，日本就是敌人；他怎么也想不明白，常德大会战，八千将士为国捐躯，血债累累的敌人竟成了朋友，怎咽得下这口气；他更想不明白的是，政府还派人给他送来西装、皮鞋，要他去会见日本朋友。

天刚蒙蒙亮，黄狗儿起床梳洗，就像去相亲一样打扮。邱秘书、章干事都说过，对，不能丢了咱中国人的脸，精神点儿，让小日本瞧瞧。其实，打扮也没啥打扮的，洗嗽之后，用自己的五指梳在头上梳了几下了事，然后换上西装，摸了摸拴在裆裤里玉佩，再穿上皮鞋。他这是有生以来第一次穿上西装和皮鞋，虽心中有点儿欣喜，但总觉得不自在，穿着它不舒服，特别是打领带，在颈上绕来绕去就是不像，穿去穿来穿成死结，干脆不要了，从脑袋上拔下来，把它扔到床上，嘴里自言自语："脖子上套绞索有啥好看！"

天色大亮，他找一家个体理发店，剃了头，在镜前看看瞧瞧，猴精的身子被西服包装出几分威严，只是几根骨架子撑着，略显得有些空荡。他揣着几分得意，买了几个馒头边走边吃，直奔城西居委会。戴主任早在办公室等着他。她今天的头发格外亮丽，上身穿了件紫红外衫，浅黄色裤下是擦得发光的高跟黑皮鞋，显得青春而颇有气质，只是眼角上的鱼尾纹如同光芒四射，与她的时髦不太相称。看见黄狗儿来了，打量着，西装长短大小合适，穿在晾衣篙的身材上，虽显过余宽松，却也得体威风，像变了一个人似的。笑道："够精神，真是人要衣装，神要金装！"黄狗儿听了格外舒服，这是他有生以来，第一次听见有女人称赞他。突然，她发现黄狗儿项上少了领带，感觉一下子不伦不类，有失体面。忍不住就问："为什么不打领带？"

"打领带受罪呢！"黄狗儿说。

戴主任有点蔑视地说："你呀，就是不可教化，缺少风度，土包子！"

"绞索套在脖子上有啥好看的！"黄狗儿不服气地说。

"你呀，真是……"，传来小车喇叭声催着，"快上车"戴主任催着他，自己先钻进小车，等黄狗儿上了车，小车鸣了一声喇叭，便在街道上穿行，送他去见日本友人。

三

小车在华德宾馆停下，坐在前面的邱秘书下了车，戴主任和黄狗儿跟着下了车，他们一同走进大厅，跟着邱秘书上了电梯，来到814房前停下。邱秘书按了门铃，房门开了，一个穿浅蓝运动衫、头戴乳白色太阳帽的老者迎着他们，邱秘书一串爽朗的笑声之后，说："您看，我把谁带来了！"

那老者的眼光马上聚焦在黄狗儿身上，辨出了当年的影子，用流利的中国话说："您是？"

"他就是您要寻找的中国朋友——黄先生"戴主任抢着说。

黄狗儿看着眼前的日本人，一点印象也没有，正疑惑着，日本老者笑着说："您忘记我了，我就是川岛一雄。"说着伸出手来要与黄狗儿握手。听他说着中国话，有谁会相信他是日本人，这让黄狗儿拉近了与他的距离。尽管还没认出这个日本朋友，还是慢慢地伸出粗糙的老手，紧紧地握着一个陌生的日本人的手。这是常德大会战四十多年后，中日士兵幸存者第一次握手。良久，川岛谦恭地说："请大家到房里坐下叙谈吧。"

三人随着他的手势走进两居室的套房，早有家人热情地招呼着，让坐的，沏茶的，忙个不停。川岛指着沏茶的老妇人说："这是我的妻子木下英子"，指着让坐的中年男子，"这是我的儿子川岛立德"，又指着在一旁玩耍的小姑娘，"那是我的孙女川岛秋月"。川岛向中国客人介绍了自己的家人。接着，又指着黄狗儿对他的家人说了几句日本话，一下子，川岛的妻子、儿子、孙女一齐跪下，向黄狗儿磕头，嘴里叽里咕噜说些什么，这一下把他给弄懵了，不知如何是好。邱秘书、戴主任忙起身扶起他们，黄狗儿连忙跟着站起身来，扶起了孙女小姑娘。

邱秘书风趣地说："中日友好心诚则灵呵，您看，可把黄先生吓着了。"

川岛娃娃脸的老皱激动得蹦跳着："黄先生是赐我生命的人，没有我，就没有我的家人。总算见到您了，了却了我的心愿！"

戴主任抹了一下波浪式的头发，笑着说："川岛先生，祝贺您找到了您的中国朋友、您的大恩人……"

川岛的鱼鳔眼带挡住泪花："谢谢中国政府，谢谢常德人民，谢谢你们，让我圆了这个梦。如此大恩大德，岂能忘怀，中国有句古话：'滴水之恩，涌泉相报。'这就是我热爱中国人民，研究中国文化，传播中国文化的真正原因。我将儿子取名立德，就是要让后代牢记惨痛的历史，记住那场不该发生的战争，记住常德以德树人；将孙女取名秋月，中秋月圆的意思，象征着美好团圆，今天如愿以偿……"说着从相册里拿出一张全家福，双手呈给黄狗儿。

黄狗儿看着这张精美的彩照，如数家珍地品着每一个人，一家五口除了漂亮的儿媳妇没来，祖孙三代都在眼前，多幸福的一家子；听着川岛口中滔滔不绝，猴精的身子挪动一下，眼珠子一轮，好像想起了那个娃娃脸的娃娃兵，当时真想一刀结果他的性命，是倒在血泊中的郭长官示意我们不要杀他。想到这里，不觉老脸发烧，我真不是他的大恩人……忽然，川岛戏剧性地提起玉佩的事："黄先生，那块半边玉佩交给孙青姑娘了吧?"

如千钧击顶，头晕目眩，眼前一片模糊，什么也看不清，黄狗儿强忍着羞愧说："真是世事不顺人意，一直找不到她呵！"接着问，"您是怎知道玉佩的?"

"我亲眼看见的。那天，郭长官……我就在您身后，看见您接过玉佩，听见您的承诺，还知道了您的名字。这件事几十年来一直藏在心底……"川岛就像背着证词。

天啦，这个秘密竟还有第二人知道，黄狗儿无地自容，无言以对，也不想说什么，激动得让他当众从裤腰带上解下玉佩，悬在手上说："就是它，比我的生命看得重，去过五雷山，没看见孙青姑娘踪影，不知她去了哪儿，不完成郭长官的遗愿，我死不瞑目呀！。"

所有人的目光一齐集中到玉佩上，那是半边晶透无瑕的白玉，一个"青"字凸显，想不到这半边玉佩凝聚着异国他乡共同的心愿，演绎着一个传奇美丽的人间故事。邱秘书和戴主任围绕着玉佩想象着。黄狗儿看着玉佩，又紧紧捏在手心，突然，他好像想起一个声音，是他，不是他还有谁？于是，心情激动起来，他才是救我救玉佩的人，情不自禁地拉着川岛："那天，我钻进死人堆里，手里捏着玉佩，听见一队鬼子冲进来，一个鬼子叽里哇啦，又听见有鬼子哇哇回应，那一队鬼子马上调转头出了巷子。那声音就是你！是吗？"

川岛的鱼鳔眼带挤着眼珠子微笑："如果我成了您的刀下鬼，还能听到我的声音吗？我知道您活下来了，所以来常德寻找您……"

邱秘书听着不时地点头，伸手掏烟又缩回了手，苦苦被烟瘾折磨着；戴主任张着嘴，眯着眼，眼角的鱼尾纹如同光芒时明时暗，听入了神。黄狗儿对川岛讨厌的感觉不翼而飞，日本人也有好人呵！很感激地说："川岛朋友，不，川岛老弟，是您救了我的命，救了我手中的玉佩，我代表郭长官一同感谢您！"

川岛很有礼貌地鞠了一躬说："首先应感谢郭长官和黄先生宽厚仁慈，不杀仇敌川岛一雄，后面的事情都是余生有感而发，不足挂齿！"

"彼此，彼此，都是仁爱大义之举，这就是促进中日友好的基础……"邱秘书说。戴主任抹了一下头发，正准备说点什么，川岛站起来说："今天订了午餐，宴请黄先生，请邱秘书、戴主任作陪，现时间已到，请诸位赏脸入席。"

"好哇，交流感情嘛，难得，难得！"邱秘书说着脚步跨出房间，一支香烟早燃在嘴上，几口便烧去一大截。戴主任、黄狗儿跟着走出房间，川岛随后带着家人出来，一同乘电梯来到二楼，一个穿白色服装的小姐满面笑容，引着他们走进了贵宾包房……

秋阳还是那样的温和柔情，抚摸着碧波荡漾的沅水河，照耀着古老美丽的常德城。川岛重游故地，站在笔架城上，感慨万千，拿着数码相机拍着似曾相识的美景。川岛和黄狗儿合影，以常德古迹笔架城为背景，身后是画卷似的江水和沿岸鳞次栉比的楼阁，并肩微笑在红花绿草中，见证着满目废墟的古城，而今变成一座生机盎然的花园城市。他们俩寻着记忆，每走到一个地方，总要默立一会儿。走进老鸦巷，还留着青石古道的痕迹，两旁建起高楼大厦，城堤脚下搭着一些低矮的屋子。走到黄狗儿屋前，他不敢声张这就是他的住所，指着堤脚下一片矮屋说："郭长官就死在这里……"

"是这儿，我就是在这儿活下来的，战战兢兢地看见你对郭长官临终的承诺……"川岛说。两人肃立默哀，默念着，"您的遗愿一定能实现！"

黄狗儿猴精的眼睛一轮："郭长官，您等着那一天吧，此生完成玉佩团圆，无怨无悔，我黄狗儿值了！"

两人默默对视着，半晌，川岛说："明天，我们一同上五雷山！"

黄狗儿一拍即合："好哇！"

四

一辆白色的面包车在晨曦中奔驰，川岛的妻子、儿子、孙女陪着，共同去完成那个悲壮而美丽的遗愿。恨车轮太慢，川岛坐在前面催着："小伙子，加快！"真想一下子飞到神奇的五雷山。出租司机是一个姓宋的年轻人，车开得不错，跑过几次五雷山，多是外宾租车。他知道游人的心思，一路分秒必争。笑着说："宁停三分，不抢一秒，您要珍爱生命呵！"川岛无话可说。车子疲倦地翻山越岭，黄狗儿指着远处白云萦绕的山峰："那就是五雷山！"，大家的眼光同时投向所指，心情激动起来，最不平静的是黄狗儿，这是三上五雷山呵，心潮澎湃，眼前跳跃着那些只有他自己知道的往事……

小宋师傅既是司机，又是导游，轻车熟路爬上五雷山，在七姑坪上停下来。小宋师傅很灵活地打开车门，招呼他们下车，热情地对川岛说："先生，需要我免费为您导游吗？"川岛指着黄狗儿说："谢谢您的好意，我们自带有导游，您休息吧。"

黄狗儿在前面带路，朝山者络绎不绝，香飘烟绕，五雷山的变化让他惊喜，自我感觉孙青姑娘回来了！川岛一家子早被雄伟的气势和美妙的山色迷住了，立德晃动着照相机，"咔咔"地拍摄着美不胜收的镜头，特别是小秋月格外快乐，什么都陌生，什么都新鲜，采摘路边一朵野山花，聆听山雀们赛着歌喉，追赶着花蝴蝶，蹦着跳着，如同走进梦幻般的童话里。

黄狗儿远远指着药王殿，一会儿就到了眼前。川岛看见了并不雄伟的药王殿，比起那些突兀的金顶神殿显得逊色而寒酸，立德早拍下药王殿几个大字，木下英子吃力地牵着孙子秋月，一步一步上着台阶，走进药王殿。

药王殿还是老样子，不过整旧如新，药王菩萨依旧立于中央，和颜悦色。黄狗儿没看见孙青姑娘，心里慌乱起来，一个漂亮的妹子迎着他们，黄狗儿急着问："有一个叫孙青的姑娘在这儿吗？"

漂亮妹子微笑着："这儿没有孙青姑娘，俺叫小寒，就俺一人呢！"

川岛忙问："小寒姑娘，您想想，这五雷山有叫孙青的人吗？"

"俺不知道，五雷山殿堂多呢，您去打听吧！"小寒妹子和气地说。

这可怎么办呢？黄狗儿一下跌进深渊，川岛也很着急，看见黄狗儿可怜巴巴的样子，安慰他："既来之则安之，不要急，总会找到她的。"

黄狗儿沉默着，眼睛像死鱼眼一样，没一点儿光泽了，心里却在求着药王菩萨。他知道规矩，突然扑通跪在莲花草垫上，给药王菩萨磕了三个响头，大家跟着下跪拜药王菩萨，也都磕了三个响头。接着是捐功德钱，黄狗儿带头将一张十元纸币，塞进功德箱，木下英子、立德各捐了五十元，川岛独自捐了一百元，孙孙秋月拉着爷爷的口袋要钱，川岛好不容易从口袋里掏出几个硬币，笑着给了她。她学着大人们捐钱，将一个一个的硬币送进功德箱。接下来是赐喝神水。小寒妹子熟练轻便地从木桶里舀出一杯神水，黄狗儿忙拿来供人喝水的土碗接着，一仰脖子喝个精光，眼睛一轮：“不求百病消除，只求玉佩团圆！”，川岛一家子各自带有水杯，接过神水，都看着川岛。川岛是中国通，早知孙思邈《千金要方》盛名，品味着一口灌下肚里，他的家人跟着他喝下神水，相互哈哈大笑：“哟嘻！”

　　他们正要出门查访孙青姑娘，忽地从里屋走出一个老道姑，大家的眼睛一齐转向她：鬓发斑白，善目而笑，慈祥而庄重。黄狗儿正要上前打听孙青姑娘的消息，一颗挥之不去的眉心痣，让他目瞪口呆，那个曾经与郭长官拥抱的年轻美丽的活观音，在眼前晃动着，对，就是那一颗观音痣没有变，天啦，孙青姑娘变成了老太婆！他真不敢相信自己眼睛。忽然，他就像听见冲锋号，奋不顾身地冲过去，张开双臂紧紧抱住老道姑，口里不住地说：“找得好苦呀，找得好苦呀！”说着哭声大作，泪雨横流，晾衣篙的身子慢慢往下挪，双手也跟着从上而下，抱住了她的双腿，双膝跪在她面前，伤心地哭泣。老道姑被老头子抱着，以为遇到疯子，没有愤怒，没有喝斥，泰然处之，依旧是和颜悦色的活观音。川岛也跟着目瞪口呆，过了会儿，高兴地说：“走遍天下无觅处，得来全不费功夫！”立德马上抢下这个珍贵镜头，木下英子和孙孙秋月为他们鼓掌。

　　黄狗儿跪在地上，老泪纵横，喜怨参半地说：“自常德大会战，郭长官临终前嘱托的那一刻起，我就想把玉佩早早交到您手上，可天不顺人意，我曾来过五雷山……您知道吗？我这一生就为办这一件事，没办好，有愧呀！没脸去见郭长官……我今天真有点儿喜疯了，看到您，怕您飞了，看，一急把您给抱住了……"说着不好意思地松开双手，从裤带上解下那半边玉佩，完好无损地递给老道姑。老道姑看过"青"字玉佩，知道是丈夫的遗物，像得了传染病一样，老道姑跟着泪雨双流，刚才和颜悦色的活观音，变成了泪人，感激地说："我就是您一生要找的孙青呀，您真是当今天下第一义士，感谢您的义举！"说着双手扶起黄狗儿。川岛上前向孙青深深地鞠躬，他的家人也跟着鞠躬，川岛说："我一个日本兵，感谢郭长官不杀之恩，他临终前的一幕，铭记在心，今天和黄先生总算了却了他的心愿。"

孙青又恢复了和颜悦色，微笑着说："天地这么大，容得下我们，那我们怎么不能相互包容，和睦相处呢？我们都老了，苦难已经过去，让真爱净化人们的心灵吧……"川岛听出了孙青话中的奥妙，不觉肃然起敬，又深深向她鞠上一躬，儿子立德的照相机一闪光，拍下了一个美丽的和颜悦色的活观音镜头。

川岛目睹了黄狗儿与孙青见面时的疯狂，太不可思议了，一生的光阴呵，一生的追求，黄狗儿太可爱了，他为自己寻上这样的中国朋友而高兴。看见他将玉佩交到孙青的手上，蒙生多年的愿望终于得以实现了，藏在心底的情结终于得以释怀，中日友好人民之福呵！想着有一种如释重负之感。黄狗儿压在心头的石头落下了，解脱了，自由了，顿时感觉到轻飘飘的，就像天上的一朵孤云，不知要飘到何处去……

川岛的娃娃老脸上绽出灿烂的笑容，鱼鳔眼带挤没了眼珠子，突发灵感，站在中国的名川大山，拍摄他一生最得意、最圆满的杰作——三家福。

大家站在药王殿前，中间是活观音，左右是川岛和黄狗儿，再左右是木下英子和立德，小秋月站在观音奶奶的前面。有趣的是，川岛别出心裁，把"三家福"编弄成半边玉佩的形状，请小寒姑娘帮忙"咔嚓"，一连三下，"三家福"拍下来。川岛像变戏法似的，三张靓丽的彩照出来了。照片上个个笑脸如花，拥簇着和善的活观音，孙青拿着彩照老眼看直了，黄狗儿看傻了，川岛指着照片说；"看，这玉佩形状的合影，很特别吧，您知道为什么取玉佩形状吗？因为玉佩关联着我们每一个人呵，这张'三家福'无比珍贵，有着特殊意义，这是我来中国最大收获，它将成为我们永远的纪念！"

孙青突然呼唤小寒，招待客人沏茶请坐，微笑着说："远方的贵客请进门小憩，我去做饭，就在寒舍吃一顿便饭吧，表表我的谢意。"

大家望着黄狗儿，黄狗儿看着孙青，川岛说："见到您非常高兴，让我们完成了使命，谢谢您的好意，吃饭就不必了。"接着又催着黄狗儿："黄先生，我们走吧，客去主安。"说着脚步迈下台阶，家人跟着川岛迈下台阶，黄狗儿有点儿不情愿地掉在老后。孙青跟着赶下台阶，挥挥手："谢谢你们，欢迎你们再来五雷山！"

川岛回头，看见孙青站在药王殿的台阶上，身影渐渐模糊起来，清脆的声音在山谷里回荡，震撼和温暖着他们的离别之心。

小宋师傅迎着他们，问："先生，是继续玩呢，还是走？"

川岛说："我们上车回吧。"他的家人跟着他很快地上了车，只有黄狗儿站在那儿不动，川岛从前面车窗探出头来催着："黄先生，快上车！"

黄狗儿木讷着，没有反应。川岛打开车门下了车，走到黄狗儿跟前说："您还等谁？快上车！"

黄狗儿难为情地说："川岛先生，我们就在这儿分手吧，您和您的家人要保重呵！"

"您想去陪伴孙青？"川岛惊奇地问。

黄狗儿沉默着，没有回答。接着说："您一路走好，一路顺风！"

川岛紧紧握着黄狗儿的手："祝您好运，有机会请您去日本大阪我的故乡看看，后会有期！"说完边退边挥手，退进车内，摇着头，赞叹着："真乃天下之义士！"

黄狗儿向他们挥手，面包车绕了几个弯子，眨眼消失在黄狗儿的视线中……

送走川岛，黄狗儿转身就跑，就像听到冲锋号声一样冲过去，一口气冲到药王殿前，喘着气，看见孙青像观音菩萨还立在门口，她脸上带着微笑，那颗观音眉心痣在秋日的阳光下，显得明亮而有灵气，只是慈善的眼睛呆滞了，望着远方，竟没有发现眼前的黄狗儿。

黄狗儿晾衣篙的身子在观音眼前一晃，扑通一声跪在她面前，也许是跪下的响声惊醒了痴呆人，突然看见黄狗儿，惊讶地问："您怎又回来了？"说着伸手扶起黄狗儿，却怎么也拉不起黄狗儿。

黄狗儿跪着说："我黄狗儿当兵就伺候郭长官，一生为了完成郭长官的遗愿，现在总算可以向郭长官交待了，人也老了，孤身一人也没去处，您就让我伺候您吧！"

"您为什么要伺候我呀？"孙青问。

"郭长官是我最敬重的人，您是我最尊敬的人，伺候您就是伺候郭长官。您赏一口饭吃，哪一天死了免了衣棺，把我丢到山野里，埋几锹黄土足了……"黄狗儿说。

孙青心痛不已，双手拉起黄狗儿呜咽着："您傻呀……"说着抱着黄狗儿痛哭起来。

五

川岛走后，黄狗儿好运来了。他的低矮住房被征收，给他分了一套小住房；政府给他颁发了"抗日战士"荣誉证书和纪念章；每月发放生活费，并且还冠上中日民间友好协会的理事。这些优越的条件却留不住黄狗儿，除了邀请他参加一些社会活动外，他身居五雷山伺候孙青，穿道士衣衫，干一些打杂、跑腿力所能及的活儿。说是伺候，其实没有主仆之分，相依为命，相互帮助，其乐融融。

那一年，孙青病倒了。黄狗儿急昏了头，求神拜佛不灵验，请来中医西医不解患，使上偏方土方更不管用，她自己说没有病，可就是精神恍惚，卧床不起。黄狗儿守护着她，端茶倒水，喂吃喂喝，洗脸洗脚，严重的时候，还要帮她端屎端尿，孙青感动得痛哭流涕。为了不再拖连黄狗儿，她想到寻死，用最古老的办法上吊自尽，结果被猴精的黄狗儿视破救下，孙青捶打着他："你真狠心，挡着黄泉路，见不着儿子，我怎么连死都为难呀！"说着抱住黄狗儿嚎啕大哭，黄狗儿心都碎了，哭成两个泪人儿。日子一久，他发现了她的病因，每次睡着时说着同样的梦话——儿子没死。黄狗儿猴精的眼睛一轮，原来得的心病，心病难治呵！莫非她有儿子遭到不测？莫非她有难言之隐？

心病拖了三年，孙青拖成骨架子，美丽的活观音变成了猴样，灵验了乡下人的俗语：少似观音老似猴。在黄狗儿眼里，孙青永远是美丽的活观音，就像玉佩故事一样美丽感人。都说久病无孝子。要说黄狗儿与孙青没瓜葛了，可他偏偏要当真正的"孝子"，不离不弃。一天，孙青吃力地摸出那半边玉佩，交给黄狗儿："劳你辛苦一趟，到牤牛山用这块玉佩去认亲，把我的孙女大丫请上山来，就说奶奶快死了，想见她一面……"

山／女／的／忏／悔

194

带着好多的疑问，黄狗儿接过那块沉甸甸的玉佩，郭长官交给他折腾了他一生，今天孙青又将玉佩交给他去认亲，但愿玉佩团圆，祖孙相逢。他不敢打听那些不该打听的事，就像跟着郭长官一样。不过，他隐隐感觉到孙青的命运多舛，节外生枝。不敢怠慢，说去就去。偌大的牯牛山闻名遐迩，黄狗儿很容易找到，但是，要找到大丫就不那么容易了。他穿着道士长衫，缘门打听，就像当年孙青缘门乞讨一样。那天，他走到一竹林处，正要进去打听，看见从堰塘边走来一个丫头，提着装有衣服的竹篮子，好像是刚洗过回家去的。黄狗儿打量着：丫头圆盘大脸，胖墩墩的，见到陌生人，一脸的憨笑："老师傅，俺家没钱，给点儿米行吗？"

　　黄狗儿赔笑着，问道："小丫头，这牯牛山有个叫大丫的妹子吗？"

　　"您找她有事吗？"丫头一脸通红说。

　　"有呢。这么说，你认识大丫？"丫头低着头不作声。

　　"看来，你就是大丫，是吗？"

　　丫头腼腆得脸不知躲在哪儿，埋头还是不说话。黄狗儿又说："我知道你有一个奶奶，她的一块玉佩在你身上，是吗？"

　　这一问引起丫头的警觉，斜视了一眼老道：瘦骨伶仃一根晾衣篙，眼睛鼻子皱在一块儿，却像猴一样精灵，并无恶意的样子，接着又赶紧摸了胸前这才放了心，只是不说话。这黄狗儿急坏了，接着说："你奶奶快要死了，临终前想见见孙女大丫，她告诉我你身上有一块玉佩……"

　　大丫突然一惊："她现在在哪儿？"

　　"大丫，你奶奶在五雷山药王殿。"黄狗儿说。

　　牯牛山早流传着关于奶奶的故事，大丫心里有数，于是问："您知道奶奶给俺爹的是一块什么样的玉佩吗？"

黄狗儿对答如流："是半边白玉的'争'字玉佩，对吗？不但知道它，奶奶还让我带来另一半来认亲……"说着拿出'青'字玉佩，大丫也从胸前掏出"争"字玉佩，两块玉佩合而为一，天衣无缝，一块"静"字玉佩团圆了。黄狗儿闪着泪花说："大丫，动身吧，奶奶等着你送终呢！"

大丫为难地说："老爷爷，我去了，家里还有妈妈和妹妹，她们怎么办？"

"妈妈看家，妹妹读书，所以奶奶才要你一人去呀。"黄狗儿说。

"那我给妈说一声吧。"大丫说。

猴精的黄狗儿着急了，说："大丫，你想，去给你妈说了，还能让你走吗？弄不好还把我这老头子当人贩告了，拖了时间折腾不起呀，奶奶睁大眼望着呢！再说，你为奶奶送终了，我再送你回来也不迟呀。"

"好吧，俺去晾了衣服就来，你到竹林外等俺一会儿。"大丫说着就进了竹林。不一会儿，大丫真的来了，跟着黄狗儿上了五雷山……

六

奶奶见到孙女大丫，眼睛一下亮堂了，大丫就像他爹脱的壳，见到她就像见到了儿子，抱着大丫痛哭起来，不知是喜是悲，只有她自己最清楚。大丫帮奶奶擦着眼泪，自己却哭诉着："爸爸……他死了……"

奶奶的老手抹着大丫的泪水："别说了，奶奶都知道了……"黄狗儿在一旁看着祖孙俩伤心的劲儿，心里格外难过；听着她们的对话，骨肉分离，云里雾里，也不知她藏着多少难言的秘密。

奶奶是活神仙，曾救活了几条人命，却不能救活自己的命。

山／女／的／忏／悔

世上无人知道自己的生死，奶奶却能知道自己的死期。在离别人世之前，她突然给大丫交待后事："大丫，奶奶快要死了，能记住奶奶的话吗？"大丫泣不成声地连连点头。"一，奶奶将'静'字玉佩传给你，你一生去好生琢磨吧；二，你是药王的后人，时刻不忘药王道义，除百姓病恙，积万世厚德，要把《千金要方》发扬光大；三，奶奶死后，不睡棺椁，不放鞭炮，让奶奶悄悄地去吧……"。接着又找来黄狗儿吩咐："请您再跑一趟磨山的磨脚村，有两个结义兄长，叫刘大宝和赤脚书记，告诉他们，三天后，我与世长辞……"。

一切安排就绪，孙青想着如何渡过人生最后三天。在她眼里，三天说长则长，长于三个世纪；说短则短，短于眨眼之间，人生何尝不是如此，世上哪有永恒，在时间的长河里不过都是一瞬间呵！成败都在分秒中，善恶亦在一念间。回头看，自己的人生没多少光彩，也没留下多少刃陋，人生就像一本无字天书，几人读懂呵！罪恶、贪婪、无情……人世间最美丽的是什么？她好像找到答案。忽然，在病榻上呼着大丫，大丫惊慌地问："奶奶，哪儿不舒服了？"

"玉佩拿来让奶奶看看。"奶奶眼睛里闪出一道光亮说。大丫忙将玉佩塞进奶奶的手里。只见她枯枝般的老手，颤抖地拿着玉佩仔细地辨认，盯着"静"字入神，仿佛看见了人世间的真爱，看见了感天动地的义举，看见了天地间最美丽的东西；然后，小心翼翼地抚摸着它，爱不释手……忽然，又对大丫说："你知道吗？奶奶喜欢翠竹，奶奶死后要在墓的周围栽上竹子……"停了一会儿，又气喘吁吁地说，"奶奶之所以喜欢翠竹，是因为……"

奶奶没有说下去，不知道是她无气力说下去，还是不想说下去，把最美的东西永远藏在心底，带入坟墓。大丫的牛眼圆睁，观察着奶奶的一举一动，一个微弱的声音，一个微妙的表情，都枕籍着死亡，生怕死神悄悄夺走奶奶的生命。奶奶突然说："大丫，刚才阎王请奶奶赴宴，满桌佳肴都不爱吃，单单少了竹笋，我只好回来了……奶奶想吃竹笋……"

黄狗儿跑城里菜市场，买来顶好的玉兰片笋尖，大丫精心烹调了，送到奶奶病榻前，喂给奶奶吃，却吃不下。她连连说着："美味，美味……"大丫和黄狗儿懵了。只有她心里明白，这竹笋救过她的命，也救过牯牛山人的命，在那个竹林人家留下人生最美的苦乐……

磨脚村的刘大宝和赤脚书记来了，还有好多的乡亲们跟着来了，他们都不相信活神仙活不过凡人，大宝和赤脚书记比她年长，都还健在，她怎会死呢？更不可信的是她说三天后死去，还真出了邪！

他们见到青妹的时候，已是昏迷状态。众人大惊，围着病榻议论着，有人说："孙郎中还真是活神仙，不但能救人性命，还能知人生死……"

有人争着说："这并不稀奇，只要药力或功力能探测脉象，便能知生死，没看见书中就有奇道神功不但能料人生死，还能预知乾坤兴衰，孙郎中就是这类奇人。"

秋婶哭出长短声，调儿抑扬顿挫："俺的活神仙，好人呀！你说好人怎么就命不长呵，天不长眼，怎不拿俺的老命换您的死命……"

小寒强忍着悲痛，声音比雀儿清脆："没看见姑妈还活着吗？病人是最需要安静的，你们这样吵吵闹闹，是在折磨病人，懂吗？"

屋子里一下鸦雀无声，大家都望着小寒，束手无策。突然，孙青睁开眼，脸色忽地红润起来，眼光刺人，精神抖擞，她让大丫和小寒扶她坐起来，面带微笑，就像活观音又回来了。满屋子

山／女／的／忏／悔

的人兴奋起来，祝福的眼光包围着活观音，为她祈祷着，只见她并不吃力地张开嘴交待着："我马上就要离开这个世界，可能是阎王开恩，人死之前有话嘱托亲人，给点儿阳气吧，这叫回光返照。"大家的心跟着又一下吃紧。

她接着说："感谢乡亲们，谢谢大家为我料理后事，大宝哥、赤脚哥两位兄长，青妹死后就葬在玄惠法师墓地旁，相伴恩师，只给我刨一土穴够了，回归自然，免了棺椁……一切从俭，交待过大丫，又再嘱托两位兄长成全美意……"大家张着耳朵，就像聆听着教诲，"最后还有一事，托咐两位兄长和乡亲们……"

歇了一口气，她指着黄狗儿说："他是天底下最好的人，他死后把他安葬在我的墓旁，哪怕骨灰也行，同样刨一土穴足了，和这样的人在一起，快乐！"

大家都点着头，黄狗儿扑通跪在病榻前："我黄狗儿一生值了，下辈子还要伺候您和郭长官！"说着眼泪如开闸的洪水冲下来。

突然，活观音倒下去了，眼睛紧闭，脸色变成一张黄纸，她真的要走了。大家听清楚她在弥留之际的最后一句话："我的儿子牯牛来过……妈这就去陪你……"

………

若男一口气看完了奶奶的《尘缘》，故事就是奶奶的故事，她把人生演绎得多么美丽，绚丽多彩，一个鲜活的奶奶在眼前挥之不去……若男来五雷山最大的收获，不但找到姐姐大丫，更重要的是找到了不曾谋面的奶奶，以及她的全部秘密。她要回牯牛山了。这一次回来，除了看望妈妈、给爹和那个被爹所杀的冤魂上坟，她还带有特殊的使命，就是替老板敲定投资牯牛山的一些项目。

大丫送若男，妹提着手提电脑与姐并肩而行。大丫本想接过妹手中较沉的提包，让她轻松走走，可那沉甸甸的包包，自见到它就没敢问，不是金银也是宝，刚才手刚伸出又缩回去了。两姐妹珍惜着重逢的分分秒秒，边走边聊，若男问大丫："姐，你有何打算？不会学黄爷爷吧？"

看着若男像妈妈一样会说话的眼睛，大丫的脸有点儿发烧，惭愧地说："撇下妈妈，偷偷上了五雷山，本想给奶奶送终了回家，听了奶奶的遗嘱，看了奶奶的《尘缘》，不知怎的就捆住了手脚，下不了山了……"

"看来，五雷山是你的归宿了。总不能忘了妈吧。"若男说。

大丫心里充满自责，默默无声。若男步步紧逼："你一走了之，妈的眼睛快哭瞎了，我寻你多少年了，跑遍大江南北，吃尽千辛万苦，你知道吗？亲情难舍呀！"

姐妹俩不知不觉来到了七姑坪。一大早，朝山者蜂拥而至，七姑坪停着各色各样的车辆。大丫突然说："若男妹妹，姐很感谢你寻找姐这些年，可怜的妹妹，你还没对姐说说是怎过来的，一个小女子寻姐真不容易……"

若男眼珠子一闪："那还真不容易呢，一天二天说不完，这样吧，回去后把我的经历写出来，作为奶奶《尘缘》的续集怎么样？"说着上了一辆下山的中巴车。车子缓缓地开动，若男探出头来："姐，你好自为之吧！"

大丫依依不舍，噙着眼泪，看着若男手里的提包，大声说："姐等着看你的续集！"

第十一章

牯牛杀了人，慌乱中躲进了牯牛山。山风吹醒他，这时才知道自己闯下大祸，多少年没有杀生了，怎敢杀人呢？自红他怎么就成了枪下鬼呢？他感到从未有过的后怕，后悔不该玩枪，这枪都不听话了，什么时候肚子里吞了火药，也不提醒老子……一双颤抖的大手举起罪恶的猎枪，使出浑身的牛劲把它扔向山野。摆在面前三条路：一是自首，杀人偿命，坐以待毙；二是自杀，还没见到亲娘，哪能早死呵；剩下的只有逃跑，亡命天涯，多活几天再说吧。扑通跪地向着自己的家，泪如雨下，磕头哭诉着："秀秀，牯牛对不住你和孩子，别怪俺，俺也是逼上梁山，想做良民都难呵！"

执法队员见牯牛杀了人，丢箕弃箩各自逃命，见牯牛匆匆地进了牯牛山，有人向乡里报了案，县公安局火速行动，马上组织干警、武警、民兵三百多人，全副武装，进行严密的布置，决不能让这个 A 级杀人犯逃之夭夭。刑侦队长崔大春一马当先。他强忍着悲痛，没有去参加妹夫的葬礼，亲自督阵务必抓住凶犯，这才是对死者最大的安慰！崔队长是小有名气的神探，别看他黑不溜秋，还真有点像包拯，曾破获过几个疑难大案。华国锋刚接班的时候，街上出现一条"打倒华国锋"的反标，上面下了死命令，限期破案。刚到公安工作的崔大春，对这个无头案产生了兴趣，凭他多年当侦察兵的经验，鼓起铜铃般的慧眼，审视反标，断定这是有人在报纸上剪下单个的字，把它拼成的反动标语。接下来，查阅各类报纸，调查报纸流向，锁定作案对象，最后顺藤摸瓜，作案工具、剪裁的报纸、胶水、手套等人赃俱获。作案人不久被枪毙了。他一时名声大振。轰动湘西拐卖妇女儿童大案破获，也是他的得意之作，仅凭崔小妹的举报，和牯牛村提供犯罪嫌疑人的一个旅行袋，同样是鼓起铜铃般的慧眼，审视着旅行袋中每一个物件，团伙主犯李松桥很快落网。他对犯罪事实供认不讳，还交待在牯牛山拐骗一年轻女子和一男童……当然是执行枪毙，罪有应得。

牦牛不去爹的坟前磕头，绝不会落入包围圈。他向爹认罪，没有兑现承诺，为高家生下一个大胖小子，并且杀了人，国法难容。求爹饶恕不孝的儿子，保佑儿子见上亲娘一面再来陪爹长眠牦牛山。刚站起身来，打了一个寒战，正要迈步离去，隐约感觉到远处飘荡着人声鼎沸，这是一个机警猎人的特质，马上意识到，自己陷入包围，已无法走出去了。山洞藏不住，树上更藏不住，就像他的猎犬捕捉猎物，只要有气味，绝跑不掉的；警犬更厉害，鼻子比猎狗更灵，完了，今天死定了。耳边仿佛听到警犬的狂叫，随后喊杀声向他追来，他束手无策，真想一下子钻进爹的坟墓里。人在绝望时，总会异想天开，要是像孙悟空能变多好呵，变成天上的云彩，自由飘游；变成一块石头、一棵树，骗过他们的眼睛；变成一头牛，天天守候着秀秀和孩子……突然，他看到碧绿的水库荡漾着水波，水库尾巴上长着折腰的水草，还有零星的几片枯萎的荷叶，心中一喜，上天无路，入地无门，下水躲躲吧。深秋的天气，给山水增添几分寒意，牦牛顾不上饥寒，搬上一块大石头，用藤蔓拴在身上，嘴里衔着出气的水草，在一片荷叶下潜入水草中……

东南西北警犬在前搜索，搜山的人不敢贸然行动，个个猫着腰，高度警惕，因为牦牛有枪，是远近闻名的神枪手。崔大春真不愧当过侦察兵，一手握枪一手拿着喇叭筒，利用地形地物，铜铃似的慧眼窥探着动静，举着喇叭筒喊着："高牦牛，看见你了，"又敏捷转换了地方，"缴枪认罪，否则，死路一条！"溜着"之"字形喊话，不留固定目标，免得成了活靶子。哄亮的声音响彻山谷，除了回音，没有看见牦牛的影子。包围圈越来越小，牦牛看见警犬在爹的坟前绕了两圈，径直冲到水库边，打了几个转，又冲上山去……

天刚擦黑，又生起火堆，突然，听见警犬狂吠，搜山的人群迅速冲上去。崔大春一边叫喊着牯牛自首，一边举着枪，溜着"之"字冲到前头，顺着警犬的叫声摸过去，在隐蔽处观察着，分明是一只猎枪，马上冲上去，铜铃似的慧眼审视着，判定是高牯牛作案的枪枝，就是用它杀死村长——他的妹夫祝自红。三天三夜搜山，搜到一杆猎枪，崔大春铜铃似的慧眼闪着光辉，咬牙切齿："哼！竟让他跑了，天网恢恢，高牯牛走着瞧！"

　　牯牛在水中熬了三天，如同坐了三年水牢。看见大队人马撤下山去，干脆伸出头来，吸足了新鲜空气，格外清爽，见天色黑下来，才慢慢从水中爬上岸来。这时，极度恐惧之后才感到极度饥饿和冰凉，他歪歪斜斜地趔趄，抖抖瑟瑟地蹒跚，吃力地摸到一块红薯地，凭着农家功夫，很快刨出几个大红薯，在湿漉漉的衣襟上擦了擦，塞进嘴里，津津有味地撑饱肚子。瞬间，人精神了许多。他走到一个火堆旁，丢进了几个红薯，顺手添了一些柴火，忙着脱下湿衣裳，用树枝撑开烘着，自己闭着眼打盹，挺舒服，一会儿便进入梦乡。梦见娘又回到牯牛山，他们一家团团圆圆过新年，都穿上新衣裳，坐在火坑旁守岁，秀秀忙着年饭，大丫和若男数着压岁钱，听奶奶讲着牛郎织女的故事，自己望着他们傻笑……一只獾子蹿过来，搅了他的美梦，不知欺负他没枪，还是知他不杀生，并不害怕地看着他。牯牛望着它说："我曾枪杀过你的前辈，你没记仇，跑来帮俺，要不是你，俺美梦美到天亮呢，谢了，獾子老弟！"说着起身穿了衣服，余火中掏出熟透的红薯，揣进衣袋里。正欲赶路，忽然想到自己还有一事放心不下，一口气跑到自红的新坟前忏悔起来。自红就葬在他妈的坟前。牯牛跪在自红坟前："自红呀，牯牛瞎了眼，昏了头，真的不想杀你，冤孽呀，冤孽！怎么就把你杀了呢？早知这样，还不如让你把俺杀了好呀！牯牛向你赔罪，给你磕头！"说着捶胸击头，磕头如捣蒜一般，"自红，你等着，牛哥的死期快到了！"

他抬头看了看天，弯月如眉，满天星星闪烁，大地没有光辉，一阵夜风刮来，牯牛感到深深寒意，站起身来，拍打几下膝上的泥土，风一般消失在黑夜中。

二

三年后腊月三十的夜晚，牯牛揣着三年前的美梦悄悄潜入家中，他没有见到朝思暮想的亲娘，没有尝到那梦中团团圆圆过大年的滋味；更多的是在恐惧中煎熬，见到妻子女儿后无言的惭愧，还有那不可名状地断肠的痛。在黑暗的谷仓中偷窥大丫和若男，两个孩子懂事可爱，竟不敢相认。她们哪知道爹的苦衷呵！就像俺的亲娘不敢见俺一样，她一定也有她的苦衷呵！大丫、若男，忘了爹吧。你们知道吗？爹心痛呀，真想从谷仓里冲出去，把你俩紧紧抱着，让你们惊喜，给你们快乐，爹不能这样呀。爹像你们一样，也是个孩子，也没有见到亲娘；爹是死罪，童言无假，把爹说出去了，爹还没找到亲娘，就提前死了，爹不能闭眼呵！

秀秀一边逗着孩子，一边偷睃着谷仓，待到夜深人静，才与牯牛幽会。抬头看天，牛郎织女星在黑夜中见不着影儿，都说他俩是地上的牛郎织女，却比鹊桥相会苦呀。天上的牛郎织女，欢乐中有悲伤，悲伤中有希望，鸦鹊作证；而他们只能黑夜相伴，诉说着撕心裂肺的悄悄话，等待着无可奈何的绝望……

秀秀黑摸着牯牛枯瘦的脸，话没出口泪先流："这几年是怎么过来的？"大年初一的夜晚，分分秒秒已显得异常珍贵，听牯牛讲那些绝望的话，心早碎了。好一会，没听见牯牛回话，又将嘴唇贴在他耳边："你说呀，这几年是怎么活过来的？"

牯牛好像不想提起过去的事情，免让秀秀心痛，经秀秀逼着，只好学着王瞎子算命——照直说了，说出那些不想说得过去的事情……

　　牯牛在麻黑的夜色中奔跑，分不清东南西北，糊里糊涂只顾逃命，一心只想快些逃出牯牛山，在山中一直跑到天明，也不知到了什么地方，在一棵大松树下歇了一口气。他摸了摸自己的脑袋，好生生长在脖子上，还活着，看来阎王爷给俺添了阳寿。随手摸出一个红薯吃起来，都说崔大春神探，神到哪儿去了，几百号人抓不住俺牯牛，急中生智，水里藏身，警犬都嗅不出味来，祖人有眼，命不该绝！想着迈开脚步，择路而行。

　　走过一山又一山，走过一弯又一弯，也不知走了多少山山弯弯，虽心里头还在打鼓，不过一路走来如同船行流水，无碍无阻，碰上路人，也是大路朝天，各走一边。走着走着，牯牛胆儿越走越大，对呀，脸上又没写着杀人犯。也不知亲娘在何方，他好像听爹说过，娘像观音菩萨一样漂亮，到牯牛山来穿着和尚衣裳，却留着一头乌黑的头发，也不知是和尚还是道士，或都不是，就是一个讨米要饭的，总之，娘就是一个谜。天下这么大，到哪儿去找啊！他漫无目的地走着，走到一个僻静的山弯，竹林深处有人家，田园相依绕荷塘，有曾相识的感觉。忽然，荷塘边传来古老清脆的捣衣声，熟悉而亲切，寻着声音走过去，一女子扬起棒槌捣着衣衫，模样儿还真像秀秀，牯牛一下子就像有了回家的感觉。忽然，不知是谁家的孩子从荷塘边滑入水中，孩子像断腿的鸭子扑打着水面，一顶子黑毛上下沉浮。捣衣女子扑通跳入水中，没抓着孩子，又一个断腿的鸭子扑打着水面，一头乌黑发丝在水中飘飘洒洒。

　　牯牛还沉浸在家的温馨和那些个美好的回忆中，突然，看见两个旱鸭子表演，命悬一线，猛地扎入水中，一手托一个，如同托着两朵云彩，轻飘飘，很快飘到岸边。岸边早有人哭天喊地，见落水的女人和孩子得救破涕为笑。孩子的奶奶么儿么儿地呼着，抱起孙孙如同失而复得的宝贝，高兴得也不叫人一声谢谢，搂着亲着地走进一蓬竹林。女子捞上岸来，两眼紧闭，面色如土，岸上的老婆婆不停呼着春分春分；慌乱中牯牛抱起女子，将她的螳螂腰背顶在自己折弯的膝盖上，刹时女子苗条的身子如同一把弯弓，"哗"地一声，樱桃小嘴就像放开的水龙头，如同白花花的自来水哗啦啦地流淌，隆起像山一样的肚皮眨眼瘪下去了。与此同时，牯牛大胆与女子亲上嘴，一阵急骤的呼吸之后，女子微微睁开眼，看见一个力大如牛的壮汉，像发疯一般亲着自己，心中羞怒交加，"啪"地一声，一耳光把牯牛的眼扇直了……

秀秀突然紧箍着牯牛，生怕被别人抢走似的，既心疼又嫉妒地说："耳光打得痛不痛？活该！"说着伸出手来摸着牯牛的一张大脸。

牯牛忙争辩说："误会，误会了，那叫人工呼吸，你没听春花说，就是那个朱局长给她人工呼吸，才救了她的命……"

"朱局长人工呼吸得到了春花，这么说，你也得到了那女子……"秀秀说。牯牛没说话，好大一会沉默。秀秀催着："哪个猫儿不爱腥臭，男人没一个好东西！你说呀，说呀！"

又过了好一会儿，牯牛说："俺也是快要死的人了，有什么还不敢说呢，俺也是糊里糊涂上了当的……"

秀秀一下如天崩地裂，天旋地转，爱恨同生，泪如雨下，黑暗中扬起两只拳头，像雨点一样打住牯牛宽阔的胸脯上；牯牛并不悔恨说了真话，任秀秀敲打，感觉如同搔痒，柔柔如绵，点点似弹。其实，秀秀就像吓唬孩子，高高举起卵子大的拳头，却轻轻击打着牯牛，比捶背按摩舒服。边打边说："你是怎么和那狐狸精勾搭上的？"

又隔了好一会，牯牛说："她不是狐狸精，是像你一样漂亮的良家女子……"

"不是狐狸精能迷住你牯牛？你说，你说呀！"秀秀说着又捶打着牯牛。

牯牛沉默了一会："好吧，全都告诉你……"

"……那女子名叫刘春分，是该死的人贩子李松桥把她卖到那山旮旯。男人是四十多岁的一个废人，都叫他小李子。说是小时候出集工时，把他丢在家里，坐在地上玩耍，鸡巴被猪仔啃了，留下了终身遗憾，近处的丫头都不愿嫁他，后来就买了春分……"

秀秀打岔说："人家借你的种，你图快活，艳福不浅啦，还给你买了个红花闺女……"

牯牛哭笑不得，道出个中酸甜苦辣："春分的男人大名叫李百万，正如他的名字一样，家财百万。发财也是近几年交上狗屎运。俗话说，人无混财不富，马无夜草不肥。就是在鸟不生蛋的山窝里干黑砖窑勾当，这砖窑是村里搞社办企业建起来的，干不下去了，便宜卖给了李百万。砖窑到了他手里，居心不良，所有给他干活儿的都只吃饭，得不到工钱……"

"怎就得不到工钱呢？"秀秀问。

"他有一张狐狸嘴，花言巧语把你骗来，你向他要工钱，就像要了他的命。先是哄，说做了官还怕没轿坐，做了事还怕拿不到工钱；真要钱时，他就拖，不是说产品卖不掉，就是说卖了砖难收钱；更可恨的是，买来智障的劳动力，收留犯了案或流浪的人为他打工，就是不想给工钱，分明一个黑窝子……"

牯牛正说着，秀秀又打断他的话，说："别扯远了，还是说说你和那个春分的事……"

"她打了俺一耳光，俺为了救人，认了。正要准备走人找个地方烘衣，她突然站起来，拉着俺的手说：'大哥，错怪您了，别走了，先到家里换了衣吃了饭再说，还没谢谢救命大恩人呢！'俺这才看清她：真的像你一样漂亮，又不尽相同，就像'刘三姐'一样好看……"

"把你的魂儿给勾去，飘起来了，男人就是骨头轻！"秀秀用手指头顶着牯牛的头说。

"人家就是好看嘛。老婆子倒是刃八怪，像一只老猴子，人倒还不错，连连催着：'快，快进屋里，别一身湿衣着了凉……'说着和女子连拉带搡把俺推进了她家里。老婆子给俺拿来内衣夹衫全崭新的，俺穿了挺合身。老婆子说是她儿子买了还没上身的。女子哥前哥后叫个不停，先沏茶，后打蛋，杀鸡打鸭忙得团团转。俺看了她家的屋宇，二层小洋楼够神气，竹林子包围着，算得上有钱人家……"

"别讲那些题外话，就讲那骚货如何勾引你的。"秀秀又插嘴说。

"人家不是骚货，不怪人家。日头还没落土，饭菜已做好，正好肚子饿慌了，也不客气，狼吞虎咽地吃起来。鸡鸭鱼肉满桌荤香，二个炉子配八盘，放上两瓶白云边，好酒好菜。开始，俺和她边喝边聊，俺问她：'你男人怎没回来?'她笑了笑：'别提那个小李子。'老婆子帮儿子争面子：'他在砖厂当老板忙着呢。'说着给俺满满斟了一杯，女子又替俺夹菜，就这样一个斟酒一个夹菜，两瓶好酒底朝天，一桌好菜罗通扫北，慢慢感觉头重脚轻，晕乎乎的醉倒在桌上，这是俺有生以来第一次醉倒。后来……"

"后来是怎样上床的?"秀秀追问着。

"……俺不知怎么就睡到了女子床上，这一直是个谜。俺睡得真香，梦见了你，梦见俺俩新婚时的慌张和喜悦……不知什么时候，俺睁开眼，朦朦胧胧看见你就睡在俺身旁，微微地对俺

山/女/的/忏/悔

笑，一对会说话的眼睛，含情脉脉，就像勾去了俺的魂似的，惹得俺性起，像老虫捕食一样扑过去，疯狂地撒起野来……"。牯牛一番真实地坦白，说得秀秀心里就像打破醋罐子，怪不是滋味，心痛得就像撕去了一叶肝，强忍着听牯牛说下去：

"……天色大亮，俺一骨碌起来，看见身边睡着那女子，一切都明白了，顿时心惊肉跳，羞愧难当，傻呆呆坐在床上。那女子也坐起来，满脸红晕羞答答地说：'我叫刘春分，今年二十六岁，是人贩子李松桥把我骗来卖给了小李子，年纪大不说，百无一用，我死活不干，他娘儿俩跪下哭求着，老婆子把我当了女儿，我可怜她俩就留下了。后来老婆子想孙子想疯了，出了几万块到大医院搞人工受精，搞了几次没成功。今天，你睡了我，我就是你的人了，蚂蟥叮住鹭鸶脚，要脱不得脱。你看怎么办吧！'俺连连叫苦，悄声说：'俺有妻儿，饶了俺吧，不敢有下次了。'女子俊俏的模样儿突然变成母夜叉：'男女私情也就罢了，抽屉不认人的东西，看着办吧，公了还是私了！'俺麻着胆儿问：'公了怎样？私了又怎样？'她诡笑着：'公了就是报案，告你强奸良家妇女，叫你坐穿牢底！这私了嘛，就乖乖听我的。'俺苦笑：'俺想私了，可身不由己呀，俺自懂事起，就没见到亲娘，俺出来寻找亲娘……'她笑着说：'孝心难得，我怎会为难你呢？说私了嘛，也简单：只要不忘记春分妹妹，十天半月来看妹一次，知足了，比牛郎织女幸福多了。'俺告诉她寻找亲娘像大海捞针，只记得娘是穿戴着和尚衣冠走的，只怕找到猴年马月……她说：'郎有心，妹有意，不怕关在箱子里，只要哥心里有妹得了。你娘是出家人，你到祠堂庙宇能找到的。离这儿不远有武当山，你去可坐拉砖的车把你送上山。不过一年之内你要来看妹……'这私了达成协议后，又强留俺住了三天，是她给了俺衣服、盘缠，还亲自把俺送上拉砖的车……"

秀秀不住地叹气："哎，萝卜扯去了坑还在。算了，男人嘛，玩了女人说甩就甩；女人失了身，想出相思病，活该！"

牯牛无可奈何地说："误会，真是误会，惹出了天大的麻烦……"

秀秀不急不忙地说："除死无大祸，你犯了死罪的人，还怕麻烦？"

秀秀在黑暗中听到了惊天的悄悄话："从她家出来后到了武当山，本想自由了，在武当山跑腿打杂，混了一年多，没有打听到娘的消息，后又去了很多名山大川，没见到娘的影子，盘缠没了，寸步难行。本想不再见她，俺到了山穷水尽，无路可走的时候，也只好厚着脸皮去找她。她见到俺的时候，喜得跳起来：'我就知道你会来的，我不会看错人。'说得俺脸红。看见她怀里抱着一个孩子，俺问：'这是谁家的孩子，看你想孩子想疯了吧！'她得意地说：'你睁大眼睛看看，这是你的儿子，我给他取名黑牛！'当头一棒，俺不知所向，是福是祸，是喜是忧，是死是活，脑子里一团糟，嗡嗡作响，就像要爆炸似的。只见她又笑着说：'移花接木，生下这么一个漂亮的大胖小子，小李子喜得团团转，笑长了嘴下巴，牛皮吹上了天；老婆子喜得踮着脚儿、仰着头儿谢苍天，告慰祖人，磕头作揖烧高香。呸，借了人家的种不知羞！人亲骨头香，牛哥你就等着享儿子的福吧……'一番话说得俺心里头酸甜苦辣，五味俱全。"

"后来呢？"秀秀问。

"后来因为有了儿子，俺留下了。这几年，俺在小李子的黑砖窑里打工，那狗日的小李子心太黑，干活儿的都找不到工钱；吃的饭是糙米、霉米、饲料米，菜是腌菜、干菜、垃圾菜。逼着一些智障人做工，完不成任务除了打骂，就不给饭吃。一个像野人一样的人，专拉砖坯子没干足活儿，不给饭吃，饿极了，跑到食堂将潲水缸里杂七八拉吃了精光。干活儿的都害怕他，他却有点儿惧怕俺，也许是看在孩子和春分份上，俺才有了'特权'，俺知道野人的事后，与他摊牌：如再不给人饭吃，就举报黑砖窑。其实，俺吓吓他，一个死罪逃犯怎敢举报呢？"牯牛歇了一口气，秀秀抢着说："有了快活又有儿子，你是怎舍得回家的？"

"俺是有家不能回呵，这次回来也是被逼得无路可走。就因为小李子心黑，收留一个逃学流浪的童工，快过年了，不放人回家，那孩子十五、六岁，天天哭闹着要工钱，俺见他可怜，向春分要了五百元给他作路费，悄悄放他走了。不几天，新闻媒体介入，黑砖窑在电视上曝光，俺叫苦连天，这里已不是俺的藏身之地。当晚，俺向春分和儿子告别，抱起儿子亲了又亲，嘿，儿子还真像老子，连鼻尖儿都像，菩萨养儿——像神了。儿子摸着俺的胡茬：'黑牛怎没胡胡？'俺举起他说：'快长呀，长到比叔高就像叔一样了……'春分接过儿子，眼雨不住地流：'你这一走，我还有什么意思，听说小李子凶多吉少，勾结人贩子，办黑砖窑……'俺说：'真舍不得你们呵！出来几年了，也该回家看看了，等过了年，俺还要外出寻找亲娘，也不知何年何月能见到你们。'春分为俺收拾衣服，又塞给俺一扎钞票，俺推说：'这几年打工，都为了儿子，俺是第一个愿意不要工钱的，留给儿子吧。'春分说：'你也有妻室儿女，出来几年，总不能空手进门吧。'推来推去，俺抽了几张大钞，鸡叫的时候，俺离开她娘儿俩……"

秀秀听完了牯牛的故事，除了伤心就是流泪，有一丝欣慰是：自己没能做到的事，春分替他做到了，为他生下一个儿子，他可死而无憾了，也可以向他爹交待了。

不知谁家的叫鸡公叫出第一声，接二连三的报晓声此起彼伏。突然，牯牛站起来："俺还不能死，还没见到亲娘，已到朱洪武送锅的时候，再不走来不及了。"说着跳出谷仓，又到床边亲了亲大丫和若男，最后又叮嘱秀秀："这一去也许是永别，忘了俺吧，千万要记住俺交待过你的话，俺再说一遍：找一个好心人嫁了，只要人家对孩子好，俺可闭眼……"秀秀依旧泣不成声，牯牛一闪身，早消失在黎明前的黑暗中……

第十二章

一

牯牛像枪上的麻雀吓大了胆。这一回他往湘西走，走他娘的老路，不知怀化连着湘西这一片有多少县城，有多少山寨，有多少山头，只能走走停停，停停走走，帮工、挑脚、玩灯，游走四方。那一日，暑天如火，发了威的太阳晒破了石头，田里裂缝交叉如网，稻禾叶卷枯黄，冒着青烟，牯牛汗流如雨，酷热难当，无处躲藏，就如同置身在一个庞大的蒸锅里。他寻到山坳一棵老樟树下歇气，忽然，不知何处吹来一缕仙风，凉丝丝的，一会儿拂去了身上的汗渍。牯牛好奇地观察着，顺着凉意探寻着，径直走进坳口，两边高山横卧云天，一路古木蔽日，溪水如带，虫鸟争鸣，花草斗艳，好一个世外桃源！牯牛不会欣赏美景，却感受到格外爽心舒适，心想这里应是神仙住的地方，却没寻着神仙，嘿，俺这个死刑犯还当一回神仙了，够了，值了！远处隐隐约约传来嘻笑声，牯牛追着笑声疾步而行，渐渐地，一串串银铃般的笑声清脆悦耳，好像都是女子的声音，甜甜的。忽然，一个宽阔的碧潭呈现眼前，一群仙女在潭水中沐浴，牯牛一下看花了眼，怀疑自己误入瑶池。难道这儿真是王母娘娘的后花园？他揉揉眼，玉液晶透，玉肌翩翩。他想起唱书人醒闷虫唱过一段：王二驾船停荒丘，莫名其妙洞中游，两位老翁摆棋局，观棋入神忘忧愁，短短洞中方七日，世上已过千年悠，王二遇仙传佳话，而今留下"烂船舟"……莫非俺牻牛也遇上神仙？这恐怕就是传说中的九天仙女下瑶池。他将信将疑走过去，看见岸边一个穿水红裙的仙子，裙子一撒，旋转得溜圆，苗条身段儿往下一蹲，就像盛开的一朵硕大的水芙蓉，漂亮的脸蛋如同挺立的花蕊，格外新鲜亮丽。心想，这仙女们拉尿也不避避羞刃，裙子撒开便了事，比俺凡人还随便。他走到潭边的时候，刚才那个穿水红裙的仙子，早钻入水中。他被清澈的潭水迷住了，水不深，一见透底，看得见水底形态各异的鹅卵石；看得见鱼儿作欢，泛起一道道银光；看得见仙女们在水中的肢体如藕一样洁白，如玉一样滑润，如燕一样灵活，时儿起舞，时儿追逐，时儿嬉闹……好一潭神仙水呵！他真想下去洗个澡，可他不敢，这是仙女们洗澡的地方。人虽没有下水，看着仙子搅动着清潭，遍身已感到清凉清凉。突然，他看见了刚才那个穿水红裙的仙子，仙子也看见了他，目光相对，他羡慕地报之一笑，笑她们拉尿撒撒裙，洗澡不避人，随心所欲自由身。笑容还挂在脸上，仙子们一下子就像起飞的天鹅，纷纷飞到岸边，将他团团围住，眨眼之间，他像醉了酒、剔了骨、丧了魂，软绵绵地仰天倒地，动弹不得，也不知为什么，牛高马大的牻牛竟无还手之力……他不敢睁大牛眼，眯着缝儿，仿佛看见了那个穿水红裙的仙子，飞到自己身上，身轻如燕，翩翩起舞，突然，水红裙儿一撒，像鱼网一样罩住了他的头颅，竟把它当作尿壶，哗啦啦的热尿，冲入嘴中，顿时满口咸涩，骚气塞鼻，心窝滚烫，脸膛发烧。穿水红裙的仙子闪身飞去，又飞来穿绿裙的仙子，接着穿黄裙、蓝群、白裙……一个一个地拉尿，要不是他将头转了方向，肚皮定撑破了，人早淹死在骚气里……尿骚气还没有散尽，他悄悄睁开眼睛，一群鲜艳夺目的仙子不见了。头上和身上湿漉漉的，尿液浸泡后皮肉如伤口撒盐一般生痛，想不到俺遇到天仙竟落下如此惩罚！也不知犯了哪条天规！他怎么也想不通。他猛地钻进潭水中，狠狠洗尽遍身骚气、晦气；却怎么也弄不出灌进肚中的热尿，连喝几口清水洗洗肚肠，肚子更加鼓胀，就像要生儿临盆的产妇。看来，只得由它在肚内作怪了，说不定沾了仙气呢！说也怪，上得岸来，连撒了几泡尿，肚皮瘪下去了，身体陡感轻松。刚才的那份好心情，早已被恶作剧弄得荡然无存，眼前的瑶池美景，好像一下变得丑陋不堪。他穿上晾干的衣服，想赶快离开这个让他留下莫大耻辱的鬼地方，刚迈开脚步，忽觉身体轻飘飘的，走起路来腿脚有力，莫非一下真染了仙气？他百思不得其解，如腾云驾雾乘风而去……翻过一个山丘，便见一马平川，稻田依山而向，谷穗低头渐黄，远远望去，如同一条金浪翻滚的长河，流向远方。看不见村落人家，但见白云深处袅袅炊烟。一路走来，山川秀美，寨乡富庶，竟见不到一座庙宇。牯牛正欲找地方打听，看见一个穿着水红裙的姑娘，背着柴荆吃力地前行，三步二脚跨上前去，顺手摘下她背上的柴荆，就像变戏法似的变到自己的肩上，背着就往前走。姑娘慌了追赶着，问："大哥，你把俺的柴背到哪儿去？"

牯牛头也不回地说："帮你送回家去！"

"俺俩素不相识，凭什么帮俺？"

"就凭俺两手空空，一个大男子汉，看不得黄毛丫头背大山！"牯牛又转了话题说："这一带有没有尼庵道观，和尚庙宇？"

"这向南不远有个卞兔岭，现有破庙没和尚，俺姊妹们经常去那儿玩耍。大哥你不是想出家吧？"

走到山弯一棵大枫树下，丫头拉着柴荆，执意让牯牛歇下，牯牛肩儿一顺，柴荆轻轻落下，眼光正好与丫头相对，如此近距离相视，都看清了对方，牯牛大惊失色，这不就是骑在俺身上，向俺嘴里拉尿的那个穿水红裙的仙子吗？模样儿还真像天上七仙女，地上绝没有这样的美人儿，她怎么又忽然会出现在眼前？倒底是人是神，是福是祸，全然不知，陡然心生恐惧，呆若木鸡；丫头不知所措，眼前正是那个笑她们撒裙拉尿、洗澡的轻狂男子，惩罚了他，又碰上他，哎呀，真是冤家路窄，想不到这汉子心眼儿挺善，看不到歪心，早已无地自容，羞愧难掩，脸上红一阵白一阵。

相持了一会儿，牯牛睁大眼审视着："您是何方的仙女？"

"大哥，俺不是什么仙女，俺家住前面凤凰寨，俺姓龙，名叫小凰。"丫头红着脸说。

牯牛的心一下平缓下来，尽睁眼说瞎话，世上哪有活神仙，人家分明是良家女子，想着话儿便多起来："你们刚才为什么要惩罚俺？"

小凰嘴里响起银铃般笑声："大哥，是您先坏了俺这儿的规矩！"

"坏了什么规矩？"牯牛好奇地问。

"您心里不清楚吗？您看俺蹲尿，看俺洗澡也就算了，您不该笑俺。知道吗？您这一笑就坏了规矩。俺也说不清，老人们传下来的风俗，听说笑女人蹲尿、洗澡，是对女人最大的侮辱，所以您受了惩罚，活该！"小凰调皮地说。

牯牛接着问："那叫什么惩罚？比挨打难受。"

又是一串笑声："那叫'呷尿腮'，当然比什么都难受，就是让你长记性，别再欺负女人！"小凰得意地说。

牯牛继续问："刚才你的一群姐妹到哪儿去了？"

"她们都飞回寨子里，俺今天柴荆重，落后面了，多谢好心的大哥帮忙。"小凰一连回答了好多的问题，这才又仔细地偷看这个被"呷尿腮"的男子：壮实的体格，十足的男儿气，相貌堂堂，牛眼圆睁，厚嘴皮挂着憨笑，越看越踏实，越看越脸红，这才是山寨里的美男子呵！牯牛扛起柴荆继续往前走，小凰背着空背篓，像只快乐的小山雀，一会儿跟在牯牛后面学鸟叫，一会儿冲到前面哼山歌。柴荆在牯牛肩上，就像牛角上挂了一根草，显得格外轻松，小凰看在眼里，逗着说："大哥，您真像一头劲牯牛，是天上下凡的牛郎吧！"

牯牛的心猛扎一下，马上又微笑着说："那你就叫俺牛大哥吧，"接着又说，"俺的劲是你们'呷尿腮'呷出来的，误以为你们九天仙女下瑶池，俺沾了仙气呢！"

小凰神秘地说："听老人说，童男童女的尿能治百病，强身健体，俺都是未出嫁的丫头，不是跟童男童女一个样吗？您呷了俺的尿，长劲啦！嘿嘿……"

两人说笑着，太阳偏悬西山头，凤凰寨就在眼前。牯牛踏着石阶稳步而上，在一棵桂花树下，被小凰叫停。小凰指着右边的竹林说："牛大哥，那竹园里就是俺家。"

牯牛顺着看过去，凤凰寨没有古寨的模样，更像一个村庄，背靠山弯散落着人家，屋宇大都藏在竹林中，心中顿生亲切，仿佛回到了牯牛山。他扛起柴荆："走呀，到你家去看看！"

小凰为难地说："牛大哥，俺爹他……"说着眼圈儿红了。牯牛见她有委屈了，不敢问下去，隔一会儿，她说："俺爹是个杀人犯……"

牯牛猛地一怔，抢着说："他杀了谁？"

"他杀了俺好多姐姐。听俺娘说，她生下九个丫头，俺爹偏不喜欢丫头，生下一看是丫头，提起哇哇直哭的血婴，像扔废物一样扔进尿桶里……"小凰伤心地说。

"你也是丫头，你爹没把你扔进尿桶淹了？"牯牛好奇地问。

小凰低着头说："自从生了俺姐小凤之后，俺爹想儿子想疯了，爹一连淹了七个丫头，姐跑之后，他和俺娘都快成孤老了，都说生儿不怕刃，生到四十九，娘最后生下俺，爹一看是丫头，提起俺的腿就要扔进尿桶里，娘双手夺过俺，哭泣着：'这是俺的收胞胎，再也生不出来了。认命吧，丫头也是人呀，俺不愿作孤老！'爹娘看着俺，嚎啕大哭起来……"

牯牛很气愤："没王法吗？杀了七条人命，没人管吗？"

"谁管呀，这山里头自古就有溺婴的习俗，后来兴计划生育了，没人过问，只要不添人口不会找麻烦的。"接着小凰又神秘地在牯牛耳边悄悄说："听说俺爹还会放蛊害人，所以俺怕他……"

"怕他害俺是不是？"牯牛接着说。

小凰红着脸："俺姐小凤就是爹逼跑的。"

"怎样把你姐逼跑的？"牯牛问

"听俺娘说，俺姐小凤长得像天仙，十六岁那年，来了一个补锅的后生，被俺爹请到家里补锅，后生长得像董永一样漂亮，被俺姐瞧上了。俺娘给后生打了几个荷包蛋，俺爹抢着端了碗，放在后生旁边的凳上说：'小师傅，山里没好吃的，吃几个鸡蛋吧。'接着拉着俺娘背着篓上山收玉米棒去了。小师傅正要吃起来，俺姐小凤跑过去夺过他的碗：'不能吃！'小师傅气得差点儿哭起来，姐拉着他来到屋后菜园里，红着脸说：'大哥，俺把它埋在这儿，等会儿来看，您就知道了。'姐用锄刨坑儿埋了，两人来到家里，小师傅把锅补了，两人再去刨开一看，全变成一窝蜈公虫蝎，小师傅大惊，忙收拾东西要走，姐哭着说：'你走了俺怎么办？'小师傅说：'咱俩一块儿跑吧，'就这样姐跟着人家跑了……"小凰像编着一个神奇的故事，添盐加醋地说。

牯牛听了有些不解，问："你爹你娘更不用说你，都不在现场，怎么就知道鸡蛋变虫蝎了？你爹为什么要害小师傅？鸡蛋里放进了什么东西？"

"俺也不知道,娘就是这样讲的。应该是俺爹放蛊干出的缺德事……"

"放蛊又是怎么一回事?"

小凰又神秘兮兮地说:"也是听俺娘说的,这放蛊就是在人的茶水或饮食里,用指甲弹进一点儿粉末,吃进去后就会鼓胀成猪八戒的大肚子,找不到解药必死无疑。按规矩二年放倒一人,如找不到人,连自己亲人也要折损。世上学艺都要孝敬师傅,唯有学放蛊师傅孝敬徒弟,师傅把邪术传给徒弟,就解脱了。听说诸葛亮七擒孟获,就是因为喝了放蛊的水,损兵折将,后来邪术就传下来……不知谁传给俺爹,爹不再害人多好呵!"

牯牛听得毛骨悚然,半信半疑,想不到小凰一家也有这许多难言的秘密。故意说:"这么说,你爹是个魔鬼,俺今天偏要会会他。"

小凰哀求着:"俺的好大哥,求求您,今天不去俺家吧!"两人在桂花树下分手,约定在玉兔岭破庙相会。

二

一大清早,小凰真的来了。披着晨露,踢着小草上的露水珠儿,心中充满着美好的憧憬,嘴边挂着一丝甜甜的笑,低着头,看见一颗颗晶亮的珍珠在脚下破碎了,不忍心碰落它们,哪怕是短暂的美丽也好呵!这草尖上的露珠,恐怕是嫦娥仙子流下的眼泪吧。听说她空守月宫,孤独清苦;玉兔耐不住寂寞,跑到俺这儿来安家了。她望望前面的玉兔岭,就在眼前,再看看草尖上的珍珠,一会儿也不知谁将它们全偷走了。

太阳晒到牯牛的屁股上,香案上鼾声如雷。小凰放下背篓,在门外扯了一根狗尾巴草,悄悄来到牯牛身边,忍着笑,用嫩草轻轻掏掏耳朵,牯牛一巴掌没打着,小凰差点儿嘿出声来。牯牛顺势仰天而睡，隔会儿，鼾声又起，小凰用小草又戳戳他的鼻孔，正得意着，猛地飞来一手，像铁钳抓住她，只听"哎哟"一声，牯牛早坐起，连忙松手。不好意思地说："昨晚抓成把的蚊虫，闹到快天亮，等它们都吃露水去了，俺这才睡上一会儿……"

小凰从背篓里拿出一床旧蚊帐："看，给你带来了，帐旧了，将就点儿吧。"说着又从背篓里拿出油盐菜火米，应有尽有。

牯牛面带歉意地说："小凰妹子，大哥给你添麻烦了。大哥除了力气再没什么，欠下你的人情来世再报答吧！"

小凰红着脸："俺不求报答，只要大哥对俺好……"说着就忙起来，吊帐铺床，生火做饭；牯牛清理打扫，并找到一个缺了嘴的瓦罐，弄来了泉水，算是在破庙里安顿下来。破庙称不上庙，是土砖砌起来的两间草屋，顶多算一个茅庵，早已破落不堪。神位上菩萨早无往日的光彩，露出泥塑的本来面目，显得死气沉沉；香案上几个土炉里残留着香灰，听小凰说，偶尔有人来烧香许愿，摆上供品，她和姐妹们就会美美地偷吃。这儿是她们经常玩耍的地方。小凰告诉牯牛：她很小的时候，这儿住着一个老尼姑，香火还旺，她跟着娘来这儿烧过香，后来老尼姑死了，没人来打理，寨子里的人就在庙旁随便把她埋了，以后再没有尼姑和尚，香火也渐渐淡了……说者无意，听者有心。这老尼姑也许就是俺的亲娘，牯牛顿时伤感起来，鼓鼓的牛眼睛旋出泪花。他决定在破庙里住下去，一定要弄个水落石出。

临走的时候，小凰心里憋着好些话儿，壮着胆儿好奇地问："大哥，您打听祠堂庙宇干什么？"牯牛不作声，又问："您是不是想出家当和尚？"牯牛摇摇头，接下来再问："那您来破庙到底干什么？"牯牛只呆呆望着小凰。三问三不知，小凰高兴了，红晕烧到耳根上，低下头腼腆地说："您是有心来找俺小凰妹妹是

第／二／章／尘／缘

219

不是?"牯牛被问得哭笑不得,勉强笑笑。小凰心里一下像喝了蜜一样甜,牛大哥的笑脸永远烙在她心中,快乐得像只小山雀,叽叽喳喳飞去了。

牯牛寻到破庙旁,找到了淹没在荒草中的孤坟,因无人培土,坟堆塌下去,几乎成了平地,隐约看得出隆起的痕迹,想着这下面睡着一个可怜的尼姑,也许就是他的亲娘,心里格外难过。他跪地对着荒冢磕头作揖,心想这十有八九就是俺娘,要是这尼姑不是俺娘,那她死后怎就没有亲人来管管,成了孤魂野鬼呢?嘴里默念着:儿子不孝,从今天起儿子为您守灵……

小凰每天唱着歌儿,蹦着跳着去玉兔岭砍柴,背篓里背着心上人要吃的东西,回来的时候,依旧是牯牛将沉沉的柴荆送到桂花树下。日子久了,寨子里丫头们发现了他们的秘密。最先发现的是小凰的庚姐黑妹,天生一张乌鸦嘴,与小凰同岁,玩得最好,忽然发现小凰像着了魔似的,不再和姐妹们一起砍柴玩耍,偏单个儿去那玉兔岭。一天,黑妹悄悄尾随其后,一直跟到破庙里,发现小凰和一个壮汉亲热着,蓦地冲上前去,嘿嘿直笑,叫嚷着:"好一对郎才女貌!难怪忘记了姐妹们,见不到你的人影儿……"第二天,黑妹乌鸦嘴在凤凰寨传开了,并邀了姐妹们一同到破庙里看人,人挺不错,都有同感,又似乎在哪儿见过,黑妹嘴快,在姐妹们耳边咕噜着:"就是那个给呷尿腮的汉子。"众姐妹大羞,嬉笑着溜跑了。

寨子里一阵风吹开,龙家有了上门女婿。人清早,小凰跑到破庙里,高兴地对牯牛说:"大哥,俺爹今天接你去做客,俺先回去忙活儿,等会儿你自己去吧。"说完一溜烟遁了。牯牛听罢心里一阵慌乱,听小凰说他爹的那些事儿,简直就是魔鬼,今天要去见他,心里还真有点儿发怵。不过见见也好,还真不敢相信世上有如此可恶的爹!

牯牛穿上小凰做的布鞋，慢吞吞地走着，眼光盯着鞋尖，竟不敢抬头，也不知想些什么，快到吃午饭的时候，他走进小凰家的竹园。竹园包裹着三间木架子屋，与牯牛家颇有些相似，不同的是竹林不及牯牛家深厚，而屋宇却比牯牛家气派，它们共同的美妙是藏在青枝绿叶中。牯牛抖擞精神，伸着头东看西瞧，不见小凰出来迎接他，蹑手蹑脚摸过去，一只脚踏在门槛上，见屋内无人，还是不敢迈进去。这时，一位老者从屋内迎出来，发鬈如雪，须飘若仙，目光炯炯有神，这哪像魔鬼，分明是天上降临的神仙。只见他笑如弥勒佛，向牯牛迎来，走到门口，突然和善的弥勒佛不见了，面色铁青狰狞，真活像魔鬼一般了，让你不战而栗。牯牛傻了眼，佯装笑脸，正要问安，老者发话："今天，俺把你当贵人接待，你敢当面羞辱门庭，家法伺候！"说着一手将牯牛拉进屋里。

　　牯牛丈二和尚摸不着头脚，问："老伯，俺怎样羞辱门庭？错了改正还不行么？"老者气得发抖，不予理会。牯牛接着又问："什么家法伺候？"

　　老者指着牯牛，吹着飘洒的白须说："该教训教训你这轻狂后生！先蹲下！"牯牛莫名其妙地望着老者，也听不懂他说些什么，蹲下就蹲下吧。小凰从厨房里出来，看见爹怒气冲冲，大哥蹲在地上，知道要动家法了，也不敢为他说情，只呆呆站在大哥身旁。只听见爹说："后生，你听着：今天你已充当了龙家上门女婿，如出尔反尔，必受家法！"

　　牯牛听不明白，小凰在他耳边嘀咕："你刚才进门时，一只脚是不是踏在了门槛上？"牯牛点点头。小凰说："你又犯家规了。俺这儿只有新女婿来上门求喜，才能一只脚踏在门槛上，向丈人和丈母娘施礼。"

　　牯牛轻声问："你爹要用什么家法？"

小凰忍着笑："呷尿腮呀！只要爹一吹牛角，寨上男女老少都会来……"

牯牛最怕呷尿腮，听小凰一说，仿佛尿骚气到了嘴边，无数注热尿瞄准了他的嘴洞，眼光畏惧地望着小凰她爹。

老者微微一笑，慢条斯理地说："后生，你听好，二条路：一是歪打正着，安心当俺家的上门女婿，这是你和小凰的缘分；二是按规矩领受家法，呷尿腮之后滚出家门，不再与小凰来往……"

牯牛哭笑不得，望着小凰发愣。小凰对着牯牛耳语："你答应爹吧。"牯牛不敢开口，低着头，不作声。小凰看见牯牛为难的样子，又看见爹满脸杀气，笑着对爹说："大哥同意当上门女婿。"

小凰话音刚落，爹的脸放晴，和颜悦色地说："后生，你和小凰的事，俺早就知道了，现在满寨子都打锣了，也该把你俩的事定下来……"小凰高兴地拉起牯牛，递椅沏茶，忙个不停；牯牛云里雾里，恍恍惚惚，不知说什么好。一个老妇人走出来，面带喜悦地说："客人入席吧！"

牯牛看看老妇人，这就是小凰的娘吧，看上去与小凰相貌挺相似，只不过已是一张苦瓜脸，看样子是一个贤妻良母的女人。在小凰的催促下，牯牛跟着小凰到了厨房。厨房挺大，占了一间偏屋，前面是餐桌，后面是锅灶。餐桌上摆满十碗八盘，火炉蹿出火星，土钵里连珠炮响，满屋子飘香，牯牛早咽下口水。高桌子低板凳，各就各位，牯牛是贵客，先请他落坐，他坐了旁席，与小凰相对，龙伯龙婶坐了上下位，正好一人一方，没有其他宾客。龙伯老练的眼光打量着牯牛，心中暗喜，女儿小凰眼里有珠，相中这个头齐尾齐的憨实后生，顺手提起酒壶，满满斟上两杯，举起酒杯，吹着白须："哈哈，好兆头，看你俩面对面坐着，这叫鸳鸯相对，棒打不退！哈哈，干！"

牯牛跟着举起酒杯，听不清龙伯说了些什么，碰杯之后，一杯苦酒吞下了肚。接下来，龙婶和小凰连连给牯牛夹菜，龙伯不停地斟酒，又一连几杯，他胆儿壮了，话儿来了："前辈，看您不像坏人，怎么是魔鬼呢？"

龙伯并不介意，酒兴烧起他的痛决，吹散飘逸的白须，反问道："俺怎么是魔鬼呢？"

两人又干了一杯，牯牛说："您亲手弄死自己的七个女婴，不是魔也是鬼！"小凰急得直跺脚，龙婶心里直叫苦。

龙伯很从容地夹了菜，慢慢品着："不错，俺当了杀手，不过，你想想，俺不弄死她们，她们能活下么？计划生育让她们死在肚子里，不如死在俺手上，弄不好搭上你婶一条命……"

牯牛一听好像有点儿道理，又好像不对头，就像他枪杀自红一样，他就成了杀人犯，前辈杀了七条人命，也应是杀人犯，看他四平八稳，像没事一样。"您怎么不喜欢丫头呢？"牯牛接着问。

"是老祖宗重男轻女，家无男丁，断了香火，你知道吗？愧对祖先！俺也无奈呀。"龙伯说。

"那你为何要放蛊害人？"牯牛酒后装不住话。

依旧是那样从容不迫，和颜悦色的样子："你是哪儿听来的，那都是江湖上的传说，传得神乎其神，莫信那些乌七八糟，那都是骗人的鬼话……"

牯牛又一杯酒下肚，打断了龙伯的话："您说骗人的鬼话，小凤是怎样跑的？"

"家丑不可外扬，别提她了。"龙伯说。

"分明是您给小师傅放了蛊，小凤救了人家，才跟着人家逃跑的。"牯牛偏把事儿挑明了。

"后生，你听谁瞎编的？听起来好像俺这个当爹的害人，小凤跟人跑了，还买臭面子！酒后吐真言，爹是有错，错在重男轻女，小凤恨俺，小凰恨俺，你娘也恨俺，这俺都知道，俺也是为了龙家子孙昌盛呵！"龙伯有点儿委屈地说。

小凰看看爹，爹很坦然；望望娘，娘有点儿慌乱，想着那些关于爹的恐怖故事，看来是娘编造的，根源是爹亲手溺杀了她七个丫头。小凰似乎明白爹的苦心，只一个劲儿给牯牛夹菜，牯牛也看出一点儿端倪，无话可说，酒席间格外安静。忽然，龙婶红着苦瓜脸指着龙伯："你，你真是想儿子想疯了！"一句话打破了酒桌上的沉寂。

龙伯哈哈大笑，又满斟二杯，吹散白须说："天睁眼了，给俺送来儿子！后生干杯！"，牯牛跟着举起酒杯，凭着酒桌上一股豪气，爽快地又干了一杯。龙伯渐渐酒力不支，但酒醉心明，话无遮掩："后生，从今日起你改姓龙了，身壮如牛，就叫龙牛，也不管你以前叫什么，家住何方，等有了日子……"牯牛听不出后面半截话的意思，只顾开怀畅饮……

三

冬去春来，眨眼又快到清明节。小凰的肚子越挺越大，倒指头算来也快到了月份上。自从第一回呕吐，娘说她怀上了，小凰每天做着好梦，生出一个皆大欢喜的宝贝儿子。尽管十月怀胎难熬，她却天天乐着，心里美滋滋的。娘天天围着小凰转，让她吃酸喝辣忙个不停，并仔细观察着女儿的胎相。根据自己的经验，肚儿圆，不怀男，看小凰都快要生产了，肚子尖尖，就像隆起的山峰，生下的肯定是儿子，苦瓜脸上绽出笑容。爹笑歪了嘴，喜得有事无事满屋转，天天对着神龛，烧高香作长揖，保佑龙家添贵子。唯有牯牛心里难安，杀人外逃，抛弃了妻儿，躲着春分和儿子，现在小凰又挺起肚子，罪孽深重呵！怎就到了如此田地？想儿子，想成了杀人犯；不想女人，却偏偏走了桃花运；本想隐姓埋名，混日寻母，却被改姓更名，入赘他乡，即便能苟且偷生，也只能哭脸把作笑脸过，又怎敢面对孩子降生呵！

春意浓浓，玉兔岭上山花灿烂，茶园飘香，山寨里的丫头们，忙着采摘清明茶，背着背篓，唱着山歌：

螳螂哥儿一把刀，

奴家小妹不敢挑。

妹绣鸳鸯天长久，

莫学黄蜂两节腰。

……

歌声飘荡在云雾中。黑妹在破庙后又发现一个秘密：看见牯牛在老尼姑坟前斩棘锄草，给坟头培土。嘿，这龙牛小子，还真是大善人大好人，被小凰相中，几多眼红！竟卸下背篓躲着偷看：好一个当家把式，赤膊上阵，力大如牛，担土如飞，一会儿堆起一座高大的坟头，坟的周围杂草丛生，眨眼间一扫而光。

黑妹正欲起身，忽然，看见两个汉子，手里提着鞭炮、香蜡钱纸，举着花树，来到坟前，和龙牛聊了一会，听不清他们说了些什么，两个汉子跪在龙牛的跟前，磕头如倒蒜一般，然后又塞给两张百元大钞，被扔向空中，钱钞如两只硕大的蝴蝶，翩翩起舞，落在新垒的坟头上。龙牛收拾了工具，头也不回地去了。

凤凰寨传开了关于龙牛的秘密，听黑妹那张乌鸦嘴鼓噪，龙伯心里暗暗庆幸，看来龙牛这龟儿子还有点儿德性。他替小凰高兴，鸡蛋要放一个稳处，女人最怕嫁错郎，这样人夸人爱的贤婿，也不知哪辈子修来的福分。等小凰生了，接来亲家好好热闹一番，俺当面谢罪，霸占了他们的宝贝儿子。

牯牛万万没有想到，半路杀出一个李逵来，抢走了他的娘。

其实，那孤坟里躺着的就是人家的娘，你自欺欺人，斩棘锄草，挑土培坟，甘当人家孝子贤孙，要不是人家扫墓来了，还要把野鬼当亲娘。这一夜，他合不上眼，命苦呀，神差鬼使，寻娘寻到这山旮旯，又寻出这挣不脱的麻烦事儿。这里已不是久留之地，还没见到娘的影子，怎能躲着图自个儿安逸，哪天被"咔嚓"了，还没见着亲娘，死不瞑目……

鸡叫头遍，小凰发作了，在床上翻滚着，痛叫不断。牯牛慌了，一骨碌起身叫醒了龙婶，龙伯乐哈哈跟着起床。龙婶是生儿老手，不慌不忙吩咐着："老头子，快到寨西头去请伍大婆来接生，龙牛你去烧水。"说着自己进了女儿房里。

伍大婆跟着龙伯一阵风就到了家，进门就顺势进了产房，龙伯不情愿地隔在门外，等着消息。伍大婆叼着香烟，摸摸小凰的肚皮，看了看产道，说："快了！"接着又吩咐龙婶抱腰："出来了，出来了！"伍大婆双手托着婴儿的头催着："用劲，再用劲！"

"哇——"地一声，婴儿到了伍大婆手上，凭着伍大婆的接生习惯，早瞅见那个小尖尖，还没人开口，她就大叫"恭喜，恭喜，一个长鸡鸡的！"

这一声恭喜，伍大婆的红包又要鼓一鼓了。龙伯听见了，喜得跳起来，恨不得冲进房去，抱起孙孙，亲亲看看。忽然，伍大婆说："喜上加喜，肚子里还有一个呢！"

龙伯又一阵惊喜，站在门外祈祷着，但愿母子平安。没多大会儿，伍大婆提高嗓音叫得脆响："又是一个长鸡鸡的！"龙伯听见了，差点儿跪下谢天谢地，呼着："祖人睁眼啦！"

牯牛提着热水进门，听见伍大婆左一个恭喜，右一个恭喜，心中暗自惊喜，连声说："谢大婆，谢大婆！"伍大婆很专业地给婴儿洗擦涂粉打包，一会儿，两个婴儿安静地睡在妈妈身旁。小凰抚摸着儿子，眼睛流出幸福的泪花；牯牛一个一个地抱起儿子，亲了又亲，想起自己一连串的怪事，偏偏这时候尽生儿子，爹对不起你们呵！

龙婶笑嘻嘻地端来两碗荷包蛋，一碗给了月婆子，一碗给了伍大婆。伍大婆搅动着汤匙，心中有数，一般人家接生，吃喜蛋三个，今天吃六个，好在肚子大，轻轻松松装得下，脸上有了满意的笑容。吃喜蛋的时候，一双敏锐的老眼贼溜着主人的动静，心里盘算着：今天红包要当面剥皮，少了"八"是要呼"高升"的。人家生了丫头，也要封个"四季发财"，生个儿子，少不了"六六大顺"，今天得了双生子，至少是"要得发不离八"。

伍大婆刚放下碗，龙婶笑嘻嘻地塞给她一个红包封，伍大婆真的当面拆开，眼睛笑得眯着了，意想不到竟是"月月红"。伍大婆有点不好意思地说："到底是舍得的人家，谢谢了！"说着起身走出房门。龙伯早守在女儿的房门口，等伍大婆走出房门，迎上去又是一番千恩万谢，还特地塞给她一条大红花香烟，送她走出大门外，把伍大婆乐得直癫狂，笑声轰动了凤凰寨。

送走伍大婆，龙伯喜心难抑，银须飞扬，呼着龙婶要见孙孙，龙婶先抱来睡在女儿左边的老大，龙伯接着只当接着星星了，吹着胡须，自言自语："嘿，天庭饱满，地阔方圆，应是天上星宿下凡……"接着龙婶又抱老二，龙伯亲着孙子："神仙也难辨长幼！"龙婶笑着说："幸亏伍大婆作记，叮嘱：'左大右小'这才没弄错呢！"

亲过孙子，方兴未艾，龙伯叫来龙牛和龙婶，商量定日子，办喜事。山里人习惯吃"洗三酒"，也叫"月子酒"，就是孩子生下来第三天为宴请宾客的日子。这回龙伯要标新立异，不按老皇历办事，挑选一个好日子，婚宴酒、月子酒"两场麦子一场打"，风风光光，大操大办，为龙家争回面子。"牛儿，爹对不住你，连一个像样的婚宴也没办，爹心里苦呀！"龙伯吹着白须说。

牸牛说："爹，您千万别往心里去，日子不是过来了，娃儿也生下了，是俺对不住龙家。"

龙婶在一旁插话："牛儿，是龙家对不住你，把你的名姓也改了。你为小凰她爹争了气，他一辈子生不出儿子，反怪俺尽生女。俗话讲，男人无儿真无儿，女人无儿假无儿，你这一下替龙家生下两个男丁，龙家从此子孙昌盛了……"

龙婶数落着龙伯的可恶，龙伯像没听见似的，依然乐哈哈的，喜形于色地说："牛儿，爹今日当着你说几句心里话：爹给你改名换姓，不敢操办婚事，只怕你俩不长久，张扬出去了，你爹这张老脸往哪儿放？现在好了，你已是为人之父，不再怕你撅挑子。爹这就要大操大办，风光风光，这日子嘛，就定在三月十八……"

屋里安静下来，龙婶不敢作声，向来大小事儿都是龙伯一锤定音；牸牛不愿作声，这操办喜事儿仿佛与他无关，心里头想着他的事儿。好一会，龙伯又说："日子就定十八。把家里的肥猪骚羊杀了，到集市上去买鱼，黄花、木耳、笋子不能少，特别要多买鞭炮、冲上天的响雷，还要请来乐队、戏班子……"龙伯作了安排之后，又对牸牛说："牛儿，这些事儿，爹都会请人去办，不用你操心。你替爹办一件事，把你的爹娘接来……"

牸牛进了小凰的房里，看见儿子在吃奶，坐在床沿上，抱起左边的老大，亲了又亲，儿子闭着眼，忽然"哇——"地哭起来，小凰侧身接过，将奶头塞进嘴里，老大安静了。接着，又抱起右边的老二，亲了又亲，儿子闭着眼睡着了……

太阳起来老高，牸牛依依不舍地走出家门，走出围墙似的竹园。清明时节，山野更加清明，白花亮眼如雪，草木葱绿如洗。他望着这美丽的山色、揪心的凤凰寨、还有那神秘的玉兔岭，仰头问天，我的亲娘呵，您在哪里？他站在桂花树下，向着小凰的家深深鞠躬，为小凰祈祷，为儿子祝福……这一去，将成永别。小凰别怪大哥，儿子别怪爹，你们都是无辜的呵！牯牛心如刀割，一步三回头地离去，耳边响起那熟悉的山歌：

……

妹绣鸳鸯天长久，

莫学黄蜂两节腰。

……

第十三章

一

从凤凰寨出来，不知走了多少天，走了多少路，也记不清到了多少地方，就是没有亲娘的消息。

十月小阳春，气候宜人，山林泼绿，橘红染天，柚黄枪眼，山民们农田收获之后，开始了一年之季最清闲、也是最活跃的日子。男人女人们在山上轻松快乐地采摘果子，到集镇上换些钱；更有一些青皮小伙不甘寂寞，为争面子，请来师傅，练起狮子灯，准备来年在正月十五元宵节的灯会上大显身手，兴许能抱回一个俏媳妇。牯牛走进一家院落，宽敞亮堂，周围也是竹林绕成的天然屏障，看见一个狮班在练功，有练武生的，有练狮头狮尾的，还有练锣鼓家什的，好不热闹。也许是同行，牯牛专注地光顾起来。一个光头师傅傲慢地指手划脚，毛茸茸的狮子懒洋洋地打滚，没显露出一点儿张法，光头师傅喝斥几声之后，自己做示范玩起狮头来。在牯牛看来，狮头玩得并不入格，就那么几个老套路，死板僵硬，匠气十足，没半点儿新鲜和灵气，在场的人马也没有喝采，没给光头师傅一点吹捧和掌声。玩了一会，光头师傅满头大汗，自讨没趣，扔掉狮头，喘着粗气，看见徒儿们对他的轻蔑和不尊，压着恼怒，正欲训话，却看见陌生的牯牛在一旁冷笑，不屑一顾的样子，心中一把无名火，烧向牯牛："过路的汉子，想必精通此道，不妨也在此显露几招，让大伙儿见识见识！"

牯牛憨笑着，不理会。光头师傅好像识破他的无能，心想过路的野汉也敢来此藐视逞能，该羞辱他一番："小子，想学狮子灯是吗？看你傻样，麻袋绣花——底子差。"

牯牛像没听见似的，只憨笑着。光头师傅继续说："小子，你听着，鸭子撮得鱼来，还要鹭鸶干吗？"

牯牛依然不动声色，满脸憨笑着说："师傅，鸭子今天献丑了！"说着冲上前去拾起狮皮，一招手，刚才那个玩狮尾的壮小伙过来了，与牯牛玩起狮子来。说来也怪，尽管未与壮小伙陪练过，两人配合默契，天衣无缝。狮子慢慢活起来，锣鼓家什跟着响起来，在场的人好奇地围拢来。狮子在锣鼓喧闹声中，忽儿扑朔迷离，忽儿摇头摆尾，忽儿张牙舞爪，生龙活虎，人见人爱。场上响起不停的喝彩声，在喝彩声中，狮子发起威风来，来一个飞空取物，又来一个落地打滚，只恨没有长梯，助他登天。牯牛玩得兴起，看见眼前红砖砌起的新房，拍拍玩狮尾小伙的大腿，吼一声"上墙！"，狮子发飚，牯牛玩着狮头，纵身登墙，如走平地一般，暗中抓住窗棂，玩狮尾的小伙灵犀相通，用他钢柱般的劲腿支撑牯牛上墙后，瞅准时机，随着狮头一纵身，脚早蹬在窗底，狮子在墙壁上活灵活现，欢乐起舞。观赏的人掌声响起，有人高呼："狮子走壁，吉祥如意！"在经久不息的掌声中，一个筋斗翻下来，平稳着地，掀开狮皮，牯牛打躬作揖拱手道："小弟献丑，前辈包涵！"

话音未落，一位年长的武生来到牯牛跟前："后生功夫了得！

有请小师傅同磋技艺，光大狮班，不知赏脸否？"

牯牛打量长者：手握齐眉棍，童颜鹤发，几根长寿眉出类拔萃，威武地刺向眼角，颇像江湖中人。牯牛谦恭地回话："有各位大师在此，小弟岂敢？"

光头师傅脸上如同虱子叮咬，羞愧难当，当着长者说："狮班已雇高明，俺是多余的了。"说着冲出院子，头也不回地去了。长者一边追，一边呼喊："磨山狮王留步！"，追到院外，狮王不见了踪影，回磨山去了。

"后生，磨山狮王去了，你可真要留下了，这个狮班子不能半途而废呵！"老者恳求着牯牛。狮班的伙伴们都围上来挽留，好话说了几箩筐，牯牛没有留下的意思，因为他不想再节外生枝，寻娘亲要紧，只好苦苦推辞。这时，老者一转话锋："后生，今日结识，人不亲，狮子亲，要走吃了便饭再走吧！"

正值中午，牯牛肚中饥渴，憨笑着，很感激地说："谢谢前辈，那就整了肚子再走吧。"老者吩咐人去集上称肉打酒，又特意把牯牛拉到一边，聊起他们家的一些故事来，老江湖果然厉害，竟让牯牛心甘情愿当了狮班的师傅。

长者姓柳，都叫他柳江湖。他祖上曾夺得武举，随清军平叛云南王吴三桂有功，不愿为官，隐居故里，开办柳武堂，喜交江湖，柳江湖绰号代代相传，柳武堂远近盛名，实为名副其实的武术世家。到了他这一代，因祖上留下田土颇多，实为名副其实的地主土豪。打土豪分田地时候，勿容置疑成了被"打"的对象。民兵将他锁在谷仓里，严密看守。他思忖着：等明天召开群众大会斗争之后，视其民愤处置他，弄不好脑袋落地，心中陡然打了一个塞战，不能这样白白死去。三十六计，溜之大计。半夜时分，狂风暴雨，雷声大作。柳江湖使出"二指禅"绝招，头顶上的仓板"哗啦"一声分开，一纵身跳出仓外，腾空而起，从屋面上飞出去了……

　　二年后柳江湖回来，命保住了，牢狱之灾未可免，罪名是对抗政府，抵制清算，畏罪潜逃。树倒猢狲散，老婆也随人去了。刑满释放回家，光棍一条，到了二十世纪六十年代初期，经人撮合，与本地比他年长三岁的刘寡妈结了婚。婚后生一子，名叫柳棒棒。刘寡妈不久病故。柳江湖好不容易把儿子拉扯大，长得仪表堂堂，且让他学了一身好功夫，可为儿子找媳妇让他犯了难。而今的柳江湖今非昔比，开了多年的武馆，要钱有钱，要屋有屋，是山里先富起来的人家。远近媒婆跑断腿，说破了嘴，来看人家的女孩多的是，就没有柳棒棒中意的。他爹没法儿，又气又急，对儿子说："地上没人看得起，你去挑天仙吧，莫想偏脑壳天生成！"儿子还真看中了天仙，她就是磨脚村的刘小寒。这小寒与棒棒是初中同学，后来小寒出落得如天仙，挺像天上下凡的那个七仙女，把柳棒棒的魂儿勾去了。小寒从五雷山药王殿回来后开了诊所，而棒棒跟爹学得一些跌打损伤的秘方，经常到诊所交流医术，借此可多看她几眼。小寒知道棒棒的心事，对他说："记住，你得过柳家的真传，正月十五灯会上，一定要舞狮夺魁；俺抛出绣球，落到你的身上，俺俩就有了缘分……"

　　柳棒棒向爹吐了真言，柳江湖欣喜万分，拍拍儿子的肩膀："棒儿，只要你能找到满意的媳妇，放心吧，爹帮你！"接着组建了狮班，聘了磨山最响当的狮班教头，人称磨山狮王，他带出的狮班曾在灯会上多次夺魁，名声大震，誉满乡里。柳江湖亲自担任武术教练，与磨山狮王打造出来的狮班，可谓天下无敌。特意让棒棒玩狮头狮尾，跟着磨山狮王学功夫，岂知棒棒看不起狮王。与牯牛的一番表演，配合得浑然天成，把狮子的性情表现得微妙微俏，让人拍手称奇。一下把磨山狮王气跑了，让柳江湖犯了难。本想留下两位狮王共磋技艺，明年灯会一举夺魁，谁知同行多嫉妒，一山藏不下二虎。他这一去决咽不下这口气，必带狮班在灯会上决一雄雌，又多了一个劲敌；这后生气跑狮王，又不愿留下来当师傅，棒儿必败无疑。柳江湖眼力独到，发现后生脸阔而无横肉，眼大尽藏善意，一番话让牯牛留了下来。其实，牯牛知道，寻娘是没准的事儿，说不定留下来能打探到什么线索，更值的是了却长者的心愿，可怜天下父母心。

二

其实，牯牛留下来还有另一个原因，磨山狮王是因他而气走的，他不能就这样一走了之，为人处事，敢于担当，能惹事就能息事，他的禀性尚且如此。况且磨山狮王狂妄自大，空有其名，明年灯会上还真想会会他。就这样，牯牛留在了柳武堂。

一天，牯牛教棒棒练狮子功夫，练得汗流浃背、架散骨碎、天昏地暗，棒棒渐渐招架不住了，牯牛这才停下歇息。棒棒看了看师傅，好像有心事挂在脸上，牛眼呆滞，眉宇阴沉，忙递上一杯热茶："师傅今日不爽，莫非有什么心事？"

牯牛抑不住内心的思念，勉强憨笑："哪有什么心事，只惦着柳武堂狮子夺魁。"显然师傅在说谎，从他厚大嘴唇里吐出的话儿，最容易辨别真假，因为师傅在他眼里从不说谎，这一出口就不对味。在徒弟棒棒再三追问下，牯牛道出了自寻娘亲的事……看来师傅还是一个大孝子呢！有几回了，没命地练功，郁郁寡欢，棒棒不敢问师傅，今天算弄清楚了，原来是在想自己的亲娘，想娘的时候就这样发泄折腾。棒棒为了安慰师傅，向他提供了一条线索："俺有一个朋友叫刘小寒，住磨脚村，听她说，她村里好多年前来过一个尼姑，救活过几条人命，她爹当村支书时被毒蛇咬了，也是尼姑帮他捡回一条命，都称她活神仙。后来尼姑上了五雷山，主持药王殿，他把女儿刘小寒送上药王殿学药行医，现在磨脚村开了诊所。师傅，您要是想去，俺带您去吧！"

牯牛一下豁然开朗，脸廓跟着亮堂起来，摇摇头说："不忙去吧，世上哪有那样巧合的事？等有了机会再说吧。"其实，牯牛心里恨不得立马就去磨脚村、五雷山，弄个水落石出，去不得呀！那不是娘亲，去了也白去，大张旗鼓去寻亲，露出破绽来，后悔莫及；要真是亲娘，也不急那一月二月，答应人家狮子夺魁的事，总不能说甩就甩吧。他暗暗地记下了这条线索，把它藏在心底。

金牛驮着丰收的喜悦，送走岁火除夕，又迎来虎年新气象。大年伊始，户户张灯结彩，春联盈门，鞭炮声声，逗得孩儿乐；家家亲朋满座，美酒佳肴，欢笑阵阵，扶得醉人归。龙翻腾，狮起舞，走家串户三棒鼓，手抱渔鼓送祝福……山民们祖祖辈辈下来，年复一年过大年，总是充满着这样浓浓的传统古老的年味，诠释着祥和康泰，企盼着风调雨顺。"三十的火，十五的灯。"最热闹的要数正月十五的灯会。灯会的地点在磨山。磨山是乡集墟场，元宵节这一天，又正是逢集的日子，十里八村的人都会来看热闹。那气势、那景象无与伦比。仅那五花八门的彩灯就让你眼花缭乱，有鼠灯、牛灯、虎灯、兔子灯；龙灯、蛇灯、马灯、山羊灯；猴灯、鸡灯、狗灯、八戒灯；最抢眼的当然是狮子灯。汇集的人群装扮各异，有汉族、侗族、苗族、土家族的姑娘小伙们，服饰耀眼，光彩照人，大都是来观灯凑热闹的，也有的姑娘在大庭广众之中抛绣球，选郎择婿……

牯牛心急如火，好容易盼来元宵节，等完成柳家的心愿，他就要顺着棒棒提供的线索，查访娘的下落。柳武堂的狮班，早添置了一色的表演服装，上红下黄，白跑鞋；道具响器，新起新发，锣鼓家什应有尽有；花上大价钱买来一张彩缎狮皮，挺招人喜爱。大家摩拳擦掌，精神振奋，唯有牯牛的心，飞到了磨脚村，飞到五雷山……本想让棒棒出征，就此告退，但想起对柳家的承诺，还怕真被那个磨山狮王算计了，岂不坏了柳家的大事，决定亲征，志在夺魁，会会那磨山狮王。

山谷里摇旗呐喊，锣鼓喧天，响铳开道，各路龙狮向磨山涌来。人海如潮，彩龙飞舞，花灯遮天，金狮打滚，在喝彩吆喝声中，狮龙分流，龙向北飞，狮归南舞。北有磨山中学体育广场，南有牲畜交易的大场坪，一南一北，人头攒动，旌旗招展，遥相呼应，各显神通。柳武堂的狮子迟到磨山，这是柳江湖特意安排，意在避其锋芒，出其不意，好戏留在后头。磨山南头交易场坪上，早已搭起舞台，舞台中央立起摩天柱，摩天柱下摆一张八仙桌，梢端悬挂着一个大红包，谁能摘下红包夺魁，虎年狮王便是他。事先报名的有六个狮班，到场的只有五个，独有柳武堂狮班未到，磨山狮王抬头看了看摩天柱上的红包，心里几分得意，嘴里便吐出："哼，无名鼠辈，谅他们也不敢来！"

不能再等了，文化站老周宣布抽签，磨山狮王抽到第五。围观的人里三层外三层，把好大的场坪堵得水泄不通。刘小寒老早就来了，到处寻不到柳武堂的狮班，更没有见到柳棒棒的影子，望眼欲穿，心想他今天是没胆儿来了。赤脚书记也跟着来了，他为女儿的婚事犯愁。年纪也不小了，当官儿的她不嫁，有钱的她不爱，七十二行儿郎都不想，偏要找一个狮子王。她说狮子是兽中之王，如果能找到如意郎君，她就是兽王之"王"。看那狮子温顺可爱，威猛健美，争霸好斗，那才是美女配英雄。赤脚书记还是当年的老习惯，赤脚还是赤脚，不过正月里严寒，光着脚丫，拖上了一双半截解放鞋。他要看看，今天女儿相中的是一个怎样的狮王，也许又是竹篮打水一场空。哎，苦命的女儿，你怎就鬼迷心窍，入了邪门呢？刘大宝和秋婶也来赶灯会。他们不单来看热闹，更在意的是要看侄女小寒挑上好儿郎。他们可没为威儿婚姻操心。儿子大学毕业后，分到湖南湘雅，父母没敢在儿子面前提婚事，让他自由去了。这小寒呢，也没人敢管她的婚事，这些年就没自由到一个中意的，她爹急白了头，大伙儿都为她担心，怕就怕七挑八选，选上一个漏油的灯盏。

随着一阵锣鼓响，一头狮子跃上舞台，蹦蹦跳跳，笨笨拙拙，如蹒跚学步的孩儿，给观众泼下一瓢冷水，台下有后生就说："叫俺上台也不只玩出这鸟样！"只见那狮子抬头望望摩天柱，想摘取那红包已是望尘莫及，只好绕着摩天柱打圈圈，几个翻滚之后，自不量力地滚下台去。接二连三的狮子上台，论水平大同小异，都是马桶改饭甑的货色，不过是来凑凑热闹罢了。观众失望，磨山狮王却暗喜，今天夺魁已是瓮中捉鳖，十拿九稳！该他上台了。狮未登台，三声呐喊，先声夺人之势，早给观众一个惊喜。只见一头金毛狮，摇头摆尾，耀武扬威地亮相，步调、举止、套路都出自正统的科班，只是有些陈旧死板，观众们早厌倦他的"黔驴之技"，依旧没有喝彩，没有掌声。磨山狮王并不在意，懒得玩耍，直奔主题，一跃上了八仙桌，早有人递上长凳，助他登天取宝；他偏急于求成，纵身扒上了摩天柱，这狮子一下子便首尾不能相顾，狮头攀上，狮尾难支，悬到中间，上不能上，下不能下，一张狮皮软绵绵挂在摩天柱上，只听见"哎哟"一声，狮子摔在八仙桌上，好大一会动弹不得。

小寒看完所有狮子的表演，没有找到一点儿感觉。柳棒棒答应过她，柳武堂的狮子今天一定来夺魁，看来也是缩头乌龟，吓得不敢来了。别着一肚子的委屈，眼泪都出来了。她抬头看见摩天柱上悬挂的红包，那是夺魁的见证，狮王的荣耀呵！磨山竟没有人把它摘下，遗憾那遗憾！心中正遗憾着，一阵锣鼓声，从人群中轰出一条道来，一头金黄彩缎披挂的雄狮，一个跟头从天而落，轻轻飘到舞台上，眼如铜铃，头如斗，首尾洒脱，乖乖扭，四脚踏雪天上有。数不清的眼睛瞬间全盯上这个稀罕物。狮皮上彩线绣着"柳武堂"格外醒目。小寒一下亮了眼，惊喜得差点叫出声来，柳棒棒真的来了。台下一片吃喝声，狮子绕着舞台转了一圈，打躬作揖拜码头、贺吉祥。然后，显露那真功夫：一闪身飞上八仙桌，有人递上长凳，锣鼓助威，狮子从容地玩上长凳，翻新着花样，台下响起雷鸣般掌声。又有人递上长凳，狮子再上一层楼，上了一层又一层，一连上了十二层，凭空起高楼，矮子登天梯，步步高升。抬头看红包，已近在咫尺，牯牛垂手可得。他并不急于摘下红包，一个"仙鹤展翅"，一张狮皮如同一架风筝飘在空中；接着又一个"立地成佛"，狮身直立起来，双手合掌，如同一尊天神赐福。场坪上立马风起云涌，人头攒动，掌声、喊声、喝彩声响彻山谷，人群沸腾了，磨山沸腾了，小寒心中沸腾了……

正当观众们为空中的狮子捏紧一把汗，小寒更是胆战心惊，暗暗求神灵保佑。此时，牯牛在空中，想起在崔家峪崔老六堂屋里玩狮子，玩回了称心如意的秀秀，也是这样"登天取宝"，秀秀一块硬币击中了他的额头，那种感觉仿佛掉了魂一样。如今替他人了却心愿，但愿抱得美人归。他想不通的是，这漂亮丫头怎会都喜欢狮子王呢？一阵急促的锣鼓声，仿佛是夺魁取宝的号令。事不宜迟，牯牛依旧来一个"蛤蟆捕食"，红包便轻易得手，然后，一个鹞子翻身，蜻蜓点水，两个筋斗飞身落地。牯牛掀开狮皮，将红包递给身后的柳棒棒，头也不回地打听娘的消息去了。

柳棒棒举起红包，在舞台上跑了一圈，然后当着观众打开红包，亮出八张"老人头"，举到空中高呼："柳武堂夺魁！奖金八百！"

柳棒棒洪亮的声音向磨山宣告，其实，他是向小寒宣告，从此磨山又多了一位响当当的新狮王。柳棒棒凭着舞台的高度，几分得意，几分喜悦，一双胜利者的眼睛扫视着，搜寻着，在茫茫人海中没有发现小寒。而这时，小寒也在人群中寻找她的目标，眼里好像没有关注柳棒棒。那"蛤蟆捕食"一刹那，她想到了柳棒棒，追她的人真成了狮王，心中便隐隐有了自豪感。当掀开狮皮的一刹那，看得清清楚楚，一个陌生的男子，将手中的红包递给柳棒棒，不屑一顾地走了。顿时她眼光聚焦着他：威猛高大，英武神奇，豪爽仗义，像电影中的骑士，像古代的侠客，像她心目中的白马王子。不知怎的，她忽地想起景阳冈打虎英雄，为民除害，除暴安良，那个西门庆该死……看他那模样气质，还真像武松几分，脸上不知不觉发起烧来，感觉滚烫滚烫，不用说，脸上涂上了红胭脂。女人呀，就心儿作怪。小寒看见牯牛钻进人群，心儿也随他去了。

柳棒棒在舞台上披红戴花，文化站老周为柳武堂授予狮王证书，整个狮班在舞台合影，独缺了牯牛。狮王争霸赛结束。人群渐渐稀少，柳棒棒拿着狮王证书到处寻找小寒，正愁找不到，回头看见小寒提着绣球登上舞台，心中惊喜，忙挤到台下，目的是让小寒看见自己，将绣球抛给自己。小寒手举着绣球一大串，五颜六色，花团锦簇，说是绣球，实则气球。有人看出来了，奇了怪了，这十几个绣球落到儿郎身上，你嫁十几人吗？荒唐！其实，这小寒早有心计，十几个绣球不过是凑热闹、壮声势，只给一个绣球画了一个"心"，这个绣球只有落到称心人身上，她才会讲出秘密……冲着台上天仙般貌美的姑娘，青皮小伙像传电似的围拢来了，看热闹的男女老少围拢来，关心儿女婚事的父母大人、亲戚六眷也围拢来，场坪上又热闹起来。小寒看见了台下的柳棒棒，柳棒棒与她目光相对，故意举起狮王证书，从人群中蹦起，恨不能蹦到台上去，小寒付之淡淡一笑。小寒看见了远处的牯牛，只见他和爹交谈着，身边还有大宝伯和秋婶，思绪万千，脸上火辣，心里甜蜜。决不能放过机会，试试天意吧。她投手一扔，气球飞出去了，在场坪上盘旋，如天女散花，让人眼花缭乱。台下的小伙子拼命抓呀，抢呀，抱呀，乱作一团。个头矮的抓不着，个头高的抢到了还要抢，有人抱着气球像得到了宝贝似的，偏有眼红人一指头捅过去，"啪"的一声破碎了，就像美梦破碎一样。一时到处响起"啪——啪——"声，场坪上绣球所剩无几。柳棒棒凭个儿高枪了一个又一个，都是被人捅了洞眼，手中一个举得高高而幸免破碎，在空中格外亮丽。小寒瞄着那个带"心"的绣球，飞得很高，飘得很远，飞呀，飘呀，就像被她遥控指挥一样，在空中飘荡好大一会，不偏不斜落在牯牛头上。

三

绣球丝线拴住牯牛粗硬的头发，一颗"心"在他头顶上闪亮着。小寒看到了，柳棒棒看到了，大宝和秋婶看到了，赤脚书记更是看傻眼了。小寒冲下台去，像一只山雀，一展翅飞到牯牛面前，猛塞给他一个绣荷包，羞答答扭头跑得不见影儿了。牯牛丈二和尚，摸不着头脚，这山旮旯怎有如此美貌的天仙？怎会塞给他荷包？他看着半圆形荷包上的一对鸳鸯发愣。刘大宝拍拍他的肩，笑着说："后生，恭喜你！小寒姑娘看上你啦！"

牯牛一听像吓掉魂似的，慌张地问："是哪个小寒？"

"就是刚才给你送荷包的姑娘，她叫刘小寒，跟着五雷山活神仙学药回来后，在磨脚村开了诊所……"刘大宝弯躬着身子，喜悦的老脸贴到牯牛胸前说。

牯牛心里暗暗叫苦，今天亲自来夺魁，为的是帮柳家了却心愿，怎就害了他呢？看来，这说不清道不明的是非之地，不宜久留，没等刘大宝的话说完，扭头就走，好在先前与他们交谈中，知道了磨脚村的方位，一阵风似的奔去。刘大宝好高兴，心里头赞着小寒的好眼力，儿郎不错，忙催着赤脚书记："看，女婿去了磨脚村，快回去！"三位老人追赶着牯牛，越追距离越远，只看见威武的背影，还有那随他飘拂的绣球，渐渐地消失在他们的视线里。

最恼火的是柳棒棒，费了九牛二虎之力，小寒竟爱上他师傅。他恨爹，不该请这个陌生人当师傅，抢了他的意中人；恨小寒，不该出尔反尔，狮子夺魁，狮王证书就在手中，且绣球也被他抢着了，偏没选中他；更恨他师傅，阳奉阴违，说是寻亲娘，其实寻美娘，你看他竟追到磨脚村去了。柳棒棒一下就像眼前穿了洞眼的绣球，希望全破灭了。他再不敢去磨脚村，再不敢去追那个朝思暮想的天仙，灰溜溜地回柳武堂去了。

牯牛一路打听，很快找到小寒的家。这是一个僻静的小山弯，翠竹环抱，单家独户，走进竹林，就像走进一个翠绿的葫芦，外窄内阔，别有洞天，一连三间土坯房，与牯牛的家就像一对孪生的姐妹。牯牛置身其中，倍感亲切，这就是小寒的家，这可是一个美人窝呵！房檐下吊着一对大红灯笼，门楣上贴着崭新的春联，牯牛像有了归家的感觉，径直走进大门。堂屋里放了一张方桌，摆上了水果糖食糕点，这是小寒刚才从集上买来的，专招待贵客的。屋内无人，牯牛正张望着，一串银铃般的笑声飞到跟前，小寒双手捧着茶杯递给他，牯牛怔住了：哪儿见过的仙女？像刘三姐，比刘二姐更水灵，日光不知道转弯儿。小寒调皮地将茶塞到牯牛的手里："您先品这杯恩爱绿，但愿有情人终生口不渴。俺给您做擂茶去了。"说着小寒飞进厨房里。牯牛方醒，不敢想些什么，一仰头干了这杯美人茶。

小寒把喜事告诉了姐姐，姐真为她高兴，帮她打点着，精心准备最香最美的擂茶，招待妹妹百里挑一的白马王子。忙这忙那，岂敢怠慢，手在擂着擂茶，心里却在想着，妹妹相中的对象也不知啥模样，菩萨捏的？上天赐的？眼光便偷偷斜刺过去，只能瞟见他的背影，体格不错，魁梧壮实。忽的让她想起了他，也是这般魁梧壮实，不知他到了哪儿？眼角有些湿润了，眼光再一次落到他的背影上，这背影忽的变成她心上人的背影，熟悉得就像她穿过的衣服一样。这时，牯牛心急如焚，站起身来，要见小寒。马上办好两件事：一是打听"活神仙"尼姑的事，为寻亲娘提供便利；二是牵线搭桥，圆满柳棒棒和小寒姻缘，了却柳江湖的心愿，所以，他才一路奔来。他没时间喝小寒的擂茶了。刚转过身来，姐不相信自己的眼睛，差点儿惊呼起来，天啦，真是他呀！原来他就是一个地地道道的采花郎，负心汉！恨不能冲上去，打他，骂他，拥抱他。爱与恨，泪与火交集在一起，她低下了头。还没让他走进厨房，小寒笑迎上来，顺手剥开一支香蕉，塞进牯牛的口中，让他哭笑不得。正要张口说话，门外响起鞭炮声，牯牛稀奇地问小寒："是谁放鞭炮？"

小寒得意地说："你呀，真是一个猪脑壳！"说着拉着牯牛来到门外。爹回来了，还有刘大宝和秋婶。刘大宝在燃放鞭炮，身后躲着一个孩子，还没等鞭炮燃尽，猛冲出去，捧着头在余火上蹦跳着，炸响戛然而止，然后猫着腰寻找未炸响的鞭粒子。

"恭喜，恭喜！"刘大宝今天声音格外响亮。赤脚书记忙将他们请进门，坐在方桌旁，连连招呼着："随便吃吧！"小寒叫牯牛坐下，忙着弄擂茶去了。大家嗑着瓜子儿，老少之间也没多少话茬儿，聊不到一块儿。牯牛打开话匣子，问："前辈，听说有一个'活神仙'救过您的命？"

聊到这个话题上，话儿就多了。赤脚书记说："不错，是救过俺的命。说她呢，可怜的出家人，一个女流之辈，好像也没什么亲人。磨脚村百姓前世修来的福分，修来这个活菩萨，给俺消灾赐福……"

秋婶嗑着瓜子附和着："她还救过俺威儿的命，是俺家的大恩人呢！"

大家正聊着，刚才拾残存鞭粒子的男孩跑进来，看到桌上的香蕉，伸手去拿，牯牛笑逗着："来，叔帮你！"顺手摘下一支香蕉，就在孩子不客气地接过香蕉一刹那，牯牛有了重大发现：一双粗大的耙齿手，一对鼓鼓的牛眼睛，一举一动都好熟悉，满身都是俺童年的影子，就像小时候俺牯牛一个鸟样。于是抱起孩子亲了亲，也许孩子没有忘记，躺在牯牛怀里摸着他坚硬的胡须，仿佛勾起他的回忆……

"你叫什么名字？"牯牛问。

"叫黑牛。"

"黑牛？你妈妈呢？"牯牛追问着。

孩子手一指："在屋里哩！"

牯牛紧紧抱着孩子，一切都明白了。这时，小寒端着擂茶出来，看见孩子在牯牛怀里，喝斥着："黑牛，快下来！"孩子猛地蹦下，一溜烟告诉妈妈去了。

擂茶真的很香，佐料也能品出来：有生姜、芝麻、黄豆、加上清明"白毛尖"擂炒精作而成，咸淡可口，微辣味长，爽而不厌。大家喝着擂茶，又扯到"活神仙"。刘大宝弯弓的身子前倾着，有些欣慰地说："俺和赤脚书记与她还结成兄妹呢，看她年轻时长得像观音一样漂亮，心田又好，救活威儿，医治乡亲，俺总认为她是观音菩萨转世。俺这把老骨头能与菩萨结上兄妹，也值了。"

赤脚书记眯着老眼，神秘地说："她有一块半圆玉佩哩，好像是'青'字，另一半还不知在哪里……"

牯牛瞪亮牛眼，两眼就像两个灯泡，着急地问："叔，是她告诉您的，还是您亲眼看见的？"

赤脚书记摇摇头，说："小寒亲眼看见的……"

刘大宝和秋婶起身告辞，因为两个心上人有好多好多的话儿要说哩，长辈们知趣儿，不能误了他们的时光呵！走出竹园的时候，刘大宝拉着赤脚书记的手："老弟，看好大喜日子，我去五雷山接孙青妹妹，一同给您送恭喜！几兄妹好好庆贺庆贺，欢聚欢聚……"说得赤脚书记眉开眼笑。送走刘大宝和秋婶，也不想在年轻人面前晃现，躲着劈柴去了。

小寒只想接近牯牛，这时候牯牛却不敢接近小寒。因为牯牛发现了春分和黑牛，即便没有他们的存在，也只想找小寒探听娘亲虚实，凑成她和柳棒棒，便溜之大计。现在，牯牛急于寻娘亲的心情平缓下来。他要和春分谈谈，只能等到晚上了，看来，今天是不能走了。牯牛呼唤着黑牛，黑牛飞跑到跟前，嚷着要骑马，双腿便夹着叔的脖子，骑到了他肩上，嘴里高兴地叫着："骑马马，比高高！"

牯牛驮着黑牛逗着："黑牛赢了，比叔高！"说着在葫芦形的院子里奔跑起来，此时，是他一生最幸福的时刻，父子隐情，寄托着他无限的希望……春分偷看到他们父子的那个乐，心中的"恨"早已有气无力，微微笑着："看这孩子，还是人亲骨头香呵！"

小寒瞅着机会想找牯牛亲热，倾心交谈，谈好多好多他们的那些事儿……送走了刘大宝和秋婶，机会来了，可他偏去逗黑牛玩耍。真是个大傻瓜，木头人！那就晚上吧，看你还往哪儿逃？赶灯会回来晌午已过，喝过擂茶，时候不早，为招待好贵客，小寒忙着准备晚饭去了。

一只大芦花公鸡，弯着脖子几声长啼，正月里懒洋洋的醉日，满脸通红，慢慢滚下山去。小寒正欲呼客人吃饭，却叫不出

第/二/章/尘/缘

243

他的名字，一直寻到院子里，高叫着黑牛，好一会牯牛追赶着黑牛，从竹园里蹿出来，原来他们在捉迷藏，玩得正开心。

晚餐很丰盛，十碗八盘，火炉钵里香气冲天，还稀奇地摆上一瓶"酒鬼"，如此盛宴，却掀不起快乐的高潮。春分不愿上桌，躲在厨房里抽泣；牯牛心事重重，冷落酒杯，赤脚书记少了言语，桌面自然冷清；小寒唱主角，也不知说什么，只是不住地向牯牛请菜夹菜。好在黑牛凑热闹，坐在牯牛旁边挑精拣瘦，让他手忙脚乱，乐在其中；黑牛专挑好吃的往牯牛碗里送，牯牛吃得特别香，胜过任何美酒佳肴。小寒看在眼里，心里嫉妒着，比亲儿子还亲呢！好像忘记了她的存在。

芦花公鸡又在打鸣，天色麻黑起来，几只鸡婆仿佛听到召唤，从竹林跑到院子里，梳理着羽毛，一会儿，跟着芦花公鸡，唱着歌儿慢悠悠地上笼。山里的寒夜，万籁俱寂。牯牛睡东后房，小寒睡东前房，只一堵墙相隔，却像在两个世界，各有各的盘算。牯牛有千言万语向春分诉说，伺机摸到西房去，看见赤脚书记坐在堂屋后的火坑旁，就像生了根似的，东屋到西屋隔着堂屋，一步之遥不可逾越，就像有一根无形的绳索梱住了他，眼睁睁看着时间一分一秒溜走。忽然，牯牛听见了鼾声，慢慢地悠扬起来，一闪身潜入了西房。春分在流泪，想着这时候，暖烘烘的被窝里他和妹妹正作欢，心如刀割……一个黑影飘来，飘到她的身旁，春分猛地发现有人钻进被窝，凭感觉便知是他来了，不知是悲是喜，不由自主地紧紧抱住他，生怕他被人抢走似的。

"俺是向你来告别的。"牯牛说。

春分抱紧牯牛："你就只会告别，刚见面就要走，什么意思？"

"欠你的，来世再还吧。忘了俺，找一个合适的人家嫁了，把黑牛好好带大……"牯牛压低嗓门说。

春分揪着牪牛的耳朵："你睁眼说梦话，是何居心？当俺不知道，到处寻花问柳，你就是一个可恶可恨的采花贼，占了俺的便宜，又来勾引俺妹妹，你还是人吗？"

"俺也是要死的人了，都告诉你吧。俺姓高，都叫俺牪牛，家住牪牛山，妻子崔秀秀，有两个女儿，因俺杀了村长逃出来，寻到俺亲娘后……"一会沉默之后，牪牛全招了。

春分揪耳的手软下来，眼泪如注，浇灭了心中的怒火，荡尽了隐藏在心底的一丝希望，默默无语，像死人一样躺在床上……

小寒一直在寻找机会，听见爹的鼾声，摸到东后房，扑了空，心中生疑，哪儿去了呢？这时听见门外响动，甚喜，忙瞧瞧，原来是爹起身睡觉去。堂屋里一片漆黑，火坑里余存的星火闪烁。她悄悄摸到西房门边，便听见他和姐在说话，一下子心都气炸了。声音微弱，听不清楚，真想冲进去，搅了他们的好事。可她是俺姐呵！夜深人静，小寒的心煎熬着，不死心地偷听着，好像隐隐约约听出一些端倪，心跳加速，耳根贴在门壁上，不让放走一个声音。她感到透骨的冰凉，哆嗦着，原来起床心急，竟忘了穿上棉衣。正待回房穿衣，她清楚地听见："俺儿子黑牛呢？"他问。

好一会没回音，"咱们的儿子黑牛呢？"显然他提高声音问。

又过去了好一会，"跟他外公睡在偏屋里……"春分说。

……

小寒终于明白了，羞红着脸回自己房间去了……

日头刚从东山露脸，柳棒棒涨红着脸来到了磨脚村，是被他爹骂来的。那天垂头丧气回家。爹笑问他："成了？"

柳棒棒气冲冲地说："您雇的师傅把俺的女人抢去了！"

他爹忍不住笑，说："爹要你把俺柳家的天仙媳妇再抢回来。"

"俺不敢，也没脸再去。"柳棒棒委屈地说。

他爹骂道："没用的东西，她是老虎，怕吃了你？"

柳棒棒说："她都成了人家的女人了，去了也白去。俺不要媳妇就是了。"

"混账！你不要媳妇，俺想抱孙子呢！"他爹板着脸吼着。柳棒棒面对爹的喝斥，心里难受极了。他不想与爹争辩，认命吧！低头不语。看见儿子软蛋、熊包，他爹高声骂道："柳家可没出过孬种！爹决不让你断了柳家香火！"

好一会，柳棒棒吐出一句："俺没用，争不过他！"

他爹差点儿笑出声来："龟儿子，记住，心诚则灵。明赶早给老子过去，把天仙媳妇弄到手……"

柳棒棒进了小寒家的葫芦院子，一手挽着绣球，一手握着金光闪闪的狮王证书，左盼右顾，神情有点儿慌，就像受了惊吓一样。迎接他的是春分，问："你是柳棒棒？"柳棒棒点点头。春分递给柳棒棒绣荷包和绣球："这是你师傅临走前，要我交给你的……"柳棒棒接过荷包和绣球，春分又在他耳边嘀咕一会。柳棒棒脸上愁云刹时消散，还是师傅好呵！他怎么就走了呢？他木讷地像树桩立在那儿。春分与牯牛一夜话，让她全明白了，生离死别，剜心断肠，一个一个的交待，就像遗嘱一样，肩负着重托，不敢懈怠。她去敲门，小寒没应声。其实她一夜未眠，不住地抽泣，不知是为姐而流泪，还是为自己伤心。春分不停地拍打房门，叫着："妹，快起来，客人来了！"

小寒起床来到堂屋，看到柳棒棒立在门外，心情蓦地激动起来，心中的白马王子，狮王、英雄不翼而飞，该来的来了，该走的走了。眼前的柳棒棒才是托付终生的人呵！愧疚、自责油然而生，刚才红桃似的眼睛泛起笑意。这时，柳棒棒冲进堂屋，双手

山 / 女 / 的 / 忏 / 悔

举着绣球、绣荷包、证书，单跪在地："小寒，嫁给俺吧!"

小寒有了新发现：那绣着鸳鸯的荷包易了主，羞愧难当；一个唯一画"心"的绣球，也到了柳棒棒手中。还有什么话说呢，天意如此。小寒扶起柳棒棒，接过绣球和证书："小寒履行承诺!"

这时，黑牛起床了，到处寻找牤牛，找不到了问妈妈："叔到哪儿去了?"妈不理会，黑牛不依不饶，推搡着妈妈要叔叔，推着推着，妈流着泪水："叔到天上去了!"黑牛望着天发愣。

第十四章

一

三喜得到了秀秀，一心想从她口中探听到牤牛的消息。大年初三的晚上，夜深人静，三喜问秀秀："你想牤牛吗?"秀秀不作声，眼雨刷刷地流。三喜摸模枕头，湿了一大片，接着又问："你想他活还是想他死?"

秀秀猛地拉着三喜的手："他杀了人还能活?"

"当然能活，这要看你配合得怎样。"三喜说。

"只要能保住他的命，俺都听你的。"秀秀欣喜地说。

三喜亲了亲秀秀："只要能找到牤牛的消息，让他回来自首，俺保他不死!"

"自古以来，杀人偿命，他还真能活吗?"秀秀疑惑地问。

"这你就不懂了，谁都知道，是自红赶了你家的猪，牵了你家的牛，还要抢你家的口粮谷，是自红先把你家往死路上逼，这牤牛一气之下才扣了扳机。只要他能主动自首，死罪可免。"三喜的嘴咬着秀秀的耳根说。

秀秀听得顺耳，觉得有点儿道理。看他三喜还算有点儿良心，为俺牯牛指出了一条活路。顿时心中燃起新的希望，想象那和美平静的日子，她等着牯牛回来。突然，三喜推了她一把："你快告诉牯牛，要他回来自首。"

秀秀急着说："他昨天天没亮走了，不知什么时候才回来。"

三喜眼前一亮，像发现新大陆："你看，早知他回来就好了。也不知他在哪里，时间拖久了对他不利呀。"

"俺听他说，好像在湖北的一个黑砖窑里打工，哎，也没人能找到他……"秀秀惋惜地说。三喜一下色眼诡秘，心中暗喜，一切都在他的算计中。

公安人员侦察到黑砖窑，黑砖窑刚关闭不久，那个李百万被抓，正在审询中，根据线索，布下天罗地网，不巧的是，此时牯牛已无踪影，去寻找他亲娘去了。三喜正想着好事：只要牯牛被抓，必死无疑，他就可以高枕无忧，秀秀永远就是他的了。不除掉牯牛，压着一块心病，怕就怕他耍横，就像自红一样，把他逼急了，一扣扳机命没了；牯牛岂肯饶他三喜？说不定什么时候，他的神枪对准了自己。现在好了，除掉这个天不怕地不怕的孽障，牯牛山再没人可惧怕了。忽闻牯牛漏网的消息，心里一下又紧张起来。他不住地吸着烟，青烟缕缕悠雅地升腾，绕着他舍不得离去，犹如一道神秘的护身符，让他慢慢镇定下来，哼，等着瞧吧！

牯牛离开磨脚村，心里反而轻松了。他在死前一切作了安排，心愿了却了，没有了遗憾，对死也不在乎了。他奔向五雷山。那药王殿活菩萨就是他亲娘呵，因她有一块半圆玉佩，亲娘留给他的一块玉佩就是那另一半，现玉佩已珍藏在大丫的脖子下。早知这样，带上它多好呵！转而又想了想，也好，见而不认，娘要见了玉佩，白发人送黑发人，岂不要了娘的命？没几个时辰，他登上五雷山。翠峦深处，殿堂庙宇错落，不知药王殿在哪里，不敢打听问路，只好一处一处辨认。牯牛找到药王殿的时候，已是暮鼓时分。药王殿还没关门，牯牛进门看见药王菩萨，跪地便拜。静真法师来到跟前，问："施主，您医病还是求药?"

牯牛抬头看，还真像观音菩萨，那笑容、善目、眉心痣，都曾相似，她就是俺的亲娘? 望着静真法师，迟疑了一会儿，说："俺来求医的。"

静真法师说："起来吧，我看看。"牯牛立起身来。一双菩萨眼瞧这瞧那，看着牯牛虎背熊腰，脸膛黑红，气壮如牛，便想起自己的儿子，现在也和这小子模样差不多吧! 心中隐隐有了非亲似亲的感觉。在牯牛身上找不到病的影儿，好奇地问："您得了什么病?"

"俺得了心病?"牯牛说。

静真法师微笑着："我不会医心病。"说着又打量着这位健壮的汉子。

"您是活神仙，难不倒您，帮帮俺吧。"牯牛哀求着。

静真法师顿生恻隐之心，问："您是有解不开的心结? 还是有越不过的坎?"

"一个人犯了大错，还能得到亲人的原谅吗?"牯牛问。

"人非圣贤，孰能无过。我出家人也曾犯下过大错……"静真法师与牯牛拉近了距离，亲近地说，"看到你就想我的儿子。那一年，我在牯牛山生下可爱的儿子。宝贝儿子一岁多，便忍心抛下他，就像撕下娘的心肝。我把一块祖上玉佩传给他，是让他长大后不忘记娘。三十多年过去，我一直不敢去相认，害怕儿子不原谅我。这是我一生最大的罪过，也是我的一块心病，一直折磨着我……"说着静真法师眼湿润了。

牯牛越听越明，这就是俺的亲娘呵! 一时眼水直流，泪雨浇灌枯竭的心田，如沙漠中找到绿洲，如孤帆飘进避风的港湾，一下想扑进娘的怀里，母子连心的滋味，无与伦比的幸福，近在咫尺，竟变得遥不可及。一个杀人犯儿子，这时候与亲娘相认，不等于杀了娘吗？你想娘为你陪葬吗？牯牛强忍着内心悲痛，却抵挡不住亲情地呼唤，猛地跪在静真法师跟前："俺认您当娘吧！以后俺就是您的儿子。"

静真法师不敢相信自己的耳朵，心潮澎湃，泪眼模糊，手忙脚乱扶着牯牛："娘愿收下你这个儿子！"话音未落，母子拥抱在一起，恰似游子归来慈母泪，点点滴滴，倾诉着思念和悲苦；正如骨肉分离，朝朝暮暮，感慨万千涌聚心头……

药王殿灯火通明，母子相会，话儿说了一箩又一箩，嫌小了，只得雇请大船拖。突然，静真法师说："儿子，娘早已原谅你了。告诉娘，你犯了什么大错，让娘替你分忧呀。"

牯牛望着娘，红着脸憨笑着："娘别担心，俺替朋友问问，知道了，亲人能原谅他的。"

静真法师噙着泪，说："即便他犯下不可饶恕的罪过，血浓于水，不是原谅他的罪过，而是用亲情感化他，用真爱融化他，世上最大的力量就是爱心。人不怕三十年前早死，就怕死后留骂名，只有爱心才能让他生与死的灵魂变得圣洁……"

一番轻言细语，如孩儿听着母亲的儿歌，如暖风抚摸着冰凉的心扉，如上帝卸下了他身负沉重的十字架。牯牛蓦然轻松了，视死如归，心中坦然，娘呀，等着吧，儿在天国护佑你……

牯牛下山去了。与娘相会，真的摘除了他的心病，就像古人所云，同君一夜话，胜读十年书。心中豁然开朗，是呵，用真爱爱人，用真心待人，用真诚感人，亲人接纳你，朋友赞美你，仇家原谅你，社会拥抱你。有了菩萨心肠才赢得爱戴菩萨，娘就是活菩萨。人人都有圣洁的灵魂，人间天堂，多美好呵！消除了杂念，现在剩下就是勇敢和骄傲。他昂起头，挺起胸，迈开威武的步伐，向公安局奔去。在繁华的街道上行走，忽然发现墙壁上贴着悬赏通缉令，他走到近前，竟是悬赏通缉自己。通缉令纸色变黄，有些年月了，悬赏金振奋人心，整整伍万元。此时，心静如水，但愿有人举报他，最好是穷人、最需要帮助的人举报他，算是今生最后献一点爱心吧。等了好一会，竟没人来举报他。他听"醒闷虫"说过，西楚霸王的头，值五百两金子。他一个犯了罪的草民，命也能值五万块，差不多吧。他撕下悬赏通缉令，亮在胸前，微笑着离去。扑面而来都是陌生面孔，谁也没有关注他，谁也没有发现他，好容易找到公安局，门卫拦住他，见他拿着悬赏通缉令，马上打电话，呼叫刑侦队刘队长。刘队长风一般来到门口。两人面面相对，牯牛见他大眼粗眉，一脸的严肃，没有表情，有点像阎罗殿里的判官，却并不害怕。刘队长见牯牛双手举着悬赏通缉令，知道有了重案线索，马上很神秘地把他带进了刑侦室。刘队长要他坐下，顺手倒一杯水给他，接着直奔主题："你发现犯罪嫌疑人现在哪里？"

牯牛若无其事地说："俺就是犯罪嫌疑人。"

刘队长一下铁青着脸："在公安机关说话是要负法律责任的！"说着打量牯牛，怎么看也不像精神病人。还没见过来公安机关无理取闹的；也没见过拿着悬赏通缉令悬赏自己的，即便是自首，也无须拿着悬赏通缉令，想敲诈公安局不成？正思忖着，牯牛又说："俺是来自首的！"

刘队长被这响亮声音打消一切猜疑，来人的的确确是来自首的，于是，心里蓦地警惕起来，铁青的脸上泛起一丝不自然的笑意："我们的政策是：坦白从宽，抗拒从严。欢迎你向公安机关自首！"

"俺杀人了，不求宽大，只求早死。快判俺死刑吧！"牯牛说得诚恳、坦然。

刘队长一边打着电话，一边谨慎地观察他的一举一动，一个求死的人还需宽大吗？一个求死的人还需自首吗？那他自首的目的是什么？不管他什么动机，先关起来再说。刚放下话筒，两名干警冲进门，迅速给牯牛戴上手铐，送往县监狱关押，待与案发地联系后发落。第二天，案发地来人提走了杀人犯罪嫌疑人。接着就看到电视播放新闻，故意杀人犯罪嫌疑人高牯牛，畏罪潜逃八年落网。刘队长心里总是有些蹊跷，他自首的动机到底是什么呢？肯定有他不可告人的秘密。

二

牯牛的案子是铁案，杀人偿命，不杀不足以平民愤。不久高院批下来，判处死刑，立即执行。布告张贴出来。公安局通知家属处理后事。秀秀听说牯牛被执行死刑，怎么也不敢相信，活生生的人怎就死了呢？三喜说自首可免死罪，牯牛是自首的呀，怎就没得到宽大呢？牯牛他为啥要自首，为啥要自寻死路？当她在医院太平间见到牯牛的尸体，头脑一片空白。那情景不外乎一个丧夫之妇的悲痛欲绝、哭天喊地、泪流成河的场面，所不同的是，秀秀边哭边用拳头击打着牯牛的尸体，好像是悲伤中有怨恨，嘴里叽叽咕咕，谁也听不清楚。医院工作人员催着："医院不是殡仪馆，需要安静，请快把尸体弄走！"

秀秀雇人把牯牛尸体弄回家。买来了棺木和装死的新衣，她要亲自给他洗抹，亲自给他换上新衣，亲自装殓，悄悄把他送上牯牛山，免遭乡亲们当面骂他杀人犯。就在给他洗脸的时候，忽然发现眼窝子陷得很深，秀秀用手指撑开眼皮子，眼珠子没了，只留下两个深坑。秀秀一下惊呆了，是谁狠心挖了你的眼珠子，死了还让你留下残疾，黄泉路上怎么行走呀！眼雨哗哗流淌。秀秀洗抹到肚子上，又有了新发现，牨牛的肚子瘪下去，用手摸摸，什么东西也没有了，只剩一张皮紧贴着脊梁骨，马上明白了，挖了牨牛的心肝五脏。牨牛犯了什么罪？遭这般挖心肝的刑罚。牨牛不是一个没心肝的人，他的老婆秀秀俺最清楚，乡邻乡亲最清楚，春花和朱副局长都知道，野兔和大灰狼都知道……不该挖出他的心肝呀，他怎么向阎王交待呵，一个没心肝的人，是要打入十八层地狱的。

秀秀向三喜哭诉着，三喜没一点儿感动，吹着烟圈笑着说："那不是刑罚，是医生将死刑犯的器官移植到病人身上。叫做救死扶伤。"

"谁来救救俺牨牛？"秀秀说。

"天王老子也救不了他的！"三喜又有些得意地说。

秀秀气愤地说："你说过，自首可免死的，是想骗牨牛上钩是不是？知道你没安好心。"

三喜的马脸一阵火辣，显然秀秀击中他的要害，但马上镇定下来，马脸拉得很长，委屈地说："把俺一番好心，当成驴肝肺……"接着又神秘兮兮，在秀秀耳边嘀咕一会，秀秀睁大眼睛："是真的吗？"三喜诡秘地点点头。

秀秀一下也不知从哪儿来的胆量，一个从不出门的山女，竟敢独闯衙门。她披头散发，眼睛肿得像水蜜桃，怒气冲天，那样子像要吃人似的。她冲进了公安局，门卫拦着她，却拦不住，就像一匹受惊的野马，奔进了办公大楼。神探崔大春出来接待她。他们是同乡，沾亲带故，你知我见。看秀秀一双会说话的眼睛昏浊凶恶，青面獠牙，活像蒲松林笔下的女鬼。这就是那个美若天仙的山女秀秀？不觉吓了一跳。一双慧眼扫视过后，马上思考对策，正欲上前安慰她，秀秀像没看见他，大声说："俺要找大官！"

崔大春笑着说："这儿没有大官。"说着倒一杯水递给秀秀。

秀秀左盼右顾，好一会，说："这儿没有大官，都是嘴上无毛，说话不牢的人，不找你们！"说着垂头丧气走出大门。崔大春心里平静下来，最难缠的是女人，一句话打发她走了。秀秀在门口不肯离去，心想到哪儿去找大官？门卫故意问她："找到人了吗？"

秀秀摇摇头，说："俺要找大官！"

门卫是一个姓刁的老头，平时最反感刁民找领导，看着秀秀横冲直闯，听她说要找大官，故意戏弄她，指着站在三棱吉普旁的司机姚胡子，说："他就是这儿最大的官，级别是师级（司机）干部。"

秀秀冲到姚胡子跟前，说："为什么要挖掉俺丈夫的眼睛？"姚胡子丈二和尚摸不着头脚，一下不知所措，以为碰上疯子了，正欲躲避，"杀人犯判了死刑，也不该挖去他的心肝五脏！"听到秀秀的责问，明白了，原来是死刑犯家属来闹事的，今天看我来摆平它，替领导分忧。姚胡子红光满面，年纪不大早露了顶，唯胡子稠密，颇有些官样，且有点儿官瘾。故意哼哼鼻音："你叫什么名字？"

"俺叫崔秀秀。"

"谁要你来公安机关闹事的？"

"俺是来讨说法的"

"讨什么说法？"

"俺刚才讲过，为什么判了死刑还要挖掉眼睛和心肝五脏？"秀秀重复着。

姚胡子站在车门边，做出要上车的样子，故意干咳两声，说："你不是要讨说法吗？算你找对人了"秀秀望着他，"你丈夫是杀人犯是不是？"

"是。"

"你知道他几年归案?"

"到他死七年八个月零三天。"秀秀不假思索一口说出。

"就是嘛,这些年,你知道破案费用花去多少?可以告诉你,仅用车的轮胎就换了几只。你说他的器官没了。那器官能值多少钱,能抵得上几年的办案费?"姚胡子瞎扯着。

秀秀听三喜说,人体器官很值钱,是公安局卖了,看来还真是这样。胡子大官说的话好像有点儿道理,牯牛不逃跑这些年,也不需花掉那么多破案费,牯牛的人体器官就不会被挖掉卖钱。一想到这些,秀秀反而觉得亏了理,不说话了,只伤心地哭泣。

姚胡子点燃一支香烟,很得意,刚才的母老虎刹时变成小绵羊,看来这当官也挺容易,不过舌条打卷儿的事,几句话便把事儿给摆平了。干咳了一声,又说:"你也别伤心了。这人体器官嘛,"想起领导经常讲的一句话,"这叫做取之于民,用之于民。你想,你丈夫被执行死刑,把他的器官移植到别人身上,是不是救了别人?那个被救活的人,身上有你丈夫的器官,这是不是说明你丈夫还活着?那些人体器官埋在土里烂掉了,多可惜呵⋯⋯"姚胡子胡编瞎扯,真让秀秀想通了,是呵,器官救了人,俺牯牛还活着,活着就好!秀秀心情慢慢平静下来,正想说几句感谢的话,姚胡子手机响了。接过手机,对秀秀说:"你等会儿,我进去一下就来。"

姚胡子走进刑侦办公室,崔大春说:"你现在把崔秀秀送回牯牛山,"从抽屉里拿出一个信封,"把这个交给她。"姚胡子接过便知道里面装着现钞。他再次出现在秀秀面前,满面笑容,和蔼可亲,一些装腔作势全没了,恭敬地说:"妹子,上车吧,我送您回家。"接着从衣袋里掏出信封,"这是局里一点心意,您拿着,回去办丧事吧!"秀秀不敢相信,胆怯地上了车,颤抖的手接过信封，把它捧在心窝，不敢去看，更不敢去数。她闭着双眼，像做着一场梦。车到牯牛山，姚胡子问："妹子，您到哪儿下车？"

秀秀睁开眼，已到了祝家大院，连忙说："到了，俺下车。"

姚胡子忙打开车门，笑着说："妹子，下车吧。"

秀秀感激不已，走出车门，扑通一声，双膝跪在地上："俺今天碰上大菩萨，谢天谢地，官还是大官好呵！俺秀秀给您磕头了。"

姚胡子一下满面通红，忙扶起秀秀："不用谢，应该的。"说着忙关了车门，调转车头，眨眼消失在秀秀感激的目光里。三喜闻风赶来，看见秀秀手里拿着一个信封，像中了邪似的立在那儿。三喜深深吸一口香烟，吐在秀秀发呆的脸上，秀秀猛醒："人呢？"

三喜问："你说谁呀"

秀秀举起手中的信封，说："大官人，大好人！"

三喜拿过秀秀的信封，信封没封口，里面全是百元大钞，三喜急急忙忙数了数，共二千元。其实，秀秀哪里知道，这二仟元是刑侦队长崔大春私掏腰包，给牯牛办丧事的。

三

牯牛一死，三喜拔掉眼中钉，如意算盘打得精准：当上牯牛山的村长，这里就是他的天下，秀秀会死心塌地跟了他。

三喜找到乡党委表功，如何卧底提供信息，如何做家属工作，迫使杀人犯自首，长达近八年的重案才得以结案。代村长代了这些年，也该取掉这"代"字了。其他党委都同意他任村长，曹书记说："还是当代村长，等选举后再说吧！"

三喜想得挺美，牯牛山的村长，非他莫属，当上村长是迟早

山 / 女 / 的 / 忏 / 悔

的事。牯牛死了，他的色胆更大了。唯他老婆朱么妹不听招呼，让他威风扫地。祸根就出在秀秀身上。么妹和三喜私下曾有过约定，等牯牛伏法，就与秀秀一刀两断，安心回家与她么妹和和美美过日子。这几年，有谁知道么妹是怎么过来的，丈夫和秀秀鬼混，她么妹哭脸当作笑脸过。为了支持丈夫的工作，忍痛割爱，任丈夫与秀秀胡来。每到晚上，人睡在床上心飞到丈夫身边，想到丈夫那些事儿，心如刀剜，身如火燎，燎烤了这些年，人枯得像一架纸风筝，老得像一只金丝猴。她透过窗洞望星星，最亮的是织女星，仙女也盼七月七呵；看见月牙儿变团圆，几度中秋，嫦娥仙子伤心泪，女人呀，女人……

天亮了，么妹的眼也亮了。牯牛死了，他可以回家了。那天，三喜哼着小曲，吐着烟圈儿回家了。么妹买来上好的烟酒，杀鸡打鸭，精心准备了一桌团圆饭。女儿小凤疯疯癫癫回不来，儿子大龙还是一个软宝，早伏在桌上嚷着要吃，么妹说："乖，听话，等你爹回来了就吃。"三喜刚进门，大龙嚷着："爹回来了，要吃大肉！"三喜心里有点不是滋味，顺手拿起筷子，夹了几块大肉，放进儿子的碗里，说："吃吧，今天爹让你吃够！"

么妹看见了，高兴得眼泪在眼筐里打转，说："大龙，看爹几多喜欢你呀！"接着也给儿子夹了好吃的，"娘也喜欢你！"

三喜在喝酒，么妹不停给他送菜，一家人其乐融融。其实，席间无话可说，乐在哪儿？不过是么妹天真的感受而已。忽然，三喜一口吞下一杯苦酒，皱着眉，说："么妹，俺俩离婚吧！"

么妹简直不相信自己的耳朵，看见三喜的马脸拉长，风云突变，皱纹里暗藏玄机，不由得身子瑟瑟发抖，像跌进了万丈深渊，芦瓜壳似的脸上，尽是苦涩和无奈。揪心地说："嫌俺人老珠黄是啵？狐狸精迷了心窍是啵？想当陈世美是啵？"

三喜皮笑肉不笑，点燃一支烟，慢腾腾地说："嘿，不要污蔑领导干部！"

"你也算领导干部？哪天出了包文拯，跟犯了王法的草民一样，只能用狗头铡铡了你的狗头！"么妹发疯似的诅咒。

三喜没事一样，慢慢使出杀手铜，说："俺俩都犯了法，你知道吗？狗头铡等着你呢！"

么妹气得说不出话，好容易吐出几个字："俺犯了啥法？"

三喜悠闲地吸了一口香烟，提高嗓音说："婚姻法规定，近亲不能结婚，可俺俩是亲表兄妹，你敢说没犯法？"么妹被三喜问得哑口无言。三喜接着说："你看，你和俺都被这近亲害苦了，生小凤得癫病，生大龙又是软宝，你说俺黄家还有啥指望？"

么妹听着想着，三喜在打狗屁，拿法来压俺，不知从哪蹦出话儿："没良心的，你怎不早说？俺做闺女时长得天仙一样，比你强十倍八倍的小伙子，望着俺流口水，是你馋俺的美貌，才提什么'扁担亲'落下这下场。生了小凤还不死心，还要俺——生下——大——大龙……"越想越气，越气越伤心，她已泣不成声。

三喜对付女人最厉害的功夫是软缠，像变色龙一样，和颜悦色地说："么妹，俺俩好歹夫妻一场，也算得上亲上加亲。俗话说，亲戚只望亲戚好。你总不能看到黄家断了香火吧，这可是俺俩的罪过呵，黄家祖宗饶不了咱们……"烟雾中已看不清他的真面目。么妹在哭泣，三喜佯装悲伤，接着说："看见大龙，想到小凤，心如刀戳，可怜天下父母心呵！父母死后，谁心疼他们？谁养活他们呀……"停顿一会儿，"爹想为他们再生下一个弟妹，让他们有个依靠，也好续了黄家香火，你当娘的狗咬吕洞宾，不识好人心呀……"

么妹还在哭泣，大龙还在吃，什么时候，三喜走了。

天黑的时候，大龙伏在桌上睡着了。刀月悬在天边，满天星星如鬼火闪烁，么妹拿着绳奔跑，一直跑上牯牛山，在一棵老茶树下停了，寻找她的归宿。她瞅准一根斜枝，正好离地一人多高，爬上去系好绳，坐在枝丫上歇息。正准备上吊，一只猫头鹰叫了，叫得恐怖，叫得凄凉。忽然，她想起一件事，忙从茶树上跳下来，心里怦怦跳："鬼鸟儿莫催魂，叫得俺心慌，险些误了大事！"说着飞奔下山，跑到秀秀家。黑暗中，透过光亮，看见秀秀在堂屋剁着猪菜，两个孩子歪斜在椅上睡着了，么妹心里就有了同命相连的怜悯，当女人苦呵！这就是命！么妹心目中的狐狸精，夺夫之恨，一下子荡然无存，剩下的只是伤痛和不平。她冲进去，拉着秀秀的手："秀妹子，别剁了，听姐说几句。"

秀秀吓了一跳，么妹寻上门来，肯定没好事。瞪着大眼："姐，你说吧，俺听着。"说着递给么妹一把椅。

么妹还没坐下就说："秀妹，姐有一件事求你，你答应吗？"

秀秀连忙回应："妹能做的，都答应你。"

么妹话没出口泪先流出来，擦了眼泪说："姐不放心大龙，你是好人，姐拜托你……"秀秀点点头，只望着么妹，不敢作声。"俺丈夫三喜不是好人。你要多留心眼儿，千万别给他生娃，他抽屁不认人的！你知道吗？三喜帮你不是发了善心，他是到你家卧底的。"

"卧底是什么？"秀秀问。

"三喜对俺说，他要和你上床，侦探牯牛的线索……牯牛死了，他不要俺了，要与你结婚……"么妹把秘密全抖出来。

明白了，一切都明白了。秀秀打了一个寒战，如梦方醒，仿佛一条毒蛇缠住了身体，她挣扎着，呼救着……

牯牛山又有了爆炸新闻：黄三喜的堂客朱么妹吊死在牯牛山。人们议论着：有人说，么妹是吊死鬼讨了替身；有人说是她见不得三喜和秀秀才上了吊的；有人干脆说，三喜先弄死了妻子，再造出吊死的假相，掩人耳目；还有人就说，便宜了一对野鸳鸯终成正果……一时传得纷纷扬扬。

最高兴的是三喜，么妹一死，他可以名正言顺娶秀秀，秀秀永远就是他的女人。他草草安葬了么妹，顾不上流言蜚语，迫不及待去讨好秀秀。此时的三喜，在秀秀眼里成了一坨狗屎，知道他要来缠，带上孩子回崔家峪了。自从秀秀知道了真相，整日以泪洗面，悔恨不已，对不起牯牛的嘱托，对不起孩子们呵！

三喜饶不了秀秀。三喜知道秀秀回来了。一个夜黑风高的夜晚，悄悄潜入竹林，他窥探着屋里动静，就像黄鼠狼捕鸡，伺机扑过去。秀秀没给他机会，天擦黑就关了大门。看见她给孩子们洗了，熄灯睡觉去了。三喜不肯罢休，等到夜深人静，弄开偏屋的破门，摸进秀秀的房里。秀秀正梦见和牯牛拥抱着，牯牛说："你不用嫁人了，俺回家团聚来了。"突然，一个人抱住她，动弹不得。这不是牯牛。她惊醒过来，仿佛嗅到狗屎的臭味，心中怒火油然而起，一下来了无穷的力量，肚挺脚踢，三喜从软绵绵的肉垫上，滚到硬邦邦的踏板上。三喜未料到一向温顺的秀秀，今天成了母老虎。慢慢爬起来，放出狠话："你就是一只老虎，老子也要扳掉你一只角！"

秀秀从床上坐起来："睁着狗眼放狗屁，老虎没有角，也能吃了你！"

三喜一个老鹰抱鸡，双手按住了秀秀的头，拼命在秀秀脸上狂吻。秀秀挣扎着，一口咬住他的手膀不放。三喜忍着痛，一手撕开秀秀的衣服，秀秀急中生智，对准三喜的阴裆，一脚蹬去，只听见"哎哟——"一声，三喜滚在地上，不作声了。秀秀出了一口气，一脚踢死了他最好，俺去抵命，砍脑袋碗大个疤，牯牛正等着俺团聚呢！过了一个时辰，三喜苏醒，知道阳物废了，痛苦难当，弯着腰捧着卵，有气无力地说："俺要去告你，谋杀领导干部！"

秀秀斩钉截铁："一人做事一人当，俺等着！"

三喜威风扫地，悄悄离去。秀秀今晚格外开心，狠狠地教训了这个老色鬼，头一次这么勇敢，踢人阴裆，算他命大，坐牢顶枷俺认了。兴奋了一会儿，又像软泥瘫在床上。他去告俺，胳膊扭不过大腿的，若男大丫还小呵！还是先找张滚滚探听消息再说，秀秀睁眼到天明。

几天过去了，牯牛山没动静。张滚滚来告诉秀秀，那口吃毛病急死人，听了半天才弄明白：原来他三喜心亏，不敢告状。他打听过了，只要秀秀告他，那是强奸，可判上好几年呢。秀秀心头的石头落地了，再也不怕三喜来缠了。

四

牯牛山要选村长了，这是开天劈地头一回。乡亲们好像并不关心。几十年来，都是祝家人的天下，自红死后，黄三喜当了代村长，都与他们无关似的。照他们的话说，"娘头间是睡，爹头间也是睡"谁当都一样。黄三喜听了自然高兴。乡里下来干部，在牯牛山进行广泛地宣传发动，要提高民主意识，投好自己神圣一票，选出大家满意的好村长。为了保险起见，能当上村长，三喜上蹿下跳，找到曹书记。见面就是双膝下跪，把曹书记吓一跳，曹书记忙拉他起来："像什么样子，天大的事起来说！"

三喜看见曹书记近视眼镜里藏着愤怒，忙站起来，哭诉着："您是知道的，俺跟着您鞍前马后，忠心耿耿，没有功劳也有苦劳……"看了看曹书记，"牯牛山村长、村支书的帽子，就您一句话的事儿，给谁都行。'肥水不落他人田'念在跟您多年的份上……"

曹书记摘下眼镜，用绸布擦掉镜片上的灰尘，再戴上它，眼前更显得清楚通明。他看看三喜，接着像老师给学生解答问题，有条不紊地说："关于村长人选问题，一，我曹某没有任免权；二，你当不当村长，牯牛山村民说了算，帽子在他们手里；三，村长的位子不是肥水，你即便当上村长，也要履行职责，不是享受而是奉献……"

三喜连连点头，聆听曹书记教诲，那话儿说得有章法，有正气，有力度。如凛烈的寒风，吹得他毛骨悚然；如无情的鞭子，抽得他皮开肉绽；如阴曹判官，揭露他肮脏的灵魂。顿时，羞愧难当，低着头，不敢说话。这时，曹书记舌锋一转："当然啰，想当村长也是好事，说明你想为群众出力，为大家办事，不过呢，要得到他们的认可、信任才行。所以要通过选举……"三喜感动得痛哭流涕。曹书记还是关心他的，他当村长还是有希望的，好像给他指明了路子，关键还是靠选票。走的时候，信势旦旦对曹书记说："记住了。俺会努力争取的！"

三喜破天荒走访农户，谈到选村长的时候，都说投他一票，看来牯牛山离不开他三喜，心里暗自高兴。有一天，三喜碰到张滚滚，故意扯到选村长。"你说牯牛山还有谁会竞选村长?"三喜试探着问。

"多——多——的——是！"张滚滚说。

三喜讥笑着说："你张滚滚不会参选吧。"

张滚滚脸气红了，知道三喜挖苦他，也不示弱："俺——张——张——滚 滚——不——不——参——参——选，俺——俺——哥——张——张——滔滔……"

三喜知道张滚滚他哥张滔滔，在村里口碑不错，跟他爹张八斤一个鸟样，讲老实话，办老实事，一直当着牛头组的组长。如真竞选村长，结果还真是难料呵。三喜马上改口："张滚滚狗日的，你这个白眼狼，自红死后俺当了代村长，对你怎样?"

张滚滚心里通亮，他三喜对俺好，是因为他霸占了俺师娘秀秀，害怕俺撑他眼皮子，坏了他的好事。其实，说对他好，不过就是当差跑腿听使唤，有时跟着吃吃喝喝，占点便宜。张滚滚打心里不服气，三喜不该打他师娘的主意。此时，张滚滚正想为师傅鸣不平，急得翻白眼，吐不出话。三喜又小声说："狗日的，只要你帮俺选上了村长，俺就把你拉进村委会，牯牛山就是俺俩的天下……"

张滚滚似信非信，停了好一会，说："好——好——呢！"三喜听见张滚滚承诺，喜之不胜，当村长已是水到渠成，不当都不行了。张滚滚前脚答应，后脚就反悔了。按他的说法，那叫稳住三喜，先给他一个空欢喜，免得他节外生枝。张滚滚找到他哥张滔滔，费了好大的口舌动员他哥参选村长。他哥说："当村长不是谋私利的，只能为大伙儿办正经事，俺不行。"

张滚滚说："牯——牯——牛——牛——山——就——就——你——你行！……"

他哥说："别做梦了，俺张家的祖坟没葬着！"

"他——黄——黄——家——才——才——没——没——葬着！"张滚滚吃力说。

……

两兄弟争来争去，张滚滚还真说服他哥，同意参选村长。理由很简单：兄弟俩都认准了，他哥张滔滔就是比黄三喜强。他三喜那德性也能当村长，他哥为啥不行？

海选之后，三榜下来，剩下黄三喜和张滔滔决逐村长。地点选在学校，时间定在星期日。对这次选举，上面很重视，乡党委驻村领导主持，乡里来了几位领导，曹书记也赶来了。村民来得很齐，奇怪的是，从来开会不到的秀秀也来了。三喜一双色眼早发现了秀秀，秀秀还是那么迷人，只是心里暗暗叫苦，她怎么就来了呢？秀秀也看见三喜，不屑一顾，那一张马脸，还有那心肝五脏，什么货色，早看出屎渣来了。她就一个心愿，让黄三喜当不上村长，免得他再害了人家。张滚滚四处张望着，在人群里看见秀秀，心里忐忑不安，她今天来帮谁的？不用说帮三喜的，早把俺师傅给忘了，女人心那，门斗钉！

唱票人喊道：张滔滔一票，两个监票人眼光同时落到选票上；黑板上"正"字下又记上一笔，三喜像蜂蜇了一下，两个小眼死死盯着黑板上。唱票人喊道：黄三喜——票，三喜舒缓一下，心里祈祷着……

结果很快要出来了。三喜的脑袋嗡嗡作响，就像要爆炸似的；秀秀的大眼睛盯着黑板上一行行的"正"字，恨不能把黄三喜名下的"正"字抹去；张滚滚一直数着两边的"正"字，问他得票谁多谁少，他只会摇头，连他自己都跟着急。倒是张滔滔心情平和，得之不喜，失之不忧。选上村长，就学俺爹的样，敢想敢说敢碰硬，为乡亲们出几年牛力吧！

黑板上统计得票结果是：黄三喜692票，张滔滔694票。三喜的眼直了。他的好梦真毁在秀秀、张滚滚手里。他可怜巴巴望着曹书记，曹书记拍着他的肩，笑着说："还是接受现实吧！"他看见秀秀笑了，笑得开心，好像她从来没这样开心过。

第三部 情 缘

第十五章

一

　　若男与大丫分别后，匆匆赶回牯牛山，这次回乡肩负着重要使命。半路上的插曲，让她见到了寻找多年的姐姐大丫。机缘巧合，这应是苦难的回报，上苍的恩赐吧！抑不住喜悦，恨不得像鸟儿张开翅膀一下飞回家，把这个天大的喜讯告诉给妈妈，让她快要瞎的眼睛突然明亮起来。在若男的心目中，谁也没有妈的眼睛阔大秀美，谁也没有妈的眼睛水灵透澈，谁也没有妈的眼睛神韵照人。她自鸣得意，都说她像妈脱下的壳，说明她得到了妈的遗传因子。正因为有了这一双眼睛，洞察世事，分辨善恶，才有了她不平凡的经历。见到妈的时候，妈虽然睁着美丽的大眼睛，却已看不见女儿若男的面目了。依稀听见若男的声音，知道女儿若男回来。从妈没有光泽、没有表情的眼睛里，知道妈的眼睛已失明了。若男在妈的耳边说："妈，我找到大丫啦！"

　　妈没有喜悦的表情，只是流泪。若男一阵心酸，妈的一双会说话的眼睛，竟被折腾成瞎子。在她的记忆里，自爸死后，妈再没有了笑脸，总是以泪洗面，眼睛出了毛病，要大丫经常给她买眼药膏子、眼药水什么的。大丫出走后，妈长期沉浸在悲痛中，只有眼泪安慰她，买眼膏子、眼药水的事落在若男身上。若男外出寻大丫，也不知谁替妈买眼药。看，妈的眼睛像失明了，决不能让她成瞎子！想着就对妈说："妈，我带您上县城治眼睛！"

妈同样没有表情，文不对题地说："大丫在哪儿?"

若男听见妈在说话，心里很高兴，马上回应："大丫在五雷山药王殿……她很好，不用挂念……"

妈突然睁大眼："妈对不住你爹……你爹惩罚俺，吹了俺的灯，成了瞎婆子，俺受了……只要你们好……"

若男扶起妈："妈，别胡扯。走呀，我要让您重见光明！"妈将信将疑，在若男的缠扶下走出家门。若男雇用一辆农用车，把她们送到天生垭集镇上，搭上去县城的公共汽车，赶到县人民医院，已是下午二点。在医院门口，立着一块抢眼的喜报：留学回国眼科专家祝大黑来我县义诊，欢迎眼疾患者前来就医……若男懵住了，莫非是他? 正犹豫着，一个西装革履的男子走进医院，若男熟悉的眼光早发现他，扭头有意躲避他。其实，祝大黑早已看见她，忙迎上去："不认识我了?"

若男的脸蓦地红到耳根，羞愧地低下头："您是尊敬的祝大夫，对不起，那天不辞而别，是因为……"

祝大夫打断了若男的话："是我睡着了，您下车，我也没打上一声招呼，请原谅。"说着看了看表。

若男指着显目的喜报说："是您在这儿义诊吧。您上班很准时的，提前就来了。"

祝大夫忽然发现若男身边的妇人，好奇地问："这是谁，带她来医院看病?"

"她是我妈，看她眼睛黑白分明，都成瞎子了……"若男说。

祝大夫眼光早扫视妇人眼睛："来，把她弄到义诊室看看。"说着领着母女来到他的诊室。他的诊室就设在眼科，不过是在眼科诊室多添了一张办公桌而已。检查过妇人的眼睛，祝大夫说："两只眼睛严重白内障，需手术。"

"手术后，可重见光明？"若男问。

祝大夫说："可以这样理解。准确地讲，是恢复一定视力，因为她还没有完全失明。"

若男请求："关照一下，请您马上给我妈做手术，行吗？因为我……"

祝大夫又打断她的话："因为你很忙，是吗？好吧，马上手术！"若男很感动。要他做手术的患者都排着队，等了好几天，给妈优先，就是让别人推后，从这一点上，若男心里真过意不去，这有失公平。祝大夫给了她多大的面子呵！要是在平时，她会自觉遵守秩序，绝不会坏了规矩的，偏偏有要事在身，耽误不得。

若男为妈办理住院手续，还真是免费医治眼病。诧异了，如今市场经济，还以为是打义诊旗号，行谋利之实，看来，还真出了活雷锋。对了，那天在火车上听他说，不知是谁，给了他眼睛的光明，他要学医回报社会。想他大黑小时候的恶作剧，判若两人，是那个给他光明的人改变了他，难怪他手捧圣经……人还真是可改变的呵！

约一个多钟头，妈的手术结束，祝大夫说："手术很成功！"若男点头致谢，扶着妈进了病房，接着是躺在病床上，打点滴消炎。若男没有时间陪护妈，便找了一个临时护理照顾妈，自己忙她的事去了。

割了白内障的眼睛包扎着，不知几天才能解开，解开之后还真能见到光明？秀秀疑惑着。从来未住过医院的秀秀，在黑暗中一分一秒地度过，思绪纷飞，想得最多的是过去，最遗憾的是，没能给牯牛生下一个儿子，让高家断了香火。听老人们说，不孝

第 / 三 / 章 / 情 / 缘

267

有三，无后为大。她感到羞愧，无地自容。

临时护理照顾着秀秀，无微不至，就像亲人在身边。秀秀瞎着眼问："大妹子，您贵姓?"

"俺姓刘，刘三姐的刘，叫刘春分。"临时护理生怕人家弄错她的姓，用美人的姓名重复一下。

秀秀带一丝微笑："刘妹子，您声音好听像刘三姐，人一定长得你像她一样好看，"接着又好奇地当起查事婆婆，"您家住哪儿? 还有什么人? 怎么到这儿来了?"一连串的问，把她俩问得亲热起来。

春分一下贴近了大姐，诉苦似的说："俺家住五雷山下磨山乡的磨脚村，丈夫死了，爹妈都不在人世了，只一个儿子读大学，靠俺供养……"

"您来这儿打工挣钱的? 哎，也是一个苦命的女人……"秀秀伤感地说。

春分像找到知音，毫不掩饰地说："俺是来这儿挣钱的，大姐，除了挣钱，俺还要在这儿了却一个心愿呢!"

秀秀问："大妹子，不是来这儿找老公吧，有了相好? 还没有的话，大姐帮你实现这个心愿吧。"

春分眼睛湿润了，沉默了好一会，说："大姐，不用了……"接着问，"大姐，您去过牯牛山吗?"

秀秀心里一怔，她也知道牯牛山? 微笑着说："妹子，俺就住在牯牛山，那儿一草一木俺都认识……"

春分心中暗喜，偏偏老天爷帮俺，遇上了贵人，指点迷津，接着问："大姐，您认识牯牛山的崔秀秀吗?"

秀秀简直不相信自己的耳朵，停了一会说："妹子，俺就是崔秀秀……"

"高牯牛是……"春分慌忙问。

山／女／的／忏／悔

秀秀的脸蓦地布满阴云，悲伤地说："他是俺丈夫，死了!"

春分吓了一跳，眼前的大姐竟是牯牛的妻子，眼光重新打量一番，虽然眼睛被蒙着，女人的美丽逃不过女人的眼睛。没有嫉妒，只有同情，不知如何安慰她，话未出口，泪先流，抑不住悲痛，脱口而出："大姐呀，原谅俺吧，牯牛也是俺的夫君呵……"说着扑通跪在秀秀面前。

一语惊醒梦中人。猛想起那次牯牛逃回家，与她一夜话，谈到过春分，当时恨不能吃了她，这人现在就在面前，却怎么也恨不起来，都是女人呵! 同命相连的女人。秀秀瞎摸着扶起春分，说："大妹子，俺俩结拜姐妹吧!"

春分激动地说："大姐，小妹这就跪拜姐姐，从此俺俩就是姐妹了!"

秀秀拉着春分说："妹，免了!"春分又高兴又心疼。自牯牛和春分在磨脚村分别后，不久便看到布告，牯牛被执行死刑。遵照牯牛的遗愿，她没有去五雷山，惊动那位活菩萨尚未确认的娘亲;一心让孩子读书，她爹赤脚书记死后，一个人撑过来，就像在苦海找不着岸际;孩子大了，她一定要带他回牯牛山认祖归宗，让孩子找到他的根。唯有一事没依着他的是，找一个好男人过日子。从此她心如井水，再荡不起漪涟。她正愁找不着秀秀，一下竟结成姐妹，心里头映出一片蓝天……看见姐眼前的样子，想着她从悲伤中一路走来，眼睛哭成了瞎子，心如刀剜一般地痛，一下子不由自主地拥抱着秀秀，两姐妹呜呜哭泣起来……查房的护士走来，就像白色的天鹅，忽然拉下口罩，露出严肃如铁的面孔，大声吼道："想成瞎子是吗? 你哭呀，哭呀!"

姐妹俩马上停止了哭泣。春分强装笑脸，说："不哭了，不哭了。"护士的话儿提醒了她们。秀秀心里过意不去，也不知是哪方好心的医生来免费义诊，可别老想过去那些陈芝麻、烂黄豆的伤心事儿……春分很愧疚，怎就不逗姐乐着呢？让她泪水沾不着，悲苦躲藏着，等到睁开眼时候，姐美丽的眼睛，亮得就像两只猫眼，看得清人世间黑白美丑。

医生终于来拆开秀秀蒙眼的纱布。春分的心跳到嘴边，就差点儿没蹦出来。盼着看姐漂亮的真面目，她的眼睛真能亮起来吗？春分闭着眼不敢看，双手合掌祈祷着，嘴默念着：菩萨保佑……只听见医生说："睁开眼，看得见吗？"

秀秀胆怯地睁开眼，明亮的世界让她感到陌生，第一眼看到身旁的春分，让她惊讶，这不就是刘三姐转世吗？再看看，一位年长戴眼镜穿白大褂的医生，望着她微笑，真的能看见了，木讷一会儿，惊喜地说："看得见了，看得见了！"春分忙睁开眼，姐的眼睛又大又好看，看得见姐年轻时漂亮的影子，高兴得不住地拍手叫好。医生伸出二根手指问："这是几根手指？"

秀秀回答："二根手指。"

医生又指着春分问："你看她是谁？"

秀秀笑着回答："她是俺妹子。"

"好了，到眼科测试视力后，准备出院。"医生说着走了。春分好像有了特殊发现，姐住的病房是单房；那么多医生、护士格外关照，昨天还送来鲜花和礼品，听说手术、费用全免呢，姐是一个什么人物呢？心中生起一个疑团。其实，连秀秀自己也不知道是怎么一回事。

春分跟着秀秀来到牯牛山，有曾相识的感觉，那青山，那翠竹，那土屋，牯牛都曾亲口告诉过她，这里是她魂牵梦绕的地方。买了鞭炮和香蜡纸钱，姐妹俩来到牯牛坟前，坟头荆棘丛生，荒草枯荣，蔓茂得绿绿葱葱。秀秀说："这就是牯牛的坟，这一片是高家祖坟，眼瞎后也没给它们剃头开光……"说着点燃香蜡，插在高老爹和牯牛的坟前。接下来是磕头，春分跟着秀秀

山／女／的／忏／悔

磕头。先给爹磕头，秀秀像做了亏心事似的，埋着头说："爹，俺对不起您呀，对不起高家，断了高家的香火……"磕头就像鸡啄米，坟前捣出个坑窝。春分默默地跟着秀秀磕头，她不敢叫爹，因为山里头是不认同野鸳鸯，这是沾污祖上。给牯牛磕头的时候，秀秀就像报喜似的："您看，俺把春分带来了，俺和她结姐妹呢，您高兴呀……"

坟的周围松枝错落，古藤交织，听得见雀鸟欢唱，却见不着它们的影儿，仿佛在传递着阴阳之间的信息。春分抬头望了望，见不着天，就好像置身在阴曹地府，跪地磕头大声说："牛哥，你听着，俺都遵你的话儿做了，黑牛长得像你一样高大、结实，等着这一天，他来认祖归宗……"

雀声悦耳听不见，秀秀还沉浸在自责中。一个响亮的声音飞来，像阳雀催春，比阳雀清脆动听；像春雷唤雨，比春雷震憾人心，秀秀一下抱着春分："好妹妹，高家后继有人了！是你帮姐搬掉压在心头的石磨子，压得姐这些年喘不过气来，断了高家的香火，姐死不瞑目呵……"

二

若男送妈进了医院，找了临时陪护人员，便风风火火地走了。她要办的事太多太多。急着找到县招商办。招商办是随着改革开放，为了招商引资，新增设的一个机构，就设在县商贸局内，其实，就是多挂了一块招牌，商贸局长兼任招商办主任。接待她的是一个退居二线的前任老局长，名叫牛跃进。牛局长官气未脱，显著的特征是装腔作势，哼鼻音，加上他点头哈腰、随机应变的官场套路，让若男有些恶心。若男站在办公室外，门半掩着，早看见他跷着二郎腿，一杯茶，一支烟，一张报纸半遮面。牛局长虽戴着老花镜，斜眼也早发现了她，像没看见似的。等了一会儿，若男轻轻推开门，问："这儿是招商办吗？"

牛局长没有抬头，哼了一声："嗯。"

"我可以进来吗？"若男很有礼貌地问。

没有回音，依旧是报纸遮面，一团烟雾笼罩着，若男看见烟雾中伸出一只手来，稍微晃了一下，她便坐在茶几旁的沙发上。又停了一会，若男问："大叔，贵姓？"

牛局长放下报纸，摘下老花镜，扫视一眼，问："你找谁？"

"我找招商办的负责人。"若男说。

牛局长看了看若男，爱理不理地问："有事吗？"

若男见他红光透顶，似官非官，悠闲而傲慢的态度，心中不爽。这些人在她眼里见多了。小字辈也该杀杀他的威风，声严厉色地说："无事不登三宝殿，既然您无姓无名，无职无事，看来，这投资项目还要去找您的父母官……"

牛局长蓦地眼珠子一转，打量若男，还真是一位漂亮的小姐，一双会说话的眼睛告诉他，来人非等闲之辈，年纪不大胎气大，连忙站起身来，赔着笑脸："我姓牛，是商贸局前任局长，现在这边打理，怠慢了客人，请包涵……"说着给若男沏好一杯热茶，双手敬上。

若男淡淡一笑，玩味地说："来贵县投资不会拒绝吧！"

"欢迎，欢迎，欢迎财神来我县投资兴业……"牛局长说着用怀疑的眼光审视着若男，一个乳臭未干的女子，竟口出狂言，莫非……又怕惊飞金凤凰，接着试探着说，"老板贵姓？不知何方财神赐福？投资项目和投资规模拟定了吧。"

若男从手提包里拿出名片递过去，牛局长很小心地双手接着，忙从办公桌上捡回老花镜戴上，盯着小小的名片，眼珠子就像粘着了，老半天抬不起头来。不敢相信，眼前这位有些稚嫩的丫头——高若男女士，竟是深圳华兴集团执行董事。他泛着红光的脸上，堆起有些歉疚的笑疙瘩，不好意思地说："我们筑巢引凤，招商引资，金凤凰来了却有眼无珠，多有得罪。"话是这样说着，心里还不踏实。因为他就是栽在招商引资上。得意的时候，因会吹牛，吹软了领导的耳朵，一年引资十个亿，三年增税过千万……他当上商贸局长。凭他一张嘴，舌条儿还真卷来台商的汽流纺项目，政府划地，银行贷款，最后只落下一堆破铜烂铁、过了时的旧设备……年底调整班子，他该休息了。

若男幽默地说："我这个金凤凰不怕得罪，就怕拔毛，拔了毛比鸡难看……"

牛局长知话中有话，忙拍胸打掌地说："我们的政策是'放水养鱼'，决不会'杀鸡取卵'。我们为招商引资开绿灯，给政策，你赚钱，我发展……"情绪激动，滔滔不绝。接下来放低声音问："不知高老板投资额度多大？"

"开始准备二个亿吧，项目还没敲定。"若男轻松地说。

牛局长心花怒放，这可逮着一条大鱼，是她自己送上门来，倘若真能成功，他可是首功呵！一下子眼花缭乱，仿佛看见红彤彤的大钞，苑如红蝴蝶铺天盖地，把他淹没；仿佛看见待业的儿子被录用，老婆高兴地揪着他的肥耳嘟嚷着，"你行呀！"，那个得意呀真如春风拂柳；仿佛看见儿子冲到他面前，伸出大拇指："爸真牛！"，他望着儿子，一种不可名状的快感，在心中起伏，就像他吹牛一旦成真的那种感觉，可惜一生难得一回……他不想把这个天大的好事告知别人，拿起话筒直接向县长报告，说话有了底气："……哈哈，我的郑县长，财神爷就在我的身旁，请您……"放下话筒，又对若男说："你看，为表诚心，我把县长都请动了。"

若男笑笑："办事顺畅就好，何必惊动父母官呢。"看了看挂在墙上壁钟，"今天晚了，明天上午谈投资事宜，我还要准备准备。"说着站起身要走。

这下急坏了牛局长，随着也站起身来，说："您到了这里，客随主便，吃住由我来安排。您这要走，就见怪了，高董，我们尊贵的客人，隔会儿县长来了问我要人怎么办？"

"县长给我打过电话，说有事不能来了，要我们招待好客人。这位是高董吧。"进来一位穿浅黄色夹克衫的中年人笑着说。

牛局长皱了一下眉，马上亮出笑脸，指着来人说："这位就是我们现任商贸局的庞局长。是刚才县长亲自安排他来接待的。"接着指着若男介绍，"她就是高若男女士——深圳华兴集团执行董事——来我县投资二个亿的财神菩萨！"

庞局长爽朗一笑："欢迎高董来我县投资！"说着不失风度地伸出右手上前，与若男握手。

若男感觉到他那柔软如绵的手，胜过自己，瞟了他一付文弱书生的样子，白晰的脸上少不了一副眼镜，知道他是"科班"弟子，暗自生出几分敬意。不失时机举止从容地说："两位局长的热情，我表示感谢，这里，我要纠正一下，准确地讲，是来家乡投资建设。"

庞局长扫视了若男一眼，眼前这位年轻的高董不论仪表风度、言谈举止、视野见解，都出类拔萃，不乏出自名门大家、名校精英，打心里几分佩服。风趣地说："有道是，同君一席话，胜读十年书。我们共进晚餐，让我受益匪浅……"

"好呀，还是家乡的饭菜香呵，看，我馋得都要流口水了。"若男一下变成一个野丫头，稚嫩单纯得让人好笑。

小车就停在楼下。庞局长带着若男下楼。牛局长跟在后面，心里思忖着，他怎么来了呢？是我在穿针引线，再怎么说，这个引资项目也应记在我的名下，奖励也应归于我呀，看来，县长还是不信任我。

小车在一家酒楼前停下，停车场上停了好些车，若男下车抬眼看看酒楼招牌，牛局长忙介绍："看，这家山珍海味酒楼开了好些年，名气大着呢！"他们走进酒楼，早有迎宾小姐接待，笑着问："两位局长都来了，要包房吧？"说着把他们带进一间僻静的贵宾包房。人还没坐稳，热茶送到面前。见是官场上的常客，张老板亲自过来打点。虽徐娘半老，却风韵犹存，看样子已是生意场上的老手。"哎哟，是两位局长大人来了，看，这天上飞的，地上跑的，水里游的，稀奇古怪的，都等着您品味呢！"说着张老板递过菜谱，庞局长一目十行地扫过，又将菜谱递给若男，笑着说："还是请高董点菜吧！"

　　若男连看也不看推着说："客随主便，简单点儿行了。"

　　牛局长吸了一口烟，拿着菜谱翻了翻，说："就你们这儿最有特色的菜，看着办吧。"

　　张老板发现面前的小姐，来头不小，看上去好像哪儿见过似的，眼光还停在若男身上，嘴里却欢快地回应着牛局长："好呢，俺替您做主，包你们满意！"说着去伙房配菜去了。

　　司机走进包房，牛局长吩咐："小李，到吧台拿几包烟来。"小李乖巧地拿来三包软芙蓉王，很礼貌地分放在他们面前，接着就去伙房催菜。牛局长慷慨地拆开自己面前的一包，给若男敬上一支，只见她微笑着摇头，烟不落空地刁在自己嘴上。若男看着牛局长的样子好笑，顺手将自己面前一包烟扔过去，牛局长不推辞地接过，脸上泛起不尽地笑意。庞局长不会抽烟，顺手将烟塞进自己手提包里。这个场合，若男司空见惯，难受的只是那烟缠雾绕，如同一串串无形的锁链拴着她，折磨着她。

　　菜上桌了，土钵燉龟肉、田螺烹香辣、青椒爆鳝丝、另加一个青叶小菜，也够简单的，其实都是这儿当头炮的稀罕菜，价格不菲，仅龟肉就过千元。接着服务小姐送来两瓶酒，一瓶五粮液，一瓶白兰地，酒杯碗筷一应俱全。牛局长拿起白兰地，看了看说："今天陪高董喝洋酒吧。"

若男夺过洋酒，说："要喝就喝国产酒吧。"

几个人的目光都集中到若男身上，一个女子不爱葡萄美酒，却饮烈性白酒，都感到惊讶。牛局长举起五粮液："好，今天就喝国产货！"说着便给若男斟酒，除了司机小李，一下满满斟了三杯。

庞局长说："今天破例，舍命陪高董，豁出去了！来，敬高董一杯，干杯！"说着举杯碰响，真如赴汤蹈火，勇敢地一仰脖子，痛苦地皱着眉疙瘩，一杯酒下肚，便晕乎起来。

牛局长久经（酒精）考验，毫无惧色，开起酒玩笑："能喝二两的喝四两，这个干部可培养；能喝四两的喝一斤，这个干部有提升。哈，我这个酒海走了背时运，只落得回头转……"说着站起身来，又满满斟了三杯，"来，我敬高董一杯，干杯！"杯子照样碰响。牛局长轻松地一饮而尽，伸着脖子看左右，两个杯子也空空了。看了看若男，像没事一样，不过脸面更加光亮，白里透红更显青春活力，看来今天是碰上对头了。再看看庞局长，就像武神庙里的红脸关公，只是两眼紧闭，昏昏欲睡。

若男拿起酒瓶说："该小字辈敬敬二位局长，我就借花献佛吧！"先斟满牛局长的杯子，再斟满自己杯子，又摇了摇瓶子，"就委屈一下庞局长吧，"说着将瓶中剩下的几滴倒入他杯中。这是若男有意为庞局长解围。

牛局长的脑门上暴出青筋，就像几根蚯蚓在蠕动，不服气地说："酒桌上无大小，最讲公平，没酒了是不是？再穷几瓶酒喝得起！"

若男笑笑说："算了，庞局长认输，干了它！"

牛局长再牛，也会看对头，高董发话，也就不作声了。脸上充满胜利的神气，举起酒杯，骄傲地宣泄："英雄干杯！"就在与若男杯子碰响的一刹那，庞局长仿佛听到冲锋号吹响，猛地抓起酒杯，一跃而起，如同战士冲出战壕，将酒杯举向空中，立刻听到三个酒杯同时碰响："干杯！"仰头杯底朝天，一个踉跄，庞局长栽倒在桌下。小李眼快，纵身扑来扶起庞局长。若男端来解酒的浓茶。牛局长吩咐着："小李，快把庞局长送去医院。"

从窗口看见，小李的车子好不容易从车堆里倒出来，一转弯便消失了。若男的心里有了震撼，他庞局长今天的表现，是明知不能为而为之。不觉心中感叹，当领导也难啦！

三

桌上土钵里热气缕缕升腾，旋起诱人的异香，菜未动，人已醉。若男正欲专心品味这些稀罕美味，牛局长方兴未艾，慷慨陈词："酒逢知己千杯少，话不投机半句多。今天，良辰美酒，一醉方休……"接着就吩咐服务小姐拿酒。服务小姐没有来，张老板来了，手里拿着一瓶五粮液，眼瞄着若男，嘴却对牛局长说："来迟了，来迟了，俺还要敬一杯呢！"蓦地，酒瓶倾斜，玉浆满斟。张老板的眼睛还粘在若男身上，就像慈母见到久别的儿子，看不够似的。接着，拿起勺子给他们的碗里舀了香喷喷的龟肉，笑着说："吃菜呀，慢慢喝吧。"

牛局长满嘴酒气吐着酒话："慢喝不煞瘾，来，高董，感情深一口吞，为我们合作干杯！"两人碰杯一饮而尽。坐一旁的张老板傻眼了。她不是为酒太保牛局长傻眼，而是被这个有曾相识的丫头惊呆。一个影子在她眼前晃动，眨了眨眼，慢慢清晰起来……太像了，模样儿像女子，酒量和神态像男子。

张老板又给他们斟了酒，望着若男，有些神秘地问："高董是牡牛山的人吧？"若男看了看这位热情古怪的老板娘，微笑地点点头。"你爹叫高牯牛，你妈叫崔秀秀是不是?"若男好奇的目光盯着老板娘，好一会，又微笑地点点头。张老板说:"你爹救过俺，他和俺结兄妹呢，就那样地早走了……"她眼睛湿润了。

若男好像来了兴趣:"您贵姓? 怎么认识我爹妈的?"

"俺姓张，叫春花。俺还是做丫头的时候……"春花就像讲故事一样，讲述她精彩的人生经历，如何被人贩子骗进山洞，如何又被牯牛哥救出;如何逃避计划生育，又如何被牯牛哥送到山洞生娃……若男眼都直了，太惊奇了，就像说书匠"醒闷虫"瞎编着扣人心弦的唱本。牛局长在烟雾中审视着若男。他眼前的高董，耀眼的金凤凰，应比她父辈们有着更离奇动人的故事，不由得心生佩服和嫉妒，举起酒杯:"尊敬的高董，干杯!"

若男还沉思在美妙的故事里，"干杯"声唤醒她，好像喝酒的激情全没了，礼貌地举杯:"随意吧。"说着轻松地饮下一口。牛局长嘴里随声咐和着，"随意，随意"，口中酒杯却早已底朝天，滴酒不剩了，抹了一把嘴，终于把藏在心里的话挑明了:"我尊敬的高董，有缘遇上您，三生有幸。请您帮帮我儿子吧!"

若男正要和刚认识的姑妈聊聊，却听到牛局长的声音，蓦地一脸愕然，他喝酒没醉，怎说胡话呢，扯到他儿子身上了。她依旧和蔼地微笑着，一双会说话的眼睛让牛局长几分敬畏，疑惑地问:"您的儿子，我能帮他吗?"

"高董，您是财神，帮我儿子不过舌条打个卷的事，"看着若男不能理解的样子，"是这样，县委县政府研究，为招商引资出台了一系列优惠鼓励政策，对每个单位和干部都下达了招商引资指标。引资八千万元以上，可安排一个事业编的工作指标;可按引资额获百分之一的奖励……求您把引资项目记在我的名下。这个奖金嘛，全是您的，只要把我那不争气的儿子安排了，就谢天谢地。我们一家会记住您一辈子。"牛局长凭着酒力，把心中的真言全吐出来。顺手拿起酒瓶，先为若男酒杯里添满，又给自己倒了满满一杯，眼望着若男，等着她的回话。

若男看到牛局长脑门上急出汗珠，仿佛看到一个称职的父亲，为了儿女的那份执著和表情，心生怜悯，很乐意地说："好呀，您儿子的事情我帮了！"牛局长一下不知怎的，一会儿笑，一会儿哭，一会儿骂……突然，扑通跪在若男面前，把若男吓一跳。张老板连忙扶起他："牛局长喝多了，您该休息了。"

"我是太高兴了！"牛局长举起酒杯，"为表示感谢，我敬高董，干杯！"说着一口干了。

若男出于礼貌饮了一口："还是随意吧。难得平常心，不以物喜，不以己悲，乐极生悲呵！"张老板都看明白了，若男这丫头真有来头，连局长们都这般恭敬她，为牛哥和秀嫂高兴，比她洞生强多了。她正为孩子操心，哪怕她现在也算是大老板，可拿钱买不到工作呀。儿子的工作至今未解决，年纪都快"而立"了，他爸一个副局长已退休，管不了儿子的事。要他学厨师只当要了他的命，要他管酒楼，他说比坐牢难受，整天泡在电脑的游戏里。若男答应了牛局长，好羡慕呵。想要若男帮忙，又不敢说，不能给她找麻烦了。她岔开话题说："二十年前，就在这酒楼上（那时还没有翻修），招待过一对夫妇。女子怀了孕，想吃田螺肉，在酒楼遇上了，原来那男子是俺的救命恩人。吃的是土钵墩龟肉，田螺烹香辣，喝的也是五粮液……"

若男很感激。姑妈还真是热心人。忽然想起姑妈洞中生娃的故事，联想到自己也是出生在那山洞里，好奇地问："那个娃呢？应是我的哥哥吧。"

还没等姑妈开口，牛局长抢先说："和我那儿子一样不争气，年纪不小，本事没得，小事看不来，好事想不到……"

"你哥要比你大几岁吧，因在山洞里出生，就叫他洞生，他可比不上你的造化，唉，怪只怪俺太骄惯他，衔在嘴里怕他溶化了，结果害了他……"张老板补充着。

若男心有灵犀，笑着问："姑妈，洞生哥爱干什么工作？"

"他呀，鹅卵石掉进屎坑里，又臭又硬，不体面的事，砍他脑壳也不肯干！"张老板说。

若男说："姑妈，您放心吧，洞生哥的工作，我会放在心上……"

张老板千恩万谢，不知说什么好，忽然想到秀嫂，问："你妈现在住哪儿，身体可好？有你这样的女儿，她要享福了。"

若男一阵心酸，不能把妈治眼的事说了，装出笑脸："她还住牯牛山，好呢！"

张老板叹了一口气："你爹走后，俺只去他坟前看过一次，这些年也没去给他烧纸上香，有愧呀，等清明到了去坟上磕几个头，烧几炷香，顺便看看你妈……"正说着，小李来了。庞局长交待他，好好接待客人，已安排好宾馆房间，来接若男了。若男看看挂钟，已是晚八点。牛局长摇摇酒瓶，已无点滴，趁着酒兴说："高董，再来一瓶吧！"

若男并无醉意，却谦虚地说："不能再喝了，甘拜下风！"

牛局长举起空杯："高董，最后为我们合作成功干杯！"听到最后一次碰杯声，他仿佛飘起来，向天狂笑：儿子无忧了！接下来要小李去吧台结算签单。张老板站起来，笑语震荡着包房："嘿嘿，看不起人是不是？二三千块钱要了命？嘿，今天俺买单，是招待俺侄女的，就像二十年前招待她爹妈一样……"

若男的目光盯着姑妈，看她笑得好美，笑声震荡着她的心房，感动不已，不知说什么，只好又重复地说："洞生哥的事，我会放在心上。"牛局长酒后头顶着红光，似醉非醉："今天算是傍神享福，谢了！"

张老板目送着小车消失在灯光里，搂着一肚子的欢喜进屋去了。车到金山宾馆停下，牛局长拉开车门，若男猛想起去医院，自言自语："还真忘了一件大事，"又不好意思麻烦人家，只好下了车。牛局长耳朵还真管事，急着问："您忘了什么大事？需要帮忙吗？"

若男说："我妈割了白内障，本想顺便去医院看看，忘了也就算了。"牛局长马上要小李送她去医院，被若男谢绝了。理由是，明天开会研究投资项目，要赶快准备准备。

四

几天的研讨论证，若男的《投资项目意向书》出炉了。这就是华兴集团发展方向，也为故乡建设绘制了蓝图。在研讨会上，有人急功近利，提出"冒烟"项目，什么砖瓦厂、水泥厂之类，投资少，见效快。若男大眼圆睁，据理辩驳："'冒烟'能赚多少钱？只会带来环境污染……要保护好我们美丽的家园。我们的思路是：创建牸牛山工业园，以本地资源为依托，开拓竹木工艺、旅游观光、食品文化、药材开发……"会说话的眼睛，如同两颗美丽的珠宝神彩惊人，"竹木美化家园，也可造化财富，用我们的智慧，创造富有中国地方特色的工艺产品，跻身国际市场；山乡如画，民俗淳厚，我们要把这块原始古老的乡土，变成中国旅游景点的明珠，召唤世界游客……"与会者就像听着精彩的演讲，反对者相形见绌，庞局长瞠目结舌，郑县长露出少有的笑容，微微点头，这才是真正发财之门、致富之路呵。

现场视察了牸牛山工业园基地，又勘探了几个景点和一个山洞。在山洞前，她拍下几张照片，包括自己站在洞前的那一张。山洞在绿阴中隐约可见，小时候曾和大丫来过一次。是妈告诉她出生在这山洞里。那次到外婆家小住后，返回时寻到这里，看见黑森森的洞口，她们不敢进去吓跑了。今天她终于见到了石床，是她出生落下的地方。这里有着她和洞生相同的故事……若男在洞中呼叫，传来嗡嗡壁音；众人被洞中的鬼斧神功折服而惊叹，大自然造化太神奇！庞局长脱口而出："天生一个仙人洞，"

"无限风光在险峰。"若男欣喜接吟。有人俏皮地说，毛泽东早为我们写下这首七绝。若男眼光一闪："此洞就叫仙人洞吧！"大家拍手叫好。若男便有了一个大胆的设想，投资开发仙人洞！

若男松了一口气。想起临行前董事长王总交给她全权委托书，语重心长地说："我病魔缠身，已力不从心，知我者莫过于若男，华兴集团全仰仗你了……"看到这几天工作进展顺畅，心情舒缓些。接下来，她要去帮王总了却一个心愿。先去了祝家大院，这个曾经令她羡慕而又畏惧的地方，如今已冷冷清清，冷清得让人有一种人去楼空之感。今非昔比呵，竹林还是那样青翠，木屋还是那样古老，院子里还是那样宽敞，不过野草蔓延，绿苔竞生，显几分荒凉；只是小花狗不见了……儿时的记忆，又让她眼前的一切变得亲切起来。她走上台阶，廊檐上一只蜘蛛垂直落下，又沿着蛛丝直线而上，抬头看，屋檐下蛛网密布，原来这里已变成蚊虫的家园。大门关着，敲了敲，无人回应。若男又到旁边的小门看了看，门已落锁，看样子，这里很久没有住人了。忽然，若男看见大门上贴着一张纸片，颜色变黄，风雨将它折腰，耷拉下来，遮住了字迹，看上去就像巫师避邪的一道符，并不引人注目。出于好奇，若男将纸片抹正了，上面写着："此屋出售，价格面议。联系人：崔小妹"心中惊喜。正愁替王总买不下这宅子，看，卖房的广告都贴出好久了，无人问津，这下可好，愿买愿卖，两全其美。到哪儿去找崔小妹呢？再看那纸片的下方，残存的电话号码，隐约几条蚯蚓的影子，就像雅玛人留下的神秘痕迹。

忽然，她想到祝大黑，他知道他妈住哪儿，顺便征求一下他的意见。也不知妈的眼睛怎样了，还要好好谢人家祝大夫呢！她赶到医院，妈上午出院走了。祝大夫正在做手术，若男只好在义诊室等着他，看见桌旁摆着那本《圣经》，顺手翻阅起来。伊甸园里发生的故事，聊起她的兴趣，亚当与夏娃偷吃禁果，更让她惊叹不已……

　　"好呀，怎有空读起《圣经》来？"祝大夫脱下白褂问。

　　若男抬眼看见祝大夫来了，忙将《圣经》放回原处，笑迎着幽默地说："总算把亚当盼来了。"

　　"这么说，你就是夏娃！"祝大夫抓住机会反击，说着，倒了一杯开水递给若男。

　　若男脸上一下抹上胭脂红，说不清楚，她第一次为一个男子而心跳脸烧，努力地镇定下来说："感谢您为我妈割除白内障，也不知她眼睛怎样了？"

　　祝大夫调皮地说："我一把手术刀只有患者知道，你比我厉害，人不在你妈身边，却有人来送礼送花，特殊关照，你妈的眼睛能不好吗？"

　　"听您这么说，我放心了。这几天真的太忙，也没来看一下。感谢医院，特别要感谢伟大的祝大夫。"若男嘴里说着，心里头在想，是谁送礼送花，还支付了妈所有本应自付的费用。县城里没有亲人朋友，不是他祝大黑在"贼喊捉贼"吧！心一歪，脸就一阵火辣。若男一转话锋："您妈住在哪儿？她还好吧。"

　　祝大夫惊愕了，问："想去我家玩吗？我妈现住在我舅家，欢迎你去做客。"

　　若男笑着点头："我正要去看看您妈，顺便与她做一回买卖。"祝大夫越听越糊涂，没等他开口，又接着说，"您妈要卖牯牛山的老宅子，我受人之托，替人买下这老宅子，价格好说，想和她谈谈，也征求一下您的意见。"

祝大夫疑惑地看着若男："谁还去买那乡下的老宅？我妈上街时就卖宅子，好些年了，也没卖出去。我跟着二伯去了省城就没回去过，早没住人了，谁想住就住吧。"

"人家是诚心买下您的宅子，价格不成问题，能不能马上与您妈签合同成交。"若男爽快地说。

"宅子的处置，我能做主，我妈求之不得，反正是卖不出去的废宅，你说给多少钱都成。"祝大夫迎合着若男说，仿佛面前的女子与他有着不解之缘，连他自己也说不清。

若男爽朗一笑："这人情我可受不起呀，买卖要公平，我看呢，宅子换宅子怎样？也就是说，您妈没住房，在县城给她建一栋别墅，换她乡下的宅子。如不需要别墅，按时价付钱也行，不超过二百万吧。"

祝大夫吓一跳，重新审视着若男："你是在开玩笑吧，不相信有谁花天价买下那破宅子。这岂不是天方夜谭吗？"

若男从容地从手提包里拿出转账支票："您不相信吗？我先付二百万，再签合同。"说着就要开据支票。

祝大夫又吓一跳，想不到眼前这漂亮小姐竟是财神！难怪她妈住院有人关照，看，出手就是二百万，真是大手笔，忙说："心诚则灵。这样吧，我现在与你签下合同，钱不能收，你看着办吧。"

若男拿出准备好的合同书，祝大夫连看也不看挥笔签下名字。若男高兴地看着"祝大黑"三个字，潇洒刚毅，字如其人。想着他做的那些义诊善事，好一个正人君子。上代人的阴影，早已烟消云散，让我们共同欣赏美丽灿烂的心空吧。她故意聊起那些事儿，笑着说："在火车上，听你讲过儿时的故事，你举起屠刀……知道那个躺在母亲怀里，哭声嘶哑的婴儿是谁吗？"祝大夫两眼呆呆望着若男，若男接着说，"你讲过，在祝家大院里放鞭炮……还认识拾起半截麻花的两姐妹吗？"祝大夫摇摇头，内心在隐隐作痛，眼前的她为啥老喜欢揭他的伤疤？若男嘿嘿地笑："您好好看看我呀，女大十八变，像不像那母亲怀里的婴儿？像不像拾麻花的姐姐牵着的小妹妹？"两个大问号就像两把钥匙，打开了封闭很久的心扉。一下子眼直了，人呆了，在天堂？在人间？在梦中？几串笑声如同几发炮弹摧毁了他的幻觉。她就是杀死我爹仇人的女儿……其实，他早已原谅她们了。看见她笑得开心，像一朵盛开的水鲜花。祝大夫像受了感染似的，一下子笑眯了眼睛，笑白了牙。

五

　　若男轻而易举买下祝家大院，帮助王总了却了心愿，心里却怎么也想不通。就凭王总在生意场上拼打几十年，眼光不会有错。怎么一下就犯糊涂呢，不惜代价买下祝家大院，难道宅基地下埋有宝藏？现在可好，花二百万买下老宅子，怎么看也是不合算的买卖。若男曾提醒过他，在牸牛山修一座豪宅，比那老宅不知强多少倍，造价也许比买老宅子便宜，可王总就是笑而不语，只说了二个字"舍得"。若男只好按老板的意思办事，理解的执行，不理解的也要执行，不过，在她心里，这是王总生意经留下的唯一败笔。

　　若男办事总是雷厉风行，早上八点上班前就到了国土局。国土局气派不错，一座办公楼格外耀眼，藏在林荫中，偌大庭院翠绿环绕，花木相映，有曲径通幽的感觉。若男寻到局长办公室，室内打扫过了，窗明几净，宽敞舒适。李局长还没来，只好坐在沙发上等人。本来她完全可以到窗口办理，可她偏在投资项目研讨会上认识了他，经验告诉她，领导出面事情好办，效益事倍功半，何乐而不为呢？若男随意从案头拿起一张报纸看起来，刚目扫几个标题，就听见李局长热情地招呼："哎哟，有失远迎，得罪，得罪。"说着就沏茶，"财神要来也不告知一声。"一杯热茶递到若男手上。

"不敢，不敢，小民是来贵局办一点私事，顺便来看看局长大人，您不会拒绝吧。"若男转弯抹角地说。

李局长已过不惑之年，办事圆滑周全，一张弥勒佛的胖脸，笑口常开，亲和力很是感人。见财神降临，更是有求必应，忙开笑口："小民也好，财神也罢，我们的服务是应该的。不知高董有何事要办？"

若男从手提包里拿出一份房屋买卖合同书，笑着递给李局长："请帮忙转户办理国土证，没问题吧。"

"好说，好说，马上办。"李局长看也不看一眼，马上抓起话筒，把负责办证的孙股长叫来。孙股长矮矮胖胖，像陀螺一样旋来，还没开口，李局长说："把这合同拿去，办理国土证。要快！"孙股长陪着一脸的笑，拿着合同书应着："好的，这就去办。"说着匆匆离去。若男惊叹李局长的办事效益，好像整座办公楼的人都绕着他转，呼之即来，一步到位。正等着国土证，孙股长依然拿着合同书来了。李局长笑着问："证拿来没有？"

孙股长站立着，哭笑不得，佯装笑脸："这个不能办呀。"像一瓢冷水泼在若男身上，心一下冰凉了。

李局长像没事一样，笑指若男说："资料不齐是吗？高董来了，开开绿灯嘛！"若男的一颗悬着的心平和了些。

"我的局长，没法儿办呀。这份合同书是农村房屋交易，农村土地集体所有，国家没有征用，不能办理国有土地使用证。"孙股长说。

李局长笑问："高董，办集体土地使用证行吗？"，若男只好点点头。又对孙股长说:"那就办集体土地使用证吧。"

孙股长为难地说:"也不好办呀,没有房屋产权的确认;没有宅基地测绘图;没有产权人土地使用登记……"

李局长打断了孙股长的话:"好吧,不用说了,不好办也要办。所缺资料我来负责。"马上拿起话筒挂通了电话:"喂,彭所长,我老李,嗯,有一事拜托,关于牯牛山祝家大院房产交易,办理两证的相关资料,包括宅基地测绘图等,马上按需补全,越快越好……"李局长看着合同书,像布置突击任务一样神速。接着对若男说:"高董,不用操心,等几天安排人给您送去。"若男像得了神助,如此复杂的事情,几句话给解决了,真是鼓打千锤,不抵雷吼一声呵!眼望着弥勒佛的笑脸,她打心眼里感激,今天要不是走捷径,只怕会跑断两腿,猴年马月无消息。李局长对刚才的举手之劳却并不在意,心里想着的是虾钓鲤鱼,给人家一个好印象,这么好的投资环境,优质的服务,也许能感动财神,让高董再引进一些项目,记在自己的功劳簿上。看见若男起身要走,李局长忙劝下,笑眯了眼:"有缘遇着,难得今日机会,中午我请客,到'山珍海味'……"

若男吓一跳,那山珍海味早尝过,再说,还没谢人家呢。忙说:"谢了,今有要事缠身,失陪,失陪。"迈开脚步走出了办公室。李局长留不住客人,只好跟着出来,送她到了大门口。好奇地问:"您的车呢?"

若男调皮地说:"看,我乘 11 号车,爹妈给的两条腿子,比乘车舒服!"

"用我的车吧,"说着要叫司机。

"不用了!"谢绝了李局长,若男似流星飞去。

心里惦着妈的眼睛,她匆匆回到牯牛山,一阵风似的冲进熟悉的竹林。妈在门口迎接她,这几天都等着女儿。看见妈的眼睛格外明亮，脸庞青春亮丽了许多，若男一下子拥抱着妈妈，仿佛像婴儿回到妈的怀抱，吸吮着甘甜的乳汁。两双会说话的眼睛对视着，传递着说不出的喜悦和亲情滋润的快感……突然，妈欣喜万分地告诉若男，这一趟不但治亮了妈的眼睛，更重要的是治好了妈的心病。若男撒娇地问："大丫寻着了，若男回来了，您还有什么心病呢？"

妈闪动着大眼睛，神秘兮兮地说："你有姨了，还添了一个兄弟，"若男以为妈真犯了病，说着胡话，"这回高家有后了，你爸对你爷的承诺实现了，压在妈心头的石头落下了，妈好轻松呢！"若男终于听出端倪。妈一高兴把事情经过，像讲故事一样全都告诉了若男。若男并没妈那样激动，好奇地问："您说的那姨呢？"

"她回去了，说会带儿子来认祖归宗的。"妈乐着说。

若男看见妈那乐乎劲儿，凑着乐说："那些上一辈的事儿，只要您乐着就好，女儿为您高兴！"看着喜事连连，妈揣着乐做午饭去了。若男立在门前看春笋，有的破土而出，有的竞相生长，隐藏着顽强的生命力和无限生机。想起小时候，和姐姐大丫看着笋尖从土里钻出来，没几天风长起来，天天与它们比高高，过不了多久，枝叶散盘，直冲云霄，仿佛她和姐就是这竹林中的春笋，如今已生长得出类拔萃，为这古老的土屋带来些许生气……忽然，想起答应大丫写《尘缘》续集，也该动笔了。要说写诗，她好歹还能写几首，自己总不满意，可人家说有灵气。现要写故事，倒是看过不少，可从来没写过，好在是写自己的故事，不需瞎编虚构，记录下来就是了，顾不得像牛像马。

若男想了想，就写寻找姐姐的故事吧，题目《情缘》。她打开手提电脑，手指如飞在键盘上敲起来。

第十六章

一

既然是写自己的故事，那主人翁就用真实的"我"了。

天色黑了，饭菜冰凉，姐姐大丫还没回来。我的肚子饿得叫起来。妈急得团团转，我跟着妈在门口张望着，不见姐的影子。妈点燃一把竹扫帚，举在空中，映红了一片天地，边走边哭喊着，"大丫，你回来！"声音穿透了夜空，穿透了牯牛山，穿透了牯牛山的家家户户。我跟着妈的身后，寻过了水塘，踏遍了熟悉的山野，夜访了村舍人家……

妈的眼睛哭坏了，我没法儿安慰她。那天，我卖了攒下的鸡蛋，给妈买回眼药水和膏子，递给她说："妈，别哭了，等我毕业了，一定把姐找回来！"妈好像没听见我在说话，泪水依旧流淌，我抱着妈哭了。

临近中考，同学们都在紧张地复习，而我却巴不得时间快快地过，只要发了毕业证，就要去寻找姐姐。不过，我还是过了瘾，参加了中考。拿毕业证的那天，竟意想不到的是，班主任胡老师向我报喜："高若男，你狠呀，考了全县第三名，为我们学校争了光！"同学们都投来羡慕的眼光，我微笑地点点头，心里却在向老师同学们告别，再美的校园、课堂，永远不属于我了。即使不去寻找姐姐，我们也不是读书的人家，那只是一个梦，一个遥不可及的梦。他们没有在我的笑容里发现泪花，一别之后，再也找不到我的音讯了。

我是怀着沉重的心情去寻姐的，当然，最不放心的还是妈。几天的准备，其实也没什么准备的，几件旧衣服，一把半截木梳，还有一双妈给做的、未上脚的新鞋，塞进书包了事。只是妈的心事摸不透，她像木偶人一样，没有丝毫反应，要不是眼窝里滚出泪珠来，让人误以为是一尊塑雕。陪妈几天，她说不出话儿来，不知是为大丫伤心，还是为我担心，或许是兼而有之，不敢面对骨肉分离的悲苦而沉默。我没有忘记对妈的承诺，要找回姐姐大丫；并且要打工挣钱，治好妈的眼病。我学过《木兰诗》，且背得滚瓜烂熟，心中有了"从此替爷征"的决心，也有了"壮士十年归"的激情。我准备了炒米粉做干粮，又给妈买来眼药水和膏子，打了米，挑了水，衣物蚊帐也清洗了……走的那天，冷冷清清，只有火红的日头为我送行。妈知道挡不住我，拉着我的手，声音颤抖着："苦命的儿呀，妈不能陪你去，自己心疼自己吧……"

心还在家里，人已乘上去县城的汽车。看见那美丽的校园，曾是我痴迷地方，早晚往返小跑在弯弯山道，多少美丽的童年梦，此时已被车轮碾得粉碎，扬起团团尘埃，漫天飘散……

第一次到县城，漫无目的行走在热闹的街道上，也不知道去哪儿，光顾着来往行人，只想见到大丫。也不知走了多久，看见一家小餐馆，门脸虽小，吃饭的人不少，大概是冲着便宜来的吧。这时，我像受了感染似的，肚子慌起来，却不敢奢望吃便宜。用漱口的旧瓷缸，舀出半缸炒米粉，胆怯地走进去，小心地对正在忙碌的老板娘说："大妈，讨口热水吧。"老板娘手拿着勺子舀菜，木讷着脸，像没发现我的存在。隔了会儿，手抹着额头的汗水，看得清楚，有汗滴落进锅里；只见她嘴一歪，我马上发现墙根上两个旧水瓶，口里说着"谢谢"，手提水瓶冲了炒米粉，瓷缸里马上升腾热气，这可口的炒米糊，是我不花钱的午餐。我躲在门外一个角落里吃着，偷看着老板娘，还是那没笑容的木讷脸，即便在收钱时，也看不出一点儿喜色来。吃饭人却像蜜蜂一样飞来，偏喜欢这无笑的大妈。听妈说过，"打也来，骂也来，亏了人家不再来。"这或许就是她的诀窍吧。刚才她那嘴一歪，让我心里暖和起来，就像提起的墙根上的旧水瓶，样子难看，肚里热。我明白了，她还真是一个热心肠的人。

中午过后，生意清淡了，老板娘忙着洗刷一大堆碗筷，也没人替她帮忙。我心里过意不去，放下书包袋子，帮她收拾起来。老板娘看也不看我一眼，一个劲儿地忙她的。我不敢和她说话，只默默地见事做事，收拾完了之后，擦抹桌椅，打扫卫生，没一会儿，客厅里像开了光似的，变了个样儿。老板娘忙完手中的活儿，坐在客厅里吹电扇。我忙完了活儿，正要走出去，老板娘没有表情地说："留下来帮俺，包吃住工钱三百，干不干？"

我喜得跳起来，不敢回答，只点点头。"住在阁楼上。"她说着准备晚上的生意去了。我显得很被动，总找不着事儿做。"把煤火换了。"她一边切着辣椒，一边吩咐着。我费了很大功夫换了煤，因为这是第一次。"把垃圾倒了。"她又吩咐着。我又跑着去倒了垃圾……哪知小小餐馆竟有干不完的事儿，不过，再多的事儿累不着我，只是老板娘那张脸难看。其实，压根儿就没敢大胆地看过她。几天之后，除掌勺外的大事小事一把抓，我成了得力的"店小二"。晚上关门后，老板娘住她哥家。我自由了，开始读小说。有一回看《水浒传》，读到第七回，"……豹子头误入白虎堂"，竟把我迷住，目不转睛一直看到"……林冲雪夜上梁山"，脑子里全是林冲，可爱，可恨，可敬……早晨老板娘从菜市场买菜回来敲门，我慌张熄了灯，连忙打开卷闸门，天已大亮。我低着头忙碌起来。每天这时候门早开了，搞打扫、烧开水、洗洗刷刷早忙完了，只等着老板娘买菜回来。我准备接受老板娘的训斥，或者炒我的鱿鱼，奇怪的是，老板娘像没事一样，忙着生意。午饭一阵子忙过，她木讷着脸："睡觉去吧！"说着又清洗碗筷去了。我听得有点儿哆嗦，这不明明说反话吗？我不好意思地蹲下，帮她洗着碗盘。"打开阁楼窗户，有风凉快！"她补充说。我没法形容此刻的心情，老板娘是一个像妈一样关心我的人。没法儿，我慢腾腾地站起来，睡觉去了。起来已到关门的时候，是老板娘叫醒的，她走的时候说："饭菜在锅里！"我关了门，揭开锅盖，锅里飘散着排骨香味，饭菜热透透的，鼻子一酸，几滴泪珠滚落下来……

写到这儿，若男真的流泪了。突然，手机响了，"喂，您是谁？"

"真是贵人多忘事，你说与你同行的人是谁？"祝大夫一语双关，话中有话，话中传情。

是祝大黑打来的。他怎会知道我的手机号码？还真想考验他，没把手机号码给他，要看看他的表现呢，看，电话打来了，心里一热："嘿，还没忘同行人，请问，您怎搞到我的手机号码？"

"我俩缘分匪浅。准备了却心愿后，就要去南方一所大医院工作了，正愁找不到与你联系的方法，国土所的人找我妈要身份证复印件，说为祝家大院办证需要，我知道是为你办事，顺便打听你的联系方法，有人递给我一张名片，我记住了你的手机号码……"祝大夫兴奋地说。

若男恍然大悟，那天在项目研讨会上，所有与会人员都发了名片，肯定是国土李局长泄的秘。算他心里还有我，不觉自己的心在怦怦地跳："我心目中伟大的大夫，您总是带给人光明和惊喜，今天有惊喜带给我吗？"

"有呀，我妈接你来做客，她想看看你。你说这是惊喜吗？"祝大夫说。

若男心中还真是惊喜，一个被爹夺去她丈夫生命的女人，能

山／女／的／忏／悔

如此大度地接纳他的女儿，如同阎罗王赦免打入十八层地狱的罪孽，有如释负重之感，"当然是惊喜，就您的惊喜多！"若男说。

"还有呢，我妈说她要感谢你，她在县城开餐馆时候，请不到人，是你帮了她，她赞你是个好丫头，干活就像'舍命虻'；读书不知日夜……"祝大夫越说越来劲。

若男一下慌了神，她妈就是小餐馆那个木讷脸的老板娘？就是刚才她笔下、曾使她流泪的老板娘……马上转了话题："谢谢您妈和您给我惊喜。想问一下，您何时去南方大医院工作？"

"我还没了却心愿，好吧，先告诉你，我正在想方设法，一定要找到给我捐献眼角膜的人，到时候，我会给你惊喜……"祝大夫坦诚地说。

若男妈正催着去吃饭，若男放低声音："嘿，妈催着呢，我要去吃饭了，那就等着您的惊喜吧，拜拜！"

二

我离开小餐馆，是一年以后的事。天天打听、观察，没有丁点儿大丫的消息，为寻找姐我岂能乐不思蜀？说心里话，我真不舍得离开她。尽管她一张木讷脸，日子久了就顺眼了。我想，她肯定遇上什么天灾人祸，就像我妈没了我爸一样，只会以泪洗面；而她脸色阴沉，绝不是有生俱来的，就像天空一样，有晴朗灿烂的时候。我曾麻着胆儿偷看她，原来她的美丽被阴霾笼罩着，就像戏台上化了妆的面孔，已是另一个角色了。不过她脸上那一对酒窝的痕迹，却无法消失，尽管木讷着脸。想她年轻时，一笑酒窝旋起来，那才迷人呢！有一回，我打听大丫的消息，无意中从客人口中得知，她是寡妇。我想老板娘也有过欢乐的童年，有过美满的婚姻，有过幸福的家庭，落下孤度，这应是她脸上久阴不晴的真正原因。她为了我读书买来台灯，为了让我按时作息，买了闹钟，还在阁楼安装了壁扇……对我呵护有加，无微不至，让我有了在家的感觉。

我走的时候，她付给我工钱，送我到车站，给我买了一包水果，我抱着她哭了，感激地说："大妈，您就像俺的妈一样……"。我走进检票口时，她又在我口袋里塞了三百元钱，来不及退给她，身子被人流卷走了。从火车窗口，看见她依旧是那张木讷脸，在不停地向里张望着，然后慢慢离去。我很自然地想起朱自清的《背影》，此时我的心境与他感同身受呵！

车窗外秋风催黄了原野，送来阵阵稻香的气息，远处天边透蓝，几朵悠闲的白云，依恋着突兀的山峰。我生发奇想，天边要有个尽头多好呵，从那儿可登上天堂；大山山外会是什么样子？那儿应是最美丽的地方，姐就在那儿吧……

火车像一条长龙，在大山里穿行，飞过一山又一山，却永远到不了天边，我笑笑，浩瀚的宇宙哪儿有尽头呵！傍晚时候，随着几声长鸣，火车进站，我被人流挤到站台上，又跟着人群走出车站。看着他们匆忙奔走，我却不知道哪儿去，像流浪人一样漫无目的地逛荡着。省城好气派，高楼大厦鳞次栉比，目不暇接，宽阔的街道上，像乌龟壳一样的小车川流不息，人行道上人头攒动，把临街的商铺撑得火红。走着走着，忽然间街灯亮了，我辨不清方向，天上繁星点点，仿佛连接着万家灯火，真不知这省城有多大，也不知走到什么地方。我买来两块烧饼啃着，舍不得买下一瓶矿泉水，很难咽下那枯黄坚韧的东西。现在我考虑睡在哪里，睡车站找不着，露宿街头没胆量，睡旅社可要花钱呀，那就慢慢走吧。不知走了多久，我腰酸腿软，两眼皮打架，像喝醉了酒似的，打着歪脚。忽然，发现闪着灯光的地方是旅社，不再多想，奔了进去。一个五十左右妇人笑迎着："康乐旅社欢迎您！小姐，住普通房还是标准间？"

"只要能睡就行，越便宜越好。"我打着哈欠说。

老妇人笑得亲近："好呀，小姐，请麻烦您拿身份证登记一下。"

"请您通融一下，我没身份证。"我说。

老妇人马上迎合着："没身份证也欢迎，派出所有规定，不登记会找麻烦的。请您报个姓名年龄哪里人行了。"

"那您登记吧，高若男，女，虚年十七，家住怀县太平乡牯牛村。"我如实说了。

老妇人在住宿薄上登记着，只见她突然停顿一下，说："您是牯牛山的人?"接着又登记了。马上叫来小何："带这位高小姐上楼去，住218房!"

我还没来得及问老妇人，她住在省城，怎么熟悉牯牛山，就被小何带上楼去了。打开房门，便嗅到淡淡的清香，小何告诉我是柠檬香味，人清爽了许多。房内很豪华，摆设俱全，小何告诉我，开水早添过，厕所浴室擦洗过，电视、电脑都是新换的。我问小何，住一夜多少钱，小何说至少二百元。我吓得就往房外跑，小何笑出声来："这是老板娘特别关照你，你是家乡人吧，不收钱的。"我听了很感激，又回到房间里。小何说："不打扰了，你休息吧!"她出去时，一手轻轻关了房门。听口音小何也是家乡人，刚才瞟她一眼，十全十美的山凤凰，山旯旮里美女多呵。我第一次有了这般见识，却不会享受它，说句丑话，坐在抽水马桶上，大小便拉不出，还是家里茅坑好呵，倒是睡在席梦丝上松软舒服，一头栽下就呼呼睡着了。那天夜里，我梦见大丫……

我不知睡到什么时候，小何进房打扫房间，我一骨碌起来，不好意思地问："何姐，几点了?"

小何清扫着房间说："9点一刻俺进房的。"

她是怎样到省城、并找到工作的？心里有点儿羡慕她。我去洗嗽间，小何收拾打扫后出去了。洗漱之后，肚子饿得慌，我倒了一杯白开水，啃昨晚的一个剩烧饼，倒也蛮有滋味。准备吃了烧饼，去谢谢老板娘，顺便请她帮忙，找个事儿做。烧饼刚啃几口，老板娘来了，进门就问："昨晚睡得怎样？"

"谢谢老板娘，安排这么好的地方，一觉睡到刚才醒来。"我有些不好意思说。

"哎哟，你怎能吃冷烧饼呢，走呀，我们进馆去！"老板娘笑起鱼尾纹，脸上阳光照人，与县城小餐馆的老板娘截然不同，一热一冷，热得就像水壶内胆，时时温暖人心；冷得如同水瓶外壳，触手冰凉。她们都像我的亲人呵！老板娘拉着我走进一家早餐馆，点了锅饺、烧麦、小汤包，尽是新鲜好吃的东西。我从来还没吃过，口水出来了，老板娘往我碗里送着："趁热吃呀，吃好吃饱，不够又买！"我不客气吃起来，狼吞虎咽的样子让她好笑，一会儿将早点收拾精光，她没吃多少，全进了我的肚里。"好吃吗？饱了没有？"她有点儿明知故问，我笑着点点头。其实，我还真没找着味道，因为我的吃法不是细嚼慢咽，只求塞饱肚子，也就来不及品味了。我跟着她回到旅社，正有好多话儿要向她说，她却先开口："高小姐，这么好的身段儿，这么俊的脸嘴儿，爱死人了。你来省城是打工还是探亲？看在家乡人的份上，我都帮你……"

看着她一脸笑，我像有了依靠，高兴地说："俺来这儿寻姐的，顺便找点儿事做行吗？"

"好说，包在我身上！"她不假思索地说，接下来又问，"你愿干体面活儿，还是干点儿体力活儿？"

我爽快地回答："俺不敢奢望体面活，干不好体面事，做点儿力气活也高兴！"

"好吧，那先干清洁工怎样？月薪八百元。"说着又叫来小何，"你给她当当师傅，她叫高若男。"她指着我说。

"俺会好好学的。"嘴上谦虚，心里在想，一个清洁工有什么好学的。

她最后轻言细语地说："我呢，四十多了，生你们绰绰有余，也没生过孩子，就想听你们叫声妈，若男，你跟她们一样，今后叫我妈咪吧！"我正高兴着，她又说："若男，乡音不好听，乡音听乡音，当然格外亲；接待客人，要讲普通话，比如那个'俺'一听就土气，别人当你是土包子，用'我'就好。"我连连应着："记住了，记住了。"从那以后，我真改了，是她帮我改变乡音，不久就能说一口流利的普通话。

三

干清洁工，我受到表扬，也得到何姐的信赖，原因很简单，不怕吃亏，做事认真。一天，她悄悄对我说："如今的世道，笑贫不笑娼，没钱人矮半截。"我一笑了之，埋头干我的清洁活儿。后来，我注意到了，何姐经常跑银行，每次回来，脸庞红扑扑的，就好像一个硕大熟透显眼的水蜜桃，引来男女们羡慕和嫉妒。有时，她故意将汇款回单放在床铺上，我连看也不看一眼。有一回，她故意将回单递给我："若男妹子，你帮我看看，我汇一万元，这回单上好像只有一千呢！"

我接过回单，明明是 10000 元，笑着说："何姐，没错，是一万元。"从此，我有了新发现，何姐晚上不见踪影，我在房里睡天亮，也不见她回房睡觉，我俩同住杂屋间，她一张床不过摆设而已。我一下明白何姐的刃事，难怪她有大把大把的钞票。她知道我发现她的秘密，却没一点儿收敛，反而恬不知耻地说："男人们拿钱买快活，我卖快活赚钱，两厢情愿，互不亏欠。"我听得肉麻，她却得意："若男妹子，走，何姐请你进馆子！"说着拉着我进了火宫殿。

我从何姐口中得知很多，知道她是康乐旅社老板娘觅来的。关于老板娘的经历，何姐全告诉我，她也是从窄处走到宽处来的。她叫徐鹬鹬，高中生呢，嫁了比她爹妈年纪还大的一个小官儿，让她名正言顺成了城里人，并有了一份理想的工作，梦想成真。一夜之间，命运捉弄她，被丈夫用了安眠药，在昏睡中结了扎，从此，失去了一个当母亲的资格，丈夫患肺癌死去了，自己又下了岗，接踵而来的厄运并没让她屈服，人生谁没几起几跌的。她爬起来了，又一次成功了，当上不大不小的老板娘。这诀窍儿，她早悟出来，因为她是女人。女人最大诱惑是美貌，沉鱼落雁，倾国倾城，勾魂动魄，几个男人不花心？她第一次带几个漂亮山妹闯省城，便租下这康乐旅社，表面上依规依法，暗地里干那些勾当，就像孙二娘开店——谋财害命。不过要纠正一下，只图财，不害命。山妹子新鲜得就像野花野草，散放着清香，早有采花的蜂儿蝶儿寻来。康乐旅社就如同一个大花园，生意火红起来。一朵一朵的花儿凋谢了，又有新鲜花儿开了，层出不穷。何姐来了三年，家里新修了楼房，算是村里第一家，几多人嫉妒眼红，都说她爹妈生下一个"杨贵妃"，家里人都跟着享福了。有人还编出笑话来：

有一回，何家又收到汇款，村里有人看见了，问："你家丫头又寄钱回来，在外干的什么工作？"何大妈笑眯眯地说："听说俺那丫头本钱小了，现在只能卖银（淫），等有了本钱，卖金（精）的时候，那才叫赚钱呢！"那人听了捧腹大笑，一阵风地传开了……何姐问过她妈，妈哭着说："是那些砍头的、得了红眼病的人瞎编，妈怎会毁女儿的名声呢？"不知何姐为什么告诉我这些不光彩的事，家丑不可外扬呵！她轻蔑一笑："卖淫也好，卖精也罢，能赚到钱就是本事！"我不敢做何姐的知心朋友，因为我有做人的底线。

不知怎么我害怕老板娘的笑脸，见到她，先前的温暖全没了，就像掉进冰窖里，心里战栗着。她笑着问："你姐有消息吗？你姐叫什么名字？我帮你打听一下。"

我低着头说："姐叫高大丫，还没消息，谢谢您帮忙。"

"你爹妈让你找姐的？"老板娘问。

我说："爸死了，妈快瞎眼了，我就出来找姐了。"

"你说是牯牛山的人，知道祝家大院吗？"老板娘和我聊开了。

"挨着我家不远，小时候和我姐到那儿玩过。"

"我到那儿跑的时候，你还没出生呢，那地方我熟悉，你爸妈叫什么，也许我认识他们。"

"我爸叫高牯牛，我妈叫崔秀秀。"

老板娘笑眯眯的眼睛盯着我："生下你姐贺喜，我在你家放电影，还抱过她，现在都长大了，一定像你一样漂亮。"我不想说话。她继续着，"那地方永远记得的，是我倒霉的开始，自从那村长被你爹杀后，我老公管计划生育的副乡长，也受了影响，坐了冷板凳……"

我沉默寡言，她又说："你爹超生，生下你这个'财百万'，死也值了！人家都说生一个漂亮女儿，比生儿子值钱，看你，遍身都是钱呢！"我不知她说些什么，葫芦里卖什么药，心里有点儿恶心，敢怒不敢言，只当没听见。接着她有了得意的笑："哈，缘分，这就是缘分，这样吧，你说妈快瞎了，找姐要钱治眼睛是吗，我先给五万，不够再说。"

我吓一跳，连忙说："我妈的眼哭多了，治不好了，找姐回家，趁妈还没瞎，让她看看姐呀。"我瞎编。这时，进来一个五十多岁的男子，西装革履，油头粉面，老板娘忙笑迎上去："您是住店，还是……"我忙抽身走了。只见老板娘在男子面前眉飞色舞，耳语一会，男子拿着钥匙自开房门去了。老板娘马上打电话，不一会儿，一个花枝招展、打扮时髦的年轻女子从的士下来，随身还带一个三、四岁的女孩，进了康乐旅社。她和老板娘招呼几句，把孩子留下，自己去了房间。老板娘又把孩子给了我。小女孩大眼睛，睫毛很长，圆润的脸蛋上留着泪痕，仿佛看见她的忧伤。小女孩背着小书包，嘴很乖，我还没问她，她歪着小脑袋说："阿姨，我叫鱼儿，四岁了，不跟布娃娃玩了，我跟你玩好吗？"看见她，想到自己的童年，噙着泪水，抱起她亲着："你爸爸呢？"鱼儿摇摇头，眼里旋着泪花。我马上逗着："鱼儿，你喜欢哪儿玩？"

鱼儿一下来了兴趣，小嘴贴在我的耳边，生怕别人听到似的，小声说："阿姨，我想上幼儿园。"

我心一酸，紧紧抱着她："看，书包都背着了，妈妈送你上幼儿园好吗？"鱼儿失望地摇摇头。我不知说什么好，鱼儿又歪着小脑袋："阿姨，我会画鱼儿，妈妈教的。"说着从我怀里挣脱下来，又从书包里掏出彩笔和白纸，认真画起来，一会儿鱼儿画成了，双手拿着送到我面前："阿姨，鱼儿好看吗？"

我笑着说："鱼儿画鱼儿，画得好哇，好看，好看！"

听着我的称赞，鱼儿高兴了，指着我手上的鱼儿："这儿尖尖是鱼头，那儿叉叉是鱼尾，背上长着翅膀呢，一粒豆子是眼睛。"

看着鱼儿那乐劲儿，我说："你画的鱼儿怎没水呀，知道吗？鱼儿没水会死去的。"

鱼儿明亮的大眼睛望着我："妈妈怎没教我画水呢，不能让鱼儿死去呀，阿姨，水怎么画呀？"我拿起她的彩笔，在鱼儿下面画上几条波浪线，鱼儿欢呼着："鱼儿得水啦！"

我们正玩得欢，鱼儿妈妈来了，不好意思对我说："妹子，孩子就在这儿玩好吗？等会儿我来接她。"我笑着点头，她亲亲孩子："鱼儿，听阿姨的话，等着妈妈接你。"说着出门，登上一辆的士走了。我在想她丢下孩子到哪儿去呢？我后来才弄明白，她又去挣钱去了。卖淫女先是被老板养着，传供本店的生意，后来老板供她们吃喝不干了；卖淫女在本店赚不到多少钱也不干了。她们租住在角落里，凭手机线长面广建立了色情网络。

天擦黑的时候，她来接孩子，鱼儿睡得正香。她坐在床沿上，显得有些疲倦，很客气地说："妹子，贵姓，新来的吧，谢谢您了。"

"我叫高若男，当清洁工不久，不用谢，鱼儿很乖。我还不知怎称呼您？"

"我叫余香儿，孩子叫余鱼儿，唉，我们娘儿俩都是多余的。"停顿了一会儿，"你叫我香儿、香姐都行，我就叫你若男妹子吧。"

"香姐，您一句多余的，让我的心都碎了，鱼儿，多可爱的鱼儿呵……"我的话聊出了她的眼泪，聊出了知己，也聊出一个鲜为人知的故事……

四

香儿的那一夜，让她刻骨铭心，撕心裂肺，终身难忘。16岁那一年，随着打工潮南下，她像一只离巢的小鸟，从蜀川飞到芙蓉国里，多少美梦，多少憧憬，多少幸福萦绕心头。人长得画儿似的，眉眼清秀，脸蛋上指头儿弹出水来，鲜艳得就像一朵含苞待放的水荷花。一同出来的姐妹们，像蒲公英似的随风飘向远方。她来到省城，在广告的海洋里，神差鬼使地迷上街头的一纸

"招工启事"。最令她动心的是，"舒适高雅，工资优厚。"她就这样高高兴兴进了康乐旅社。一天晚上，老板娘笑着说："香儿，你发财的机会来了，好好伺候大老板，人家不会亏你，我当妈咪的不会害你。"

香儿天真地连连点头："我听妈咪的，不就是好好招待人家吗，保证让您满意！"

她快乐地哼着歌儿，敲开了 218 房间，一个比她爸还老的红脸汉子，笑迎着她："你是?"

"大伯，我叫香儿，是来为您服务的，有什么吩咐，只管说，包您满意。"香儿很热心地说。

红脸汉子一双鹰眼闪着绿光，打量香儿，从上到下辨认着，灼得香儿脸发烧，心里怦怦地跳。"好，好上加好！"红脸汉子双手击掌说。一阵狂笑，似虎狼咆哮，红脸上横着一道道肉棱子，色眼迷离，活像董卓见了貂蝉，早已魂不守舍，三魂落了七魄，嘴里馋涎如丝，就像狗见到肉一样，流涎不止。香儿的心一阵阵抽紧，如同小鸡见到黑老鹰，无助地颤抖着，她努力地笑笑："您还有事儿吗?"

"会捶背吗?"香儿正要说不会，"试试吧！"红脸汉子又说。小肉拳在宽阔的背上跳舞，像鼓点演奏着少女的惶恐，又像鼓槌呼应着美妙的快感，红脸汉子闭着眼尽情享受。捶背之后，就是按摩。小手捏不动坚硬的臂膀，更找不着人体穴位，不过是柔软如绵的小掌，在大男人身躯上抚摸而已，那感觉如春风泛起水波漪涟，如细雨滋润万物蓬勃……红脸汉子一下子露出狰狞，如猛虎扑食，势不可挡，闪电般地拽起香儿，搂在怀里，疯狂起来，香儿吓得昏了过去。根据香儿描述，那就是一场噩梦，她颤抖着，失去了知觉，头脑一片空白，魔鬼贪婪地掠夺她最神秘的领地，凶恶地摧毁着一个少女最圣洁的瑰宝。只听见"嚓"的一声，如同撕绢，她一声尖叫，仿佛撕下她一块心头肉……

就这样，香儿成了康乐旅社的摇钱树，后来她破罐子破摔，嫁给一个游手好闲的混混。照她自己的话说，一个残花败柳的女人，还想攀上好人家么？她租了房子，养着男人，不久生下鱼儿。香儿去挣钱。男人当保姆，完全是一个吃软饭的家伙，吃香喝辣，饮酒抽烟玩小牌，日子过得赛神仙。何姐来的时候看见过他，一双永远睁不大的老色眼，眉心洼，鼻子塌，嘴下突出翘下巴，侧看他的脸就像天上镰刀月。香儿说，男儿无丑像，看人家武大郎，心地几多善良，女人图的就是一个稳当。他叫古志远，没人叫他响亮的名字，却送他一个绰号，都叫他古怪，是在康乐旅社那些日子看出来的。怪就怪在他的女人，可以陪人睡觉，但不能发声，更不能发笑，倘若发现，非让她脱下一层皮不可。那天，他手上抱着鱼儿，和人家玩着小牌，客人进来，点了香儿，上楼去了。一支烟的功夫，他放下手中纸牌，放下怀里的孩子，像侦探一样，轻手轻脚猫上二楼，二楼没动静，又猫上三楼，听见了香儿的笑声。他像阴魂一样飘到门边，听见嫖客狂笑着："古人云，'千金难买一笑，'今天值了，'回眸一笑百媚生'哈哈！"

香儿笑着说："大哥花钱买笑，小妹情在笑中，大哥多来……"香儿的话还没说完，古怪砸开房门，两个人赤条条正说笑着，嫖客吓得魂不附体，钻进床底下；倒是香儿敢做敢当，顶着棍棒穿了衣服，死死抱住古怪："大哥，快跑！"嫖客方醒，从床底下爬出，穿了衣服，冲出房门跑了。可怜的香儿，早已皮破肉绽，伤筋断骨，老板娘赶上来，古怪更加疯狂，举起木棒朝香儿劈头打来，如同武打小说描写的场面，就在要结果香儿性命的一刹那，老板娘眼快，将香儿猛一推，耳边一声狂飚呼啸而下，木棒如一道闪电擦着耳根，落在香儿右肩上，如山崩地裂般倒下了。老板娘呼叫着："杀人啦！杀人啦！"古怪弃棒而逃，逃得无影无踪，逃得一去不复返。香儿阎王殿里走一回，被鬼门关牛头马面赶出阴曹。从此，她与鱼儿相依为命，鱼儿懂事了，拉着妈妈说："人家小朋友都有爸爸，鱼儿没有爸爸，做梦想爸爸。"

香儿亲着女儿，泪水模糊着眼睛："你爸死了！他不要鱼儿了。"

……

我看看鱼儿，睡得正香，又梦见爸爸了吧，爸爸什么样儿呢？在她幼小的心灵中，梦幻总是美好的呵！我望着香姐，心中隐隐作痛，不知怎样安慰她。突然，她的手机又响了。我知道她又要走了，主动地说："鱼儿交给我吧！"她不好意思点点头，亲亲鱼儿，拖着疲惫的身子走出康乐旅社。我心疼地看着她三步一回头地去了。

五

鱼儿哭着要妈妈，我哄着她："鱼儿乖，妈妈给鱼儿买好吃的去了，等会儿就来接鱼儿，好吗？"鱼儿点着小脑袋，我又逗着，"你画得真好，再画一张漂亮鱼儿送给阿姨，好吗？"鱼儿高兴了，马上拿出纸笔画起来，画得挺认真，时不时地用橡皮擦轻轻擦着。我打扫完清洁卫生，已快中午，还不见香姐来接鱼儿，心里有点儿急了。

鱼儿拿着画好的鱼儿送到我面前："阿姨，送给您。"

我看了看，称赞她："画得真好，还画出水波，阿姨谢谢鱼儿。"

突然，鱼儿眼圈儿红了，可怜巴巴地说："妈妈不要我了。"

我一下抱起鱼儿，亲着："傻孩子，你是妈妈的心肝宝贝，怎会不要鱼儿呢？"鱼儿将信将疑望着我，我说："你想妈妈了？

跟着阿姨吃了午饭，送你回家好吗？"鱼儿拍手叫好。我猛地想到不知香儿住处，怎么送孩子呢？试探着说："阿姨不知鱼儿住在哪儿，怎送呀？"

"我们住在裤丫巷。"鱼儿抢着说。从鱼儿的表情里，还真想妈妈了。的士在裤丫巷停下，鱼儿早从车里钻出来，撒腿往前跑。我跟在她后面追着，一直追到巷深处，一个偏僻的角落——低矮的平房前。鱼儿不客气地啪打着房门，大声呼着："妈妈，快开门，我回来了！"香姐听到鱼儿呼叫，朦胧中惊醒，忙翻身下床开门，看见我送鱼儿回来，感激得不知说什么好，揉着眼停顿一下，不好意思地说："刚回来上床做梦呢，鱼儿给您添麻烦了。"马上招呼着，拉着我进了她屋里。屋子不大，摆设简陋，一床一桌一椅而已，房顶上盖的黑油毡，破烂不堪，好像是违章搭起的窝棚，显得陈旧古老。我坐在床沿上，感觉到整个屋子矮小、黑暗、潮湿，就像置身在一个洞窟里。香姐给我递一杯水，也坐在床沿上，打着哈欠，说："这就是命，我也认了！"

看着她两眼的黑圈，熬得通红的眼睛，和那憔悴的面容，我能帮她什么呢，只好安慰她："鱼儿不错，好好培养，等她长大了，您就享清福！"

鱼儿在一旁玩着，好像听出点儿什么，一下跑到床沿边，摇着妈妈的大腿："我要上幼儿园。"

看见鱼儿梦寐以求的样子，心里不是滋味，我为鱼儿帮腔："香姐，送鱼儿上幼儿园吧！"香姐委屈得差点儿哭起来："我送鱼儿上幼儿园，没一千也有八百回了，说鱼儿没户口，天啦！我只能到阎王爷那儿上户口，我与那古怪男人，也是男盗女娼的黑夫妻，没罚着款已是天老爷保佑……"

"这么说，鱼儿没学校收她了？"我着急地问。

香姐说："私家幼儿园又远又贵，还戴着有色眼镜，与其让鱼儿受歧视，还不如不去的好。"

"新时代了，总不能让她成睁眼瞎吧。"我说。

"以后再说吧！"香姐又打了一个哈欠说。我看着她昏昏欲睡的样子，不敢久留，起身向香姐告辞，亲了亲鱼儿便离去。我隐约看见香姐已倒在床上，鱼儿还站在门口目送着我。看着她娘儿俩，我想起读过的《月牙儿》，说不清这时候怎么会想起月容和她妈的影子，什么时代了，还提那揪心的母女，但愿香姐、鱼儿快乐起来。

第十七章

姐妹们都叫她妈咪，唯我不叫，因为看不惯她那笑面狐狸，与她根本就不是一路人。她又在开拓生意，将三、四楼改换成洗脚休闲的场所。房子装修需一些时日，精明的徐妈咪招来三名山妹子，加上我，一同送到世纪洗脚城，拜师学艺，旨在为开业培训技术人才。

世纪洗脚城坐落在繁华区，霓虹灯在半空中闪烁，招引着四面八方的顾客。据说这里名师汇集，各怀绝技，如果你脚生鸡眼，或脚气骚痒，或脚臭难闻，在这里泡泡脚，揉揉脚丫，挖挖鸡眼，闭上眼，会有着梦幻般的享受；腰痛背痛腿痛筋骨痛，经妙手搓揉、推拿，那感觉呀，就像无腰无背无腿无筋骨地轻飘起来，飘呀，飘呀，飘到南天门……

我还真想学学那些真功夫，有了一技之长，也就有了生存之本。因此，我学起来特别刻苦。我们四个人各取所长，分别跟了师傅。我的师傅是一个跛脚女人，小儿麻痹症落下的残疾。父亲把这传子不传世的祖传绝活传给她，因为膝下无儿，给女儿留下一个敲不碎、砸不烂的金饭碗，死而无憾。她姓苏，三十多岁，我叫她苏姨。虽徐娘半老，苏姨也有骄傲的脸蛋，红里见白，看上去就像蟠桃树上熟透的大仙桃，要不是脚上那点毛病，也能鹤立鸡群。来洗脚的人很多，都慕名而来，最让人记住她的是一把削脚刀，就像庖丁解牛，游刃有余。手轻刀快，不怕你脚皮如铁，鸡眼如刺，犬牙交错，几缕凉嗖嗖的旋风而过，便觉脱胎换骨，有如腾云驾雾一般轻松。

粗活当然我来干，木桶水温调试之后，替客人搓洗按摩，热气扑面，满头大汗，累得头晕目眩。我生怕做得不好，力气太小，把人家的腿脚搂在怀里搓揉着，偷看客人，闭着眼，好像睡着了，发现他嘴角上挂着一丝笑意，我想他是舒服了，可他哪知道洗脚妹的那个苦呵！苏姨喜欢我做事舍己，终于愿意传我手艺了。她给我一把削脚刀，练习削萝卜，我把萝卜削成碎片，削成脚趾丫，也没悟出什么。后来苏姨告诉我："练到削脚如削萝卜一样轻松，功到自然成！"真到了削脚的时候，我的手像捆绑着，战战兢兢放不开。那脚底、脚趾长出的茧子，刀枪不入，莫说像切萝卜那样轻松了，没有"二指禅"的功夫，就只能像剃头匠在荡刀布上荡刀了。"名师出高徒。"我也能引以自豪地小试牛刀了，削人脚、挖鸡眼，比起师傅的精湛来，望而生叹。

在洗脚城，来消费的尽是些老板、当官儿的、显贵达人，我嗅到铜臭味，脸上笑迎，汗流浃背，心里却鄙视他们。有一天，来了一位戴眼镜的客人，初看上去一脸的清高，五十多岁年纪，没多少慈祥，有点儿鲁迅的影子。我笑脸接待他的时候，连看也不看我一眼，自己不声不响坐在沙发上，从提包里拿出一个本子，认真地看起来。我替他洗脚就像他看书一样认真，洗了一会儿，他竟大呼："妙哉！"放下本子，躺下身子享受起来。又过了一会儿，他狂笑："美在其中！"再过一会儿，打起呼噜来……

我不知道他什么时候走了，在他躺过的沙发下发现一个本子。拾起来才惊奇地发现，是一本诗集，准确地讲，是一本未出版的诗稿。是刚才那位先生失落的，原来他是诗人，难怪清高呢！我马上拜读起来，随便读了一首：

天鹅湖

清波铺翠蓝，玉颈一双缠。

落日迷红影，披星闪白璇。

恐惊情侣梦，悄遁夜风船。

野水吻渔火，翁禽共此天。

虽我爱诗，却不会品诗。读过之后，就好像喝了一壶"白毛尖"，爽了！爽在清新的梦幻里；爽在爱心的呵护里；爽在"翁禽共此天"的美妙里……我看着诗稿发呆，这是人家苦苦熬出的心血呵！翻阅间，那斟字酌句的圈点，如同满目疮痍，体无完肤。"三年二句得，一吟双泪流。"仿佛贾岛就在诗中，在诗页上还真见到泪痕斑斑。无论如何也该物归原主呵！到哪儿去找他呢？诗页一下子如风翻过，我翻到尽头，惊喜地发现落款：岳麓书院，于余愚。我眼前一亮，这下可以把诗稿送到他手上，还可结识这位清高的老师。准备向师傅请假，给人家送去，还没开口，师傅拉着我的手说："你家徐老板来催了，要你们马上回去准备开业，我舍不得你呀！你能留下吗？工资好商量。"

我红着脸说："不行呀，师傅。是徐老板送我来的，怎能背信弃义呢？就像您传给我手艺，一辈子不会忘记您的……"师傅送给我一把削脚刀。走的时候，我心里很乱，师徒离别的伤感，姐姐依旧杳无音信，手上还有一本沉甸甸的诗稿折磨着我。几个山妹子却像几只小山雀，叽叽喳喳蹦跳着，欢乐着。她们的年龄和我差不多，第一次飞到这繁华的城市里，新鲜得就像上了天似的，梦幻都是美好的。一个叫山月的丫头悄悄对我说："听说城里好弄钱，俺有一双抓钱手呢！爹妈都指望着呢。"

山／女／的／忏／悔

看着她神秘的笑脸，就像天上神秘的月亮，我鼓励她说："但愿你挣回一座金山，孝敬父母吧！"

茶花和栗子更是异想天开。茶花身段、脸蛋赶上时髦，比芭蕾舞演员更迷人，且带着山野的清香。想疯了过上城里的日子，能找上城里的对象，心满意足了。栗子有一个好歌喉，声音比山雀清亮，比杜鹃动人，山歌唱出口，醉了花醉了草，树上鸟儿围她绕，水里鱼儿蹦蹦跳，青皮小伙听了发狂学鬼叫。一心走出大山，登上大舞台，山妹子敢赢洋歌手，山窝窝里闯出大明星。多清纯的山妹子呵！

开业几天后，我终于瞅准机会，去了一趟岳麓书院。那是经老板娘批准了的。我问她有我姐的消息没有，她摇头说没有。我知道她根本就没把这事放在心上。我对她说，去贴寻人启事去了。她要我快去快回，我一出去，也由不得她了。

到岳麓书院一打听，才知道他是鼎鼎有名的文学院教授。事不凑巧，他正在授课，我只好在教学楼下徘徊。周围风景如画，花木争春，雀鸟赛歌，尽前香樟盎然，松柏滴翠，放眼枫林吐绿，杜鹃如火，到处莺歌燕舞，好一处人间仙境。一群群男女学生，从教学楼走出来，手里拿着书本，说笑着走过来，看见他们都是大哥大姐，在这美丽的校园里读书，我的心冰凉了，一下子像跌落万丈深渊，不敢仰视他们。我躲在一棵大枫树后，瞄着走过的学生和老师。那个熟悉的清高面孔出现了，手里挽着一个蓝色书夹，正朝着大枫树走来。说也怪，我有些紧张起来，就像第一次上学见了老师那样，心里扑通扑通地跳。一个洗脚妹面对大教授，有什么好紧张的？他教学，我洗脚，风马牛不相及；给他送诗稿，是我帮他而不是求他，人不求人一般大，想想这些，心情就平静些了。他走到大枫树下，我跑着迎上去，很礼貌地给他行了一个鞠躬礼。他吓一跳，马上镇定下来，看看我，正犹豫着，我双手呈上诗稿："于老师，您的诗稿。"

于老师惊喜地接过诗稿，翻了几页，眼光落在我身上，好像想起世纪洗脚城，想起那个令他打呼噜的洗脚女。清高的脸上挂上了笑容："你是?"

"我叫高若男，当洗脚女。"

"小高，去过世纪洗脚城，说你走了，我想我的诗稿早扔进垃圾箱。看，今天又失而复得，我该好好谢谢你!"于老师说。

我谈然地说："不用谢，举手之劳，物归原主。"说完扭头就走。

于老师叫住我，问："你为啥要来给我送诗稿?"

"也不知为什么，读您的诗，就像喝着'白毛尖'一样清爽呢。我想这也许是您几年、或十几年、甚至一辈子的心血呵!我就给您送来了。"我发自内心地说。

于老师好像很受感动，看看我问："你喜欢诗吗?"

"我喜欢唐诗，还能背出几首来。"此时轻松的回答，已完全没有了先前的紧张，站在我面前的是一位和颜悦色的长者，看不见那张清高的面孔了。

于老师高兴地说："看来，我要收下你这位学生了。你愿意学诗吗?"

我激动得说不出话，连连点头，好一会说："这不是梦吧!"于老师把我带到他的教研楼，那是坐落在林荫中的一幢旧楼，楼层不高，数着窗口，应该是五层吧。我走进教研室，就像刘姥姥进了大观园，眼花缭乱，一切都新鲜，最特别的是孔夫子搬家——书多。于老师倒给我一杯开水，接着从抽屉里拿出二本书来，语重心长地说："学诗就从这里开始吧，我等着你的收获!"我点头接过书，一本是《唐诗三百首》，听老师上课讲过，熟读唐诗三百首，不会吟诗也会吟;另一本便是《平水韵》，写诗必

山 / 女 / 的 / 忏 / 悔

遵循的格律。离开他时，他郑重地说："学诗要写诗，不懂来问吧！"

二

我正读着唐诗，老板娘像阴魂一样飘到我面前，我根本没发现她，一声阴阳怪气的笑，吓我一跳。看她笑得好甜蜜，甜蜜里好像拌着砒霜；笑得好诡秘，诡秘中好像藏着阴谋，总之，有点儿不对味，一付笑里藏刀的样子，让人惧而生厌。

"哎呀，还是一块读书的料！"她拍拍我的肩说。我没有笑脸相迎，也没有答理她，只是埋头看诗。她一张狐狸脸早洞察秋毫，知道我对她早有防范，许多要说的话咽进肚子里，只微微一笑："有位客人点你洗脚，何姐给你当帮手。你不会拒绝吧？"。

我放下唐诗，正欲动身，"何姐在218房间等着呢！"她补充说。

晚上八点，正是生意繁忙的时候，我没有理由拒绝客人的要求。走进房间，何姐在那儿忙着，提来洗脚桶，正要去打热水，我问："客人呢？"

何姐神秘兮兮地说："等会儿吧。"

我吩咐何姐去打热水，等客人来了调试水温。热水还没打来，客人进来了。一副老态龙钟的模样，像黄鼠狼吸了血似的干瘪，独有酒糟鼻肥红，一对色眼闪烁，咄咄逼人。我扫了他一眼再不敢抬头。何姐打来热水，却像老熟人一样打着招呼："夏主任，还以为又吹泡泡，不来了呢！"

"哈，女儿国里美人多，岂有不来之理？"夏主任嬉皮笑脸地说。我在调试水温，准备给他洗脚。他很配合地坐在沙发上，我按操作规程给他洗脚，从我眼睛斜光里发现，他目光盯着我，就像香姐第一回遇到的那鹰眼、发现猎物一样可怕。我打了一个寒战，耳边响起一连串胡言乱语，"古今唯有西施美，你比西施美十分；传说月宫嫦娥冷，吴刚温暖你的心……"接着又讲到什么给钞票，找工作，包二奶之类的乌七八糟……我像冷血动物一样，没丝毫反应。我就是一个洗脚妹，老老实实地洗脚。他终于闭上眼睛，我偷看他，像死人一样。他是在享受着洗脚的舒爽，还是谋划着邪恶，或是兼而有之。我心中有了不祥的预感。突然，何姐说有事出去了，只听见"咣啷"一声，房门关上了。突然，刚才闭眼如死的家伙，就像听见冲锋号一样勇猛，老态龙钟变得老气横秋，如饿虎捕食，就像香姐描述的那回遭遇一样。我知道落入陷阱，但我不是香姐，心中恐惧反而平静下来。我想，这是他们设计好的圈套，门肯定作了手脚，逃不出去了；呼救也没有用，喊天不应，叫地不灵，让你变成哑巴也容易；最好的办法是动脑子。我看了看窗外，灯火通明，要是有孙猴子的本领，变一只蚊子飞出去多好呵！痴人说梦话吧，不，我肉眼凡胎也能从窗口逃去。

于是，我微笑着说："夏主任，我是清清白白的女儿身，您也是有身份的人，不能玷污我的清白，先洗干净身子，再陪您吧，可不要忘了您的承诺！"

夏主任一下就酥了，早已溜魂走魄，飘飘然了："今晚一过，你就是我的心上人，要钱有钱，要房有房，要工作有工作，养你还是绰绰有余。哈，美人，我这就去沐浴香身。"说着一手带紧内房的门，去了欲室。我拉了拉房门，内房的门也作了手脚，拉不开了。我迅速打开窗户，翻到窗外，轻轻跳到一楼阳台上，顺着落水管滑到地上，拼命地跑呀，跑到大街上。不能饶了那个色狼，还有那个徐妈咪，捣毁那个不知毁了多少少女清白的黑窝。我找不到公安局派出所，事不宜迟，我打的士找到香姐，她也咬牙切齿，拿出手机马上挂通了派出所。然后冷笑："马上有好戏看了，走，我们去康乐旅社。"她看了看熟睡的鱼儿，拉着我走出裤丫巷。刚登上的士，香姐手机响了，是派出所干警打来的，要举报人和受害人马上赶到康乐旅社。我们赶到康乐旅社，在218房间看到夏主任，他一下变成了道貌岸然伪君子。刚才淫恶狰狞的色狼，竟变成温顺可怜的老绵羊。一脸的委屈，苦笑着说："误会，天大的误会，看我这风烛残年的老头子，还干那种刃事？"

我义正辞严地揭露他们的阴谋，夏主任脸上像千百条虫子噬咬，眼皮耷拉下来不停地蹦跳着，灯盏大的脸壳子，忽儿青忽儿白，显得更刃陋了。他一口咬定"捉奸捉双，捉贼捉赃"，没有证据。我愤怒地吼着："房门锁内外做了手脚，都是你们预谋好了的；要不是窗户帮了我，早毁在你们手里！"两个干警马上作了现场勘察，在我逃出的窗口、和落水管上发现指印和痕迹，提取了相关证据。然后，把当事人连同何姐带上警车，一同拉到派出所。把每个人分别开来进行询问。何姐胆儿小，终于说出真情，一切都是妈咪安排的。几年前，就是这个夏主任夺去她的贞操。这是何姐出来后对我说的。折腾大半夜，真相大白。一个穿着警服的官儿问我："你有什么要求？"

我怒气未消，说："要端了康乐旅社那个黑窝，不能再干伤天害理的事了。徐老板、还有那条老色狼，该杀该剐你们看着办吧！"

那警官说："你可以回去了。"我没地方可去了，跟着香姐去了裤丫巷。鱼儿还在梦中。忽然，听到了鸡叫声，就像听见乡音一样亲切，很久没有听到雄鸡报晓，真有点催人思归的感觉。我问香姐，哪来的鸡叫声？她笑着说："想家了吧？偌大的城市，就这裤丫巷能听到鸡打鸣。原因很简单，贫民窟里，低矮的平房有条件喂鸡。"

天快亮了。惊险过后，我没有睡意。香姐陪我坐着，眼皮子在打架。我看着鱼儿睡得好香，哪知明日醒来又是孤单，明日复明日，何日是个头呵！天色大明，我要走了。香姐送我走出裤丫巷，分手的时候，她问我："你到哪儿去?"

我摇着头："天下这么大，也不知去哪儿找姐呀。"我最放心不下的是鱼儿。就在我们分别的一刹那，香姐告诉我，她要带着鱼儿回四川老家，帮鱼儿上户口。我心中的一块石头落下了。祝她们母女好运！

我又流浪在街头，不知去哪儿，更不知去哪儿找姐。我就这样离开康乐旅社，也不知它现在怎样了，心里却放不下那几个花儿一样的山妹子，但愿她们心想事成！

三

我只能去找他了。也是在大枫树下，于老师开口便问："习作带来了?"我委屈地流起眼泪，把事情经过一五一十全说了。只见他的脸色蓦地刷青，眼珠子凸显出来，闪着怒火，那样子狰狞起来，就像要吃人似的。我不敢正面看他，此时，他完全失去了教授学者的风范。好一会，他说："你愿在这儿做事吗? 比如勤杂工、清洁工。"

我喜之不胜，连忙说："什么活儿都能干，我不会给您丢脸，谢谢于老师！"于老师转了一个圈后，通知我去后勤处报到。好容易找到后勤处，一个中年女人接待我，从她蔑视的眼光里，知道她看不起我，且对我有些反感。"是于大善人介绍你来的吧。"女人扫了我一眼说。

我很小心地笑着说："是于老师介绍的。"

"你和于老师是什么关系?"她像审犯人似的。

我很礼貌地说："我很崇拜于老师，跟他学诗词。"

"竹扫帚能扫出诗词来？"那女人用怀疑的眼光打量着我说。我心里很不服气，不再说什么。接着，那女人简单地登记了，给我安排了工作。我很顺利地当上校园清洁工，职责范围是于老师的教研楼。这是一座文史楼，五层楼虽除藏书室、档案室、办公室外，但所有的公厕、楼道、走廊，包括楼下周围，每天清扫，保持干净，工作量还是不轻的。住宿条件也简陋，是宿舍楼的一个楼梯口，砌起来的空间，仅放一张单人床。尽管如此，我感觉就像从地狱来到天堂。最让我称心的是，我可以跟着于老师学诗了。每天晚上，我钻进自己的宿舍，认真地读书，写诗，仿佛自己念上大学一样。那天，我打扫楼下的卫生，有了新发现，路旁的樟叶纷纷飘落下来，像褥子一样盖在地上，几天忙碌，几天清扫，扫净了地上的落叶，也扫绿了香樟，一下来了灵感，写下一首小诗：

路樟感怀

一夜香樟吐嫩黄，春风亲吻入时裳。

虬枝已改凌云志，乐与行人送阴凉。

于老师看到这首小诗，看得很认真，没有说什么，只改了二个字：春风亲吻"入"改"绿"时裳；虬枝"已"换成"未"改凌云志。于老师掷笔而去。我琢磨着，猛然间，悟出点睛之笔，把我心中的香樟点化得高大完美，直冲云霄，庇阴天下。这不就是对于老师的赞美么？我在参天大树下，享受着阴凉和快乐……

几天后，我的小诗发表在校刊上，我的名字令人瞩目。当他们发现我是清洁工，为我惋惜，正当风华正茂，却淹没在垃圾里，毁掉了当代的杜甫！"大庇天下寒士俱欢颜"与"乐与行人送阴凉"同出一辙。有同学干脆叫我香樟，后来，香樟便成了我发表诗词的笔名。

在后来的日子里，我有了很多的朋友，经常与我探讨诗词；身边也有很多关心我的同学和老师，在他们的鼓励和帮助下，我参加了经济管理专科自学考试，还可以参与旁听授课。人家都夸我，天生一块读书料，所考科目，成绩优秀。只有我最清楚，我恨自己笨，那是花了比人家努力十倍的功夫呵！体会最深的是学习劳动，相得益彰，苦乐相随，好诗都在性情里。诗花香万里，词苑叹百家。如雨后春笋般的习作，在报刊散放墨香，醉了别人，红了自己。

正当我一帆风顺之时，我碰上一块绊脚石，不是别人，正是我到后勤处报导时，接待我的那个女人。我正在打扫卫生，她突然立在我面前，很坦率地问："香樟，那些诗词真的出自你手吗？"

我惊愕地看着她，想不到会提那样幼稚的问题，反而问她："您看呢？"

"是移花接木吧？"女人说。

我有点儿气愤了："您什么意思？"

"瞧，你发表的诗词，论风格、视野、意境，以及潜词造句，都有于余愚的痕迹，不是他的作品才怪，我研究他几十年了，骗不了我的眼睛。"她肯定地说。

"您说研究于老师几十年，这么说，您也是他的学生？"我问。

她说："我是他的妻子，叫向阳，我们结婚二十多年了。"

我一下呆了，慢慢抬起头来，惊奇地打量于老师的妻子，还真吓我一跳，要不是她自己说是于老师的妻子，打死我也不会相信。因为太丑陋了，丑陋得就像人世间没有见过的外星人。这是我第一次这样认真地看一个女人，个子高大粗壮，比于老师高过一个头，脸膛凹凹凸凸，雀斑麻麻点点，活像一个黑不溜秋的大芋头。于老师怎会爱上这样的女人？他妻子怎会来纠缠我？我想，于老师有一双慧眼，对美丑有着独特见解，世人眼中的丑陋，在他眼里竟是圣洁完美，正如古人云，丑陋之妻，无价之宝。至于纠缠我，直觉告诉我，不过是出于一个女人嫉妒罢了。忽然，她流着眼泪向我诉说他们的结合……

四

也算是人世间最精彩的姻缘。没有花前月下，没有海誓山盟，他们走在一起，已走过二十多年的人生历程。五十年前，正是大跃进年代，一个婴儿降生人间，一块青布破片裹着，扔在平山小学门下。学校是一座庙宇改的，实际上只挂了一块学校牌子，就一个老师，姓向名善，妻子叫阳春兰，夫妻俩住在学校里，教着二十几个孩子。正值深秋，夜深人静，婴儿哭声惊动夫妻俩，将婴儿抱进学校里，解开破片，赤条条一个男婴，破片上缝着白布条，上面写着姓"于"，却没名字，一九五八年八月十五子时生。向老师夫妇未生育子女，便宜得了个儿子，苍天有眼，自是欢喜，当晚给孩子取名叫于余愚，小名愚儿。

妻子说："名儿取得不旺，怎么取这么一个古怪的名儿。"

向老师笑笑说："名字旺不旺无关紧要，取名就讲个趣儿。你看，于家生了一个多余的儿子，竟忍心把他给扔了，多么愚蠢呵！这名字多有纪念意义……"

"再怎么也应该跟咱们姓。"妻子说。

向老师又笑笑说："跟谁姓都一样，孩子有出息就成！"

向老师夫妇的善举一阵风传开了，誉满乡里。就在愚儿满三岁那一天，有一老妇人又送来一女婴，说是在集市上捡来的，有很多人想抱走，见女婴格外丑陋，都放弃了。有人说，这是哪家生下一个妖孽，被扔出来了，谁敢要。老妇人于心不忍，把她送到向大善人手上。向老师接过孩子，看了看，喜得合不拢嘴："金童玉女，妙哉，妙哉！"

妻子这回哀求："女儿取名无论如何要用他们的姓，沾点儿父母气味。"

"好吧，就叫她向阳。"向老师亲亲女儿说。

愚儿小时候顽皮、贪玩，学习也不认真，可对妹妹呵护有加，只要有人说他妹丑，他会与人拼命，人家说他妹漂亮，他乐着笑。有一回，有个孩子说他妹是捡来的，他冲上前去与那孩子打得头破血流，那孩子不服气地骂："你妹是捡来的丑八怪，你也是野种！不信问你爸妈去。"

愚儿真去问他爸，爸毫不保留地告诉他全部真相，并给他讲了他名字的来历，最后对他说："孩子，人家说你妹丑，让他去说吧，只要你心中认为妹漂亮，她就漂亮；人家说你是野种，在爸眼里，你永远都是爸妈的命根子。你要记住自己的身世，催人奋进……"

愚儿沉默了，并有了神童的美称。读书就像坐直升飞机，直冲九霄。一九七七年恢复高考，于余愚的名字响亮起来。那天是十一月十七日，冬阳送暖，几个公社的考生集中县五中考场，有民办老师、往届应届考生、下放知青共二百多人。考分下来，于余愚竟考了县状元，被北大中文系录取。笑掉牙的是，教他数学的张老师、教他语文的王老师，都名落孙山，榜上无名，轰动一阵子，传为佳话。爸妈要带上女儿，欢欢喜喜送愚儿上大学，一向敬重愚哥的向阳妹，此时却不愿去县城送哥，爸妈劝不动，只有愚哥最知向阳心。他对妹说："向阳，你是哥心中最美的女孩，就像哥在你心中最出色一样，让我们勇敢地挑战世俗偏见，好吗？"

向阳高兴了，像只山雀唱着歌儿蹦跳起来。爸妈暗自欢喜，多年来压在心上的石头落下来。最不放心的是向阳，虽说无价之宝，丑陋的样子怎嫁人，唯有愚儿一双慧眼，圆满了一家人。聪明的向阳买来一条漂亮的牛皮带，送给愚哥，哥乐意收下了。回到家，妈悄悄问女儿："你送哥礼物，怎么就选中一条皮带呢？"

向阳在妈耳边小声说："我想把哥拴住呀！"

"你哥知你心事？"妈问。

向阳做了一个鬼脸："他比鬼精呢！"

于余愚在大学里出类拔萃，还经常发表诗歌、散文，特招惹女同学青睐，都说他的才气缘于他的名字，大智若愚，心却冷冰冰的。几个漂亮女生向他发起猛攻，没有感觉，找不到方向退怯了。就有人说了，比鲁迅还冷，可他对许广平还那么热乎乎的。有一个秘密传开了，于余愚早有女朋友，经常有信寄来。追他的女孩就有想象了，那不是天仙也是龙女吧，肯定是万里挑一的绝色佳丽，只能羞涩地逃之夭夭。从那时起，他就清高了，高得让人不敢仰视。那一年暑期，他爸带着妹来北京看他，一向清高的他，忽地活跃起来，脸上充满阳光，带他俩登长城，游景点，参观天安门，逛王府井大街，还特地买了北京烤鸭，三人美美吃了一顿。早有女孩看在眼里，那丑八怪女子是他什么人？可以肯定的是，绝不是他的女朋友。突然，他大胆地向同学们宣布：向阳就是他的未婚妻。有女孩不信，看见他和向阳在校园里照相，故意问："她是你的妹妹吧？"

他大声说："她是我未来漂亮的妻子！"

向阳红着脸笑。女孩傻眼了，他于余愚真是大蠢猪，大怪物，吃谷不吃米的家伙。一个爆炸新闻轰开，惊呆了认识他的男男女女。

毕业后，他来到岳麓书院，献身教育，颇有名气。爸老了，妹也长大了。就在爸退休那年，向阳高中毕业，放弃高考的机会，顶了爸的班，当上了老师。妈一场病走了，爸悲痛不已，不久染病不起，一桩心事未了，死不瞑目呵！弥留之际，对着儿子和女儿比划着，最后两手的拇指和食指，活像两个八字，合成一个圆，圆得像一颗桃，桃就像一颗心，心落在胸前，断了气。就在那年寒假，他俩结了婚。婚后向阳调到他身边，不久生下一个可爱的儿子，小日子过得恩爱滋润。儿子长大了，夫妻俩留不住，飞到美国求学去了。

她最担心的事终于来了。丈夫学富五车，事业有成，桃李满天下，偏收下一个洗脚妹当学生，并推荐在学校当了清洁工，怪就怪在一个乳臭未干的丫头，一下子成诗家了，从她那些发表的诗词里，嗅出他的气味来。她一下子丧魂落魄，六神无主，没理智了。

五

向阳蓦地跪在我面前，吓我一跳，我说："向老师，有什么话起来说好吗？"边说边扶她起来，怎耐块头实在太大，挪不动她。

她洒着泪水，哀求着："救救我吧，香樟小妹。行行好，我不能没有他呀！"

看着她死鱼般的眼睛，无助的沮丧，我的心软了下来，不再计较她的纠缠，很关心地问："您说，我怎么救您？"

她忽然抬起头，眼珠子活泛了一下："求求您离开这儿吧，所有经济损失我负责，开个数吧。"

像千钧击顶，跌落万丈深渊，我无言以对，好一会不解地问："我离开怎能救您？"

"因为你太漂亮了，太有魅力，连我这个女人都着魔似的，何况男人呢？世上哪有猫不爱鱼腥，离得远远的……"她直截了当地说。

我彻底明白过来，原来她也是针鼻子大的心眼，真为她可悲，可叹，可怜。我据理力争："我和于老师只是师生关系，在我眼里，他就像父亲一样，可畏可敬可爱，您想到哪儿去了呢？"

"男人没一个好东西，现在丑事还少吗？多少个家庭破灭了，都想老牛吃嫩草，还讲什么伦理道德……"她气愤地说。

我安慰她："于老师德高望重，为人师表，绝不是那样的人，况且，你们的婚姻坚如磐石，牢不可摧的。"

"这正是我惶恐的地方。我们反世俗结合在一起，是极不对称的，病人怕鬼叫，说不定什么时候，我们的婚姻就死亡了。"她无奈地说。

她跪着不起，我心里很疼，又不能说服她，能为她做些什么呢？她泪如雨下继续说："帮帮我吧，只要你走了，他就失去了土壤和条件，生不出邪心来了，我们的家庭平安了。"

我心乱如麻，想了很多很多，这一走，又不知流落何方，寻姐的事如同蜻蜓点水，难有收获了；不可接受的是，失去了一位忘年之交的良师益友，我的人生楷模；更遗憾的是，自考仅二科未考，眼看到手的毕业证只能搁下了……看着她情绪失控的样子，我咬咬牙："向老师，我答应您！"

走的时候，我向于老师去告别，正好在大枫树下碰上他。一年前在这儿等着他，今天在这儿辞别他，心情迥异，感慨万千。我心中的苦呀，无处诉说，佯装笑脸，说："于老师，我今天是向您辞行的，谢谢您的教导和帮助……"

于老师一下失落手中的蓝皮夹，蓦地呆滞了，脸上严肃得不可调和，沉默良久，压低声音说："你真要走吗？为什么急于要走？我能帮助你留下来吗？"

我拾起来蓝皮夹，递给他。一连串的问让我揪心，我噙着泪水，编着慌言："我妈来信催了，眼快瞎了，要见姐，我出来寻姐很久了，没点儿消息，我不能只想着自己呵！"

"天下之大，人海茫茫，寻人如大海捞针，徒劳无功。不如……"于老师说。

我显得难为情地说："我也想留下来，完成学业，造诣才华，不行呀，有时还要牺牲自己，成全人家，何况是亲妈呢。说心里话，真舍不得你们呵！"

于老师最后惋惜地说："百花园里一颗好苗，作为园丁，我心痛！"

对于老师的真心话，我万分感激。还能说什么呢？一阵清风吹来，我抬头不见天日，红叶密织，虫鸟鸣唱，秋枫如火，想起和于老师在此相遇离别，仿佛一瞬间，世事难料呵！触景生情，来了灵感，一首七绝涌上心头。笑着说："学生就要走了，在大树下与老师相识相知，今日在此相别，得一小诗送与老师，留作纪念。"

于老师说："到前面岳麓书院去，留下你的真迹吧。"

我跟着于老师来到书院一隅，他很快弄来文房四宝，铺开宣纸，露出少有的笑脸："请献墨宝！"引来不少围观的人。

我满脸羞愧，不敢班门弄斧，笑着说："学生献丑了。"一挥而就，一首小诗跃然纸上。

七绝·书院吟枫

伸掌迎宾百尺融，虫鸣鸟叫绿隆中。

一欢秋露醉红叶，宴散朋离何日逢？

香樟书

围观的人热闹起来，有人赞好诗，有人叫好字，唯有于老师一言不发，未作点评。我等着于老师赐教，只见他小心地将我书的小诗，移至到安全地方，接着又铺开宣纸，蘸墨走笔，飞舞龙蛇，一首小诗鲜活在众人眼里。

七绝·野草

抖擞春秋笑疾风，庭花缀院问苍穹。

精工滋润少红日，屋外生机满目葱。

余愚书

游人在观赏一场精彩的表演，大饱眼福，虽是一首小诗，简直就是书法珍品，当即有人争相购买，一位白胡子捋着如雪的长须，炯炯有神的目光像发现宝贝似的，笑着说："墨宝相求，不论贵贱，可否？"

我与老师相视而笑，我摇摇头，他摆摆手，求购者依依不舍离去。我将《书院吟枫》卷成纸轴，很礼貌地赠予于老师，他也将《野草》卷成纸轴，郑重地送给我，有些惭愧地说："当是一首赠答诗吧！"

他送我一程，一下就谈到《书院吟枫》，一点不留情面地说："格调不高，情怀悲悯，处世消极……不过情绪的伤感还是真实的，颇有些感人之处……"这是于老师最后对我诗作的点评，也是他送给学生最好礼物。我聆听着他一针见血的批评，这时才感受到他的慈祥、坦诚，如同爬上巨人的肩膀，吸吮着新鲜空气，遨游在浩瀚的诗国里。他最后说："我还是喜欢《书院吟枫》，将它装裱之后，挂在客厅里，看到它，就会想起你，我曾经有这样一位学生……保重！"说完，他停止脚步。

我流泪了，胸有千言万语合并成一句："于老师，再见！"他打了一个手势转身离去，我目睹熟悉的背影，欣慰地看着一个巨人走进校园。

第十八章

这是一家小型塑料厂，规模不大，三四十多人吧，大都是女工。我稀里糊涂地进了厂。工作挺简单，也没有什么技术含量，都是三班倒的苦活儿。一辆东风牌汽车满载着废塑料，刚驶进厂里，女工们便慢慢围拢来。车还没停稳，一齐蜂拥而上，有几个人爬上车去，一个瘦个儿女子攀爬最轻便，活像猴子跳跃，飞身站在车顶，加固的绳索刚解开，她比人家手脚快，一个劲地将废料往车下抛，有人便在下接着，摞成一个大堆，像土匪越货一样，一会儿把一车废品抢了个精光。我在一旁看呆了，整个过程不亚于一场战斗，废料扬起的灰尘，如同硝烟弥漫，臭气熏天，一层白纱口罩，早已黑白不分，摆设而已。她们那拼命劲儿倒底为了啥？

我扫视着在场的女工，没有发现大丫的影子，好像成了一种习惯，每到一处，眼光不肯放过任何人，心想着奇迹梦幻般出现。一个熟悉的身影让我惊喜，就是刚才像猴一样敏捷的女子，我不敢确认，一个口罩像一块黑膏药贴去她半张脸。卸完车，到了吃午饭的时候，她终于撕下那块黑膏药，露出清秀的面目，我冲上前去，大声叫着："山月！山月！"

山月看见我有点儿不好意思，却很热情地招呼："若男妹子，你怎么也来这个鬼地方了？"

我笑着说："这叫缘分，山不转磨儿转，我们又转在一起。"

"你不该来这里，这儿的活儿不是你干的。"她说。

我没有忘记山月说过的话，试探地问："你还觉得城里的钱好赚吗？你一双抓钱手抓了多少钱？"

我们边走边说，来到食堂。食堂就是用油毡搭盖的工棚，设施简陋，连桌椅也没有。在打饭菜的窗口前，早排起长队，每人手里拿着饭具。我先排着队，要山月去拿饭具，山月好不容易在宿舍找到我的饭具，好在饭盒上用红油漆写上了我的名字。它跟着我从省城来到特区，既当饭具又做茶杯，挺方便。打出的饭菜实在太寒酸，米饭上几块盐罗卜和几根空心菜，我初来乍到，吃不下；山月却狼吞虎咽，吃得津津有味，一会儿吃了个精光，把我的饭菜也吃下一半。看着山月瘦了，轻得就像一朵飘动的云彩，用扇儿也能托起来，我不知她的饭菜吃到哪儿去了。她看了看我，红着脸说："吃得下一个人，屙得出一个鬼，吓着你了吧？你知道吗？日夜连台的功夫，不吃能撑得起吗？"

我自考学过法律，《劳动法》烂熟于心，不信山月的话是真，疑惑地问："现在还有不顾工人死活的老板？知道吗？劳动者有休息的权利，工作时间每天不超过八小时……"

山月不知什么法不法，只知道赚钱，像没事一样，笑着说："老板雇我，我用劳力赚钱，互不亏欠。你想人家的票子，当然就要做事，天上掉不下钱来的……"

听了山月的话，我心凉了半截，多么勤劳醇厚的山妹子，竟然不知维权，没有丁点儿防范意识和抗争精神。她告诉我，除了上班之外，就是加班加点清洗废塑薄膜，每斤五毛，多劳多得。我看见了刚才抢废塑料的战斗，她们真是要钱不要命呵！她们抢下的废塑料，都是一些回收来的薄膜、碳铵袋之类，不仅臭气难闻，且对环境有污染，对人体有伤害。没有清洗设备，也没有消毒，她们有的在水池边搓洗，有的自备脚盆刷洗，拼命地洗呀，刷呀，洗净了废薄膜，却染黑了手呀。我偷看了山月的手，哪是一个花季少女的手，指头弯曲、枯黑，活像一把铁耙齿。这真是一双抓钱手吗？

我问山月："你一月能挣多少？"

山月洗刷着废料，头也不抬伸出二根指头，我说："二千吧？"她点点头。接着问："你的钱都寄回家了，爹妈都很高兴吧？"看见她点头鸡啄米似的，脸上泛起得意的微笑。这时，她的帮手过来，将洗好的废料弄到篙上晾晒。她的帮手长得茁壮黝黑，有的是笨拙和力气，虽稚气未脱，一看便知来自乡下的"打柴婆"。山月告诉我，她叫陈大年，顶老实的一个丫头，也来自大山里头。两个山猫子配合挺默契，山月手脚灵巧，发挥手上优势；大年手面上的功夫不及山月，自然干卖力气的活儿。她很快晾完废料走过来，又来搬弄洗出的废料去晾晒。她们好像不知辛苦，遍身是劲，我想大概是金钱作怪吧。我看着她们做事，又不敢打扰她们，一肚子话儿憋在心里，也不知坐了多久，我问她们："你俩上什么班？"

山月说："上零点班。"

"废料洗晒要到什么时候？"我关心地问。

陈大年憨笑着："干完了去上班。"

山月补充说："还要加劲呢，这废料洗了晒，干了打捆，打捆了过秤。晚上没太阳，晾干了才能成捆过秤，也不知熬到什么时候。"

我是新手，刚上了两个白班，又替换上零点班，不能陪山月闲坐了，笑着说："山月，你忙着，我瞌睡大，一觉醒来要去上班，好多话，明天扯吧。"我离开她们，已是下午四点，回到宿舍，洗漱了爬上我睡的上铺，一倒下便睡着了。

山月叫醒了我，我迷迷糊糊走进车间。车间里灯火辉煌，机器声隆隆响起，这是制作碳铵包装袋的一条生产线，一共三台机器，只需三人喂料就行。我在一号机喂料，喂进去的是粗料，就是她们洗净的废塑胶，有破凉鞋、废塑料、回收的各种塑胶袋，搭配喂进机器里；山月给二号机喂料，就是将一号机吐出的料再喂进去，从二号机吐出来的料就像汤圆浆一样糯糍；大年将这些面团似的东西喂进三号机，最后吹出一个个碳铵包装袋子。整个生产线老旧，车间污染严重，气味呛人，只要你走进车间，头发尖儿上就粘上洗不去的塑料味，不管走到哪里，人家都能嗅出你的臭气，苦了一些相对象的女孩子。特别是安全隐患，让人提心吊胆，喂料没有防护设施，说不定什么时候，机器就像吃塑料一样把你的手吃了。早已淘汰的机器，在这儿竟疯狂起来。

我小心翼翼喂料，相距山月一米多远，斜光里看见山月的头上下晃动，马上意识到她在打瞌作业，一颗心替她悬着，仿佛大祸降临头上。我停了机，刚要过去警告她，猛听到杀猪似的一声嘶叫，山月昏死过去了。大年吓得哭起来。我迅雷不及掩耳之势，冲过去停机，看见山月的右手被机器吃进去了，血肉模糊，动弹不得。我十万火急向厂部值班室呼救，组织拆机救人；十万火急呼叫120救护车。大年抱着山月，等待着救人，哭声响彻夜空；时间一秒一秒地过，我的心比秒跳得快，差点儿从嘴里蹦出来。救护车来了，呜呜地叫着，山月的手出来不得，值班的钳工曾师傅闻讯赶来拆机，在大家的帮助下，把山月从铁老虎嘴里救出，送上救护车。呜地一声，救护车驶出塑料厂，我和大年随车陪护山月去了。这时厂部那边还没消息。我骂道："良心让狗吃了!"

二

"马上手术，右手截肢"，医生说。我大胆地为山月的手术签了字。山月还在昏迷中，我和大年看着山月被推进手术室，守候在外面，都为她捏着一把汗。也不知守了多久，山月躺在手术车上，被医生和护士推出来，我们跑过去，一个医生摘下口罩说："手术成功，右手截去，命保住了。明天办入院手术。"我点头回应，随护士来到五楼普外科住院部，把山月安排在516房8床。悬在床上头的点滴，不停地点点滴滴，山月仍像死人一样；大年靠在床头，鼾声如雷，仿佛震得楼房摇晃起来。她太辛苦了，睡吧，好好睡一会儿，在这儿铁老虎伤不着你。我不敢惊动她，独坐在床沿上，望着点滴如同一颗颗珍珠滚落下来，更像是一粒粒眼泪在控诉着……怎么就不珍爱生命呢？为多挣几个子儿，她们付出太多太多。我仿佛看到山月爹妈收到女儿汇款时的惊喜；仿佛嗅到她们钱币上浓浓的汗臭和血腥味；仿佛听见铁老虎在耀武扬威地咆哮。黑心老板这时躲在哪儿？怎么还不现身，连一个关心的电话都没有，就像与他一点儿关系都没有。我越想越气愤，越想越后怕，越想越无奈……点滴快要停止了，我按了床头电铃，护士小姐跑过来又挂上一瓶走了。病室里病友都挺安静，唯有大年鼾声不止。我望着窗外，夜空中跳跃着几点星星，心盼着天明。

大年醒来的时候，已快到早晨八点，她红着脸，不好意思地说："怎不叫醒我，让你一人守到大天亮。"

我微微一笑："你也该好好睡上一觉了。"说着下楼去买来几个馒头，自己啃了二个，剩下的给了大年，"你护着山月，我去办住院手续。"说着去了一楼窗口办手续。

一位漂亮小姐说："516房8床，工伤事故，知道了。昨晚救死扶伤开了绿灯，现在办住院手续，先交五万吧。"

五万元，我吓了一跳，摇摇头说："昨晚来了还没能回去，这就去拿钱办住院手续。"我匆匆赶到厂里，直接去了老板办公室，他不在。一打听，才知道老板姓万，叫万生财，是一个一毛不拔的铁鸡公，吃人不吐骨头的人精。他听到事故消息，自己溜之大计，委托财务主管易会计全权处理，并授予机密。易会计人称铁算盘，是万老板得力的管家。我找到易会计，看样子就是脸上无肉、做事阴毒的家伙。那张笑脸让人高深莫测，自然联想到笑官打死人的结局。只见他皮笑肉不笑地说："山月怎样了？你的精神可嘉，来拿钱的吧？"

我火急火燎地说："山月截了手，先交五万！"

"哎，作孽呀，怎么不小心呢？交钱的事就不劳驾你们了吧，我这就去办住院手续。"易会计话中有话，暗藏玄悬机。看着他那诡谲的笑脸，早生厌恶，真替山月担心，说不定会弄出什么花脚乌龟来。我买了牛奶和水果赶到医院，山月还在昏迷中。我想，她应该是在昏睡中，多少天欠下的瞌睡账，这下可一并还清，尽管是在痛苦中享受。不过，并不像大年发出地动山摇的鼾声，连猫狗都知道她睡得烂熟如泥；又有谁不是以为山月断腕截肢，昏迷在死亡线上呢？我看山月却悄悄地、静静地、沉睡得九死一生。

山月醒来的时候，已是截肢后的第三天早晨，把医生们急坏了。查看生命体征，一切正常，只好打点滴添加能量维持。她一睁开眼睛，就喊着要吃东西，我一下买来十个大肉包子，大年把她扶起坐在床上，我将包子放在她面前，又递给她一瓶旺仔牛奶，看着她像饿牢放出来一样，一个一个包子从嘴里塞进去，如鸭哽螺蛳，脖儿弯眼珠子翻。我忙给她灌上几口牛奶，大年给她轻轻捶背抹脖子，一会儿工夫，十个大肉包只剩下三个，肚皮撑起像怀了孕似的。山月用剩有的左手抹了抹嘴，有些不好意思地说："终于睡上一个好觉，吃上一顿美美的包子，真香呵，值了！"

"听你这样一说，你的手太不值了，还说是抓钱手呢！"我开玩笑说。

山月像没事一样，脸上露出稚嫩的笑："嘿，本来就不是什么抓钱手，钱没捞着，手废了，真背时！"

"山月，我们讲点儿开心的事好吗？"我说。

山月说："反正捞不到钱了，心倒安静了，有时间扯话儿了，就扯好听的话儿。"

大年没话儿说，心里想着去上班，我看出她的心事，帮她解围："大年，这儿没你的事儿了，山月有我就行，你可以去上班了。"

大年憨笑着说："那我去上班了。"

大年走后，山月和我扯起来。从她的口中得知康乐旅社的妈咪被拘留；那个夏主任被罚了款。树倒猢狲散，各奔东西。她告诉我茶花找到了城里人，是一个比她父母年长的小老头。听说是某单位的一个头头，娶了她之后，像宝贝一样把她锁在家中，不见天日，真可谓金屋藏娇。听说山月和栗子去找过几回，连人毛没见着。我不知为茶花高兴，还是为她悲哀。栗子凭着天生嗓子参加过几次歌赛，后来被一个歌舞团收留，像流浪汉一样，到处漂流……

我突然发现，山月的治疗药越来越少，除了消炎的针剂外，其他药物和检查停止了。我找到主治医生，问明情况，就是那天晚上给山月动手术的那个医生。他很忙，手拿着笔疾书着，头也不抬地说："事故单位不愿拿钱，我们也没办法。"

"白衣天使，救死扶伤，总不能放弃或影响治疗效果吧！"我振振有词地说。

他依然不抬头："我们已经尽力了。你去看看每天结算单吧！"

我这才认真地看过结算单，发现预交款只有三万元，结存余额所剩无几，药费随之下降。我一下跑到办入院手续的那个窗口："请问 516 房 8 床交费五万，怎显示只有三万？"

还是那位漂亮小姐，很和气地说："医生交待过，应先交五万，可你们单位只交三万，还与医生交涉过……"

我一听，知道情况的严重性，连治疗费都阳奉阴违，还有工伤赔付费、误工费、护理费、生活费、营养费、精神损失费等等，只怕更是两面三刀。我急忙跑回厂里，看见大年又在车下摞着废塑料，没敢去惊动她，直接奔进财务室。易会计那张让人生厌的笑脸马上迎上："山月快康复了吧？"

我知他话中有因，故意提高嗓门："她一辈子都不能康复！你说她成了残疾怎能康复？"

"我是一片好心，祝福她早日出院。"易会计改口狡辩着。

"出院是医生说了算，我是来催钱的！"

"三万元就用完了？我与医院协商过……"

我打断他的话："山月住院费不能少；工伤致残赔付按国家标准执行。即便山月可以出院，赔付不到位也不能出院！"

他胸有成竹地说："国有国法，厂有厂规，山月不按操作规定，打瞌睡导致工伤事故，完全由她自己负责。本着人道主义精神，我们已为她支付了住院费用……"

我一听火上浇油，喉咙冒烟："知道有国法就好，山月是你们雇请的工人，与你厂签订了劳动合同，构成对应的劳动关系，那就按《劳动法》办吧！"

他一声冷笑："说劳动关系吧，没有白纸黑字、签字画押的合同书；说《劳动法》吧，我们厂就像和尚的脑袋，无发（法）无天，要钱没有，要命万老板有一条。厂房是租来的，几台破机器当废铁卖了，值不了几个烂眼钱！"

我一下心发颤，头发昏，眼发黑，差点儿栽倒下去了。不知是愤怒还是无奈，秀才碰上兵，有理讲不清，一气离开了笑里藏刀的铁算盘，仿佛听见他算盘珠儿打得清响。决不能让他们如意算盘得逞，我心里盘算着。

三

我问："山月，你有何打算？"

她像没事一样，轻松地说："还能有什么打算，抓钱手没了，回家呗。"

我很同情地说:"你就这样回去,怎向你爹妈交待呢?"

"爹妈不会怪俺的,他们只怨自己命不好,命中注定只能有一个残疾丫头,会像心肝宝贝一样护着俺,不再让俺出来了。"山月就像钻进了爹妈的心里头,自信地说。

"你爹妈还不知道你出事了吧?"我问。

"现在还不能告诉他们。"山月说。

"你不找老板赔手了?"我又问。

"能保住一条命就谢天谢地!老板的手也不能剁下来给俺呀,爹说过,得饶人处可饶人,再说,那天是俺不小心,要不是你赶来停机……"山月说了一大串。

不管怎样,我要为山月讨回公道,尽管她自己庆幸捡回一条命,不愿去找老板麻烦了。因为,这不只是为了山月,而是维护我们工人的正当权益呵!

几天后,我撰写的《打工妹截肢谁来管》一文,在广州一家有影响的报纸上发表。"一石激起千层浪"。在病房电视屏幕上,突然看到新闻媒体曝光塑料厂,眼前一亮,一个个特写镜头,骇人听闻:工人们在死亡线上操作、吃着猪狗不如的饭菜、生活在垃圾世界里……整个厂区就像一座人间地狱。工商、劳动、环保等部门联合行动,查封了车间,责令整改,并就打工妹伤残事件,责成妥善处理。接着,各大网站、各家新闻媒体像一阵风似的追踪报导。特区一家电视台来到医院,采访山月,山月吓得躲起来,躲是躲不住了,因为护士要给她打点滴,于是躺在床上装哑巴。女记者拿着话筒,正一筹莫展,职业习惯发现了我。当她知道我就是撰文作者,一双猎人般机敏的眼睛,瞬间仿佛泥塑菩萨善目吊滞;一张口若悬河的嘴,刚才滔滔不绝,一下子也显得枯竭了。好一会,瞪着怀疑的刀子眼:"那篇文章真出自你一个打工妹之手？"

我点点头："也是无奈之举呵！给大家献丑了，心诚则灵，还真感动'上帝'了。"

"为什么说是无奈之举？"女记者闪动着眼睛，饶有兴趣地追问着。

我毫不遮掩地说："曝光的您也看到了，截肢的您也知道了，正当诉求被歪理邪说埋葬，愤怒也会爆出火花。"

"这么说，是你在无奈和愤怒之下，点燃了这把火，是吗？"女记者笑着问。

我点着头说："应该是吧。不过，我写文章的初衷，只想讨回一个公道，并不知道会炒得如此火热。"

她突然转了话题："你对讨回公道有多大的期望值？"

"我想，我们还谈不上期望值，只是要求对山月的伤残作出妥善处理。另外，在生产、生活上改善一下基本条件，比如消除生产安全隐患，不再让铁老虎伤人；提高一点饭菜质量，不再让猪大哥嫉妒我们吃了它的东西……"我理直气壮地说。

她好奇地问："你一手好文章，怎偏淹没在这垃圾里？"

"不在这恶劣环境里工作、生活，怎能产生激情？怎能写出真实感人的文章？"我故意反问她。

她停顿了一下，就像猎鹰发现猎物似的追问："为什么会产生激情？"没等我回答，又是一连串地问，"是正义感的驱使？是维护法制的尊严？是自觉履行社会监督责任？"

我摇摇头笑着说："应该是情缘吧。"

女记者看了看我："你和山月是什么关系？"

"我们都是萍水相逢的打工妹。"我说。

女记者露出了轻松而满意的笑，锋利的刀子眼一下变得柔美迷人："高女士，采访结束，谢谢！"

我恍然大悟，女记者与我谈话竟是采访。当天晚上，我第一次上了电视，简直不敢相信，我的形象竟如此高大、完美，一下成了家喻户晓的名人。山月的事，经这一闹腾，就如同搭上顺风船，很快就着了岸际。处理山月善后事宜那天，可热闹了，工商、劳动仲裁、新闻媒体等单位都派人参加了，地点就在塑料厂财务室，我作为当事人的代理人也参加了。铁算盘老辣的笑脸迎着客人，忙着递烟上茶，装出一付虔诚的样子。在进入协议过程中，他作为厂方代表，嘴上插花，把在座的人给迷住了，"山月多好的姑娘，她的不幸，我们深表同情，决不推卸责任，尽一切能力妥善处理……"虚晃一枪，使出"杀手锏"，先是向在座的各位跪地磕了一个响头，表示谢罪，把大家弄得目瞪口呆，特别是山月，感动得眼泪都出来了。接下来打出"悲情牌"，玩起哭穷来："说来不怕丑，这厂房呢，是靠银行贷款租来的，几台破机器，是当废铁买来的，这废塑料也是赊来的。看，又遭人祸，这几天，逼着万老板四处借钱，住院费支付三万多，工人的工资又要发了……办企业难呀！"像演戏一样独唱了一会儿低调，舌风一转，慷慨激昂，"不管怎样，我们要对得起山月，万老板说了，不惜破产关门，不惜变卖机器设备，不惜缘门乞讨，也要处理好山月的事！你们先拿出一个意见来吧。"

几个人真被他感动了，工商代表是一个年轻小伙子，一米八的个头，早被这不见血的软刀子剔了骨，硬不起来了，调和着："事故出现后，厂家态度还是诚恳积极的，双方各有难处，只要你们都凉解一点，就能达成调解协议。"

劳动仲裁来的是一个姓赵的老头子，看样子五十开外老远，稳健老道，抽了一口烟，慢腾腾地说："民不告，官不究。迫于社会舆论压力，我老赵今天来，和有关单位处理山月善后事宜，没有进入仲裁程序，那就协议解决吧。要说明的是，这个事故可以确定为工伤事故，塑料厂态度也很明确……"

我说："既然是工伤事故，那就参照工伤事故的标准进行协议，先请赵大叔讲讲工伤仲裁标准，好吗？"

老赵瞟了我一眼，弹了弹烟灰，说："工伤情况各不相同，处理标准也不同，就山月这种类型，高的可达几十万，低的只有几万，要视具体情况而定……"

铁算盘抢话说："具体情况是山月违反操作规定，打瞌睡导致事故发生。"

我气愤地说："是设备老旧，缺少防护措施造成的。"

铁算盘马上笑着试探："别争来争去，干脆说赔多少钱。"

这下把我难住了，一下子说不上来，问老赵笑而不答，心里一急，问山月："你自己说呢，赔多少？"话一出口就知道糟了，山月是不会开口要钱的，这只会让铁算盘钻了空子，少拨出几个子儿。山月红着脸，低下头，果然不说话。

铁算盘心中有了底，追问着："你是当事人，最有权利说话，你说呀，赔多少钱满意？"工商代表和老赵都催着她表态，她像哑巴一样，一言不发。

我看着山月的窘态，这样僵下去也不是个办法，马上为她解围："山月与我商量过，按伤残等级可赔三十万以上，考虑厂方困难，赔付三分之一不多吧。"我瞎编着说。

铁算盘松了一口气，笑脸上少了些阴霾，低声下气地说："按理说，三十万赔上一只手不多，可十万也不少呵！我们砸锅卖铁也凑不上……"眼光扫了一周，接着求饶似的说，"少赔点儿吧，兴许还能东借西挪凑合着，要是数目大了……"

我据理力争："断腕截肢，十万不能少！"

"少点儿吧。"他哀求着。

老赵抽着烟，听着我们的争执，最后说："还是听听当事人山月的意见吧。"

大家等着山月发话，等着她一锤定音。屋子里一下安静下来，听得见身旁山月急促的呼吸声，良久，山月红着脸，声音有些颤抖地说："我不要厂方赔钱了，人也出院了，等发了工资就回家。"

大家一下愕然了，瞠目结舌，眼光一齐投向山月，说不出话来。女记者活跃起来，走到山月面前，一双刀子眼在她身上搜寻着，笑着问："山月，你为什么不向厂方索赔呢？这对你公平吗？"

山月低着头，有些羞愧地说："俺一只抓钱手没了，不怨别人，只怪自己想多挣钱，白天洗废塑料，晚上又做夜班，是瞌睡虫儿害了俺……命保住了谢天谢地，还找人家赔什么钱呢？"

我心里不是滋味，看看大家，心情都很凝重，唯有铁算盘暗藏喜悦，莫名的笑脸上仿佛多了几分得意，慷慨地说："山月发扬风格，不谈赔偿；我们发扬关爱，赠予她三万元！"

"咔嚓——"新闻镜头把山月的风波划上了句号。

第十九章

一

奇怪的事儿发生了。送走了山月，告别塑料厂，去了几家工厂、公司，竟没一家敢收留我。不是笑脸推辞，就是冷眼谢绝，就像得了恐惧症，避而远之。我明白了，在报纸上撰了文，在电视上亮了相，都记住我了，提防着我，还以为是专找企业茬儿的"卧底"，不把你拒之门外才怪呢！完了，完了，不但自己生计无路，而且寻姐的希望也成了泡影。还好，有点儿我爹的倔犟基因，此处不留爷，自有留爷处，偏不信天下这么大，容不下一个女儿身。一气之下择路北上，在后来一年多的时间里，我如浮云在北天飘荡，到过不少的城市，进过不少的工厂，大都如蜻蜓点水，走马观花，找不着姐姐便溜之大吉。虽未找到姐，北国风光却培育了我的诗兴，不过香樟的诗词仍有南国诗魂，有如野花一样幽香，引来了蜂蝶般的读者，爽了诗友，红了期刊。

有幸参加北京诗词研讨会，在会上认识了秋心。可喜的是，她也是于老师的学生，是我的师姐，毕业后去了南海边一所大学任教。虽未谋面，她经常在报刊上看到署名香樟的作品，特别是一次去探望于老师，看见他的客厅里挂着香樟的《书院吟枫》，便谈起了我，后来一直未见其人。北京相会，一见如故。她告诉我，于老师已和他的妻子离婚，原因是她撵走了一位可栽培的香樟。我听后心情久久不能平静，仿佛自己犯下一个不可饶恕的罪过。她问起我的处境，我淡然一笑："浪迹天涯，寻姐无期。"

当她知道我的遭遇和目的，像亲姐姐一样关心我，开导我说："你寻姐就像大海捞针，机遇几乎为零，还是顺其自然吧，有缘遇着，无缘错过，就像我想见你一样……"转而欣喜地说，"今天终于见到你，比我想象中的香樟更有魅力，更有诗味！"

我睁大眼睛看着她，纤弱的身材宛如柳条一样飘逸，娥眉间藏着忧郁，就像读她的诗词一样，哀婉而使人迷往，如满庭芳·赏牡丹，"……歌舞瑶池月下，露香冷，芳艳缠绵。春依旧，花凋人去，荒草不知欢。……"，真有点婉约词人李清照的遗风，猛联想起她的名字"秋心"，一个"愁"字了得！我问她："秋心是你的笔名吗？"

她点点头，悄悄告诉我取名秋心的真正原因。原来她在岳麓书院读书时，不知不觉爱上了于老师，不敢表露，把深爱藏在心底。不是她没有勇气向世俗挑战，而是于老师过于正统，一个诚爱丑妻的人，还会倾心"关关雎鸠……窈窕淑女"么？她被愁苦梱绑着，单相思一直煎熬、折磨着她，直到毕业的时候，心血来潮，署名秋心写下一首小诗，"春风摇落桃花瓣，蜂蝶缠绵心未迁。难待蟠宴千岁果，异香熟透结仙缘。"向于老师讨教，于老师依旧是那样严肃，一付尊长的面孔，不过这次只是沉默，未发一语。她无地自容地从他办公室退出来，从此抱定了独生的决心。秋心便成了她永久的笔名。感谢秋心告诉我这些秘密，我们一下成了知心朋友。她最不可思议的是，于老师因为妻子撵走香樟而分手，神秘地问："香樟，你爱过于老师吗？"

"爱过。过去爱，现在爱，将来永远爱，"秋心眼里蹦跳着奇怪的火花，"那是一种与生俱来的、永恒的父女之爱。"我笑着说。

她接着问："于老师爱过你吗？"

我不知她为什么会提出这样荒唐的问题，有些反感地说："你这是对于老师的侮辱。他爱我，就像慈父爱着自己的女儿。"

她一下耷拉下眼皮，脸上飞起红晕，暗暗地笑了，接着爽朗地说："于老师真是一个好人呵！"

我故意挑逗说："但愿有情人终成眷属。"

她沉默了。良久，关心地问："你愿去南方吗？"未等我回答，"在我眼里，你是弄潮儿，在那里可大显身手，兴许能找到你姐，因为四面八方的打工潮都涌向那里……"

经她一说，还真把我的心给煽动了，笑而不答，停了一会儿，我开玩笑说："这好比乡下丫头喝盖碗茶——四路无门。没人敢收留我，叫我怎么去？"

秋心一下高兴起来，拉着我的手说："我马上写推荐信，包你在白领的岗位上。"说着找出纸笔写起来。看着她那热情关切的样子，心中非常感激，但对她的推荐却将信将疑，不相信哪位大老板有眼无珠，不见红黑就随意取人，买下一个小女子的面

山/女/的/忏/悔

子。出于礼貌，我等着她的推荐信。眨眼功夫，她挺认真地将推荐信递到我手上："去吧，那儿有你施展才华的舞台，等着看你的人生好戏……"

二

与秋心在北京分手，她说要去一趟湖南，知其用心，没跟她刨根寻底；我则南下，又回到这个曾不欢迎我的地方。去几家公司试试，我想他们早把我遗忘了吧，没想到的是，他们依旧把我拒之门外。我只好动用"锦囊"，拿着秋心的推荐信，寻找她介绍的那家公司。跑了几条街，没嗅到气味儿，灵机一动，直奔电信局，一下便查到该公司电话号码。接电话的是一位小姐，声音很甜，听声音就敢断定她的美貌。顺着她指的路线，我登上公共车，很快找到华兴集团总部。华兴大厦像巨人骄傲地挺立苍穹，让人举头仰视。总部设在十一楼，接待我的是一位漂亮小姐，一听声音就认出她，是刚才与我通电话的小姐。她细眉小眼，一脸的妩媚，特别是那一笑，眼如弯钩，不把男人的魂儿勾了去才怪呢！她见了我，打量一番，一双媚眼不经意地流露出轻蔑和嘲笑，高高在上地问："你想来华兴吗？"我点点头，"你的文凭呢？"我摇摇头，"你有特长吗？"我默不作声。

"在华兴凭长相是找不到饭吃的，你可以走了。"她下了逐客令。我不想和这样的人纠缠，正要离开，"不过，做清洁工你愿意吗？"她补充说。

我一听，她的话是在气我，不过，我倒认为清洁工是一项高尚的工作，并且有过很多经历。本想去找老板亮出推荐信，一下改变了主意，就干清洁工吧，于是轻松地回答："我愿意，曾经做过清洁工。"

她对我看了看，冷笑一声，说："好吧，跟我来。"我跟着她到了人事部，在那儿很快签了劳动合同，办理了相关手续。我明白了，她是公司秘书主管，相当于办公室主任，也是老板的心服、红人，难怪她那般神气。她主管着公司的内外事务，大到公司的企业文化、文件起草、接待工作等；小到公司的清洁卫生，面面俱到，可谓公司的大管家。她一下成了我的顶头上司，我看到了她的眼神流露出几分得意，还有那胜利者闪电般的快感。我想，她早认出了我——那个塑料厂撰文见报、上电视亮相、爱管闲事出风头的香樟。看样子逃不过她那双弯钩眼睛。她识破了我，却不动声色，只想把我收在她的麾下，整治我的弯筋，达到她的心理满足。而我也称出她的几斤几两，只是道不同而不相为谋，各行其是。我的习惯是做事认真，不怕吃苦。自从干上了华兴公司的清洁工，她没少找我的茬儿，哪儿还有纸屑儿，哪儿又出现一个烟头儿，训我工作差劲，我只一笑了之，默默地拾起来。她又给我增加工作量，交来一把钥匙，严厉地说："01号是老板的办公室，每天在他上班前必须打扫得干干净净，案头的文件收拾得整整齐齐，还有我的办公室……"

我想，这应都是她的份内事，文秘干什么，不就是上可代老板发号施令，下能屈身扫地抹灰吗？看来这替老板打扫办公室的事，她竟大胆放心地交给我，也许她看出我的正派，也许根本没有考虑其它，只图自己轻松罢了。我在打扫老板办公室时，无意中发现了她的一些小秘密：从她的"自我推介信"上，知道她叫金霞，年龄二十六岁，湖南师大中文系毕业，也是湘西的山妹子。看样子，她丢下当老师的职业，黑眼珠盯着白银子，有的放矢直奔华兴而来，司马昭之心，路人皆知了。她有一个坏习惯，喜欢扔纸团，遇到不顺心的事儿，独自坐在办公椅上，总是不自觉地拿起笔来，在纸上写写画画，写了丢，丢了又写，究竟写了些什么，恐怕过后，连她自己也不知道。不过，在那种心境下，应该是她真情的流露，痛苦的倾诉，恼怒的发泄，把她的隐私，包裹在纸团里，随手扔进废纸篓，让它等待着再生，或在火焰中毁灭。而我也有一个习惯，打扫卫生时，喜欢观察地上的纸屑、纸张，总要拾起来看看，上面有字没有，都写了些什么，生怕把重要的东西当垃圾扫了。有一次，在她办公室清扫时，她还没来，看见纸篓里好些纸团，马上生疑地打开一个："王总呀，你有眼无珠，身边才貌双全的金霞女郎，怎就动不了你的心？"

我吓了一跳，又打开一个低团："王董呀，你真不懂女孩子的心，你是真不懂还是装不懂，女人真是老虎？难道你真是小和尚？怪！怪！怪！"

我一阵肉麻，再打开一个纸团："王老头呀，你图个啥，再多的钱财带不进土里去，一个大傻瓜，不娶老婆，后继无人，怎就转不过弯儿来？……"

从那以后，我心中有了金霞的隐私。她心中的王总或王董或王老头，真的值得她爱吗？不是爱钞票爱金钱爱财产又是爱什么呢？难道爱他一把老骨头？其实王董此时我还没见过，我没有拿出秋心的推荐信找他，见他就没必要了；早上打扫他的办公室，也未曾与他谋面，一个清洁工，见不见老板也真没兴趣。是金霞撑开我的眼睛，从她纸团中藏着的爱与恨，可以断定，凭她的色相，还有带钩的眼睛，竟没把老板放倒，倒在她的石榴裙下，可见老板是正人君子，值得敬仰。我开始注意老板。每打扫他的办公室，都会细心观察一番，有一回发现他的案头，新摆放一个古色古香的花瓶，我想一定是价值连城的古玩吧，瓶口插进一束鲜花，很别致。又好奇地发现，案上铺着宣纸，一首七绝《花瓶》已落笔成诗，只写了前两句："出自泥丸一秃颅，行家觅识品稀孤。"我感觉写得不错，只是未能一气呵成，想笔者腹中推敲，必有贾岛之风范，后两句不能出来，有遗憾之感。看着花瓶中鲜花，艳丽芳香，顿时来了灵感，一见端砚墨汁未干，也没多想，挥毫而就，补上后两句："借花欲取谁人悦？只赏鲜花不赏壶。"刚补上两句，心里就后悔了，不该班门弄斧，移花接木，不知人家创意，竟心血来潮把一首七绝拼成了，也不知人家怎样看你，一阵心跳，冒出一身冷汗。停了会儿，想了想，对，有谁会知道你写的呢？我打扫完之后，不声不响地出来了。

几天后的一个早晨，我正在金霞的办公室打扫卫生，不知什么时候她站在我面前，阴阳怪气地说："你好大的胆子，竟敢在老板书写的宣纸上卖弄风骚，好哇，老板在追查呢！"

我佯装不采，边扫边说："我是清洁工，不知道你胡说啥？"

"你骗得了别人，骗不了我。你的文章、诗词，我拜读过，且知你的笔名香樟。那次，你在岳麓书院与于教授当众献诗，我就在你的身旁，那首《书院吟枫》至今记得……"她像在数落我的罪证似的，不过面带笑容地说。

我看见她笑得古怪，媚眼笑出了弯钩儿，知道她有求于我。还没等我申辩，她接着说："为了给你遮挡，我勇敢地担当，我不但在花瓶里插上鲜花，而且还献丑补上《花瓶》的后两句。此事已与你无关，你不用担心。"我像没听见似的，她继续说，"不过，你要守口如瓶，把这事永远地埋在肚里，否则……"

我只点点头，并没有说声谢，接着她塞给我一个红包，说："这一千元是保证费，你拿着，买下咱俩的平安……"

我不知她葫芦里卖的什么药，没有收她的红包，淡淡地说："我已否定此事，就永远不会改口，你放心吧！"说着我走出她的办公室。

过了几天，我打扫老板的办公室，又有了新发现：花瓶已装进一个漂亮的玻璃窗，挂在老板桌前方的墙上，花瓶中仍插着一束鲜花，凭感觉好像是塑料花；更出奇的是，我拼凑成的《花瓶》诗，已装裱得格外别致，堂而皇之地挂上花瓶上端，别有一番雅趣。看来，老板对这首《花瓶》情有独钟，不知是喜爱花瓶，还是喜爱这首拼凑诗，或许兼而有之。自从拼凑诗装裱上墙，金霞像拾了金元宝一样高兴，脸庞红彤彤的，真像万道霞光聚焦在她脸上。可谓人逢喜事精神爽，她像变了一个人似的，嘴里哼小调，走路屁股扭，挤眉弄眼，喜色飞扬。见到她的人私下议论，"你看，金主任打扮成小天仙，模样儿俏，人欢跳……肯定相中了理想中的白马王子……准是风流倜傥的小白脸……"。

没过几天，真的在全公司传开了，传得沸沸扬扬，金霞快要结婚了。不过并不是大家议论的小白脸，而是华兴集团的王老总。我一下子明白了金霞前前后后所做的那些事儿，人各有所志，但愿金霞心想事成，有情人终成眷属。他们的情在哪儿？不会是各有所图吧。关你的事儿吗？所图就所图吧，我等着吃他们的喜糖。

三

有一天，我接到秋心的电话，她问我在华兴满意吗？我说还满意，她问我干什么工作？我笑了笑说，应该谢谢你呀，干上了称心的工作。她说等几天来看看我，我说你很忙，不用来了，在这儿很好，我不是也没时间去看你……与秋心应酬了一会，便去打扫清洁卫生了，也没把秋心的话儿放在心上。几天后的一个早晨，我打扫完办公楼的卫生，已到上班的时候。虽已秋高，却无气爽，我累得满头是汗，立在窗口纳凉。高楼多清风，那种享受美妙极了，就像小时候，钻进丛林里砍柴，当你汗流浃背疲乏之极时，溜出来，歇在空旷的树阴下，树大招风，妙在其中，那种滋味至今难忘。阵阵凉风从窗口袭来，乱了我的头发，干了额头上的汗渍，爽了五脏六腑。看着楼下车水马龙，人流如潮，他们都追赶着时间去上班，都市里的打工族并不清闲呵！不知姐姐大丫这时在哪儿，不会在这人流中奔走吧。出来几年了，姐音信杳无，妈望眼欲穿，我心中便有自责，仿佛千斤重担压得我喘不过气来。我想，在这儿扫垃圾是永远扫不出姐的，我该怎么办呢？我迈开沉重的脚步，走向电梯口，几个人刚从电梯里走出来，一个熟悉的声音叫我，我一惊，发现了秋心。她一下冲过来抱住我："我就知道你把我忘了，电话也不打一个，可我真的很想你，看，不是来看你了吗？"

我一下不知说什么好，只好编一些客套话："自你打了电话，天天盼你，看，我不是在这儿迎接你吗？"

秋心拉着我："走呀，到你办公室坐坐去。"

我很坦率地说："我哪有办公室呀。"

"没办公室工作室也一样。"秋心快乐地说。

我开玩笑说："要说工作室，这华兴总部都是我的工作室……"

秋心猛地发现了我穿着清洁工的工作服，惊奇地问："你干清洁工？"

我笑着说："清洁工有什么不好吗？"

秋心刚才的欢乐一下没了，脸色气得通红，带着压抑不住的愤怒："乱弹琴，大材小用！"说着找老板去了。

我不经意地笑了笑，正好抽身下楼吃早餐。一碗面条还没吃完，手机响了，接到秋心电话，说老板要面见我。心想一定是秋心在老板面前把我吹上了天，老板才急着要见我。见就见吧，去会会这位老诗友，自古文人相亲呗，其实我还真算不了文人，不过也好顺便陪陪秋心。踏进老板办公室，看见秋心还像讲课似的，神采飞扬，滔滔不绝……老板站起身来，迎接我，亲自给我倒了一杯茶。我坐在秋心旁边的单人沙发上，中间茶几把我俩隔开，我从茶几上端起茶杯品茶，这是家乡的云雾山茶，味道格外清淳，王老板还真算行家，偏爱这不知名的"白毛尖"。这是我第一次面对面地与老板相见，给我的印象是，他不像什么大老板，透着书香文气，像学者；深邃的三角眼，炯炯有神，颇像智者；和蔼慈祥，老脸风霜，厚唇憨笑，更像一位至亲的长者，总之，怎么也认不出他是大商贾。

王老板像小孩亮出宝贝似的，指着墙上的花瓶："这是我从拍卖会上买来的古瓷花瓶，喜爱它是因为不但造型优美，而且诗画兼容，古色古香；更喜爱的是挂在花瓶上面的《花瓶》诗。老朽献丑了，你俩都是诗家吟长，借此机会诚心讨教。"

我和秋心的目光一齐投向墙上，我在观赏花瓶，肉眼凡胎，只隐约看见花瓶上，松竹滴绿，骈文潇洒，却识不得它货真价实；秋心在鉴赏《花瓶》诗，自有她的见解，并有了奇怪的发现。她好奇地问："这首七绝是出自王总之手吗？"

王总坦率地说："老朽得此花瓶，一阵狂喜，便来了灵感，腹中有诗，匆匆回来铺纸挥毫，写出前两句，后两句竟忘了，怎么想也想不出中意的，便搁下了，后来金霞不但在花瓶里插上鲜花，还凑成了这首小诗，心有灵犀，正合我意，且形成此诗金玉合璧之特色，故装裱悬挂，孤芳自赏。"

秋心接着问："金霞是什么人？可见她功底之深。"

王总熟悉地从案头文件夹里，拿出金霞的"自我推介信"递给秋心，说："现任华兴集团的文秘主管。"

秋心笑笑说："早在大学读书时就相识，只知道她是跳高运动员，在全运会上得过铜牌，从没见过她的作品，没想到她在诗词上，有如此高的造诣，难得，难得！"

"还是请你们快谈谈对《花瓶》的看法吧！"王总催着说。

秋心看了看我，指着《花瓶》说："这首七绝，章法工整，遣词老辣，寓意深远。妙就妙在，前两句写花瓶之贱出，一变而成稀世之宝；后两句写花瓶的哀怨，点睛之笔是'只赏鲜花不赏壶'。虽拼凑而成，诗的起承转合，竟天衣无缝，趣味无尽……虽字体各异，却书法奇美，龙飞凤舞，相得益彰……"

王总就像小学生聆听着老师精彩的演讲，眼珠子活脱地闪烁着求知欲望，大嘴张开，脸上堆起笑纹，慢慢地嘴笑大，大得能塞进武松的拳头；眼笑小，小得看不见眼珠子。越听越舒服，越听越有滋味，谈到王总的心坎儿上。

秋心评诗后，忙催着我谈谈对《花瓶》的印象，我笑而不语，她暗地用脚尖踢了我一下，意思是这是让我展示才华的好机会，也是她极力推荐我的最好证明，更是一场精彩的面试。她哪知我心呵，我答应过金霞，才怕露馅儿不能说；再说自己写的诗自己评，总不能自己吹捧自己吧。王总又亲手给我茶杯里添水，令我感动，可我还是没有说，王总还是一脸笑，并没有责怪我的意思，只是令秋心失望。其实，我根本就不想干什么白领，浪费了她一片好心情。我趁机正想脱身，秋心似乎看出了我的心事，也似乎洞察到我的难言之隐，马上扭转了话题，说："王总，您知道吗，坐在您前面这位漂亮的大才女、大诗人与你是同乡呢！她也是从湘西走出来的。"显然，秋心在与王总套近乎。

王总三角眼一亮，说："同乡好呀，听秋心老师说，你叫高若男，文章和诗词都写得不错，且有一个响亮的笔名香樟，也读过你的文章和诗词，今日一见，老朽惭愧，还不知你干清洁工呢！请问高小姐家住哪里？"

乡音格外亲热，如同一股暖流在心中流淌，我高兴地脱口而出："家住怀县光明乡牯牛山。"

还真是家乡人呵，王总如同见到亲人，紧接着问："你是谁家的丫头？家父是谁？"

山／女／的／忏／悔

"父亲叫高牯牛，母亲叫崔秀秀。"我说。

"你爹我认识，小时候调皮捣蛋的家伙，你爷爷是祖传的猎户，响当当的神枪手，我出来的时候，你爹还没结婚呢，一转眼，女儿都长大了，真是光阴催人老呵！"显然他的情绪有点激动，停顿了一下又说，"现在家乡变化很大吧，乡亲们终于盼上好日子。你爹还打猎吗？我在家的时候，他的枪法胜过你爷爷，哎，他也是一个没娘的孩子……"王总说说停停，勾起对家乡的思念，问长问短，把我弄得伤心起来。

我悄悄地擦了一把眼泪，轻声说："我爹不在人世了。"

王总猛地站起来，大声惊问："怎么就走了呢？大跃进那年，你爷收留了一个女乞丐，生下你爹，比我小八、九岁，年纪轻轻就短命，只苦了孩子……"

我已说不出话，眼泪止不住地流，这一次与王总会面就是这样实问实答，他问得很细，我也回答得坦诚，毫不遮掩。不一会儿，他将我家的枝枝叶叶摸得清清楚楚，哎叹一声，接着又问了家乡的方方面面，还问到祝家大院，我说那儿没人住了，他又感叹一声，看来，王总对家乡，对乡亲，对那儿的一草一木都是蛮有感情的。

忽然，王总红着眼，面带微笑地说："若男，你是没爹的孩子，我曾是没爹妈的孩子，同命相连，让我当你的干爹，愿意吗？"

又是一股暖流顷刻间在心中奔涌，我泪眼中闪烁着一位慈祥的老人，仿佛爹又活着回到我面前，让我一下找到了温暖，找到亲情，找到父爱。我忍不住站起身来，脱口而出："爹！"一下扑过去，抱着爹伤心地抽泣，爹拍着我的肩："孩子，坚强起来，牯牛山的人不相信眼泪！"他虽这样安慰鼓励我，而他自己落泪了，几粒热泪滚在我脸上。这个场面，让秋心感动，仿佛目睹了一个悲欢离合的人间故事。尽管她的愁肠为我的身世而伤感，为一个多余的人而感叹，眼前的一幕却让她愁云散尽，脸上现出阳光般的笑容，显得格外的明朗、灿烂。不过，这一幕只烙在我们三人心中，父女的关系只有爹知我知她知天地知，一直未向大家公开过，秋心也一直保守这个秘密。不知爹有何用意，只在他心里装着。后来，他一个劲地栽培我，重用我，才知用心良苦。你想，偌大的公司，人才济济，要出人头地，比登天难呀，他替我想到了，终于把我磨练成一个商场精英，让大家心服口服，在大家力举之下，爹赏罚分明，不拘一格用人，既树立了公司的形象，又激发了广大员工们的工作热情，真深谋远虑，两全其美……

"若男，你想干什么工作？爹马上给你调整。"王总主动提出。

我说："还是干清洁工吧，不用麻烦爹了。"

秋心急了："今天我就是为你的工作而来，心中一直怀疑，见了面才知你干清洁工，马上找到王总，才知他根本没见着我的推荐信，急了才出此下策，以诗会友，当面推荐，可喜缘分难得，难得你干爹一番心意，快说想干什么？"

我说："清洁工不是干得很好吗？"

王总脸现喜色，好像是看出我的骨气，不愿依附他人，笑着接我的话说："就因为你清洁工干得出色，赏罚分明，该换换工种了。"

我故意调皮地说："爹，就因为我给你打扫办公室出色，该换工种是吗？"

王总忽地脸色一沉，停顿一下后，又笑着说："难怪办公室近来天天卫生整洁，井然有序，原来是你打扫的，"看了看墙上的《花瓶》诗，问："是谁安排你打扫我的办公室？"

我不假思索地说："当然是金主任安排的,她是我的顶头上司,也应有她的功劳呀,您是不是也该给她换换工种呢?"

王总的眼光慢慢从墙壁上落下来,叹了一口气说:"是该给她换换位置了。"

我并没觉察到王总说话的弦外之音,高兴地说:"爹,你是想提拔金霞姐吧!"我嘴上虽这样说,心里却在想,马上要吃你们的喜糖,金霞姐都快与您平起平坐了,还提拔呢!

王总仍笑着说:"若男,爹还真想提拔提拔你呢!"

我又调皮地问:"爹,您想提女儿多大的官儿?"

王总幽默地说:"你呢,不是想干清洁工吗?爹非常赏识你,还真要提拔你,让你接替金霞的工作,官儿不大也不小吧,别忘了,继续打扫爹的办公室。"

我毫不在意地说:"爹,若男对官儿没兴趣,为爹当清洁工才是我的心愿。"

秋心在一旁拍手叫好,说:"因才适用,王总真一双慧眼呵!"

看得出,她已明白墙上的《花瓶》诗出自我手;王总恐怕早已心知杜明,这才是他提拔我的真实原因吧。我一下有了不祥的预感,永远藏在心中秘密竟被他们识破了,金霞不会怪我吧。还好,金霞快当新娘了,王总不会责怪她的。看见王总的眼光又投向墙上的《花瓶》诗,我试探着问:"爹,您提拔金霞姐到哪儿工作?"

王总看着我反问道:"你看她适合干什么工作?"

我摇摇头,等了好大一会儿,他说:"你们俩交换一下,她从清洁工做起吧。"

我一下冰凉了,不相信王总的话是真的……

……

故事写到这里,不想再写下去了,后面事情也该都清楚了。

应补充的是，后来我问秋心："你是怎样认识王总的?"

秋心笑着说："你和王总是父女关系，我与他是师生关系，你相信吗?"

我摇头表示不信，说："你们怎么扯上了师生关系?"

秋心说："我是省诗协理事，兼任老年诗社的老师，王总对古诗词有浓厚的兴趣，且功底深厚，他听过我的课，很有灵性，经常拿一些习作来征求我的意见……"

我想这大概就是缘分吧，它就像一张网，把我们情份连接在一起，感谢情缘成全了我。

正要关上电脑，忽然，我接到大丫的电话，她高兴地说："若男，我买手机了，喂，你的故事写完了没有?"

"答应过姐的事，怎敢怠慢，忙里偷闲，刚才在电脑上草草结尾呢。完成了奶奶《尘缘》的续集《情缘》，也了却了一桩心事。"，

"什么时候能读到你的故事?"

"要快最好用电脑，我发到电脑上，你马上可看到我的故事。"

"妹，怎不早说呀，电脑是什么东西? 你到我这儿来的时候，是不是你手提的那玩艺儿? 我没敢问，还以为是装着金银财宝的手提包呢!"。

"嘿，土大丫还没见识过电脑，喂，那天见你之后，只顾亲姐姐，也没时间上网，错过了教你学电脑的机会……"

"那宝贝玩艺儿挺贵吧? 挺难学吧?"

"姐，别问贵贱了，妹送你一台电脑就是，"我听见姐那边的笑声，"不难学呢，难不着妹妹能难倒姐姐吗?"我把姐逗得心花怒放。

"妹，你真行呀，几年的闯荡，还真闯出人物头儿来。人到

了这份儿上，该风光风光了，看你还瞎忙乎着，就像要把天下事做完似的，东奔西跑的逞能，也不考虑考虑个人的事儿，妹，也不知你心里怎想的……"

我猛醒过来，是该与姐谈谈怎想的了，停顿了一下，"喂，姐，想掏妹的心窝子吗？电话里一句二句说不清楚，这样吧，我把藏在心里的话写在我的故事后面……"

妈听到大丫打来电话，早站在我身边，时不时地拉我衣袖，已迫不及待了。"喂，姐，妈要与你说话"我忙把手机递给妈，接着又敲起键盘来。

……清明节到了，我向干爹请假回家祭扫，干爹夸我一片孝心。回来后，与我拉扯起回乡的一些事儿，我告诉他做了一件不可理喻的事情，去给曾经不让我出生、被我爹枪杀的村长祝自红上坟祭扫。干爹听了喜形于色："山妹子心兜儿大，容得下天地，乡土之福呵！"

我说："爹，我只不过是替我爹忏悔，他不该杀人；替自己忏悔，我不该出生，害了两条人命呵！"

"若男你至善至美，令爹感动，爹没看错你呀。"

……

从此，干爹对我另眼相看，遇事与我商量、谋划，他投资建设家乡的计划，父女同心。美丽的牯牛山，有我们的梦想，有我们的情缘，有我们的祖宗呵！这次回乡，就是完成我们的共同凤愿。我知道干爹患了绝症，尽管他总是遮遮掩掩地隐瞒我。我深知他的心事，要让他在有生之年，看到家乡的变化，万民福运，梦想成真。

有一次，我开玩笑问干爹："您挣下一座金山，图啥呢？"

干爹反问我："你帮爹挣金山又图啥呢？"

我爽快地说："帮爹啥也不图，只想感恩爹的栽培，感恩上帝让我来到这个世上，证明山女不是多余的……"

"说得好哇，跟爹一个心眼儿，人来到世界上，就是干出点儿名堂来，留给后人一点儿念想……"干爹乐着说。

"爹，您怎么熔化掉偌大的金山呢？"我犯傻地问。

"哈哈，还用问吗，就让大天地熔化小金山，从哪儿来，流到哪儿去吧，爹又带不进土里去！"干爹掷地有声地说。

我说："至少给您铸一尊金雕，留作纪念。"

"哈哈，爹一丝不挂悄悄地来，让爹不留痕迹地悄悄而去……记住，就当是爹的遗言吧。"

我的眼睛湿润了，干爹孑然一身而去，女儿永远记住您呵！姐，附上这"画蛇添足"之笔，算是我对人生的"感悟"吧。

第二十章

祝大夫做完最后一个眼科手术，长长舒了一口气，心情一下轻松了，义诊的使命完成了。他拿起《圣经》无意地翻阅着，心里却想着若男，就好像夏娃又回到人间，正等着亚当团聚。偏偏上帝安排她是仇家的女儿，尽管爱心让他们融合，却不敢担当亚当的脚色。妈怎么想？舅怎么想？大伯及乡亲们又会怎么想，这是大逆不道呵！羁绊太多太多，一个流过洋、读过《圣经》、充满爱心的人，却无所适从，在古老的伦理道德面前退缩了，痛苦折磨着他。他不想去牯牛山找若男，把一份真爱藏在心底，交给上帝安排吧。

现在最重要的是，无论如何了却自己十多年的心愿，找到那个给自己带来光明的人。是呵，天下这么大，时间过去了这么久，且人家不留姓名，到哪去找呢？跟着大伯读书时，伯被问急了，说是一个死刑犯捐赠的，要他别胡闹了。他想如果真是死刑犯献了爱心，那就更要弄清楚，因为这里面肯定有许多鲜为人知的故事，这引起他极大的兴趣，一直没敢忘记。后来再问他们，都守口如瓶，就好像在守着一个重大的秘密。他理清了思绪，既然是死刑犯的恩赐，就从死刑犯查起吧。他想到舅舅崔大春，一直在公安局干刑侦，应该知道一些信息，找舅兴许有望。其实，早些年向他打听过多次，他总说全国死刑犯那么多，也不知是谁做了好事，大黑你不要放在心上，记住这无名的善举就是了。舅是何等的神探，这件事还查不明吗？祝大夫一下子脚步如飞地向舅舅家奔去。

一顿丰盛的午餐，是妈妈特地为儿子做的。大黑这些天义诊，在家吃饭也没几回，即便在家吃饭，也是火急火燎，来去匆匆。有时候，刚端上碗，手机响了，或是有患者寻到家里来，吃顿饭也不让消停，那个忙呀，当妈的疼在心里。听儿子说，今天义诊结束，就像开小餐馆时那样，大清早跑到菜市场，那时候专拣便宜菜，今天专挑新鲜的、好吃的。买了野生金黄滑溜的胡子鲇、细脚小腿的纯土鸡、黄花、木耳、菜蔬一篮子。虽开餐馆当过大厨，那是牵来叫驴当马骑，人家只图便宜不挑味。今天要为儿子做一顿好吃的，使出全身看家本领，包括一生看到的、嗅到的、不用说吃过的美味佳肴，细心现其精美，巧手烹调。哥大春看见了，馋得直流口水，拿起筷品尝起来，一筷又一筷竟舍不得放下筷，小妹撒娇地一把夺过哥的筷子，说："大黑还没来呢！"

大春抹着嘴角的油水："嘿，还是儿子亲哇！这些年，哥可没吃上这一回。"

小妹笑笑："等会儿，你就傍神享享口福吧。"

小妹上街开店，生意好好的，哥偏要她帮他家当保姆。小妹问他给多少工资，哥说他的工资全给小妹，要她负责全家的吃喝拉撒，小妹问多少，哥说一千五百多块，小妹轻蔑地说，她有时候一天能挣一千多块呢！哥问她是钱亲还是哥亲？小妹愣着不作声了。哥又说，小妹，你看哥没日没夜办案，顾不上家，你嫂要上班，身体又不好，侄子读高中……哥实在没法子，你不帮哥谁帮？小妹帮哥撑起这个家，侄子考大学外出工作了，嫂子病退后瘫痪在家，哥还在办案，这个家离不开她了。这些年，小妹精打细算，舍不得花钱，更谈不上大吃大喝，今天破费，也在情理之中，让儿子哥嫂凑趣儿吃喝一顿，还特地买了两瓶好白酒。

大黑回来，闻到满屋子香味，肚子便饿起来，走进厨房，看见满桌子好菜，妈还在忙乎着，问："妈，家来了客人？"

妈笑而不答，舅从身后走过来，抢着说："今天特殊招待你这位大公子呢！"大黑一下就好像躺进了妈的怀窝里，仿佛吸吮着妈香甜的乳汁，那滋味无与伦比呵！

这是一顿不平凡的家常饭，舅妈坐着轮椅也被推到席前，席间无长幼，无话不谈。舅一个劲地称赞妈的厨艺好，美味可口，胜过山珍海味大酒楼的稀罕菜，在外吃过多少公饭宴请，也不及今天私家饭香美。

妈谦虚地说："端起簸箕难比天，黑老鸦怎拢得凤凰的边。"这是她听"醒闷虫"说书学来的狗屁词儿。说着给儿子大黑夹了一筷胡子鲇，"春鲇夏鲤，正是吃鲇鱼的季节，当然味道鲜些，"接着又给哥嫂夹鲇舀鸡，"这鸡呢，挑选的农家放养的老土鸡，越炖越香，大酒楼只认得钱，哪认得土鸡呀，其名土鸡，都是假冒，味道当然赶不上俺这土罐煨土鸡……"妈一边送菜，一边唠叨，仿佛在推销炫耀她的菜肴，生怕他们不爱吃。看着他们都吃得津津有味，心里乐哈着，脸上笑出一对美丽的酒窝，一时来了兴致，拿起桌上的酒瓶，斟满三杯，一仰头，如喝水一般杯底翻身。几个人傻眼了，酒桌上冒出个"酒太保"。

"嘿，小妹真人不露相！来，陪哥喝个痛快！"舅不服气地

山／女／的／忏／悔

说，一杯酒早喝下去。

"哥，小妹不会喝酒，今天高兴，菜爽口，酒喝足，先给你们带个头，喝呀，喝得外甥不认得舅!"妈说着又给他们不停地送菜。

舅与大黑碰杯，又一杯酒下肚，感动地说："还是家宴好呀，家中有自由!"

大黑礼貌地应酬着，舌尖儿舔了舔酒杯，见舅酒兴正浓，"酒后吐真言"，正好向他调查"秘密"。举起杯："舅，大黑敬您!"舅不亦乐乎，一饮而尽，"请舅帮我解开一个心结吧!"

"说来听听，你有什么心结?"舅说。

大黑说："旧话重提，还是向您打听那个给我捐献眼角膜的死刑犯，我一直没有忘记他，直到现在没有找到一点儿信息，他到底是谁? 舅，您帮帮我吧!"

舅有了几分醉意，醉眼红得就像一双鹭鸶眼。据说罪犯拒不交待罪行时，就有了这双鹭鸶眼，让罪犯不战而栗，这就叫做"鱼见鹭鸶刺也软"，就是这双鹭鸶眼成就了他"神探"的英名。今天醉眼却让大黑可亲可爱，而并不可怕，也许这时候舅吐出真言。只见舅又喝了一杯，似醉非醉地说："大黑，这事你别放在心上了，舅给了人家二千块呢!"

听了舅的酒话，大黑格外惊喜，这不是"此地无银三百两"吗? 大黑心中有数，顺着舅的话说下去，问："眼角膜到底是人家捐献还是您买的?"

舅说："是人家捐献的，不，舅给了钱。"

大黑说："二千元能买到眼角膜?"

舅说："大黑，你舅有多少钱? 给她二千算是开恩了。"

"这么说是您一厢情愿，人家惧怕您，给多少是多少，公平吗?"大黑说。

舅不服气："死者生前交待捐献了器官，老子发善心送去二千元，这还是老子牙缝里省下来的，对得住人家了！"

"怎会捐献的眼角膜偏用在我身上？"大黑追问下去。

舅一人自饮，妈给他送菜，停了好一会，舅说："人家指名道姓捐献给你。"

大黑来了兴趣："那个死刑犯怎么会认识我呢？"

舅又沉默着自饮，妈急了，抢了舅的酒杯说："快说呀，那个好心的死刑犯是谁？他怎么会认识俺大黑？这些年大黑一直查访这个人，是呵，人家做了好事，连名字都不知呵！"

大黑一个劲地催着："快说！快说！"

妈又给舅斟满了酒："你就帮大黑了却这个心愿吧！"

"好吧，今天喝了酒，舅心里头的那点儿事瞒不住你们了，这个死刑犯我说出来你们都认识，"一下子桌上安静下来，连出气的声音都没了，"他就是枪杀大黑他爹的高牯牛！"

话音刚落，大黑眼直口哑，说不出话来；妈的眼泪滚落下来，口里骂着，"遭千刀万刀砍的高牯牛，害了俺自红……自红你死得好惨呀……恨死他了！"

等妈一阵发泄之后，舅慢慢地讲起了办高牯牛的案子："开始，我也恨死他了，酒后讲真话，我也是快退休的人了，干刑警几十年，不知办了多少重案要案，抓了多少重犯要犯，唯独在我脸上抹黑的人就是高牯牛，他竟在我的搜捕中逃脱了，多让他活了八年。要不是他自首，狗日的还真难得让他伏法。这个案子要是现在，有自首情节，判不了死刑。小妹，你也不要恨死人家了，他早死了，人家高牯牛还是为大黑做了好事，捐了眼角膜，可恨也还可爱……"

"俺不相信那个狼心狗肺给俺大黑捐了眼角膜。"妈说。

大黑好像在想什么，听舅说了一会，将信将疑，接过妈的话说："舅，您是办案的刑警，最讲证据，凭什么说高牯牛就是为我捐献眼角膜的人，证据呢？"

舅饮了一口，醉眼朦胧笑了笑："大黑，喝了洋墨水，与舅谈证据，老子早留了一手，舅没忘记你打听过的事，也到了给你交待的时候了，证据就在老子手里……"说着踉踉跄跄走进他房里，不一会儿，手里举着一张白纸又打着歪脚走到桌前，"啪"的一声，将白纸拍在桌角上，"证据就在这里！"

白纸还在桌角上颤动，大黑闪电般地夺在手中，这是一张复印件，上面歪歪斜斜地写满了字，大黑迫不及待地看下去……

舅显露出几分得意地说："这是死者的亲笔字，原件装进他的案卷，把它复印出来，等着有朝一日把它彰显出来……"说着仿佛自己解脱了，就像完成了一个重要的使命。

大黑的脸忽儿由惊变红，忽儿由红变暗，变得阴沉木讷起来，妈在一旁催着："大黑，快念呀，上面都写了些什么？"

大黑猛听到妈的话，重读起来："……俺杀了祝自红，对不起他的家人，俺悔断肠子……心里有愧呀，俺欠了他家一条人命，俺知道杀人偿命，请死来了……俺死前向政府提一点小小请求：俺知道自红的儿子大黑眼病治不好，找不到眼角膜，把俺的眼角膜给他吧，不要说是俺的，还不知道合适不合适……还有把俺的五脏六腑全挖出来，也不知作用不作用，用得着不嫌弃的拿去吧……俺死后，请政府转告他的家人，不要为难俺的秀秀、大丫和若男，俺来世为他家做牛做马累死几回……"

妈听着听着，眼泪慢慢地流下来，流着流着，忽地呜呜地哭起来，哭出词儿来："牯牛你好糊涂呀，怎么神差鬼使杀了俺自红呀，不长眼的阎王爷错拉了人呀……牯牛，俺没有为难秀妹、大丫……若男好懂事，俺当她是闺女呀……"

大黑如梦初醒，什么也不顾了，猛地冲了出去……